별들
사이에
길을
놓다

도정일
문학선
2

별들
사이에
길을
놓다

도정일 산문집

문학동네

서문

대전의 큰 책방 계룡문고는 그냥 보통 책방이 아니라 지역 독서문화네트워크 같은 곳이다. 서점 주인 이동선씨는 대전 일원의 독서공동체 사람들, 동네 주민들, 학생들을 대상으로 오랫동안 독서운동을 펼쳐온 분이다. 근방의 중고등학교들이 요청하면 그는 책도 보내주고 독서프로그램도 지원한다. 모두 자기 주머니 털어서 하는 일이다. 몇 해 전 무슨 행사 참석차 대전에 들렀을 때 이동선씨는 나를 안내하는 차 안에서 뭔가 복사물 한 장을 꺼내 보여주었다. "선생님, 이 글 기억나세요?" 2001년엔가, 내가 『씨네21』에 쓴 칼럼이었다. "복사해뒀다가 서점 오시는 분들에게 한 장씩 나눠드립니다. 다들 좋아하세요." 그리고 그는 부탁하듯이 말했다.

"이런 글 많이 쓰셨잖아요. 모아서 책으로 좀 내주세요."

"그러지요. 빨리 하나 내죠, 뭐."

말은 쉽게 했지만 그후 한참 세월이 흐르도록 책은 나오지 않았다. 그날 책 얘기를 하다가 내가 혼자 속으로 정해놓고 실행하지 못한 일도 하나 있었다. 언제 책을 내게 되면 이동선 사장이 그날 내게 보여준 바로 그 칼럼을 책에 싣고 제목으로도 삼아야지. 그것이 지금 이 산문집 표제로 올라간 '별들 사이에 길을 놓다'라는 글이다. 늦었지만 책도 나오고 마음의 약속도 지킬 수 있게 되어 다행이다.

다행? 그런 걸 다행이라 말하면 안 되지, 누군가가 핀잔줄 것 같다. 실은 이 문집을 내면서 내가 정말로 감사하고 싶은 다행한 일이 한 가지 있다. 나와 내 친구들이 '책읽는사회만들기국민운동'(약칭 '책사회')을 시작한 것이 2001년 6월인데, 그 단체가 도중에 엎어지지 않고 13년째 활동을 계속하고 있다. 비영리 민간단체의 독서문화운동이 10년 넘게 버틴다는 것은 쉬운 일이 아니다. 많은 이들이 함께 활동해주고 도와준 덕분이다. 개수로 스무 가지가 넘는 '책사회'의 여러 활동들에 적극 참여하고 일을 이끌어주시는 분들에게, 그리고 오랜 기간 그 단체를 밀어주고 있는 소액 후원자들에게 특히 감사하고 싶다. 그런 분들은 전국 방방곡곡에 있다. 그들에게, 그리고 다른 모든 관심 가진 이들에게 고마운 마음을 표하기 위해 '책사회'는 작년 11월 18일 서울 프레스센터에서 '책읽는사회만들기 12년, 감사의 날'이라는 행사를 열었다. 비록 날짜를 맞추지 못해 해를 넘기긴 했어도 이 산문집은 원래 그날 행사에 맞추어 낼 양으로 준비했던 것이다.

괴테의 어머니는 밤마다 일곱 살짜리 아들과 함께 하늘의 별들 사이에 이야기의 길을 만들고 이야기로 아들을 키운 사람이다. 생각해보니 하늘과 땅 사이에, 사람과 사람 사이에, 사람과 천지만물 사이에 이야기의 길을 열고 있는 사람들은 이 땅에도 많다. 이 산문집은 그분들에게 보내드리는 내 마음의 인사다.

2014년 2월

도정일

별들
사이에
길을
놓다

차례

2부

공생의 도구, 책

3부

이미지를 읽는다는 것은

4부

시대를 위하여, 시대에 맞서서

1부

이야기
사이로

바람 속에 들려온다네

인간과 다른 동물들 사이의 불균등 가운데 가장 현저한 것의 하나가 성장 속도다. 인간은 느리게 자라는 동물이다. 아기가 태어나서 걷기까지 적어도 1년, 똥오줌을 가리는 데는 3년이 걸리고 먹을 것과 먹어서는 안 될 것을 가릴 줄 알기까지는 4년 이상의 세월이 필요하다. 세 살배기들에게 "네가 알아서 먹어"라고 음식 선택을 맡기면 녀석들은 달싹한 아이스크림만 먹다가 병원으로 실려가야 한다. 게다가, '철들기'에 이르면 일은 더 난감하다. 인간 동물이 좀 철이 들어 '사람' 소리를 듣자면 얼마나 많은 철이 흘러야 할까? 밥 딜런의 노래 〈바람 속에 들려온다네Blowin' in the Wind〉에 나오는 표현을 빌리면 "얼마나 많은 길을 걸어야 사람들이/ 비로소 그를 사람이라 불러줄까" "얼마나 많이 고개 들어 하늘을 올려다보아야/ 그가 비로소 하늘을 볼 수 있을까"다.

신이 인간을 왜 이 모양으로 만들었는지는 하늘로 가서 한 차례 되게 따져볼 문제다. 무엇보다도 시간 낭비와 경제적 비효율이 심각하다. 걷는 데 왜 1년씩 걸려야 하며 엎어지지 않고 뛰는 데 왜 7년 이상의 시간이 필요한가. 말을 배우고 가갸거겨 익히고 구구단 외고 책 읽는 데 왜 10년씩 걸리고 대학이란 델 들어가기까지 왜 18년이 걸려야 하는가. 모두 멋도 모르고 자라긴 했지만 돌이켜보건대 분통 터질 일이 한두 가지가 아닐 듯싶다. 그 시간에 일하고 돈 벌었다면 우리 모두 지금쯤 부자가 되지 않았을까. 신이 좀더 능률적으로 인간을 설계했더라면 우리 어릴 적 동무 곰배는 뛰다가 자빠져 팔 부러지지 않아도 되었을 것이고 우리 동네 말숙이는 압력밥솥 같은 학교에 가기 싫어 자살하지 않아도 되었을 것이다. 아이들 키우고 학교 보내고 사교육비 대느라 부모들이 허리 휘게 벌어야 하는 돈은 또 얼마인가. 그럴 돈으로 아파트 사고 땅 산다면 세상에 가난뱅이가 있을라고?

두뇌 연구자들의 보고에 따르면 생후 1년 동안 아기의 뇌가 도달하는 성숙도는 40%에 불과하다. 그 뇌가 95%의 성숙 수준에 이르는 데는 10년이 걸린다. 인간은 머리통 큰 동물로 태어나지만 그 머리통이 다 영글자면 10년 이상의 세월이 필요하다. 침팬지의 경우는 생후 1년 안에 뇌의 70%가 성숙하고 2년 안에 성장이 완성된다. 침팬지 머리통이 2년이면 끝내는 일을 인간의 뇌는 10년 넘게 하고 있어야 한다. 무슨 얘기냐면, 아이들이 열 살이 되어야 뇌의 인지적 능력이 95% 선에 이르고 나머지 5%는 열 살 이후에 발달한다는 소리다. 이건 또 무슨 소리냐면, 여덟 살 혹은 열 살까지는 소위 '지능지수IQ'라는 것이 결정되지 않고 말랑한 상태로 남아 환경의 영향에 민감하게 노출되어 있다는 얘기다. 말하자면 생후 10년은 인간의 성장에 중요한 시기다. 개체의 능력 발달을 자극하고 돕기 위한 사회적 개입을 '교육'이랄 때, 그 교육이 최대 효과를 발휘할 수 있는 것도 생후 10년이다.

교육과 소득 수준의 관계, 불평등과 빈곤의 문제 등을 열심히 연구해온 시카고 대학 경제학자 제임스 헤크먼은 인간 성장에 아주 중요한 시기를 '15세까지'로 잡는다. 타고난 생물학적 조건을 배제했을 때, 한 인간의 지적·정서적 능력이 거의 결정되는 나이가 15세 선이라는 것이다. 그의 연구가 강조하는 것은 '교육의 효과' 부분이다. 15세 이후에는 교육 등의 외적 개입이 개체의 기본적 능력 형성에 끼칠 수 있는 영향이 극히 미미하다고 그는 말한다. 15세 이후의 교육은 한 인간의 기술적 능력 계발은 돕지만 그의 근본적인 능력에는 거의 아무런 영향도 주지 못한다고 그는 주장한다.

헤크먼은 2000년도 노벨 경제학상 수상자다. 그의 주장에서 주목할 만한 대목은 15세까지의 연령대 중에서도 가장 중요한 시기가 '8세까지'라는 주장이다. 생물학적 요인 아닌 외적 요인이 아이들의 지능 발달에 결정적 영향을 주는 것이 대개 8세까지이기 때문이라는 것이다. 그는 특히 '취학 이전'의 시기가 아주 중요하다고 말한다. 취학 이전이라면 공교육이 시작되기 전의 다섯 살, 여섯 살까지의 시기다. 그 시기의 아이들에게 부모들은 무엇을 어떻게 해주어야 하는가? 헤크먼의 권고는 뜻밖에도 "책 읽어주고 이야기 들려주라"는 것이다. 이 시기는 너무도 중요하기 때문에 즐겁고 자유로운 부모-자녀 사이의 소통활동이 필요하다고 그는 주장한다. 작가, 시인, 인문학자 들이 오랫동안 해왔던 소리, 그러나 경영과 시장과 기술 제일주의의 시대에 사람들이 좀체 귀담아듣고자 하지 않는 소리를 경제학자 헤크먼이 하고 있다.

인간의 성장 속도가 느린 것은 그 느린 과정에 의해서만 인간을 인간이게 하는 능력들이 자라기 때문이다. 아이들은 조생 밀감이 아니다. 신의 설계이건 자연선택의 결과이건 간에 사람을 사람으로 키우는 과정은 느려야 하고 숨통 조이지 않는 것이어야 하며 여유로워야 한다. 그러나 지금 우리가 아이들을 키우는 방법은 느림, 자유, 여유와는 정반대의 것이다. 속도의 포로가 된 어른들은 모든 아이들에게 어른에게나 적용될 속도계를 강요한다. 시각 능력이 채 안정되지도 않은 세 살짜리 꼬맹이들을 컴퓨터 앞에 앉혀 하루라도 빨리 '아이티 기술'을 익히게 하는 것이 우리나라다. 초등 1년생에서 고3에 이르기까지 아이들은 하루 24시간 꽉 짜여진 '과잉 조직'의 삶 속으로 내몰린다. 그들은 숨통이 막혀 있다. 무지하고 철딱서니 없는 어른들은 이런 양육법이 아이들을 망치는 가장 확실한 길이라는 사실을 한 번도 생각해보는 일이 없는 듯하다. 그들은 가장 반교육적인 것을 교육이라 부르고 정신의 기형적 위축을 성장이라 부른다.

얼마나 많이 고개 들어 하늘을 올려다보아야 인간은 비로소 하늘을 볼 수 있을까? 하늘에서 '하늘'을 발견하는 것은 인간이 가진 독특한 능력의 하나다. 그러나 그 능력을 발휘하자면 성장기의 정신의 확장이 필요하다. 딜런의 노래는 계속된다. "얼마나 오랜 세월을 보내야/ 그는 남들의 울음소리를 들을 수 있을까?" "너무도 많은 사람들이 죽어갔다는 걸 알기까지/ 얼마나 더 많은 죽음들이 있어야 할까?" 이런 물음들 끝에 딜런의 노래는 후렴구로 대답한다. "친구여, 그 대답은 바람 속에 들려온다네, 바람 속에 들려온다네." 남들의 울음소리를 듣자면 인간에게는 연민과 겸손을 확장할 줄 아는 능력이 필요하다. 그 능력을 키우는 비밀은 성장기의 아이들을 자유롭게 숨쉬며 자랄 수 있게 하는 바람 속에 있다.

한겨레 2006. 3. 17

별들 사이에 길을 놓다

"바람과 불과 물과 땅—나는 이들을 아름다운 공주들로 바꾸어 내 어린 아들에게 이야기로 들려주었다. 그러자 자연의 모든 것들이 훨씬 깊은 의미를 띠기 시작했다. 밤이면 우리는 별들 사이에 길을 놓았고 위대한 정신들을 만나곤 했다."

시인, 소설가, 극작가, 자연철학자였던 괴테(1749~1832)의 긴 창작 생애는 좀 특별한 데가 있다. 주요 작품만으로 따진다면, 그가 첫 소설 『젊은 베르테르의 슬픔』을 낸 것이 스물다섯 때이고 『빌헬름 마이스터의 수업시대』를 쓴 것은 마흔일곱이 되어서의 일이다. 그로부터 25년이 지난 일흔둘에 그는 『빌헬름 마이스터의 편력시대』 완결판을 내고 또 거기서 11년 뒤인 여든셋에 극시 『파우스트』 2부를 완성한다. 그리고 그해에 그는 죽는다. 그가 『파우스트』를 완성하고 죽었다는 것이 꼭 특별한 이야기일 필요는 없다. 특별한 것은 그가 근 60년 동안 마르지 않는 샘처럼 '창조력'을 유지했다는 사실이다. 보통의 사람에게 여든셋이란 이미 적당히 노망기 들거나 혼미해져 코끼리 다리가 넷인지 다섯인지 기억하기 어렵고 기억하는 일조차 귀찮아질 만한 나이다. 그런데 그 나이에 이르도록 창조력이 왕성하게 살아 있었다는 것은 흔한 일이 아니다. 이 비범한 힘의 비밀은?

괴테의 어떤 시편에는 그 비밀의 단서 하나를 제공하는 듯이 보이는 대목이 나온다. 그가 자기 부모를 회고해서 쓴 듯한 구절이 그것인데, 풀어쓰면 이런 내용이다. "아버지에게서 나는 생김새를 물려받고 삶에 대한 진지한 추구의 자세를 배웠다. 그리고 어머니에게서 나는 삶을 즐기는 법과 이야기 지어내기의 즐거움을 물려받았다." 이야기 지어내기의 즐거움Lust zu fabulieren이라? 이 즐거움은 무슨 생물학적 디엔에이라기보다는 괴테가 어머니에게서 배워 알게 된 즐거움—경험과 체득의 디엔에이임에 틀림없다. 아닌 게 아니라 괴테의 어머니는 '이야기'로 아들을 키운 여자다. 셰에라자드처럼 그녀는 어린 괴테에게 매일 밤 이야기를 들려주어 아들의 상상력을 자극한 어머니, 말하자면 '아들의 셰에라자드'다. 그녀는 회고한다. "바람과 불과 물과 땅—나는 이들을 아름다운 공주들로 바꾸어 내 어린 아들에게 이야기로 들려주었다. 그러자 자연의 모든 것들이 훨씬 깊은 의미를 띠기 시작했다. 밤이면 우리는 별들 사이에 길을 놓았고 위대한 정신들을 만나곤 했다."

어머니의 회고는 좀더 계속된다. "이야기를 듣는 동안 아이의 눈은 잠시도 내게서 떠나지 않았다. 그가 좋아하는 어떤 인물의 운명이 그가 원하는 대로 나아가고 있는지 어떤지 나는 금세 알 수 있었다. 원치 않는 쪽으로 사건이 진행되면 아들의 얼굴에는 분노가 서리고, 그가 눈물을 내비치지 않으려 애쓰는 것을 볼 수 있었기 때문이다. 그가 중간에 이야기를 끊고 들어올 때도 있었다. '엄마, 공주는 그 못된 양복쟁이하고 결혼하면 안 돼. 양복쟁이가 악당을 쳐부순다 해도 말야.' 그럴 때면 나는 거기서 이야기를 멈추고, 결말은 다음날 밤으로 미루었다.

그런 식으로 내 상상력은 가끔 아들의 상상력과 자리를 바꾸었다. 어떤 때는 바로 다음날 아침 그가 바라던 대로 주인공의 운명을 고쳐 이야기해주면서 나는 이렇게 말하곤 했다. '그래, 넌 벌써 짐작하고 있었지? 결과는 네가 생각한 대로 된 거야.' 그러면 그의 얼굴은 흥분으로 빛났고, 나는 그의 어린 가슴이 뛰는 소리를 들을 수 있을 것 같았다."

괴테의 놀라운 창조력이 오직 어머니 덕분이었다는 식으로 한군데로만 몰아 창조성의 원천을 말할 수는 없다. 그러나 창조성의 다른 이름은 상상력이며, 괴테의 경우 이 상상력을 자극하고 키워준 첫번째 공로자는 밤마다 별과 별 사이에 길을 놓아주었던 그의 이야기꾼 어머니다. 더구나 그 길 놓기는 어머니와 아들 두 사람의 공동 작업이다. "가끔 내 상상력은 아들의 상상력과 자리를 바꾸었다." 괴테의 어머니는 어떤 정해진 이야기를 일방적으로 들려준 것이 아니다. 그녀는 아들의 예민한 반응에 적절히 반응하고 아들과 함께 이야기를 만든다. 반응은 이미 상상력의 참여이고 발휘다. 이야기 들려주기가 결코 일방통행이 아니라 '아들과 자기 사이의 특별한 사건'이라는 것을 괴테의 어머니는 잘도 알고 있었던 것 같다. 아들이 반응하고 그 반응에 어머니가 반응함으로써 화자와 청자는 서로 상상력을 자극하고 자극받는다. 이 자극은 이야기 지어내기를 즐거운 일이게 한다. 밤하늘의 별과 별 사이를 즐겁게 나는 상상력은 또 별과 인간을 잇고, 지상의 별들인 사람과 사람의 가슴 사이에, 사람과 개구리 사이에 길을 놓는다. 이야기는 단순 오락이 아니다. 그것은 상호 반응이며 길 놓기이고 연결하기다. 이 연결의 능력이 상상력이다.

교육열 높다는 한국의 부모들은 아이들에게 동화책 사다

던져주고 "네가 읽어"라고 말하거나 무슨무슨 학원으로 내쫓음으로써 할 일을 다했다고 흔히 생각한다. 비디오만 열심히 틀어주는 부모도 많다. "내가 시간이 어딨어?"라고 우리는 말한다. 이 '우리'에게 괴테의 어머니는 말한다. "별들 사이에 길을 놓아라, 함께."

씨네21 2001. 5. 29

그 여자, 캐서린 그레이엄

"나는 단 한 번도, 단 한 건의 기사도 죽이라고 편집국에 주문한 적이 없다. 나는 신문사 자체의 돈벌이와 이해관계를 위해 신문의 영향력을 행사하거나 이용한 일이 없다."

1970년대 초반의 몇 년은 가위 '외신의 시대'라 불러야 할 정도로 우리 언론에 해외 기사가 많이 실렸던 시절이다. 우주탐사선들이 신기록을 세우며 연달아 외계로 날고, 미국 밀사 헨리 키신저가 금단의 땅 중국을 몰래 다녀와 세계를 깜짝 놀라게 하고, 한국군이 참전한 월남에서는 연일 전황이 쏟아지다가 어느 날 거짓말처럼 사이공이 함락되고… 한국 신문들의 특파원 취재망이 세계에 널리 깔렸던 시절이 아니어서 국내 통신사 외신부는 밤사이 외국 통신들이 타전해오는 놀라운 뉴스들을 처리하느라 연일 중량급 기자들을 투입해서 야근으로 날밤을 새워야 했던 것이 그 70년대 초반이다. 야구공만한 활자로 제목을 뽑은 외신 기사들이 거의 매일 신문 1면을 도배질하다시피 했던 것도 그 무렵이다. 그 분주했던 외신의 시대를 더욱 눈코 뜰 새 없게 한, 그러나(이 대목에서 무성영화의 변사처럼 말하자) "오호라, 기자라면 그 시절을 결코 잊을 수 없게 하는 두 개의 사건이 있었나니", 하나는 71년 미 국방성 월남전 기밀문서의 신문 보도 사건이고 또하나는 74년 미국 대통령 리처드 닉슨의 사임이다.

내가 그녀의 이름을 알게 된 것은 그 두 가지 사건 때문이다. 그 무렵 통신사 외신 데스크 일각을 지키고 있던 나에게, 아니 당시의 젊은 외신 기자들 모두에게, 그녀의 이름은 곧장 언론의 진실과 자유와 책임의 상징이었다고 말해야 한다. 국방성 기밀문서 보도에 나섰던 뉴욕타임스가 법원의 제지 명령에 걸려 고군분투하고 있을 때, 워싱턴포스트도 그 문서를 입수한다. 보도할 것인가 말 것인가로 편집국과 신문사 법률고문들은 대립한다. 기자들은 보도해야 한다는 주장이었고 법률고문들은 워싱턴포스트와 그 산하 회사 모두가 존폐 위기에 직면하게 될 거라며 반대한다. 최종 결정은 발행인이었던 그녀의 몫으로 넘겨진다. 그녀는 크게 숨을 한번 들이쉰 다음 기자들에게 세 마디로 결단을 내린다. "하세요, 하기로 해요, 하는 겁니다.Go ahead, go ahead, go ahead." 그리고 다시 확인한다. "합시다. 우리 보도합시다.Let's go. Let's publish." 그렇게 해서 워싱턴포스트는 뉴욕타임스와 스크럼을 짜게 되고 결국 승리는 언론의 자유 쪽으로 넘어간다.

그리고 다음해인 72년, 세칭 '워터게이트' 사건이 발생한다. 대선을 앞둔 그해, 민주당 워싱턴 워터게이트 사무실에 수 명의 괴한들이 침입하려다 붙잡힌다. 괴한들은 '좀도둑'으로 처리되고 세상은 별로 주목하지 않는다. 그러나 그게 단순 절도의 침입행위가 아닐지 모른다고 생각한 워싱턴포스트의 두 젊은 기자 칼 번스타인과 밥 우드워드는 집요하게 사건을 파고든다. 그들의 탐정소설 같은 추적 드라마가 결국 어떻게 결판났는가는 구태여 여기 기억할 필요가 없다. 닉슨을 재선 2년 만에 권좌에서 끌어내린 것이 그 결말이기 때문이다. 권력을 상대로 한 그 질긴 싸움에서 그녀가 한 일은? 그녀가 한 일은 간단하다면 간단하다. 편집국을 끝까지 신뢰하고, 진실 보도의 책임과 자유를 위해 '사운을 걸고' 편집권의 독립을 지켜준 것이 그녀가 한 일의 전부다. 그러나 그녀를 잊을 수 없는 존재이게 하는 것은 이 간단한 일의 비범성, 말하자면 '위대한 간단함'이다.

그녀의 이름은 캐서린 그레이엄이다. 2001년 7월 17일, 그녀가 84세로 생을 마감했을 때 미국 언론들은 깊은 애도에 잠긴다. 그녀가 완벽한 인간이었던 것은 아니다. 그러나 그녀는 언론의 책임이 무엇이며 언론의 자유가 어떻게 정의되어야 하는 것인지를 알고 있었던 사람이다. 워싱턴포스트 발행인으로, 그리고 회장으로 재임한 27년 동안 "나는 단 한 번도, 단 한 건의 기사도 죽이라고 편집국에 주문한 적이 없다"고 그녀는 회고한 적이 있다. "신문은 재정적으로 튼튼해야 독립을 지킬 수 있다. 그러나 나는 신문사 자체의 돈벌이와 이해관계를 위해 신문의 영향력을 행사하거나 이용한 일이 없다"는 것도 그녀의 회고다. 이런 회고가 진실이라는 것은 그녀의 '위대한 편집국장'이었던 벤저민 브래들리를 비롯한 워싱턴포스트 기자들이 증언한다. 그녀는 겸손했고, 신문권력을 행사하지 않기 위해 각별히 노력한 사람이다. 30년간 그녀를 태우고 다녔던 운전사는 말한다. "회장님은 뒷좌석에 앉는 법이 없었어요. 언제나 내 옆에 앉아 조수 노릇을 해주었어요."

가문 소유라는 점에서 워싱턴포스트는 우리식으로 말하면 '족벌신문'이다. 신문은 그녀와 그녀 집안의 소유였지만, 그러나 신문을 만들고 '워싱턴포스트를 워싱턴포스트이게' 하는 일은 기자들의 몫이었다고 사람들은 말한다. 우리나라 언론 사주들이 무엇을 배워야 하는지 일깨우는 대목이다.

씨네21 2001. 7. 31

그 이름들을 불러보노라

> 망각의 축제가 질펀하게 벌어지고 있는 시대 한복판에서, 역사조차도 기억하기를 거부하는 듯한 시대에, 시인은 혼자 기억의 제단에 향불 피우고 우리가 잊어버리고자 한 이름들을 불러낸다.

어느 날 선생님은 칠판에 '핼리 혜성'이라 써놓고 초등학교 아이들에게 이 이상한 별떼에 관한 이야기를 들려준다. 그런데 있잖아, 요놈이 우주를 돌다가 우리가 살고 있는 이 지구와 오늘 박치기를 하면 어찌되는지 알아? 아이들은 눈이 동그래진다. "그렇게 되면 말야, 늬네들 내일 학교에 안 나와도 돼." 선생님한테서 그 얘기를 듣고 집으로 돌아온 소년은 그날 저녁 밥이 넘어가지 않는다. 어쩌면 그게 가족의 마지막 식사가 될지 모르기 때문이다. 소년은 엄마한테 야단맞고 혼자 제 방으로 돌아가지만 잠이 오지 않는다. 지구의 끝장은 어떤 것일까? 그는 밤중에 식구들 몰래 다락을 타고 지붕에 올라가 밤

---

* 이 글에 인용된 스탠리 쿠니츠의 시 대목은 칼럼 발표 7년 후인 2013년 11월 순천 기적의 도서관 개관 10주년을 축하하기 위해 씌어진 「지붕 위의 소년」에 한 차례 더 소개되었다.

하늘의 총총한 별들을 바라보며 생각에 잠긴다. 그리고 세계가 끝나기를 기다린다.

올해로 101세가 되는 미국 시인 스탠리 쿠니츠의 시 「핼리 혜성Halley's Comet」의 내용이다. 시는 이야기가 아니다. 그러나 모든 시는 이야기를 갖고 있고 이야기로의 번역이 가능하며 이야기를 만들 수 있게 한다. 시 한 편이 응축하고 있는 것들로부터 긴 영화 한 편이 나올 수도 있다. 시의 1분은 영화의 한 시간, 산문의 두 시간이다. 「핼리 혜성」 속의 소년은 그래서 어찌 되었을까? 그는 왜 세계가 끝나기를 기다렸을까? 학교 가기 싫어서? 지구가 어떻게 끝장나는지를 보고 싶은 호기심, 궁금증, 흥분 때문에? 세계의 종말을 본다는 것은 세계의 태초를 목격하는 것이나 진배없이 신나는 일? 소년은 지붕에서 내려왔을까? 우리는 안다. 거기서 내려온 소년이 커서 그 자신 선생님이 되고 여자의 남자, 아이의 아비, 시인, 과학자가 되었으리란 것을. 우리는 또 안다. 어른이 되어서도 사람들의 가슴 한구석 기억의 깊은 웅덩이에는 시 속의 화자처럼 밤하늘 별들을 쳐다보던 소년 하나가 아직도 지붕에서 내려오지 않고 남아 있다는 것을.

4·19가 터지던 1960년의 3월과 4월, 한국의 아이들이 학교를 뛰쳐나온 것은 핼리 혜성 때문이 아니다. 세계의 끝장을 보기 위해 그랬던 것도 아니다. 그들의 손에 들려 있었던 것은 '3·15 부정선거 무효' '독재 타도' '물러가라 자유당' 같은 구호들, 그리고 책가방이다. 시인 쿠니츠의 소년이 하늘을 보기 위해 지붕으로 올라갔음직하던 날 서울의 초등학교 아이들은 "국군아저씨들 형제자매에게 총부리 겨누지 마세요"라고 쓴 플래카드를 들고 시위대에 합류한다. 그 1960년 3월과 4월 그

렇게 길바닥으로 쏟아져나갔던 우리의 초등학생, 중학생, 고등학생 아이들은 어찌되었는가? 그때 총 맞아 죽지 않고 살아남은 아이들이 지금은 우리의 나이든 이웃으로, 아이들의 어미 아비로, 혹은 할아비 할미로 이 땅 어디에선가 살고 있다. 그러나 죽은 아이들은? 지금 누가 그들의 짧은 생을 기억하는가? 지금 누가 그들의 이름을 불러주고 누가 그들의 끊어진 꿈, 중단된 생애, 가방 속의 못다 쓴 공책을 기억해주는가?

최근에 나온 고은 시인의 21, 22, 23번째 연작 『만인보』 시편들은 그 1960년 꽃 피는 춘삼월에 죽어간 아이들의 이름과 그들의 토막난 삶을 기억하는 일에 집중적으로 바쳐지고 있다. 시집에 나오는 아이들 상당수가 학생이지만 학생 아닌 아이들도 있다. 이 기억의 출석부에서 아이들은 누구도 '무명'이 아니다. 마산고 1학년 13반 급장 김용실, 중학생 교복을 입은 지 열하루 만의 차대공, 수송학교 6학년 3반 권한승, 염리동 철공소 소년 이채섭, 열세 살의 덕성여중생 최신자, 야간공민학교 우등생 홍성순, 경기고 2학년 수학 천재 이종량, 2대 독자 김효덕, 금호국민학교 6학년 정태성, 동래여고 김순임의 편지가 든 책가방을 교실에 두고 나온 부산고 이의남, 부산 남학생들의 여신이었던 데레사여고 정추봉, 죽음을 예감하기라도 한 듯 '부모님 전상서'를 쓰고 나온 한성여중 2학년 진영숙… 아, 이런 이름의 아이들이었구나, 그들에게도 이름이 있었구나!

그 아이들에게도 이름이 있었다는 사실을 『만인보』에서 환기받는 일은 아주 돌연하고도 순수한 충격이다. 대부분은 우리가 몰랐던 이름, 잠시 알았어도 지금은 잊어버린 지 오랜 이름들이어서? 아니다. 그때로부터 근 반세기가 흐른 지금 그 이름들은 우리가 몰라도 되는 이름, 더는 알 필요가 없고 아무도 기억하고자 하지 않는 이름들이 되었기 때문이다. 망각은 세월의 더께에서만 오는 것이 아니다. 잊어버리려는 의지, 그것이 망각의 더 큰 이유다. 『만인보』가 환기시키는 것은 우리가 발동시켜온 바로 그 망각의 의지다. 그런데 『만인보』의 시인은 기억하고자 한다. 망각의 축제가 질펀하게 벌어지고 있는 시대 한복판에서, 역사조차도 기억하기를 거부하는 듯한 시대에, 시인은 혼자 기억의 제단에 향불 피우고 우리가 잊어버리고자 한 이름들을 불러낸다.

지금까지 나온 『만인보』 시집 23권 전편을 통해 시인이 시도하고 있는 것은 사람들을 '무명성'으로부터 건져내는 일이다. 『만인보』의 인물들은 '기능'으로 존재하지 않고 '사람'으로 존재한다. 대장장이는 그냥 대장장이가 아니라 '뻐드렁니 한만걸'이고 병원 간호원은 그냥 간호원이 아니라 '우정숙'이며 '좌익학생 강태수의 애인'이다. 대천읍 술장사는 '생불이 할머니', 새터 머슴은 '대길이 아저씨'다. 청주시청 청소부는 아무도 그 이름 알 필요 없는 기능인으로서의 청소부가 아니라 수염발 희끗한 두 영감 '최명식'과 '유지행'이다. 아무도 무명이지 않고 이방인이 아닌 곳, 거기가 고향이라면 『만인보』의 세계는 모든 이가 모든 이를 알고 이름으로 불러주는 고장, 우리의 '고향'이다. 그 고향은 사람들이 서로 이름을 알 필요 없는 기능 관계로만 접촉하고 무명으로 살아야 하는 거대 도시와는 너무도 다른 곳이다. 페르디난트 퇴니에스가 '게마인샤프트'라 부른 작고 친밀한 마을 공동체가 『만인보』의 고향땅이다. 『만인보』에는 팔도의 온갖 사람들이 다 나오지만 그들은 시인이 만드는 마음의 게마인샤프트에서 모두 '고향 사람'으로 산다.

고향은 우리가 두고 떠나온 나라, 상실한 땅이다. 우리의 가슴은 이 상실과 어떻게 화해해야 하는가? 46년 전 죽어간 아이들의 그 잃어버린 꿈과는 또 어떻게 화해하는가? 『만인보』는 이런 질문들을 던지는 듯하다. 스탠리 쿠니츠의 소년처럼 지붕에 올라가 별들을 바라볼 틈도 없이 길바닥에서 스러져간 우리 아이들의 그 상실의 생애는 어찌해야 하는가. 그들도 우리 가슴속 깊은 기억의 사원에 남아 있어야 하지 않겠는가.

한겨레 2006. 4. 14

시카고의 앵무새 열풍

1960년대 한국 영화팬들의 머릿속에는 그레고리 펙이 주연했던 흑백영화 〈앵무새 죽이기〉(국내 상영 제목은 〈아라바마에서 생긴 일〉)의 몇몇 장면들이 지금도 아련히 박혀 있을 것이다. 영화 속의 주인물 애티커스 핀치 판사 역을 맡은 그레고리 펙의 연기도 볼만했지만, 인종 갈등에 휩싸인 미국 남부의 한 시골 마을에서 사랑과 정의에 눈뜨며 자라는 세 아이(잼, 스카우트, 딜)의 모습이 누구에게나 있을 법한 유소년기의 이미지로 기억 세포에 입력되어 있기 때문이다. "고대 이집트 사람들은 이렇게 걸어다녔대"라며 잼이 여동생 스카우트에게 이집트 벽화 속의 '게걸음' 포즈를 흉내내던 장면, '이상한 사람'으로 알려진 레들리 집안의 비밀스러운 은둔자 부 레들리가 스카우트를 위기에서 구해주고 아이들 앞에 모습을 드러내던 일—그런 장면과 사건 들 말이다.

뉴욕타임스 8월 28일자 보도에 따르면, 그 영화의 원작이 되었던 하퍼 리의 소설 『앵무새 죽이기To Kill a Mockingbird』가 지금 시카고 시에 독서 바람을 불러일으키고 있다. 시카고 공공도서관이 8월 25일부터 7주간 어른 아이 할 것 없이 시민 모두가 '함께 읽을 한 권의 책'으로 이 소설을 선정하고, 리처드 델리 시장이 직접 나서서 시민 참여를 호소하는 바람에 시 전체가 '앵무새 열풍'에 휩싸인 것이다. 정확히 얼마나 많은 시민들이 여기 참여할지는 7주가 끝나는 10월 14일 이후에나 알 일이다. 그러나 이미 열풍은 열풍이다. 시립도서관 당국은 시내 각 공공도서관에 소설 4000권을 사다 비치했지만 미처 책을 빌리지 못한 시민들이 서점으로 몰려드는 통에 시내 서점들에서는 책을 갖다놓기 무섭게 없어진다고 한다.

1960년 초판이 나온 이 소설에는 몇 가지 진기록이 따라다닌다. 전혀 세상에 알려지지 않았던 한 수줍은 작가 지망자의 소설이 발행 첫해에 250만 부나 팔린 것도 기록적이고, 작가가 1957년 출판사에 초고를 보낸 뒤에도 3년간 다듬고 다듬어서야 책을 냈다는 것도 기록적인 일이다. 작가는 아직 생존해 있지만,* 앨라배마 한 시골(작가가 태어나고 자란 몬로빌은 하도 벽촌이어서 '택시 한 대'만 돌아다녔다고 한다) 마을에서의 성장 시대를 다룬 이 작품 이후 그녀가 다시는 소설을 쓰지 않았다는 것도 흔한 일은 아니다. 초판 출간 이후 40년이 지난 시점에 한 대도시 시민들에게 '함께 읽을 책'으로 선정되었다는 것은 모르긴 하되 '신기록'이 아닐까 싶다. 물론 이 소설은 세계 여러 언어로 번역되어(국역판도 두 종류 있다) 지금까지 3000만 부가 팔렸고, 출간 이후 줄곧 미국 전역의 청소년 권장도서 목록에 올라 있었기는 하지만.

그러나 우리가 주목할 것은 이런 기록이 아니다. 이번의 앵무새 열풍은 말하자면 시카고판 '책 읽는 사회 만들기' 운동이다. "온 시카고가 나서서 소설 한 권을 읽고 있다"는 소식은 우리에게 신문 토픽감으로 끝날 단순 화제가 아니라 생각할 거리이고 화두다. 시카고 같은 큰 도시가 무엇 때문에 그런 일을 하는가, 대도시에서 어떻게 그런 일이 가능한가, 그런 발상을 할 수 있는 사람들의 능력은 도대체 어디서 나오는가? 시민들이 비디오나 게임에만 빠져 있을 것이 아니라 책 읽고 생각하고 독서문화를 유지하는 것이 그 자체로 소중한 가치이고 삶의 방식이며 경험이라는 판단이 '책 읽는 시카고'의 동기라는 것쯤 짐작하기 어렵지 않다. 1년에 한 번만이라도 온 시민이 똑같은 책 한 권을 읽어 공통의 화제를 찾아내고 시카고의 문제(이를테면 인종 분할과 차별)를 함께 생각해보는 것도 대도시의 공동체적 가능성을 키우는 데 소중한 일이 아닐 수 없다.

그런 아이디어를 낸 사람들은 누구인가? 온 시민이, 또는 가능한 한 다수의 시민들이, 1년에 한 번 한 권의 책을 놓고 함께 읽어보자는 아이디어를 맨 처음 내놓고 실천한 것은 4년 전 시애틀 공공도서관 직원 낸시 펄이다. 이 발상은 미국 여러 도시들의 호응을 얻어 뉴욕 주 버펄로, 로체스터, 시러큐스 같은 도시들로 확산되고 일리노이의 스프링필드, 아이다호의 보이시 시도 이에 가세할 준비를 하고 있다 한다. 대도시 시장이 직접 나선 것은 시카고가 처음이다. 어떤 책이 선정되는가는 물론 지역에 따라 다르다. 시카고가 『앵무새 죽이기』를 선택한 것은 이 소설이 시카고의 심각한 인종 갈등에 소중한 통찰과 해법을 주기 때문이다(시카고 시장 자신도 그 소설의 애독자였다 한다). '책 읽는 시카고'를 만드는 데 들어간 비용은 고작 4만 달러다. 가장 적은 비용으로 가장 값진 일을 벌일 수도 있다는 것을 시카고는 보여주고 있는 것이다.

씨네21 2001. 9. 11

---

* 『앵무새 죽이기』의 작가 하퍼 리는 2014년 현재 88세로 생존해 있다.

** MBC의 김영희 피디는 『씨네21』에 실린 이 칼럼을 읽고 2001년 말 〈느낌표〉 프로그램의 '책책책, 책을 읽읍시다' 꼭지를 구상했다고 한다.

동태복수법

> 개에게 엉덩이를 물리면 너도 개 엉덩이를 물고 고양이가 네 생선을 훔쳐가면 너도 가서 고양이 생선을 훔쳐라?

"내가 당한 것만큼 갚아준다"는 것은 분명 인간의 정의감을 충족시켜주는 데가 있다. 복수의 문화가 질긴 생명력을 갖는 까닭은 그것이 정의 구현의 한 양식 같아 보이기 때문이다. 공정성은 정의의 조건이며, 복수의 문화에서 이 공정성은 흔히 교환의 공정성으로 나타난다. "내가 이만큼 아팠으니 너도 그만큼 아파야 한다"랄 때의 '이만큼'과 '그만큼'의 크기를 같게 하는 것이 교환의 공정성이다. 이 양적 공정성에는 때로 '같은 것의 교환'이라는 요구가 따라붙는다. 실연당하고 석 달 열흘 눈물 세 바가지, 콧물 두 바가지 흘린 사람은 '그 나쁜 놈'에게도 눈물 콧물 도합 다섯 바가지를 흘리게 해야 한다는 정의로운(?) 유혹에 곧잘 빠진다. '눈물 세 바가지에는 정확히 눈물 세 바가지를, 콧물 두 바가지에는 반드시 콧물 두 바가지'를 요구하는 복수법은 교환의 양적 동일성과 교환물의 형태적 동일성을 동시에 요구한다. 이것이 이른바 '눈에는 눈, 이에는 이'로 흔히 요약되는 동태복수법同態復讐法, lex talionis이다.

동태복수를 문화적 관습의 차원을 넘어 '법'으로 제정한 것이 3700년 전 바빌로니아의 함무라비법전이다. 총 282조의 이 법전은 제196조에서 "눈에는 눈"을, 197조에서 "뼈에는 뼈"를, 200조에서는 "이에는 이"를 법적 정의로 규정하고 있다. 형사적 사안이 아닌, 요즘으로 치면 민사적 사안이랄 것에 대해서도 이 법전은 어김없이 동태보상의 원칙을 적용한다. 이를테면 목수가 누구 집을 잘못 지어 지붕이 내려앉고 그 통에 집주인의 아들이 깔려 죽었을 때의 공정한 보상 방법은? 목수의 아들을 죽이는 것이다. 집주인의 딸이 죽으면? 목수의 딸이 죽어주어야 한다. 집주인이 깔려 죽으면? 물론 목수 자신이 목숨을 내놓아야 한다. 현대 코미디물의 대본 작가들이라면 이 법전으로부터 재미난 대사들을 수없이 만들어낼 수 있다. 개에게 엉덩이를 물리면 "너도 개 엉덩이를 물어라." 고양이가 자네 생선을 훔쳐가면? "너도 가서 고양이의 생선을 훔쳐라."

그러나 웃을 일이 아니다. 근동 아시아에서 발원한 동태복수의 문화는 수메르나 바빌로니아에서 그친 것이 아니라 서양 문명의 양대 초석이 된 히브리 문명과 그리스 문명에 전승되고 지중해 일원으로, 그리고 이슬람 전통 속으로도 퍼진다. 가족 성원을 죽인 자는 반드시 찾아내어 죽여야 하는 것이 그리스신화에서 피붙이의 신성한 의무다. 복수하지 않는 자는 되레 신의 응징을 받는다. 히브리 구약의 문화에서도 동태복수는 예외적 일탈이 아니다. 쿠란 경전에도 '자비'를 말하는 대목과 나란히 "눈에는 눈, 이에는 이"가 문자 그대로 적혀 있다. 물론 이런 전통들이 동태복수의 딜레마를 몰랐던 것은 아니다. 복수의 순환 고리에 걸리는 순간 당사자 쌍방은 눈이 다 빠지고 이빨이 모두 없어질 때까지, 서로 씨가 마를 때까지, 그 악순환의 고리를 벗어날 수 없기 때문이다.

이런 보복의 고리를 끊고자 노력한 문명의 흔적들은 역력하다. 그리스의 경우, 서사시 『오디세이아Odýsseia』는 고향에 돌아와 많은 사람들을 죽인 오디세우스를 보복의 고리에서 벗어나게 하려는 '대화해'의 이야기로 끝나고, 어머니를 죽여 아비의 죽음을 복수하는 엘렉트라와 오레스테스 오누이에게는 아테나 여신이 법과 문명의 여신답게 '무죄 판결'을 내린다. 이런 이야기들은 동태복수의 악순환 고리를 차단하고자 한 고대 그리스 사회의 문화적 딜레마와 고민을 보여준다. 히브리 전통의 경우, 복수문화에 대한 가장 혁명적인 단절 선언을 내놓은 것은 신약의 나자렛 예수다. "누가 당신 오른뺨을 치면 어찌하겠소?"라는 질문이 그에게 던져졌을 때 "오른뺨을 때리거든 왼뺨을 갖다 대라"고 그는 말한다. 신약 '산상수훈'의 이 대목을 읽는 현대인은 예수의 말이 당대 문맥에서는 얼마나 혁명적인 것이었던가를 짐작조차 하기 어렵다. 그러나 그의 가르침에는 자기 시대를 넘고 당대 관습을 넘어 이에는 이, 눈에는 눈의 동태복수적 악순환을 끊고자 했던 한 선각의 외로운 결단이 스며 있다.

그런데 동태복수의 문화는 없어졌는가? 천만의 말씀이다. 나치, 파시즘, 중동 분쟁 등 20세기 모든 갈등의 장면들에서 그 문화는 소멸한 적이 없다. 이스라엘과 팔레스타인 사이의 긴 갈등의 장면들에는 거의 언제나 동태복수의 관행이 관철되고 있다. 외신은 지난 10월 17일에도 이스라엘 각료 한 명이 암살당했다는 소식을 전한다. 팔레스타인의 어떤 조직이 보복했다는 것이다. 이스라엘은 또 보복에 나설 것이고 팔레스타인은 그 보복을 보복하기 위해 다시 보복에 나설 것이다. 이런 복수

장면은 지금 미국과 테러 조직 사이에서, 그리고 세계 거의 모든 분쟁지역에서 끊임없이 벌어지고 있다. 인간 역사는 이분법의 질서에서 좀체 놓여날 수 없듯이 동태복수의 고리에서도 한참 동안 해방되기 어려울지 모른다.

씨네21 2001. 10. 30

우리 속의 탈레반

> 종교적 관용의 길은 아직도 멀어 보인다. 개인의 불관용보다는 조직, 국가, 체제에 의한 불관용이 더 무섭고 파괴적이다. 그렇다고 개인의 책임이 면제되는 것은 아니다. 사회를 구성하는 개인들이 결국 자기 사회의 관용의 수준을 결정하기 때문이다.

"이분법 사라지는 곳에 낙원 있다." 문학평론가이자 문명비평가였던 롤랑 바르트의 말이다. 세상만사를 선명히 두 쪽으로 나누고 그 둘 사이에 넘나들 수 없는 절대의 경계선을 긋는 인간 정신의 관습이 이분법이고 이 이분법을 사유의 방법으로 삼는 것이 이분법적 사고이다. 선/악, 흑/백, 남/여, 이성/감성, 아/타, 문명/야만… 이런 개념쌍들은 인간이 만들어낸 수천 가지 이분법 체계의 일부다. 많은 경우 이분법은 배척와 분할, 억압과 소외의 논리가 되어 살인, 인종 청소, 전쟁, 파괴를 정당화한다. 히틀러의 유태인 학살, 세르비아계 무슬림이 주동이 된 발칸반도에서의 인종 청소, 중세 교회의 마녀사냥, 남아프리카에서의 인종 분리 등은 이분법이 세상을 어떻게 지옥으로 만들 수 있었던가를 보여주는 사례들이다. 그 이분법을 무너뜨려야 낙원이 온다는 바르트의 말은 틀리지 않다.

그런데 그 이분법 무너뜨리기는 결코 쉽지 않다. 쉽지 않은 정도가 아니라 인간의 역사가 지속되는 한은 이분법도 거의 영구히 지속될지 모른다. 인간이 수만 년에 걸쳐 적응하며 살아온 자연계의 질서 자체가 이분화되어 있는 것 같아 보인다. 해와 달, 낮과 밤, 삶과 죽음, 남자와 여자… 자연환경의 이런 이분적 질서에 적응하고 그것을 해석하는 동안 인간의 머리 자체가 이분법을 일종의 사유구조로 고착시킨 것인지 모른다. 자연질서만이 그런 것이 아니다. 진화의 초기 과정에서 살아남아야 했던 인류에게는 적이냐 아니냐 편을 가르고 '아/타'를 나누는 일만큼 중요한 생존 전략도 없었을 것이다.

그러나 우리 대학의 젊은 지성들은 이분법이 불변구조가 아니라 정신 관습이 만들어낸 장치이자 이데올로기라고 생각하는 연습을 단단히 해둘 필요가 있다. 인간의 지적활동에 이분법이 모든 경우 악랄하고 무용한 것은 아니다. 그것은 어떤 현상을 이해하고 설명하기 위한 논리적 도구로서, 어떤 복잡성의 인식에 이르기 위한 발견적 수단으로, 혹은 갈등구조를 만드는 방법으로 각각 유용할 때가 많다. 이분법이 악랄해지는 것은 그것을 가치의 확고한 서열구조로 바꾸어 분할과 배제의 장치로, 불관용의 근거로, 선악과 우열의 절대적 판단 근거로 삼을 때이다.

최근 지구촌 사람들은 아프가니스탄 탈레반 정권이 7세기의 바미안 석불들을 파괴한 행위에 깜짝 놀라고 있다. 석불들은 무슨 공군 사격훈련 표적처럼 기총소사를 받아 벌집이 되었다가 지금은 다이너마이트에 날아가 먼지가 된 것으로 알려지고 있다. 이들 석불의 수난을 보고 있자면 지구촌이란 데가 아직도 얼마나 종교적 관용의 능력으로부터 멀리멀리 떨어져 있는 곳인가를 절감하게 된다. 탈레반 정권으로서는 서방 세계에 대해 분노할 수십 가지 정당한 이유를 갖고 있을 수 있다. 그러나 그 분노가 석불 파괴로 표현될 때 세계 공동체는 탈레반 정권의 '분노할 수 있는 자격' 자체를 불신한다. 지금 지구상에서 거의 유일하게 '경전으로 사는 사회'를 지키려는 귀중한 정신 자세를 유지하고 있는 것이 이슬람 문명이다. 그 문명은 반드시 배제와 불관용을 가르치지 않는다. 탈레반 지도자들이 파괴행위를 정당화할 근거를 쿠란 경전의 한 구절("우상숭배 금지")에서 찾는다고 굳이 주장한다면, 그들은 이슬람의 훨씬 큰 보편적 정신보다는 광신에 더 충실하다. 경전의 문자적 해석 이상의 수준으로는 결코 올라가지 못하는 정신 상태, '나' 속에 '남'을 포함시키지 못하는 정신적 불구가 '광신'이다.

지금 지구촌은 '타자에 대한 존중'의 윤리적, 정신적 능력을 요구하고 있고 성숙한 사회일수록 시민들이 그런 능력을 키울 수 있도록 언론매체, 교육, 대중문화 등 거의 모든 가용 자원들을 동원하고 있다. 일부 할리우드 영화와 오락게임을 제외하고는 선당(善黨—이런 용어는 없지만 만들어 쓰자)과 악당을 확고한 이분법으로 갈라 "악당에게는 오직 죽음을"이라는 유치한 서사구조를 채택하는 문화 생산물은 찾아보기 어렵다. 미야자키 하야오의 작품에서 보듯 아이들을 위한 애니메이션도 이분법보다는 타자의 이해와 존중을 가르치는 쪽으로 제작되고 있다. 가치의 다양성을 살리는 것이 인간의 삶을 훨씬 더 풍요롭게 하는 문화적 선택이며, 정의로운 사회의 길이라는 사실을 세계는 점점 더 깊게 인식해가고 있기 때문이다.

그러나 길은 아직도 멀어 보인다. 개인의 불관용보다는 조직, 국가, 체제에 의한 불관용이 더 무섭고 파괴적이다. 그렇다고 개인의 책임이 면제되는 것은 아니다. 사회를 구성하는 개인들이 결국 자기 사회의 관용의 수준을 결정하기 때문이다. 지금 우리는 탈레반(원래 페르시아어로 '쿠란 경전을 공부하는 학생'을 의미)을 손가락질하고 있지만 사실 그 손가락은 동시에 우리 자신을 가리킨다. 우리 속의 탈레반은 얼마나 많은가!

씨네21 2001. 3. 27

당신의 홈페이지

나는 당신이 누군지 모른다. 여자인지 남자인지, 아니면 그 어느 쪽도 아닌, 말하자면 어느 쪽으로도 분류되기를 거부하는 사람인지 어떤지에 대해서도 나는 아는 바가 없다. 하루의 빵을 위해 당신이 아침 몇시에 일어나고 몇 호선 전철에서 흔들리며 아침 신문을 읽는지, 일터를 향해 걸어갈 때 당신의 가슴에 당신만 아는 잔잔한 가락이 흐르는지 어떤지, 나는 모른다. 어제 아침 지하철 역사 계단을 오르면서 당신은 잠깐 발을 헛디디지 않았던가? 알 수 없다. 당신은 걸음걸이가 아직 서투르지 않은가, 아기처럼? 아니, 어쩌면 당신은 아기였던 때를 기억하기 위해 가끔 허공을 밟곤 하지 않는가? 알 수 없다. 나는 당신에 관해서 모르는 것이 너무 많다.

내가 당신을 잘 모르는 것은 당신의 홈페이지에 당신 자신에 관한 신상 정보가 너무 없기 때문이다. 사람들이 홈페이지를 만드는 이유와 당신이 홈페이지를 지키는 이유는 너무 달라 보인다. 사람들이 부산 떨며 자기네 홈페이지에 오만 가지 쓰레기를 쑤셔넣고 있는 동안 당신의 홈페이지는 비어 있다. 내가 처음 방문했을 때, 당신의 홈페이지 1장 1절은 이렇게 시작되고 있었던 것을 나는 기억한다. "나는 아무도 아닙니다." 그리고 그다음 줄, "나는 아무것도 가진 것 없고 자랑할 것도 없습니다"가 당신의 홈페이지 1장 2절이다. 이것이 당신에 관한 정보의 전부다. 아니, 한 줄 더 있다. "실패하라, 또 실패하라, 더 낫게 실패하라." 이것은 당신의 좌우명인가? 물려받은 가훈인가? 이런 가훈을 내리는 집이 지금 대한민국 천지에 어디 있을라고? 그러고 보니 그건 어디 딴 데서 듣던 소리 같기도 하다. 어디서 들었더라? 어떤 사람이 어떤 사람의 어떤 소설을 두고 "위대한 실패"라 말한 적이 있었던 것 같은데? 혹시 어떤 이의 시에 나오는 한 구절이었던가? 당신은 시를 읽는 사람인가? 시인인가?

그럴지도 모른다. 당신이 쓴 것인지 아니면 다른 사람의 것인지 알 수 없는 시 한 편을 나는 당신의 홈페이지 2장에서 발견한다. "작은 상자는 처음으로 작은 이빨을 내고/ 그녀의 작은 길이는 조금 더 길어지고/ 작은 폭과 작은 공허/ 그리고 그녀가 가진 모든 것들이/ 조금씩 조금씩 자랐습니다/ 한때 작은 상자를 담고 있었던 찬장이/ 지금은 작은 상자 안으로 들어왔어요/ 작은 상자는 점점 더 커지고 커지고 커져서/ 방이 그 안에 들어가고/ 집이 들어가고 도시와 땅덩이와/ 한때 작은 상자를 담았던 세계가 모두 그 작은 상자 안으로 들어왔지요/ 그런데 작은 상자는 어린 시절을 기억했어요/ 그 시절이 그립고 그리워/ 그녀는 다시 작은 상자가 되었습니다/ 지금 그 작은 상자에는/ 온 세계가 작아진 몸으로 들어가 있습니다/ 당신은 그 상자를 쉽게 주머니에 넣을 수 있고/ 쉽게 훔치고 쉽게 잃어버릴 수 있어요/ 잘 간수하세요, 작은 상자를."

하지만 당신은 마냥 시만 읽는 사람이 아닐지도 모른다. 그냥 그렇고 그런 시인이 아닐지도 모른다. 어제 내가 들어갔을 때 당신의 홈페이지 3장에는 이런 글이 적혀 있었기 때문이다. "내 작은 상자의 비어 있음을 간수하기 위해 나는 기억하고 판단한다." 내가 깜짝 놀란 것은 그다음 구절이다. "두 종류의 마피아 집단이 지금 한국에서 썩은 시궁창 냄새를 온 우주에까지 풍기고 있다. 언론을 욕되게 한 자, 그러므로 언론의 자유를 말할 자격이 전혀 없으면서 언론의 자유를 외치는 신문 마피아 집단이 그 하나이고, 다른 하나는 그 마피아를 두둔하기 위해 머리 굴리는 우둔하고 잔인한 정치 마피아 집단이다." 그러고는 언제 그런 소리했느냐는 듯, 악취를 쫓기라도 하려는 듯 다시 이런 시 구절이 이어 나온다.

"작은 상자에/ 돌을 넣어보세요/ 거기서 새가 나올 거예요/ 당신 아빠의 뿌리를 넣어보세요/ 우주의 굴대가 나올걸요/ 작은 상자에/ 새앙쥐를 넣어보세요/ 진동하는 언덕이 나올 거예요/ 당신의 머리를 던져넣으세요/ 두 개의 머리를 얻을 거예요." 그러고 보니 잊었네, 깜빡. 당신이 써놓은, 당신의 것인지 다른 이의 것인지 모를 그 시에 '작은 상자'라는 제목이 붙어 있었다는 것을. 이제야 알겠네, 당신의 홈페이지가 바로 그 작은 상자라는 것을. 마법의 상자, 작은 상자의 간수자여, 기억해다오, 나도 당신의 홈페이지에 들어가고 싶어한다는 것을.

씨네21 2001. 7. 10

---

* 인용된 시는 유고슬라비아 시인 바스코 포파의 「작은 상자The Little Box」. 이 시는 『절름발이 늑대에게 경의를』(오민석 옮김, 문학동네, 2006)에 수록되어 있다.

아이들에게 숨구멍을!

"월요일의 아이는 얼굴이 아름답고, 화요일의 아이는 온몸이 아름답다." 영국 동요의 한 대목이다. 우리 아이들은? 초등학생 때부터, 아니 취학 이전의 꼬맹이 시절부터 고교 3년생이 될 때까지 장장 10여 년 무슨무슨 학원으로, 교습소로 또 어디로 줄기차게 내몰리고 각종의 과외 선생을 찾아다니느라 빡빡한 일과를 소화하고 있는 우리나라 아이들의 일주일을 노래한다면? 필시 이럴 것이다. "월요일의 아이는 피곤하고, 화요일의 아이는 졸립다. 수요일의 아이는 더 졸립다. 목요일의 아이는 눈이 무겁고 금요일의 아이는 온몸이 무겁다." 토요일의 아이는? "토요일의 아이는 퉁퉁 부었네"다. 한국의 아이들에게 월화수목금토는 요일만 달랐지 그날이 그날인, 다람쥐 쳇바퀴 도는 피곤한 나날이다.

아직은 격주제지만, 그나마 각급 학교가 이번 봄학기부터 주5일제 수업을 실시하면서부터 아이들은 최소한 주말 이틀만은 숨구멍 틀 기회를 얻은 셈이다. (극성스러운 부모를 둔 아이들에겐 여전히 그 이틀의 주말도 결코 쉴 수 있는 날이 아니지만.) 아이들에게는 목구멍 이상으로 숨구멍이 중요하다. 숨구멍이 막히면 목구멍 열 개가 있어도 아무 쓸모 없다. 어른도 마찬가지다. 그러나 어른들은 숨구멍 막히면 목구멍으로 대신할 줄 알지만 아이들은 그런 기술이 충분치 못하다. 물론 이건 해부학적 진실 아닌 은유적 진실이다. 답답할 때 어른들은 목구멍으로 술이라도 부어넣고 고래고래 소리질러 막힌 숨통을 트지 않는가. 하지만 아이들은 숨통 막힌다고 야밤에 길바닥에서 소리지르고 술로 숨구멍을 틔울 수 없다. 그들이 할 수 있는 것은 '우는 일'뿐이다.

인천 부평에 어린이 전용 도서관인 '부평 기적의 도서관'이 개관한 것은 지난 3월 10일 금요일이었는데 다음날인 토요일과 일요일 이틀 동안 5000명 이상의 아이들이 이 도서관으로 몰려들었다고 한다. 어른 방문객까지 합치면 그 수는 6000명을 넘는다. 물론 개관 초여서 구경 삼아 온 아이들도 많았을 것이다. 그러나 개관 3주째 주말에도 도서관을 찾은 아이들은 하루 1000명이 넘었다고 한다. 다른 지역에서도 사정은 비슷하다. 인구 15만의 제천에서 지난 25일 토요일 하루 동안 제천 기적의 도서관을 찾은 아이들은 1100명으로 보고되어 있다. 주5일제 실시 이전에도 주말 사용자는 많았지만 토요 휴업이 시작되면서 어린이도서관의 사용 수요는 폭주하고 있다. 겨우 250평 안팎의 부평 기적의 도서관이 수용할 수 있는 인원은 많아야 300명이다. 1000명 이상의 아이들이 몰려든다면 도서관 기능은 사실상 마비된다. 그러나 찾아오는 아이들을 막을 수 없고 다 수용하자니 도서관은 '장바닥' 꼴이 되고, 그래서 운영자들은 쩔쩔맨다.

이런 사정이 지금 우리들 어른의 사회에, 정부와 지방자치단체들과 유관기관들을 향해 던지는 메시지는 너무도 분명하다. 주말에 아이들은 갈 곳이 없다, 대책을 세워라, 주5일제 수업 실시에 따르는 후속 수요를 예측하지 못했단 말인가? 방법을 강구하라—이게 그 메시지다. 정부가 이런 사정을 모르는 것은 아니다. 그러나 지금 전국 각지의 공공도서관 어린이실, 어린이 전용 도서관, 동네 동네의 민영 작은 도서관들을 다 동원해도 폭주하는 수요를 충족시키기에는 아이들을 위한 도서관 인프라는 태부족이다. 정책 입안자들을 위해 귀띔하자면, 인구 5만 명에 최소한 하나씩의 규모급 어린이도서관이나 공공도서관 어린이용 시설 공간이 필요하다. 그런데 지금 전국을 통틀어 200평 규모의 어린이 전용 도서관은 채 20곳이 되질 않고, 어린이를 위한 웬만큼의 전담 서비스 시설을 갖춘 공공도서관까지 다 합쳐도 그 수는 100개를 넘지 못한다. 7~800개의 어린이 전용시설이 더 필요하다. 인구 1000만의 서울시에는 최소 200개의 어린이 전용 도서관이나 전용시설이 필요한데, 지금 서울에 있는 어린이 전용 도서관은 5개 정도이고 어린이실을 제대로 갖춘 공공도서관까지 다 합쳐야 그 수는 20개가 채 되지 않는다.

무엇보다도 지방자치단체들의 각성과 인식 전환, 주민을 위한 정책 수립의 필요성이 절실하다. 우리나라 자치단체들의 문화행정이 보여주는 특징은 '허장성세'와 '혈세 낭비'다. 돈 없다, 돈 없다 하면서도 지역마다 수백억 원씩 들여서, 심지어 1000억 원이 넘게 소요된 거대 규모의 공연시설 같은 것은 열심히 지어대고 한 번에 수십 억, 수백억 원이 드는 소비성 '축제'는 뻔질나게 조직하면서 20억 원이면 해결할 어린이도서관은 짓지 않는다. 지자체 문화정책은 주민의 일상적 삶을 개선하는 일보다는 과시 효과, 전시 효과, 현시 효과를 노리는 '3시주의'에 지배되고 있다. 수없이 지적된 일이지만, 자치단체들의 '거대 청사'들은 사정을 모르는 외국인들이 보자면 거기 무슨 식민지 총독부 청사가 들어왔나 싶게 어마어마하고 으리으리하다. 그 권위주의, 과시주의, 허장성세가 촌스럽기 짝이 없고 세금 낭비에 대한 무감각이 놀랍기 짝이 없다.

정부가 애쓰고 있는 소위 '양극화 해소' 노력에 대해서도 한마디 지적해야 할 것 같다. 빈부 격차가 심화되면서 가장 큰 타격을 받는 것은 중산층을 위시한 대다수 국민들의 문화 수요 부분이다. 생활 지원이 필요한 불우 계층에 대한 긴급 수혈은 물론 필요하다. 그러나 양극화 해소가 쌀 배달, 연탄 배달, 라면 배달 같은 대증 처방의 수준에 묶여 있어서는 안 된다. 이를테면 소득 감소로 아이들에게 책 사줄 돈이 없어진 주민들과 갈 곳 없는 아이들을 위해 어린이도서관을 지어주고 탁아소, 보육시설 같은 지원 장치를 마련해주는 것은 자녀 양육의 책임과 경비를 덜어주어 양극화의 가장 날카로운 타격 지점들을 누그러뜨리는 효과적인 사회 안전망 구축 작업이다. 민간의 기부자원을 모아 요긴한 곳에 배분해주고 있는 사회복지공동모금회나 정부의 복권기금 분배 담당자들, 사회공헌에 나서는 민간기업들이 주목해야 할 것은 이런 '문화 복지'의 지점이다. 상대적 빈곤과 박탈감에 시달릴 때에도 사람들이 시집 한 권, 음반 하나, 한 장의 그림에서 '행복'을 찾아내어 삶의 위기를 관리할 수 있게 하는 이상한 힘을 문화는 갖고 있다. 배고프고 병들고 지친 사람에게 문화가 무슨 소용인가고 묻는 사람들이 있을지 모른다. 그러나 그에게도 문화는 필요하다. 건강한 몸에서 건강한 정신이 나온다면 그 역도 진리다. 건강한 정신이 또한 건강한 몸을 만들므로.

한겨레 2006. 3. 31

이야기는 위대하다

'이름'은 문장 속에 들어가 주어 노릇을 할 때에만 제대로 이름이 된다. 그 문장이 '이야기'다. 이야기를 빼면 인간은 그냥 원숭이다.

최근의 인지과학과 두뇌신경학 쪽 연구자들 중에는 인간의 머리가 외부 세계를 어떤 방식으로 지각하고, 지각한 것을 어떻게 저장(기억)하고, 기억한 것을 어떻게 활용하는가를 연구하는 과정에서 '서사(이야기)'가 수행하는 기능에 부쩍 주목하게 된 사람들이 있다. 아직은 이야기라는 것이 정보 습득과 처리에서 '아주 중요한' 역할을 담당한다는 것, 인간의 인지 메커니즘이 이야기 구조를 갖고 있는 것 같다는 정도만 알려져 있을 뿐, 이야기의 인지적 역할과 기능이 정확히 어떤 것인지를 규명하는 일은 한참 더 기다려야 할 연구 과제로 남아 있다.

다소 건방지게 들릴지 모르지만, 두뇌과학 쪽이 설정하고 있는 가설의 상당 부분은 문학의 관점에서 보면 가설이기보다는 경험적 데이터이다. 문학에서 본 인간은 무엇보다도 '이야기하는 동물'이다. 그는 이야기를 만들고, 듣고, 이야기로 세계를 이해하고 인간과 인간의, 그리고 인간과 세계의 관계를 파악한다. 아니, 이야기는 그의 '세계'이다. 그는 이야기의 우주

속에 태어나고 이야기로 성장하고 이야기 속에 살다가 이야기를 남기고 죽는다. 죽어서도 그는 이야기 속에 있다. "호랑이는 죽어서 가죽을 남기고 사람은 죽어서 이름을 남긴다"고 우리 속담은 말한다. '이름'은 어떤 문장 속에 들어가 주어 노릇을 할 때에만 제대로 이름이 된다. 그 문장이 '이야기'다. 이야기를 빼면 인간은 그냥 원숭이다.

말을 알아듣는 순간부터 아이들이 이야기에 대한 폭발적 욕구를 발동한다는 것은 이미 수천 년의 관찰이 확립해놓고 있는 '사실'이다. 하지만 유아는 '말을 알아듣기 전'부터 그의 주변 세계를 이해하기 시작하고, 이 이해방식은 '연결'과 '연상'에 의존한다. 지각 대상들을 이리저리 연결하고 관계를 세우는 두뇌의 전 언어적 작동은 이미 이야기를 만들고 있다. 이야기에 대한 욕구 폭발은 연결과 연상에 의해 이해를 넓히려는 '이야기하는 동물'의 종적 특성 때문이다. 다시 문학의 관점에서 말하면, 이 종적 특성을 규정하는 것은 만사를 연결하고 이어 붙이는 언어적 기능, 더 정확히는 언어의 은유적 기능이다. 세상 만물을 유사성, 차이, 대조, 비교의 방식으로 이어붙이고 연결하는 은유야말로 인간의 특징적 인지 기능이다.

이 인지적 특성을 최대한 자극하고 계발하고 세련화하는 것도 이야기다. 외톨이로 자라는 아이들도 저 혼자서 이야기를 만든다. 그러나 부모가 이야기를 들려주고 이야기책 읽어주는 환경을 만들어주는 것은 아이들의 성장에 극히 중요하다. 괴테를 키운 것은 매일 밤 그에게 이야기를 들려준 '이야기꾼 어머니'이다. 아이들은 이야기를 통해 '위대함의 감각'을 키운다고 철학자 화이트헤드는 말한다. 위대성, 정의감, 윤리의식 등 우리가 '인성'이라 부르는 것은 도덕 교과서로는 얻어지지 않는다고 이 철학자는 말한다. 그런 교과서보다는 신화, 영웅담, 모험 이야기, 성장소설 같은 이야기를 읽게 하라고 그는 충고한다.

우리에게도 풍성한 이야기 전통이 있다. 문제는 아이들 앞에서 이야기를 들려줄 화자로서의 부모, 교사, 이야기꾼이 턱없이 모자란다는 사실, 그리고 이야기의 교육적 중요성에 대한 인식이 나날이 희박해져간다는 사실이다. '이야기꾼 할머니'의 존재가 지금처럼 그리울 때가 없다.

동아일보 2002. 2. 1

돌아온 돼지
—혹은 자본주의판 『동물농장』

> 인간세계에서 불평등은 불가피하다. 그러나 그 불평등을 어떻게 더 큰 사회적 평등 속으로 녹여내고 불평등이 부분적으로 허용될 수 있는 조건들을 마련할 수 있는지 그 방법을 강구하는 일이 중요하다.

조지 오웰의 『동물농장Animal Farm』은 평등을 실현코자 세워진 동물들의 나라가 어떻게 그 이상을 배반하게 되는가를 그려 보인 풍자우화다. 작품 속의 동물들은 인간 농장주를 내쫓고 동물들이 주인이 되는 새 농장을 건설한다. 이 혁명적 동물들에게 인간이라는 동물은 다른 동물들이 절대로 모방해서는 안 되는 악과 타락의 표본이다. 동물들은 "네발은 좋고 두 발은 나쁘다"라는 구호를 만들어 인간의, 그리고 인간이 만든 모든 불평등 제도의 사악성을 경계한다. 동물농장의 정치 원칙과 목표는 "모든 동물은 평등하다"는 것이다.

그러나 시간이 지나면서 이 원칙은 변질한다. "모든 동물은 평등하다"에 결정적 단서가 하나 추가된다. "단, 어떤 동물은 다른 동물들보다 더 평등하다"라는 단서 조항이 그것이다. 그렇게 해서 평등 사회의 약속은 배반된다. 이 배반은 권력을 장악한 돼지 계급의 타락에 연유한다. 동물농장을 지배하게 되는 돼지 집단은 처음부터 불평등을 추구하는 특권세력으로 나선 것이 아니라 권력을 장악해가는 과정에서 전체주의적 특권계급으로 변모한다. 한 집단의 계급적 특권화, 이것이 오웰이 그려 보인 정치권력의 타락이다. 1944년에 씌어진 『동물농장』의 당대적 풍자 대상은 스탈린 독재 체제였기 때문에, 이 작품은 소비에트 사회주의의 실제 패망이 발생하기 50년 전에 이미 그 체제의 실패를 예고한 정확하고도 신랄한 비판적 전망을 제공한 셈이다.

최근에 어떤 미국 작가가 『동물농장』의 속편 패러디 우화를 내놓아 화제가 되고 있다. 존 리드라는 사람이 쓴 『스노볼의 기회Snowball's Chance』가 그것이다. '스노볼'은 오웰의 원작 『동물농장』에서 우두머리 돼지 나폴레옹을 상대로 권력투쟁을 벌이다 쫓겨나는 반대파 돼지 지도자다. 쫓겨난 스노볼은 밤중에 농장을 한차례 공격하고 달아난 뒤로는 영영 소식이 끊기고 농장에서 잊혀지는 존재다. 그런데 그 사라진 돼지가 되돌아온다면? 존 리드가 들려주는 것은 바로 그 사라진 돼지 스노볼의 귀환담이다. 돌아온 스노볼은 정치적 불평등에 시달리는 동물들을 구하기 위해 나폴레옹 일당을 몰아내고 새로운 동물농장을 세운다. 이 새로 건설되는 농장은 전체주의 독재의 농장이 아니라 '자본주의 동물농장'이다. 그런데 이 자본주의 동물나라에서 동물들은 평등하고 자유로워지는가?

작가의 노림수는 분명하다. 스탈린 체제 같은 전체주의만이 평등 사회의 이상을 배반하는가? 작가의 메시지는 "천만에"라는 것이다. 정치의 타락만이 아니라 돈의 타락도 평등의 이상을 배반하기는 마찬가지다. 스노볼의 자본주의 동물농장이 평등 사회를 실현할 수 없는 것은 자본주의가 애당초 평등보다는 불평등을 추구하는 체제이기 때문이다. 평등만 희생되는 것이 아니다. 난개발, 과도 개발, 자연 파괴를 일삼는 스노볼의 농장은 자연계의 다른 동물들에게는 공존이 불가능한 악의 체제가 된다. 결국 그의 농장은 공격당하고, 자본주의적 번영을 상징해온 농장 안의 쌍둥이 건물도 폭탄 세례를 받아 날아간다.

대선이 코앞인데 무슨 동물 얘기냐고? 내 생각에, 지금 우리들 유권자가 던져야 할 시민적 기본 질문은 간단하게도 세 가지다. "내가 지지하는 후보(정당)는 어떤 사회를 만들고자 하는가?" "그들이 내세우는 사회는 좋은 사회인가?" "어떤 사회가 좋은 사회인가?" 마지막 질문에는 무슨 복잡한 답이 필요하지 않다. 정의로운 사회에서만 시민은 가장 행복할 수 있다. 좋은 사회란 무엇보다도 정의로운 사회다. 정의로운 사회에서의 '정의'는 크게 평등의 정의, 공존의 정의, 인간 존중의 정의다. 이런 정의를 추구하고 실현하려는 사회가 좋은 사회이다. 나쁜 사회란 이런 '좋은 사회'의 비전조차도 갖고 있지 않은 사회이다.

정치 집단도 그러하다. 대선 진영들을 보면서 시민들이 할 일은 후보와 정당 들이 무엇을 위해 권력을 추구하는지 판별하는 일이다. 정당 이익을 공익보다 앞줄에 세우고 정의로운 사회, 합리적 사회, 공존의 질서보다는 정권 장악을 더 절실한 목표로 삼는 정치 집단들이 없지 않다. 이런 집단에 좋은 사회의 비전이 있을 리 없고, 입으로는 더러 비전 비슷한 것을 말한다 해도 실천 의지는 극히 의심스럽다. 자본주의는 원래 불평등 체제니까 이 체제에서 불평등은 그 자체로 정의라고 생각하는 정치세력도 있다. 인간세계에서 불평등은 불가피하다. 맞는 말이다. 그러나 그 불평등을 어떻게 더 큰 사회적 평등 속으로 녹여내고 불평등이 부분적으로 허용될 수 있는 조건들을 어떻게 마련할 수 있는지 그 방법을 강구하는 일이 중요하다. 불평등에도 정당한 불평등이 있다. 역시 맞는 말이다. 그러나 불평등의 그 부분적 정의까지도 크게는 정치적, 경제적 평등의 정의 속에 포함시키는 것이 좋은 사회다. 이런 사회를 추구하는 것이 투표를 포함한 진정한 의미의 정치행위이며, 그런 정치행위를 할 줄 안다는 의미에서만 인간은 '정치적 동물'일 수 있다.

경향신문 2002. 11. 27

무례한 엄마

사진작가 C씨는 한반도 비무장지대 곳곳을 돌면서 전쟁의 아픈 흔적들을 오랫동안 카메라에 담아온 사람이다. 얼마 전 그는 자기 작품들 가운데 일부를 골라 어린이용 사진집을 출간하면서 전국의 몇몇 어린이도서관을 돌며 순회 전시회를 가진 적이 있다. 전쟁의 기억이 있을 리 없는 아이들에게 60년 전 이 땅에서 무슨 일이 일어났는지, 그들의 할아버지 할머니 세대가 어떤 상처를 감당하면서 한 시절을 보내야 했는지를 사진 작품들을 통해 만나보게 하는 일은 충분히 의미 있다. 그것은 사회가 소홀히 할 수 없는 기억의 공유방식이자 자라는 세대를 위한 경험의 소중한 전달방식 가운데 하나이기 때문이다.

그런데 내가 지금 하려는 얘기는 작가 C씨의 6·25 사진 작품에 대한 것이 아니라 그의 순회 전시회 도중에 있었던 어떤 해프닝에 관한 것이다. 전시회가 서울의 한 어린이도서관에서 열렸을 때 C씨는 어린 관람자들과 그들을 데리고 온 부모들을 상대로 사진 설명회를 겸한 강연회를 한 차례 진행했다고 한다. 강연 도중에 그는 아이들을 어떻게 키워야 잘 키우는 것일까에 대한 자기 생각을 말하다가 아이들은 자유롭게, 충분히 놀게 하면서 키우는 것이 좋겠다는 취지의 발언을 했던 모양이다. 그러자 뒷줄에 앉았던 젊은 엄마 몇이 아주 기분 상했다는 투로 "얘들아, 가자" 하면서 아이들을 챙겨 나가버렸다는 것이다.

사소하다면 사소한 사건이다. 그러나 그 얘기를 전해 듣는 사람들은 그것이 그럴 수도 있는 한 작은 해프닝이 아니라 다수의 한국 부모들이 갖고 있을 법한 몇 가지 심각한 문제들을 있는 대로 드러낸 아주 전형적인 '한국형 사건'이라는 생각을 떨쳐버릴 수 없다. 우선 내가 말하고 싶은 것은 '태도'의 문제다. 강연회건 무슨 공연이건 간에 행사가 진행되고 있는 도중에 아이들 손목을 끌고 퇴장한다는 것은 부모가 아이들에게 보여주어도 되는 무슨 용감한 행동이 아니라 결코(그렇다, 결코) 그래서는 안 되는 못난 짓, 부끄러운 짓, 무례한 짓이다. 맘에 안 드는 발언이 나와도 행사가 끝날 때까지는 강연자의 말을 경청하는 예절 있는 태도—부모가 아이들에게 솔선해서 보여주어야 하는 것은 그런 태도다. 사회교육과 예의교육의 기본은 바로 그런 태도에서부터 길러지기 때문이다.

서유럽 나라들의 초청 공연에 응해서 파리로 런던으로 다니며 우리 국악을 공연했던 사람들이 돌아와 한결같이 전하는 말은 그쪽 청중들이 공연장에서 보이는 높은 수준의 예절에 관한 것이다. 몇 시간씩 걸리는 판소리나 창의 경우에도 청중들은 공연이 끝날 때까지 자리를 뜨지 않는다. 소변도 참고 뭣도 참고 전화 연락도 참는다. 우리 작가 시인 들의 해외 낭독회에서도 마찬가지다. 한국어로 진행되는 낭독 내용을 알아들을 리 없건만 청중들은 낭독자의 음성, 제스처, 소리의 고저장단에 귀기울이며 끝까지 경청한다.

그 전시 강연회장에서의 해프닝과 관련해서 짚어야 할 더 심각한 문제는 아이들을 어떻게 키울 것인가에 대한 한국 부모들의 틀린 '강박관념'이다. 아이들이 자유롭게 숨도 쉬고 놀기도 하면서 자라야 한다는 것은 한두 사람의 주장이 아니다. 그것은 모든 창조적 교육의 기본 철학이고 원칙이며, 많은 나라들에서 오랜 세월 축적되어온 경험적 진실이다. 그런데 이 원칙과 진실이 거의 전혀 먹혀들지 않고 존중되지 않는 곳이 지금의 대한민국 같다. 아이들의 숨통 조이고 잠 빼앗고 그들을 윽박질러 '점수의 포로'로 내몰지 않고서는 잠시도 편치 않은 사람들, 그들이 지금 이 나라의 부모들이다. 점수 올리기와 관계없어 보이는 일이면 절대로 허용할 수 없다는 단단한 결의를 그 부모들은 갖고 있다. 그러지 않고서는 이 치열한 경쟁 사회에서 살아남을 수 없다고 그 부모들은 확신한다.

아이들을 점수의 포로로 내모는 것은 결코 똑똑한 아이, 상상력과 이해력을 가진 아이, 자율적 학습의 능력을 가진 아이로 키우는 일이 아니다. 그런데 우리 사회의 심각한 문제는 이런 지적이 수백 수천 번 되풀이되어도 학부모들에게는 먹혀들지 않는다는 데 있다. 경쟁 사회에서 살아남아야 하고 승자가 되어야 한다는 강박이 너무도 강하게 부모들을 사로잡고 있다. 전국 여기저기에 어린이도서관들이 많이 들어서고 있지만, 초등학교 4학년 이상쯤 되면 아이들은 이미 도서관에 올 틈이 없다. 학원에 가야 하기 때문이다. 도시지역일수록 사정은 더하다. 이래서는 안 된다는 걸 온 사회가 뻔히 알면서도 해결책은 내놓지 못한다.

그러나 우리는 문제를 문제로서 거듭거듭 지적하고 사회적 해결책과 개인적 결단을 계속 모색해나가지 않으면 안 된다. 무엇이 진정한 경쟁력인지, 그리고 그 경쟁력이 어디서 어떻게 길러지는지에 대한 학부모 설득이 계속되어야 하고, 더 근본적으로는, 점수 경쟁을 기조로 하는 교육제도와 방법이 개혁되어야 하며 교육 담당자들의 태도가 바뀌어야 한다. 이 문제에 관한 한 어린이도서관도 제3자가 아니다. 아이들을 어떻게 창의적 인재로 키울 것인가에 대한 정책적 결단과 사회적 합의의 도출—이것은 지금 우리 사회가 풀어야 할 시급하고 위중한 문제의 하나이다.

국립어린이청소년도서관 2009. 7. 20

논술공화국을 위한 충고

> 비판적 사고는 아닌 게 아니라 대학교육의 알맹이다. 그러나 비판적 사고력은 논술훈련만으로 키워지는 것이 아니다. 거기에는 정서적 감응력, 논리와 지식을 뛰어넘는 상상력, 윤리적 감성 같은 여러 능력의 균형 계발이 필요하다.

대학 입시를 준비하는 고교생들이 '논술공황'에 빠져 있다는 소식을 듣고 있자면 석 달 체증에 걸린 사람처럼 속이 답답해진다. 대학이 논술고사를 시행하는 한 학생들은 논술을 준비해야 하고 학교는 필요한 논술교육을 실시해야 한다. 문제는 무엇이 논술교육의 유효한 방법인가라는 것이다. 이 '방법'이 얼른 잡히지 않기 때문에 학생은 학생대로, 학교는 학교대로 쩔쩔맨다. 학부모들도 답답하다. 공황은 시장을 만든다. 논술학원, 논술과외, 논술지도서가 학원 골목과 서점을 메우고, 최근에는 유수의 신문사들까지 체면 불고하고 논술시장에 뛰어들고 있다. 초등학생 때부터 논술교육을 시작해야 한다는 소문도 파다하다. 21세기 대한민국은 '논술공화국'이 되어 있다.

그 논술공화국에서 벌어지고 있는 '잘못된 일'들은 한두 가지가 아니다. 첫번째로 잘못된 일은 고교생은 물론이고 중학생들까지 '글쓰기'라면 곧 논술쓰기이고 논술문이 글의 전부라고 생각하는 착각 속으로 유도되고 있다는 점이다. 논술은 글의 특수한 한 형식이고 갈래이지 글쓰기의 전부가 아니다. 대학이 논술을 요구하는 것은 대학교육에 필요한 지적 이성적 비판적 사고력이 논술문이라는 글 형식을 통해서만 가장 유효하게 측정될 수 있기 때문이다. 비판적 사고critical thinking는 아닌 게 아니라 대학교육의 알맹이다. 그러나 비판적 사고력은 논술 훈련만으로 키워지는 것이 아니다. 거기에는 정서적 감응력, 논리와 지식을 뛰어넘는 상상력, 윤리적 감성 같은 여러 능력의 균형 계발이 필요하다. 좋은 논술문도 이런 여러 능력의 종합적 발전이라는 토대가 있을 때 가능하다.

그 다양한 능력을 키워주는 것이 '다양한 글쓰기'의 훈련이다. 글의 종류는 운동화 종류만큼이나 많다. 글은 그 목적, 대상, 주제, 스타일, 방법에 따라 얼마든지 달라질 수 있다. 신문기사 같은 보도문, 기행문, 편지, 서평, 인터뷰, 수필, 에세이, 상품광고, 보고서 같은 것에서부터 소설, 시, 동화, 희곡, 우화 같은 창작물에 이르기까지 주제와 소통 대상과 목적에 따라 다양한 언어적 표현 형식과 스타일을 동원할 수 있는 것이 글이다. 이런 여러 종류의 다양한 글들을 써보게 하는 것, 그것이 글쓰기 교육의 출발점이다. 짧은 소설과 우화도 지어보고 시도 써보고, 하느님한테 보내는 편지도 써보게 해야 한다. 논술문은 글의 한 종류이지 글의 전부가 아니다. 논술교육은 여러 종류의 글들을 써보게 하는 훈련 위에서 진행되어야 한다. 글쓰기 교육을 논술훈련으로부터 시작하는 것은 글쓰기 교육의 왜곡이고 파행이다. 그 방식으로는 논술문 작성 능력도 제대로 길러지지 않는다.

논술공화국의 두번째 큰 문제는 학생들이 논술 때문에 주눅 들고 공포에 사로잡혀 '글'이라면 치를 떨게 하는 역효과가 나고 있다는 점이다. 글쓰기는 인간의 자기표현 방식의 하나이다. 자기표현은 즐겁고 흥미롭고 재미있어야 한다. 그러나 논술훈련은 고도의 이성적 글쓰기이기 때문에 그 자체만으로는 글을 쓴다는 것의 즐거움을 경험하게 하기가 어렵다. 글쓰기이건 무엇이건 간에 '즐거움의 경험'은 능력 계발과 교육의 성패를 좌우하는 열쇠이다. 그러므로 논술훈련의 '왕도'가 있다면 그것은 글쓰기에 대한 공포를 글쓰기의 즐거움으로 바꾸어 주는 일이다. 처음부터 딱딱한 논제를 주어 '논술'하게 하는 훈련보다는 먼저 학생들의 경험과 삶으로부터 나온 글감, 그들이 중요하다고 생각하는 문제, 그들이 자신 있게 써낼 수 있는 화두를 스스로 선택해서 자유로운 방식으로 글을 써보고 표현 기술을 익히게 하는 것, 그것이 글쓰기의 즐거움에 이르는 길이다. 그런 즐거움을 경험한 학생에게 논술은 공포의 대상이 아니다.

경향신문 2007. 9. 18

우리 본성 속의 더 나은 천사?

요즘 대학가의 가을학기 특강이나 자치단체들의 시민강좌 프로그램들을 보면 거의 공통적으로 어떤 화두 하나가 떠올라 있다. "인간이란 무엇인가?"라는 화두가 그것이다. 이것은 '큰 물음'이다. 모든 작은 물음들의 밑바닥에 깔린, 그래서 우리가 방향과 가치, 의미와 목적의 문제를 놓고 헤맬 때 최종적으로 되돌아가서 반문해봐야 하는 기본적 질문이 큰 물음이다. 기본적 질문에는 정답이랄 것이 없다. 인간은 족히 3000년 전부터 그 질문을 던져왔고 지금도 묻고 있다. 정답 없는 질문이 수천 년 되풀이되어왔다는 것은 기이한 일이다. 인간이 멍청해서? 정답 없는 것의 마법에 홀렸기 때문에? 인간이 그 질문을 포기하지 않은 것은 그럴 만한 이유가 있어서다. 그런 질문을 던질 줄 알아야만 인간은 인간이라는 것이 첫째 이유이고, 정답이 없으니까 내가 그 해답을 찾아야 한다는 것이 둘째 이유이며, 어떻게든 그 질문에 응답하지 않고서는 내가 이 세상에서 내 존재의 문법을 세울 수 없다는 것이 세번째 이유다.

인간이란 무엇인가라는 것은 인문학적 질문이지만 인문학의 전유물은 아니다. 자다가 문득 "내가 뭐지?" "내가 왜 이 지구에 있지?" 하고 자문해보는 사람은 이미 인문학적 질문을, 더 정확히는 인간에 대한 질문을 던지고 있다. 인간에 대한 질문은 인문학자들만의 것이 아니라 만인의 것이다. 요즘 우리 사회에서 '인문학' 열풍이 불고 있는 것은 인문학 분야들에 대한 학문적 관심 때문이기보다는 인간이 사는 이유와 목적, 삶의 가치와 의미에 대한 물음들에 우리가 오랫동안 등돌리고 살아왔기 때문일 것이다. 살다보니 "어, 그게 아니네"라는 회의가 들고 "내가 지금 뭐하는 거지?" 같은 질문이 고개를 들 때 사람들은 '생각의 전환'을, 또는 그런 전환의 필요성을 경험한다. 그 전환을 명명할 마땅한 용어가 없을 때 가장 쉽게 써먹을 수 있는 것이 '인문학적 전환'이라는 표현이다. 지금 우리 사회에는 생각의 인문학적 전환이 일고 있다.

이 전환과 관련해서 나는 진화생물학에 심리학을 융합한 이른바 진화심리학과 사회생물학계의 최근 동향 한 가지를 소개하고 싶다. 한국 독자들에게도 잘 알려진 에드워드 윌슨과 스티븐 핑커의 최근 저서에 관한 이야기다. 윌슨의 책은 『지구의 사회적 정복The Social Conquest of Earth』*이라는 제목을, 핑커의 책은 『인간 본성 속의 더 나은 천사The Better Angels of Our Nature』라는 제목을 달고 있다. 윌슨이 이번 책에서 추적하고 응답을 모색하는 질문은 흥미롭게도 폴 고갱이 자기 그림의 주제로 삼았던 세 가지 질문이다. "우리는 어디서 왔는가? 우리는 지금 무엇을 하고 있는가? 우리는 어디로 가고 있는가?" 첫번째 것을 제외하면 나머지 두 개의 질문들은 생물학의 전형적 질문이라기 어렵다. 윌슨은 고갱의 두번째 질문을 "인간이란 무엇인가?"라는 것으로 바꿔놓고 있는데, 이건 생물학적 질문의 인문학적 전환이 가미된 것 같아 보인다. 세번째 질문 "우리는 어디로 가고 있는가?"는 인간 사회의, 또는 문명의 '방향과 목적'에 관계되는 질문이다. 방향과 목적의 문제는 엄밀히 말해 진화론의 화두가 아니다. 그것 역시 인문학적 화두이다.

스티븐 핑커의 책은 지난 수천 년의 문명사를 거시적으로 훑어보고 미시적으로 뒤져보면 인간세계에서의 '폭력'의 빈도와 강도가 현저히 감소했다는 놀라운(?) 주장을 내놓고 있다. 그 주장을 뒷받침하는 자세한 논의들을 여기 다 거론할 수 없지만, 폭력이 감소한 것은 "인간 본성 속의 더 나은 천사"가 인간성의 나쁜 부분들을 누르고 인간의 행동방식을, 더 직접적으로 말하면 '인간'을 바꿔왔기 때문이라는 것이 핑커의 결론이다. 무엇이 이런 변화를 초래했는가? 역시 흥미롭게도 핑커는 진화론의 통상적 논의방식을 떠나 폭력 감소의 이유를 인간 감성의 변화, 제도와 법률, 이성의 확장 같은 '문화' 차원에서 구하고 있다.

이 분석에는 반박과 비판의 여지가 없지 않다. 내가 주목하고 싶은 것은 두 사람이 진화론에 대한 이론적 입장 차이에도 불구하고 인간의 미래에 매우 낙관적인 견해를 내놓고 있다는 점이다. 윌슨에 따르면 인간은 협동하고 협력하는 동물이기 때문에 '위대'하고 이 위대한 동물은 부단히 더 나은 문명을 위해 더 큰 사회적 협동과 협력을 '지향'한다. 이건 핑커의 '더 나은 천사'론이나 사실상 진배없다. 사실 인문학은 인간 내부의 '더 나은 천사'론을 좀체 꺼내지 않는다. 부끄러워서다. 그러나 인간에 대한 신뢰와 희망을 쉽게 내던지지 못하는 것이 인문학이다. 진화심리학, 사회생물학, 인문학이 오작교에서 만나는 건가?

한국일보 2012. 8. 15

---

* 에드워드 윌슨의 책은 『지구의 정복자』(이한음 옮김, 사이언스북스, 2013)라는 제목으로 번역 출간되었다.

돈키호테의 세숫대야 투구

> 돈키호테가 보기에 이 세계는 마법에 걸려 제 모습을 잃고 변신을 강요당한 세계다. 만약 세계가 원래의 제 모습이 아니라면, 여관 세숫대야도 사실은 투구였던 것이 세숫대야로 둔갑해 있는 것은 아닌가?

세르반테스의 『돈키호테Don Quixote』에는 독자가 평생 잊을 수 없는 다수의 명장면이 나온다. 그 장면들은 어떤 것들이며 '명'장면의 조건은 무엇인가—이런 질문은, 독자여, 지금 당장 제기하지 않는 것이 좋다. 그 질문에 답하기에는 이 칼럼의 공간이 너무 협소하다. 그리고 무엇보다, 어떤 장면이 명장면인지를 결정하는 최종 판관은 하느님이 아니라 독자 당신이다. "잊을 수 없다"고 말할 때의 그 잊을 수 없는 사연은 사람마다 다르기 때문이다.

『돈키호테』에서 내가 명장면의 하나로 꼽는 것은 '마법의 세숫대야'라고 이름 붙일 만한 한 대목이다. 불의를 쳐부수고 마법에 걸린 세계를 구출하러 나선 이 라만차의 기사는 모험길의 한 지점에서 여관 세숫대야를 머리에 쓰고 나와 그게 자기 '투구'라고 선언한다. 여관의 다른 투숙자들은 돈키호테의 주장을 놓고 두 패로 나뉜다. 한쪽은 돈키호테의 주장이 "맞다"고 말하고 다른 한쪽은 "아니다"라고 맞선다. 한참 실랑이 끝에 양쪽은 투표로 문제의 진위를 결정할 것에 합의한다. 그런데 정작 그 모든 실랑이에 사단을 제공한 돈키호테는 팔짱 끼고 뒤로 물러나 싸움판을 구경하다가 혼자 중얼거린다. "저자들이 미쳤어."

이 대목이 내게 잊히지 않는 명장면으로 기억되는 까닭은 두 가지다. 첫째는 돈키호테의 복잡성이다. 세숫대야를 투구라고 선언할 때의 돈키호테는 미치광이 같아 보인다. 그러나 싸움판을 구경하다가 "저자들이 미쳤어"라고 말할 때의 돈키호테는 멀쩡한 판단력의 소유자다. 그렇다면 돈키호테는 50%만 미치광이이고 50%는 멀쩡한 정상인인가? 둘째는 사물의 확실성에 대한 의문이다. 돈키호테가 보기에 이 세계는 마법에 걸려 제 모습을 잃고 변신을 강요당한 세계다. 만약 세계가 원래의 제 모습이 아니라면, 여관 세숫대야도 사실은 투구였던 것이 세숫대야로 둔갑해 있는 것은 아닌가? 이 경우 세숫대야를 그 외형만으로 판단해서 "저건 누가 뭐래도 세숫대야"라고 주장할 수 있겠는가? 물론 소설 『돈키호테』의 이 장면을 사람들이 잊지 못하는 것은 이런 이유 때문만은 아니다. 그러나 문제의 장면이 시간과 공간을 넘어 독자들을 사로잡는 까닭은 그 대목의 돈키호테가 인간 그 자신에 대한 깊고도 희극적인 통찰의 한 예를 보여주고 있기 때문일 것이다.

2003년이 저물고 있다. 한 해를 되돌아보는 일은 세모에 우리가 치르는 송년 의식의 하나다. 금년, 우리에게 연말 반성의 화두는 이런 것이다. "2003년에 우리는 얼마나 미쳤던가?" 그리고 우리는 돈키호테가 되어야 한다. 이때의 돈키호테는 미친 것을 미쳤다고 말하는 돈키호테이다. 미친 짓을 하고서도 잠시 거기서 비켜나 자기를 객관화하는 능력이 우리에게도 있다고 말해야 하지 않겠는가. 그래야 "2004년에도 우리는 미칠 것인가?"라는 성찰이 가능하다.

정치 개혁을 해야 한다고 소리 높여 외치면서도 우리는 정치 개혁은커녕 정치의 광기에 철저히 시달리며 이 한 해를 마감하고 있다. 불법 선거자금을 동원해서라도 선거에 이기는 것이 '정치'라고 정치판은 말한다. 어떤 것이 불법이냐 아니냐는 투표가 결정한다는 것이 정치판의 논리다. 선거에 이기면 불법도 불법이 아니다. 당리, 당략, 당파 이해관계가 어떤 공공의 가치보다도 중요하다. 정치는 없고 잔인한 정쟁만 있다. 교육의 경우도 사정은 매한가지다. 교육개혁을 해야 한다고 말은 하면서도 어김없이 교육의 왜곡과 파행을 계속해온 것이 이 한 해 우리 교육의 광기다. 교육을 배반하는 교육을 우리는 교육이라 부르고 있다. 사교육 시장에 교육을 내맡기고도 그것이 미친 짓이라는 것을 모르거나 모른 체해온 것이 우리 교육이다.

문화는 미치지 않았는가? 진정한 의미에서 한 사회의 문화적 역량은 '성찰과 반성의 능력'이다. 그러나 문화의 이 역량은 위풍당당한 시장주의와 오락주의의 행진 앞에 거의 빈사지경이 되어 있다. 문화는 문화의 학살을 가리켜 "이것이 문화"라 말하고 있다.

경향신문 2003. 12. 24

헌팅턴 가설의 위험성

> 관용의 문화 없이는 어떤 문명도 공존의 정의를 실현시킬 윤리적 토대를 갖지 못한다. 그러나 패권주의자들에게 차이의 존중, 사랑, 관용이라니, 얼마나 허약해 보이는 제안인가!

뉴욕의 '그라운드 제로'(2001년 세계무역센터 건물이 테러에 무너진 자리)를 방문하는 사람들은 마음이 무겁다. 그곳은 사자의 땅, 그림자의 나라, 지금은 아무것도 남지 않은 제로의 자리다. 방문자는 자기가 그곳을 방문한 것이 아니라 '초대'된 것인지 모른다는 생각에 잠시 시달린다. 그를 초대한 것은 "왜 그 많은 사람들이 죽어야 했는가?"라는 질문이다. 그러나 그는 낭패다. 마땅한 답이 떠오르지 않기 때문이다. 그라운드 제로 근방의 담벼락에 사람들이 남긴 이런저런 글귀들이 그의 시선을 끈다. "증오를 중단하라." "관용만이 희망이다." 시인 W. H. 오든의 시구도 인용되어 있다. "우리는 서로 사랑하거나 아니면 죽어야 한다."

증오의 중단? 사랑과 관용? 하버드 대학 정치학자 새뮤얼 헌팅턴이 들었다면 코웃음 칠 소리다. 헌팅턴 유의 사고방식에 따르면 인간은 사랑이나 관용의 존재가 아니라 '증오하는 존재'다. 인간은 증오의 천재다. 인간이 타자를 증오하는 것은 미워할 적을 선택하는 것이 그에게 자기 정체성 확립의 길이기 때문이다. "인간은 정체성을 필요로 하며, 그는 그 정체성을 자신이 선택하는 적을 통해 확립한다." 헌팅턴의 유명한 '문명 충돌론'의 배후에는 이런 보수주의 인간관이 깔려 있다.

이 인간관에 따르면 증오는 인간의 생래적 성향이고 조건이다. 냉전 시대가 끝나면서 사람들에게는 새로운 정체성이 필요해지는데, 그 정체성은 '적'을 어디서 어떻게 발견하고 구성하는가에 달려 있게 된다. 적의 발견에 가장 중요한 것이 '차이'다. '나와 다른 자'의 차이가 가장 두드러지게 나타나는 곳은 종교와 문화다. 종교적 문화적 '차이'는 그렇게 해서 21세기 세계에서 갈등과 충돌의 새로운 전선이 된다. 이것이 1993년에 발표된 이후 9·11 사태를 넘기면서 미국의 정계, 우파 지식인, 보수 대중에게 이슬람의 대미 증오에 대한 가장 설득력 있는 설명법으로 힘을 얻게 된 헌팅턴의 문명 충돌론이 배경에 깔고 있는 이론적 얼개다.

헌팅턴은 뉴욕 테러가 문명 충돌이 아니라 테러 집단의 범죄행위라고 입장을 정리한 적이 있지만 서구와 이슬람의 갈등이 21세기의 가장 현저한 전선이 될 것이라는 그의 기본 입장에는 변화가 없다. 또 그의 '충돌' 가설에서 보수 대중의 호응을 받고 있는 것도 '서구 대 이슬람'이라는 대립 구도이다. 9·11 직후 부시 대통령의 언행을 보면 그가 얼마나 강하게 헌팅턴식의 문명 갈등론에 기대고 있었는가가 드러난다. "오늘 우리는 악의 얼굴을 보았다." "그들은 문명의 적, 정의의 적, 미국의 적이다." 나중 부시는 "이슬람 전체를 적으로 돌려서는 안 된다"는 신중론에 따라 "이슬람권 모두가 아니라 일부 과격 근본주의 세력"이 문제라는 쪽으로 입장을 조정하지만, 그의 기본적인 문제의식은 여전히 헌팅턴 유의 대립 구도에 밀착해 있다.

문명 충돌론이 얻고 있는 대중적 인기는 간명한 선악 구도, 다시 말해 우주공상영화나 마법담 판타지처럼 "적을 선명히 보여주는" 설명의 단순화에 있다. 헌팅턴에 따르면 무슬림은 호전 집단이며 "그 호전성과 폭력적 성향"은 무슬림 자신이나 비이슬람권 사람들이 다 같이 인정하는 '사실'이다. "무슬림의 이런 폭력적 성향"은 21세기의 세계 평화와 미국에 대한 가장 중대한 도전이라고 그는 말한다. 그는 이슬람 내부의 '일부' 근본주의 세력이 문제라는 관점을 단숨에 배격하고 '이슬람 전체'가 '서구'에 문제적 존재라고 규정한다. "서구에 제기되는 근본적 문제는 이슬람 근본주의가 아니라 이슬람 자체이며, 이슬람이라는 이름의 다른 문명"이다. 마찬가지로, 이슬람권이 문제삼는 것은 미국 정보부나 국방성이 아니라 서구 그 자체, 곧 서구라는 이름의 '다른 문명'이다. 두 문명 사이의 충돌은 불가피하다. 이슬람은 자기 문화의 우월성을 확신하고 서구는 자기 문화의 보편성을 확신한다.

헌팅턴의 이런 충돌 가설이 이론으로서나 정책 제안으로서 얼마나 허구적이고 위험한 것인가는 많은 비판자들이 지적하고 있다. 비판은 주로 세 층위에 집중된다. 첫째, 그의 주장은 문명이 불변의 고정된 성질을 가졌다고 보는 본질론에 빠져 있다. 어떤 문명도 그런 성질을 갖고 있지 않다. 둘째, 문명과 문명 사이에는 충돌만 있는 것이 아니라 교류와 접변, 섞임과 혼융도 있고 이것이 문명사의 더 흔한 실제 모습이다. 셋째, 삶의 방식과 가치를 둘러싼 충돌과 불만과 길항 관계는 서로 다른 문명들 사이에만 있는 것이 아니라 동일 문명 내부에도 강하게 존재한다. 그러므로 문명들이 마치 각자 불변의 성질들을 가지고 아무런 내적 균열도 모순도 갈등도 없이 뭉쳐 있다고 보는 것은 문명의 실상을 크게 왜곡하는 일이다.

그러나 중요한 것은 헌팅턴 가설이 인기를 누리면서 미국의 장단기 세계 정책에 영향력을 행사한다는 사실이다. 오사마 빈라덴이나 '문명 간 대립론'으로 자기중심주의를 세우려는 나라와 정치세력 들도 헌팅턴 가설을 환영한다. 지금 세계의 유일 초강대국 미국을 향해 그 가설이 천거하는 것은 "더 강해져야 하고 적을 쓸어버려야 한다"는 패권주의 노선이다. 이 경우 '타자를 인정하고 차이를 존중하는 체제'로서의 '관용'의 문화적 프로그램과 그것의 정치적 중요성은 쓸모없는 것이 된다. 지금까지 인간들 사이의 분할과 배제, 제거와 청소의 메커니즘이 되어온 것은 "나와 다르다"에 입각한 배제의 정치학이다. 인간이 이런 분할과 대결과 지배의 정치학을 넘어설 수 있는가가 21세기 세계에 안겨진 도전이다. 관용의 문화 없이는 어떤 문명도 공존의 정의를 실현시킬 윤리적 토대를 갖지 못한다. 그러나 패권주의자들에게 차이의 존중, 사랑, 관용이라니, 얼마나 허약해 보이는 제안인가!

중앙일보 2002. 7. 8

잿더미 화요일

2001년 9월 11일의 뉴욕 참사를 보며 사람들은 말의 무력성을 실감한다. 미사일이 된 여객기가 110층 건물을 케이크 자르듯 절단하고, 뛰어내리는 것으로 죽음의 방법을 선택한 사람들이 가랑잎처럼 흩날리고, 수백 년 버틸 것 같았던 건물들이 거대한 수직의 몸을 허물어 지상으로 침몰한다. 이것이 현실인가? 어떤 동사도, 형용사도, 개연성의 문법도 이 현실을 충분히 기술하지 못한다. 이 믿을 수 없고 상상할 수 없는 장면들 앞에서 사람들은 에드바르 뭉크의 그림, 단테의 '인페르노'(『신곡』 지옥편), 히에로니무스 보슈의 그림 같은 데서 유비類比를 얻는 것으로 이 현실의 기괴성을 간신히 머릿속에 수습한다.

테러리즘의 파괴력은 '무차별' 전술에 있다. 그것은 민과 군, 공격할 것과 말아야 할 것, 할 수 있는 일과 할 수 없는 일 사이의 구별을 존중하지 않는다. 이 무차별의 분출과 함께 민간 여객기는 미사일로 둔갑하고 민간 건물조차도 공격 표적이 된다. 뉴욕 일각을 잿더미로 만든 이번의 테러리즘은 그동안 문명의 규칙으로 여겨져온 구분의 체계들을 전면 무화시켰다는 점에서 사상 유례가 없는 규모의 것이다. 그러므로 무너져 내린 것은 세계무역센터 건물만이 아니다. 문명의 규칙과 문법들이 한꺼번에 무너진 것이다. 질서가 구분의 체계이고 문명이

이 체계에 의존하는 것이라면, 이번 사태를 '인간 문명에 대한 일대 도전'이라 규정하는 데 사람들이 동의하는 것도 무리가 아니다. 9·11(이 숫자는 기묘하게도 미국 비상구급전화번호 911과 일치한다) 사건이 그 '이전'과 '이후'를 확연히 갈라놓는 역사의 한 분기점이 될 것이라는 말도 그 점에서 일리 있다.

그러나 정말 우리가 그렇게 말하고 세계가 그런 꼴로 치달아도 될까? 지금은 희생자들을 위한 애도의 시간이다. 애도의 예절은 반성과 성찰을 잠시 뒤로 미룰 것을 요구한다. 하지만 애도는 분노와 다르고 증오와는 더더욱 다르다. 이번 테러는 미국을 향한 어떤 거대한 증오에 뿌리를 둔 것이라는 사실이 아주 중요하다. 그러므로 애도의 시간에 우리가 생각해보아야 할 것은 그 이상한 '증오'의 기원과 성격이 무엇인가라는 문제이다. 부시 대통령은 "미국은 강하다"를 거듭 확인하고 미국은 "이 악을 응징"하고 "승리할 것"이며 문명 세계의 평화와 자유를 지킬 것이라 다짐하고 있다. 그러나 분노만이 대통령의 능사는 아니다. 중동과 이슬람권 사람들은 어째서 뉴욕 테러에 환호성을 올리며 박수 치고 기뻐하는가? 그들은 모두 미치광이인가? 미국에 가해진 공격을 분노 이외의 다른 감정으로 받아들이는 사람들이 세계 도처에 왜 그리 많은가? 이들도 모두 응징해야 할 악의 세력인가? 미국은 도대체 어떤 나라이고 무슨 잘못을 저질렀기에 이런 증오의 표적이 되어야 하는가? 부시 정부의 책임은 없는가?

9·11 사태 이후 모든 정치 지도자들이 크게 깨쳐야 할 것이 몇 가지는 있어 보인다. 세계의 한 지역이 불만과 증오로 절절 끓어오르고 그 증오를 해소할 방법이 없을 때 인간세계의 평화는 불가능하다. 불평등 구조가 심화되는 세계에서도 평화

는 가능하지 않다. 경제, 환경, 인종, 성차, 문화에 관한 정책은 평화정책에 연결되어야 한다. 모든 나라가 '자국 이익'과 '자국 중심주의'만을 앞세워서는 안 된다는 것도 깨침의 한 항목이어야 한다. 특히 강대국일수록 그러하다. 자국의 이해관계를 기준으로 해서 세운 선/악의 판단 잣대에 따라 '악'을 제거하겠다고 나서는 것은 아메바 수준의 머리에는 옳은 일일지 몰라도 이 복잡성의 세계에 맞는 국가적 행위 코드는 아니다. 초강대국이 힘의 논리로 문제를 풀 수 있다고 믿는 사고방식은 이제는 박물관에나 보내야 할 오류의 한 표본이다. 극단적 절망과 증오를 길러내는 환경이 그대로 있을 때 테러리즘이 없어지겠는가? 미국은 조만간 응징에 나설 것이 확실해 보이지만 아프가니스탄을 치고 오사마 빈라덴을 제거하는 것으로 미국이 테러리즘의 뿌리를 뽑을 수 있다고 믿는다면 그것도 큰 오산이다. 얼굴 없는 제2, 제3의 무수한 빈라덴들은 어찌할 것인가? 그들의 유령은?

한겨레21 2001. 9. 24

미국의 요새화

1993년 뉴욕 세계무역센터에 폭탄을 놓았다가 붙잡힌 람지 유세프를 헬기에 태워 압송하던 미 정보기관 수사관은 유세프의 눈가리개를 풀어주고 저만치 내려다보이는 무역센터 건물을 가리키며 말한다. "저 건물이 보이나? 자네가 무너뜨리고자 했던 바로 그 빌딩이야. 꿈쩍도 않고 서 있지?" 유세프는 잠시 내려다보다가 대답한다. "돈이 없었어. 내가 폭약을 충분히 살 수만 있었다면 저게 지금 남아 있겠나?"

그로부터 8년 뒤인 2001년 9월 11일 화요일 아침, 위풍당당하던 110층 무역센터 건물 두 동은 잿더미가 되어 내려앉는다. 유세프의 체포에도 불구하고 제2, 제3의 유세프들이 되돌아와 세계무역센터 건물을 무너뜨린 것이다.

9·11 사태 이후의 미국은 그 이전의 미국이 아닐 것이라고 미국 신문들은 입 모아 말한다. 이번 테러로 미국이 절감하게 된 것의 하나는 세계 분쟁지역들로부터 멀찌감치 떨어져 있다고 여겨졌던 본토 미국이 사실은 전혀 안전하지 않다는 사실이다. 이 깨침과 함께 '미국의 요새화要塞化'론이 제기되고 있다. 뉴욕과 워싱턴을 비롯한 대도시들을 요새화하고 공항, 빌딩, 교량, 쇼핑몰, 스타디움 할 것 없이 요소요소 검문검색을 강화해야 한다는 것이다. 테러 용의자의 얼굴을 잡아낼 수 있

는 바이오메트릭biometric 감시카메라를 인구 집중지역에 수백 대씩 설치하자는 안도 나오고, 공항 안전검사 요원들의 임금을 대폭 올려주어야 한다는 주장도 제기된다. (실제로 미국 공항 안전검사 요원들의 임금은 유럽 대비 1/3 수준인 시간당 6달러이고 이 고용 비용도 정부 아닌 항공사 부담이다. 정부가 노랑돈 몇 푼 아끼다가 집구석 무너지는 꼴 보게 되었다고 비판자들은 힐난한다. 아닌 게 아니라 이번 사태를 보면 미국은 항공안전 10등국이다.)

그러나 미국의 요새화란 가능하지 않다. 워낙 큰 충격과 외상의 뒤끝이라 지금 당장은 안전을 위해 시민 자유의 제한과 희생까지도 감내해야 한다는 논의들이 일고 있지만, 미국을 요새화한다는 것은 무엇보다 두 가지 이유에서 불가능하다. 첫째, 요새화는 테러리즘을 막아내지 못한다. 죽기를 작정하고 달려드는 얼굴 없는 테러리스트를 원천적으로 막아낼 수 있는 물리적 방법은 없다. 둘째, 감시와 검문검색은 시민 자유와 양립하지 않는다. 느슨함은 한 사회가 시민에게 보장하는 자유의 정도와 비례한다. 그것은 자유 사회의 결함이 아니라 장점이고 힘의 원천이며 오히려 사회적 안전의 기초이다. 그것이 어떤 문제를 야기한다면, 그 문제는 자유가 지불해야 하는 비용이자 대가이다. 길바닥에 줄줄이 감시 요원을 배치하고 검문검색을 강화하는 것으로 안전도를 따진다면 가장 안전한 곳은 독재국가나 병영국가일 것이다. 미국이 자기주장대로 '자유를 토대로 한' 나라라면 그 토대를 허물어 안전을 기한다는 역설은 그 자체로 파괴적인 것이다.

이번 테러리즘이 미국 사회에 안긴 대재난은 일상의 느닷없는 붕괴 가능성이다. 이것은 유령의 출분出奔과도 같은 사건이다. 어느 나라이건 사회를 지탱하는 것은 비상이 아니라 일상이다. 그런데 언제 어느 구석에서 미국인의 일상이 찢어질지, 한끼의 버거킹, 한잔의 코카콜라에서조차 독극물을 의심해봐야 하고 내 직장 건물이 언제 주저앉을지, '자유의 여신상'이 언제 날아가고 타임스스퀘어에는 또 언제 폭발물이 날아들지 매일 전전긍긍해야 하는 것이 말하자면 일상의 붕괴다. 이것은 어떤 초강대국도 미사일로 대처할 수 없는 비상사태이다. 미국이 이 비상을 해제하는 가장 근본적인 방법은 대미 테러리즘의 기원과 성격을 파악하고 그 기원을 해소하는 일이다. 테러리즘은 미국과 서방에 대한 이슬람권의 깊은 증오와 좌절감에 뿌리를 두고 있다. 그 증오는 무엇에 연유하고 그것의 정치적, 경제적, 문화적 기원은 무엇인가?

테러리즘에 대한 미국의 전쟁은 테러리스트만을 향한 것이 아니라 미국을 비롯한 서방 세계 자체의 과거와 현재를 향한 성찰의 전쟁이어야 한다. 이 점을 망각할 때, 미국은 끊임없이 되돌아오는 람지 유세프들을 계속 만나야 할지 모른다.

씨네21 2001. 10. 2

만해 선사의 침

—1994년의 조계종단 개혁회의

> 스님이 주머니에 손을 넣는 것은 오래된 무덤 속처럼 텅텅 빈 주머니 안의 공허를 맨손으로 만지기 위해서다. 제로를 애무하는 것은 불교적 구도의 핵심이다.

한번은 석가세존이 여행길에 강을 건널 일이 있어 나룻배를 기다리고 있는데 근방의 도인이 하나 나타나 석존에게 도전한다. "나는 25년 수도 끝에 배 없이도 물위를 걸어 강 건너는 법을 터득했다. 당신은 25년 설법 끝에 이만한 강도 건너질 못하는가?" 석존이 껄껄 웃고 왈, 배 타고 건너면 될 것을 그까짓 강 건너는 기술 하나 터득하자고 25년 세월을 보냈다니 참 안됐소그려. 도인은 대꾸를 못하고 달아났다.

청정 수행자에게 구도의 길은 신통술 터득의 길이 아니다. 이를테면 가사 장삼 주머니에 뭉칫돈이 날아들게 하는 것은 신통술일 수 있지만 스님의 먹물 옷 주머니는 그 안에 뭉칫돈 넣고 다니라고 달려 있는 것이 아니다. 스님이 주머니에 손을 넣는 것은 오래된 무덤 속처럼 텅텅 빈 주머니 안의 공허를 맨손으로 만지기 위해서다. 제로零를 애무하는 것은 불교적 구도의 핵심이다. 옛날 아랍의 구도자들도 사막 한가운데 나가 수행했는데, 까닭은 아무것도 없는 사막이 바로 그 없음으로 인해 하늘과 가장 가깝다고 여겨졌기 때문이다.

인간의 행복을 욕망의 규모와 소유의 크기로 계산해주는 것이 자본주의의 행복 모형이라면 붓다가 제시한 것은 욕망의 축소, 단절, 무소유의 모형이다. 근대 이후 사회에서 소유의 위력이 한층 커진 것은 소유가 인간의 행복만이 아니라 자유까지도 확대해준다는 산술이 확산되었기 때문이다. 이 산술로 따지면 자유는 지갑의 두께에 비례한다. 그러나 붓다적 자유의 모형은 돈지갑과 관계없고 두둑한 지갑과는 더더구나 관계없다. 지갑의 노예는 노예이지 자유인이 아니다. 소유의 즐거움을 내세우는 자본주의 행복론 앞에서 소중하게도 정확히 그 반反모형을 제시해주는 것이 붓다의 행복론이자 자유론이다.

그러나 세속의 삶은 욕망과 소유의 충동을 벗어날 수 없다. 이 점에서 붓다가 보여준 자유의 모형은 적어도 세속에서는 불가능한 모형임에 틀림없어 보인다. 프로이트는 불가능한 세 가지 사업으로 정치, 교육, 정신분석을 거론한 적이 있는데 이들 모두가 결코 만족할 만한 결과를 얻지 못할 것임을 이미 알고 시작하는 사업이라는 것이 그 이유였다. 붓다의 가르침을 세속적 삶의 문법으로 번역해내는 일 역시 불가능한 사업 같아 보인다. 법정 스님이 아무리 무소유를 외쳐대도 무소유의 완벽한 속세적 실천은 가능하지 않다. 하지만 붓다의 가르침이나 성철 스님 같은 수행자의 실천이 이 시대 이 사회에 보석 같은 가치를 지니는 까닭은 그들이 불가능한 것을 제시하고 실천한 데 있다. 성철의 누더기 가사가 사람들에게 깊은 감동을 준 것도 불가능한 것의 가능성을 그가 실천으로 보여주었기 때문이다.

성철 스님은 신통술을 보인 것이 아니다. 하루이틀도 아닌 수십 년 세월 동안 청정 도인의 삶을 살아 보임으로써 그는 그런 수행자가 아니라면 속세가 진작 잊어버렸을 지극히 소중한 일깨움을 준 것이다. 그것이 붓다적 모형을 산 모형이게 하는 구도의 길이다. 속인은 그 길을 눈으로 봄으로써 허욕을 다스릴 수 있게 된다.

돈과 권력에 매혹되고 정치권력의 언저리나 맴도는 중들 때문에 혼탁과 오염의 극에 달했던 한국 불교 조계종단이 한 차례 홍역을 치르면서 스스로 혁신의 계기를 만든 것은 여간 다행한 일이 아니다. 불교적 수행은 끊임없는 자기 쇄신이며 이 점에서 그 수행만큼 급진적이고 혁명적인 실천도 없을 것이다. 벼룩 서 말은 몰고 가도 중 셋은 몰고 가지 못한다는 말이 있을 정도로 제각각 일가견을 가진 스님들이 서너 사람도 아닌 1000명 이상이 모여 승려대회를 열고, 이 대회가 한순간의 결의로 기존의 모든 승단질서를 뒤엎을 수 있는 것도 이 혁명적 실천의 전통에서 나온다. 종단 개혁회의를 출범시킨 이번의 혁명 공사는 오염된 한강, 낙동강, 영산강을 정화하는 일 못지않게 중요하고 값진 일이 아닐 수 없다.*

지금 우리 사회는 맑은 물줄기를 목말라 하고 있다. 먹는 물도 맑아야 하지만 정신의 물줄기도 맑아야 사회가 산다. 불교유신론의 만해卍海 선사는 친일파나 더러운 중을 만나면 퉤퉤 침을 뱉곤 했는데 그가 살아 있다면, 신통술 같지도 않은 신통술이나 부리면서(하룻밤 사이에 폭력배 수백 명을 동원하는 재주 같은 것이 말하자면 이 부류의 신통술이다) 승단 오염에 기여해온 인사들에게 침 뱉느라 그의 침샘이 아마 다 말랐을지 모른다. 만해는 이번의 개혁회의를 보며 "잘했네, 잘했어"라고 말할 것이 틀림없지만 개혁회의 스님들이 명심할 것은 그들 자신이 나중 만해의 침 세례를 받는 일은 없도록 해야 한다는 것이다.

주간조선 1994. 4. 18

---

* 한국 불교사에 큰 획을 그었던 조계종단 개혁회의는 1994년 4월 10일 전국 승려 1000여 명이 참여한 '승려대회'(서울 조계사)에서 진행되었다.

오디세우스의 선택

분자생물학 쪽의 최근 발견들을 보면 영국 작가 헉슬리의 1936년 소설 『용감한 신세계Brave New World』처럼 21세기가 얼마나 놀랍고 용감한 세계를 준비하고 있는지 실감난다. 사람들의 얼을 빼놓는 것은 무엇보다도 인간 수명의 획기적 연장이 21세기 안에 가능해질 것이라는 전망 부분이다. 분자생물학적 관점에서 보면 세포가 '분열을 멈추는 것'이 죽음이다. 분열은 세포의 꿈이다. 세포가 분열을 계속해야 조직은 성장하고 유지된다. 그런데 모든 유기체의 세포는 무한으로 분열하는 것이 아니라 일정 시점에서 분열을 멈춘다. 그 정지의 순간부터 붕괴와 죽음이 시작된다. 그러므로 이론상 "세포가 분열을 멈추지 않도록" 하기만 하면 죽음은 밀려나고 생명은 연장된다. 말하자면 세포가 무한 분열의 꿈을 꿀 수 있게 해주면 죽음은 발생하지 않는다.

'이론상'이라 말했지만 죽음의 극복 혹은 추방이라는 전망은 이미 가설의 단계를 넘어 실현 가능성의 차원으로 올라서고 있는 것 같아 보인다. 세포가 분열을 멈추는 것은 자연이 부과한 한계(이른바 '헤이플릭 한계점') 때문이다. 만약 세포가 이 한계를 망각하거나, 그 한계에 복종하기를 거부하면 분열은 멈추지 않을 것이다. 자의식을 갖고 있지 않은 세포가 그 한계를

'스스로 망각'할 리는 없으므로 이때의 '망각'이란 인간의 과학적 수단이 세포로 하여금 한계(분열의 스톱 지점)를 잊어버리게 하는 일이 된다.

분자생물학은 이 가능성을 입증하고 있다. 회충 실험이 그것이다. 회충의 수명은 보통 3주가 채 안 되는데, 그 회충의 무슨무슨 유전자 두어 개를 조작하면 수명이 정상 회충의 여섯 배로 연장된다는 것이다. 여섯 배라, 인간에게 적용하면 현재의 평균 수명을 60으로 잡아도 육육이 삼십육, 360년, 동방삭의 나이다. 실제로 인체 세포를 대상으로 한 실험도 진행중이다. 인체 세포에 무슨무슨 유전자를 복사해주기만 하면 녀석이 무한히 분열한다는 것이다. 한 외지에 따르면, 2100년께에 가서 부자 나라 사람들은 5000살까지 살 수 있을 것이라 예언한 케임브리지 대학 교수도 있다. 옛날 중국 제후들에게 바쳐지던 축수 기원 "천세, 천세, 천천세" 그대로다. 단군에게 적용되었더라면 단군은 아직 살아 서울 계동 근처를 어슬렁거리고 있을 것이다.

거의 모든 신화에서 불멸성은 신과 인간을 가르는 경계선이다. 인간은 반드시 죽고, 신들은 죽지 않는다. 죽음은 인간존재를 규정하는 대표적 한계다. 기원신화치고 이 유한성의 문제를 다루지 않은 신화는 거의 없다. 인간은 왜 죽어야 하는가? 죽음은 어째서 있게 되었는가? 인간은 이 한계를 넘을 수 없는가? 신화들이 이처럼 죽음의 문제에 매달린 것은 생명의 한계를 넘고 싶은 욕망이 워낙 컸기 때문이다. 역사상 가장 오래된 5000년 전 서사시 『길가메시Gilgamesh』의 주제는 '불멸성의 추구'이다. 주인공 길가메시 왕은 친구 엔키두의 죽음 앞에서 탄식한다. "인간은 반드시 죽어야 하는가? 오, 친구여, 나도 언젠가는 자네처럼 죽어 영영 땅에서 일어설 수 없을 것인가?" 그는 이 질문을 안고 불멸성을 구하기 위한 모험길에 오른다.

물론 죽음이라는 한계 조건을 오히려 인간의 영광으로 받아들이는 이야기들도 없지 않다. 그리스신화에 나오는 아름다운 무녀 시빌은 아폴로의 욕정에 응하는 대가로 영생을 선물로 받고 한 1000년 살지만, 나중에는 진저리치며 동굴로 몸을 숨긴다. "그대는 또 무엇을 원하는가?" 하고 사람들이 물으면 시빌은 대답한다. "나는 죽고 싶다." 죽고 싶어도 죽을 수 없다는 것이 그녀에게는 견딜 수 없는 저주다. 애당초 불멸성을 거부하고 나서는 인간의 이야기도 있다. 오디세우스가 그런 경우다. 그는 영생을 줄 테니 같이 살자는 여신 칼립소의 유혹을 거절하고 '인간' 아내가 기다리는 고향 이타카로 돌아간다. 그는 여신과의 영생보다는 사랑하는 아내 페넬로페와 함께 살다 죽기를 선택하는 것이다. 그의 선택은 유한성과 일시성에서 오히려 인간존재의 품위를 발견하려는 자의 감성을 보여준다.

수명의 획기적 연장이 가능해진다는 것은 인간이 불을 마스터했던 것 이상의 큰 변화를 몰고 올 것이 확실하다. 그것은 자연이 부과한 한계를 인간이 제 손으로 무너뜨리고 자신의 생물학적 운명을 바꾸고 자기 진화를 관리하는 최초의 동물로 등극하는 일이다. 이는 거대한 과학적 성취가 될 것이 틀림없다. 그 성취의 전망 앞에서 사람들은 요즘 장밋빛 미래를 그려보느라 바쁘다. 그러나 그 성취가 인간의 행복과 품위와 영광을 증대시킬지 아니면 큰 재앙이 될지 지금으로선 누구도 알 수 없다. 중요한 것은 인간이 오래 산다는 것이 아니라 인간으로 인간답게 산다는 것이다. 무녀 시빌이 알게 된 진실은 바로 그것이다. 과학이 열어놓는 전대미문의 가능성을 인간이 어떻게 관리하고 무엇을 선택할 것인지에 대한 인간세계의 지혜는 아직 너무도 초라하다. 무슨 선택이 가능하기나 할까? 이 초라한 지혜를 생각하면 인간은 여전히 유한한 한계 존재다.

현대건설사보 2003. 8. 13

작가와 조국

—오르한 파묵의 비애

> "나의 발언을 국가적 수치라고 말하는 사람들이 있다. 그러나 국가의 역사에 찍힌 오점을 말하는 것이 수치인가 아니면 말하지 못하게 재갈 물리는 것이 수치인가?" 파묵의 이런 질문은 터키에만 해당되는 것인가?

2006년 노벨문학상을 받은 오르한 파묵은 터키가 자랑할 만한 작가임에 틀림없지만 정작 터키 안에서는 그에 대한 정부와 대중의 시선이 곱지 않다. 그냥 곱지 않은 정도가 아니다. 터키 정부의 눈에 파묵은 '손봐야 할' 반국가 행위자다. 실제로 터키 정부는 '국가 정체성 모독' 혐의를 씌워 파묵을 처벌할 수순을 밟아오고 있었고 작년 12월 그를 법정에 세울 계획이었던 것으로 알려져 있다. 그 파묵이 곤경에서 벗어난 것은 재판 직전 검찰이 내린 기소중지 처분 덕택이다. 검찰이 갑자기 태도를 바꾼 것은 세계 각국의 항의가 빗발쳤기 때문이다. 유럽연합 가입을 협상중인 터키 정부로서는 파묵 재판을 강행할 경우 그것이 몰고 올 국제사회, 특히 유럽 쪽 비난 여론의 '쓰나미'를 감당하기 어렵다고 판단했던 듯하다.

이런 야단법석은 작년 2월 파묵이 스위스의 한 잡지와의 회견에서 시도한 어떤 용감한 발언에 그 사단을 두고 있다. "1차

세계대전을 전후해서 100만 명의 아르메니아인과 30만 명의 쿠르드인이 터키 당국의 손에 학살당했다. 그런데 터키 정부는 지금도 그 사실을 인정하지 않고 있고, 그 사건에 대한 공개 언급이나 토론도 금지하고 있다"는 것이 파묵의 발언 내용이다. 오스만 터키는 아르메니아인들이 오스만제국의 반대편에 섰다는 이유로 영내 아르메니아인들을 대거 이주시키고 그 과정에서 학살을 자행했던 것으로 알려져 있는데, 파묵에 의하면 '국제 학계의 상식'이 되어 있는 이 사건이 지금 터키에서는 입에 올릴 수조차 없는 금기사항이라는 것이다. 회견 내용이 알려지면서 파묵은 터키의 자칭 애국자들, 우파 보수 언론, 국가주의자들의 집중포화에 걸린다. 그의 책들은 길바닥에서 공개 화형을 당하고 보수 신문들은 파묵을 '영원히 침묵'시켜야 한다고 목청을 높인다. 검찰은 그를 기소한다. 오스만제국은 터키의 과거이고 유산이기 때문에 파묵의 발언은 터키 역사와 국가 정체성을 욕보인 행위라는 것이다.

그리고 또 흥미로운 일이 하나 더 벌어진다. 금년 노벨문학상 수상자가 발표되던 바로 그날 프랑스 하원이 새로운 법안 하나를 통과시키는데, 법안 내용인즉 1차 세계대전 때 "오스만 터키의 아르메니아인 학살 사건을 부정하는 행위는 형사범죄를 구성한다"는 것이다. 이 법이 실시되면 누구든 프랑스 땅 안에서 아르메니아인 학살 사건을 부정했다가는 감방에 갈 각오를 해야 한다. 터키의 애국 대중이 또 한차례 흥분해서 프랑스를 맹렬히 비난하고 나왔을 것은 불문가지다. 프랑스 하원이 터키의 유럽연합 가입을 막고 터키를 길들이기 위해 그런 법안을 통과시켰다는 것이다.

재미난 것은 이 법안에 대한 파묵의 반응이다. 터키의 한 민간 텔레비전과의 회견에서 파묵은 그 법안이 프랑스가 지키고자 해온 근본적인 근대적 원칙 가운데 하나인 '표현의 자유'에 정면으로 역행하는 것이라 비판하고 나선다. "프랑스의 비판적 사유의 전통은 내게 깊은 영향을 주었고 많은 것을 가르쳐주었다. 그러나 이번 법안은 자유 아닌 금지이며 프랑스 전통이 지닌 자유 중시의 성격에 맞지 않다." 또 그는 프랑스 법안에 분노하는 터키 국민들에 대해서도 자제할 것을 호소한다. "벼룩 한 마리 잡으려고 담요를 불태우지 맙시다." 그는 내심 이 터키 속담을 문제의 그 프랑스 법안에도 적용하고 싶었을 것이 틀림없다. 그러나 프랑스에 대한 파묵의 비판에도 불구하고 그를 향한 터키 대중의 불쾌감은 수그러들지 않고 있다. 파묵과 프랑스가 사실은 터키 역사를 헐값에 팔아넘기기로 공모했고 그의 노벨상 수상도 터키를 욕보이기 위한 유럽의 정치적 결정에 불과하다는 것이다.

파묵을 둘러싼 이런 소동을 보자면 비서구 출신의 작가로서 서구문명의 가치관과 전통으로부터 성장의 자양을 공급받아 비서구 지역 국민국가의 역사, 정서, 전통의 테두리 안에서 활동해야 하는 작가들의 비애와 역설, 딜레마와 곤궁이 있는 대로 다 드러난다. 그에게 많은 것을 가르쳐주었다는 프랑스의 '비판적 사유'의 전통이나 그가 중시하는 '표현의 자유'는 미안하지만 터키의 전통이 아니다. 파묵이 프랑스적 자유의 전통이라 부른 것의 첫머리에는 볼테르, 디드로 같은 18세기 근대 계몽철학자들이 있다. 파묵을 키운 것은 오스만제국의 영광이 아니라 "나는 당신과는 생각이 같지 않다. 그러나 당신의 말할 자유를 지켜주기 위해서라면 나는 내 목이라도 내놓을 용의가 있다"고 말한 볼테르적 전통이다.

터키 역사에 뿌리를 두지 않은 어떤 전통과 가치를 가져다 터키 땅에 접붙이면서 서로 다른 문명의 만남, 서로 다른 시간대의 융합 가능성을 탐색하고 그 만남에서 오는 갈등, 충돌, 비애, 역설의 경험들을 담아내고 있는 것이 파묵의 문학이다. 그를 법정에 세우고자 한 조국 터키에서 그가 경험하는 것은 우리에게도 익숙한 주제, 곧 근대와 전근대, 서구와 비서구적인 것 사이의 길항이고 충돌이다. 그런 충돌의 경험에서 작가가 주목할 것은 어느 것이 더 나으냐 못하냐의 문제이기보다는 서로 다른 전통들 사이의 융합의 가능성과 불가능성, 역설과 딜레마라는 인간 경험의 보편적 문제다.

우리에게도 익숙한 주제라고 말했지만 우리 문학은 이런 주제를, 혹은 그런 문제의식을 배경에 깐 현재적 삶의 경험을 때깔 나게 다루어보지도 못한 채 지금 이상한 겉멋에 취해 비틀거리고 있다. "나의 발언을 국가적 수치라고 말하는 사람들이 있다. 그러나 국가의 역사에 찍힌 오점을 말하는 것이 수치인가 아니면 말하지 못하게 재갈 물리는 것이 수치인가?" 파묵의 이런 질문은 터키에만 해당되는 것인가? 천만의 말씀, 그것은 21세기 한국을 향한 것이기도 하고 일본, 중국, 북한을 향한 것이기도 하다. 일본의 노벨상 수상자 오에 겐자부로 역시 일본 역사의 오점을 말했다가 곤욕을 치른 아시아 작가의 하나다. 벼룩 한 마리, 아니 빈대 한 마리 잡으려고 초가삼간 불태우는 짓을 우리는 좀 많이 해왔던가? 문학은 권력의, 그리고 맹목적 애국주의자들의 눈치를 보지 않는다는 점에서 '양심'이다. 표현의 자유가 소중한 것은 그게 어디 특산물이어서가 아니라 양심 그 자체의 소중함 때문이다. 물론 여기에도 역설과 비애는 있다. 한국의 언론 조직들이 보여주듯 표현의 자유조차 도 양심을 떠나 추악하게 타락할 수 있으므로.

한겨레 2006. 10. 27

고독한 성찰과 불안한 의심의 극장
—책 읽기에 대해서

> 인간의 뇌는 애초부터 책 읽으라고 설계된 것이 아니다. 문자가 등장한 역사는 5000년, 지금 같은 형태의 종이인쇄 책의 역사는 600년에 불과하다. 자연선택이 사냥과 채집 같은, 인간종의 생존에 필요한 다른 여러 기능들을 수행하도록 설계한 뇌 건축물의 부수적 파생 효과 가운데 하나가 책을 쓰고 책을 읽는 기능이다. 말하자면 그 능력은 덤으로 얻어진 것이다. 그런데 이 '덤'이 참으로 중요하다.

인간이 천사를 만난다면 무엇을 자랑할 수 있을까? 라이너 마리아 릴케가 「두이노의 비가」 한 대목에서 던지고 있는 질문이다. 시인의 이 질문은 인간에 관한 인문학의 어떤 질문보다도 상큼하고 날씬하다. "인간은 무엇인가?"라거나 "나는 누구인가?"라고 묻기 좋아하는 인문학자를 사람들은 별로 좋아하지 않는다. 그 둔중한 질문들은 사람을 기죽이고 숨통 조이고 어깻죽지를 내려앉게 하기 때문이다. 그러나 "당신이 인간으로서 천사에게 뭘 자랑하고 싶은가?"라는 질문일 때, 사정은 달라진다. 사람들의 눈은 문득 빛나고 얼굴은 웃음으로 환해진다. 정신이 날개 달고 하늘로 치솟고 있다는 증거다.

인간은 천사가 아니고 천사는 인간이 아니다. 인간이 아니기 때문에 천사가 할 수 없는 일, 그러니까 인간만이 할 수 있는 일, 그것이 일단은 인간의 자랑거리다. 천사가 할 수 없는 일은 많다. 그는 이를테면 노동할 일이 없으니까 땀에 전 더러운 옷 같은 건 입을 기회가 없을 것이고 집 지을 일이 없으니까 망치질하다 손에 못 박는 일도 없을 것이며 주린 자의 라면, 싸구려 김밥, 눈물 젖은 빵도 먹을 일이 없고 먹지 못할 것이다. 그러나 "당신은 더러운 옷 입을 줄 모르지? 세탁이 뭔지도 모르겠네? 굶을 줄 알아? 셋방에 살아봤어?" 같은 말로 천사를 윽박지르는 일은 재미는 있어 보이지만 그 정도의 자랑거리로 천사를 기죽일 수 있을 것 같지는 않다. 그를 꼼짝 못하게 하자면 그가 하고 싶어하면서도 할 수 없는 일, 그리워하면서도 하지 못하는 일을 들이대는 수밖에 없다.

천사가 그리워하면서도 결코 하지 못하는 일이 하나 있다. 그것은 죽는 일, 곧 유한성의 경험이다. 인간은 자신의 유한성을 알고 자신의 죽음을 예기하는 유일한 동물이다. 그는 자기 존재의 한계를 의식할 뿐 아니라 그 의식을 의식하는 자의식의 존재다. 의식이 의식과 대면하고 자의식이 동시에 자신을 성찰하고 객관화하는 사건은 인간의 경우에만 가능하다. 유한성의 존재이면서 또 인간은 유한성 너머의 세계를 상상하고 미래를 계획하며 기억과 상상을 용접한다. 과거와 미래를 접목시키는 동물계 유일의 시간 형식을 인간은 갖고 있다. 그의 의식은 의식 바깥의 세계를 인식하며, 알고자 하는 자와 알고 싶은 대상이 같지 않다는 것을 알고 있다. 그는 '아는 자knower'임과 동시에 그 아는 자로서의 자기를 알기의 '대상the known'으로 세울 줄 아는 유일한 동물이다. 그는 그러나 지식에 대한 그의 무한 욕망과 그가 성취할 수 있는 지식의 유한성 사이에서 번민하며 그 괴리와 모순을 타넘기 위해 밤잠을 설치기도 하는 동물이다.

인간은 유한한 존재다. 그러나 그가 자랑할 만한 모든 것들, 그가 천사 앞에 내놓을 위대한 자랑거리는 그의 존재를 규정하는 그 순간성의 조건과 유한성의 경험으로부터 나온다. 남미 작가 호르헤 루이스 보르헤스가 나이 80을 넘기면서 쓴 시에 「순간Instantes」*이라는 것이 있다. "다음 생에 태어나 내가 다시 산다면"으로 시작되는 시다. 그는 자신의 한 생이 "순간"이었음을 알고 있다. 그러나 그 순간이 그다음의 순간으로 이어진다면 그 새로운 생을 어떻게 달리 살아볼 것인가. 다음 생에 태어나 내가 다시 산다면? 그리고 이어서 나오는 구절—"더 많은 실수를 저지르리/ 완벽해지려고 버둥거리지 않으리." 생의 순간적 단회성은 그 단회성을 넘어서는 연속의 상상과 접합하고 이미 한 생의 끝자락에 선 자의 기억은 지나간 생에 대한 성찰(실수하지 않으려고 왜 그토록 버둥거렸던가) 위에서 다른 삶의 방식(더 많이 실수하리)을 제시한다.

재탄생의 상상은 물론 불가능한 것에 대한 상상력이다. 그러나 중요한 것은 알 수 없는 미래를 향한 그 상상력이 과거의 기억, 그리고 지나간 삶에 대한 성찰과 결합해 있다는 점이다. 이것이 기억과 상상의 접합이다. 이런 접합은 인간이 처한 유한한 조건으로부터 나오고 그 조건 때문에 가능하다. 게다가, 그 연속의 상상력 속에서 새로운 삶의 방식은 유한성을 거부하는 것이 아니라 오히려 확인한다. 인간이 완벽성을 추구할 수 없다는 것이 유한성의 인정이다. 천사에게라면 이런 성찰, 상상, 인정은 필요하지 않다.

기억과 사유, 상상과 표현은 인간을 인간이게 하는 독특한 능력들의 목록을 대표한다. 인간이 천사를 향해 자랑할 것도 결국은 그 네 가지 능력으로 집약된다. 인간은 기억하고 생각하고 상상하고 표현하는 존재이다. 그 네 가지 능력의 어느 것도 완벽하지 않다. 기억은 수많은 구멍들을 갖고 있고 사유는 불안하다. 상상은 기억과 사유의 한계를 확장하지만 유한한 경험의 울타리를 아주 벗어나지는 못한다. 표현의 형식과 내용도 시간성에 종속된다. 그러나 기억, 사유, 상상, 표현의 인간적 시도들은 그것들이 지닌 한계 때문에 무용해지는 것이 아니라 유한한 것들만이 가지는 순간적 아름다움의 광채를 포착하고 표현하기 때문에 위대하다. 워즈워스의 "5월의 꽃", 푸시킨이 노래한 "해질녘 다리 위의 소녀와 잠자리떼", 괴테가 본 "마리엔바드의 위대한 가을 숲", 프로스트의 "눈 내리는 겨울 숲"— 이런 것들은 그 순간성 때문에 아름답다.

기억이 완벽할 수 있다면 아무도 기억하기 위해 애쓰지 않을 것이며, 사유가 완전할 수 있다면 아무도 사유의 엄밀성을 이상화하지 않을 것이다. 지식의 한계 때문에 상상은 위대해지고, 표현할 수 없는 것들에 대한 도전 때문에 표현은 아름다워진다. 책은 인간이 가진 이 독특한 네 가지 능력의 유지, 심화, 계발에 봉사하는 가장 유효한 매체다. 문자를 고안하고 책을 만들고 책을 읽는 일은 결코 '자연스러운' 행위가 아니다. 인간의 뇌는 애초부터 책 읽으라고 설계된 것이 아니다. 문자가 등장한 역사는 5000년, 지금 같은 형태의 종이인쇄 책의 역사는 600년에 불과하다. 자연선택이 사냥과 채집 같은, 인간종의 생존에 필요한 다른 여러 기능들을 수행하도록 설계한 뇌 건축물의 부수적 파생 효과 가운데 하나가 책을 쓰고 책을 읽는 기능이다. 말하자면 그 능력은 덤으로 얻어진 것이다.

그런데 이 '덤'이 참으로 중요하다. 책 없이도 인간은 기억하고 생각하고 상상하고 표현한다. 그러나 책과 책 읽기는 인간이 이 능력을 키우고 발전시키는 데 중대한 차이를 낸다. 최근의 뇌과학적·생물학적 연구조사들은 읽기행위가 만들어내는 이런 차이의 크기를 거듭 확인시켜주고 있다. 책을 읽는 문화와 책을 읽지 않는 문화는 기억, 사유, 상상, 표현의 층위에서 매우 다른 개인들을 만들어내고 상당한 질적 차이를 가진 사회적 주체들을 생산한다. 어떤 인간을 생산하는가에 따라 사회는 달라지고 문명도 달라진다.

누구도 맹목적인 책 예찬자가 될 필요는 없다. 그러나 중요한 것은 책이 인간을 더욱 인간적이게 하는 소중한 능력들을 지키고 발전시키기 위해서는 결코 희생할 수 없는 매체라는 사실이다. 그 능력의 지속적 발전에 드는 비용은 싸지 않다. 무엇보다도 책 읽기는 쉬운 일이 아니다. 거기에는 상당량의 정신에너지가 투입되어야 하고 훈련이 요구되고 읽기의 즐거움을 경험하는 정신 습관의 형성이 필요하다.

책의 세계는 정신의 자기 회귀를 강화하는 고독한 성찰과 불안한 의심의 극장, 의식이 의식을 만나 협상하고 교섭하는 대화의 극장, 인간이 유한성의 조건 속에서 그 유한성에 보복할 모든 가능한 책략들을 꾸미는 음모의 극장이다. 그 극장을 유지하는 데 필요한 정신적 비용은 싸구려가 아니다. 지금 문명과 사회는 일종의 갈림길에 서 있다. 하나는 사람들로 하여금 그 극장을 떠나 편하고 힘들지 않은 오락과 쇼의 세계에 들어가도록 인도하는 길이고, 다른 하나는 인간이 자기 손으로 계발하기 시작한 능력들의 약화와 위축에 동의하지 않기 위해 그 정신의 극장을 더 잘 유지할 것을 종용하는 길이다. 전자는 결코 후자를 대체하지 못한다. 우리 시대가 그 대체에 동의하는 순간 인간은 천사 앞에서 별로 자랑할 것이 없는 자기 강등의 길로 들어설 것이 확실하다.

교수신문 2008. 1. 29

* 이 글에 인용된 보르헤스의 시 「순간」은 보르헤스 아닌 다른 사람의 작품이라는 주장이 있으나 이 글에서는 일단 그대로 사용했다.

잘 읽고 잘 쓰는 사람

—'리터러시' 정책이 사회적으로 중요한 이유

'책 읽기'의 중요성에 대한 사회적 인식이 점점 높아지고 있는 것은 최근 몇 년간 대한민국에 발생한 아주 의미 있는 일의 하나가 아닐 수 없다. 몇 년 전까지만 해도 '책'이라면 조만간 지상에서 사라져 없어질 아주 대표적인 구닥다리 아날로그 매체라고 여기던 사람들도 요즘은 태도가 많이 달라지고 있다는 소식이다. "아직도 책이야?"라던 사람들조차 "책을 읽긴 읽어야 하나보다"라는 쪽으로 생각이 바뀌고 있다는 보고들이 사방에서 들린다. 책에 대한 상당수 한국인의 생각과 태도에 이런 변화가 발생한 것은 따지고 보면 무슨 대단한 인식 전환이라기보다는 '제정신 들기'라고 해야 옳다. 디지털과 아이티 기술이 모든 문제를 해결해줄 수 있다는 듯이 정신없이 뛰다가 어느 순간 "어이쿠, 그게 아니네"라는, 간단하다면 아주 간단한 진실 앞에 정신이 버쩍 든 그런 형국이다. 돈키호테는 죽는 순간에야 제정신을 차리는데, 놓았던 정신을 이쯤에서 되찾게 된다면 우리는 최소한 돈키호테보다는 회복 속도가 빠른 편이다.

그러나 우리 사회에서의 독서문화의 발전과 성숙, 책 읽기 운동의 지속적 전개를 위해서는 지금쯤 몇 가지 사항들을 점검할 필요가 있다. 무엇보다도 먼저 꼽아야 할 것은 책 읽기의

'사회적 중요성'이라는 문제이다. 개개의 시민들이 책을 읽는 목적과 이유는 사람마다 다르기 때문에 "책을 왜 읽는가" 혹은 "왜 읽어야 하는가"에 대한 일반론적 응답을 찾는 일은 별 의미가 없다. 책을 즐겨 읽는 사람들은 이미 그들 나름의 이유를 갖고 있다. 그러나 책을 등진 사람들, 책 읽기의 필요성을 느끼지 못하거나 책 읽을 조건이 되지 않는 사람들의 경우는 어찌 되는가? 책을 읽는 일은 어째서 사회적으로 중요하고 필요한가? 독서운동은 개개의 시민들을 향한 운동이면서 동시에 공동체 집단을 향한 '사회운동'이다. 사회운동은 국가와 지방자치단체들을 포함해서 우리 사회의 공영역과 사영역이 함께 정책을 세우고 실행 방안을 강구해야 하는 중요 사안에 대한 시민사회의 문제 제기이고 정책 요구이다. 그러므로 사회운동으로서의 독서운동은 적어도 책 읽기가 어째서 개인 차원을 넘어 사회적으로도 중요한 것인가에 대한 설득력을 확보하고 있어야 한다. 이런 설득의 확보가 없다면 독서운동은 의미 있는 '사회정책적 사안'의 차원으로 올라서기 어렵고, 운동의 지속적 동력도 공급받기 어렵다.

최근 몇 년간, 미국을 포함한 서유럽 주요 국가들이 상당한 투자를 기울이고 있는 분야가 이른바 '리터러시' 정책이다. 리터러시는 '독서력'인데, 이때의 독서력이 의미하는 것은 단순 '문해력'이 아니라 그보다 한 차원 높은 "잘 읽고讀 잘 쓰는書 능력"이다. 구미 각국이 중앙정부 차원에서는 물론 지방정부 단위에서도 부쩍 주민의 리터러시 높이기에 적극적인 정책 투자를 하고 있는 이유는 크게 세 가지다.

1. 잘 읽고 잘 쓰는 능력은 시민의 경제력 제고와 자립에

절대적으로 필요하다. 리터러시는 모든 분야에서의 정보 접근, 수집, 판단, 활용의 기본이며 이 기본적 능력 없이는 기회 창출, 자립, 삶의 질 향상이 불가능하다.

2. 잘 읽고 잘 쓰는 시민의 리터러시 능력 없이는 민주주의의 유지와 발전이 불가능하다. 민주주의는 정보를 가진 시민, 잘 판단하는 시민, 참여하는 시민을 요구한다.

3. 매체문화 환경이 다양해지면서 활자매체와 책 읽기로부터 이탈하는 인구가 늘고 있다. 이는 사회적 위기이다. 상상력, 비판력, 사고력의 중심 매체인 책의 힘이 약화되면 사회는 창조성 고갈의 위기를 맞는다. 정책적 대응이 필요하다.

결국, 구미 각국이 리터러시 강화 정책을 펴는 데는 '잘 읽고 잘 쓰는 국민literate nation'이야말로 다른 어떤 자원이나 능력보다도 한 나라의 정치, 경제, 사회 발전을 위한 '기본적인 힘'이라는 인식과 판단이 깔려 있다. 우리가 타산지석으로 삼아야 할 것은 바로 이런 정책 판단이다. 시민단체들이 전개하고 있는 독서운동은 그냥 단순히 "책 많이 읽어 교양인이 됩시다"라는 차원의 운동이 아니고 좁은 의미의 여가 선용 수준에 그치는 운동도 아니다. 그런데도 우리의 정책 당국은 '책 읽는 국민'을 갖는다는 것의 정치, 경제, 사회적 중요성을 인식하지 못하고 있다. 인식이 없으면 정책도 나오지 않는다.

리터러시 강화 정책은 동시에 국민이 지식정보에 접근할 기회의 평등을 확대하는 일, 국민 각자가 스스로 평생교육의 주체가 될 수 있도록 사람들을 '임파워링empowering, 권력 부여' 하는 일, 자녀교육에 부모가 적극적으로 참여하게 하는 일 등을 포함한다. 이런 일들은 민간 영역의 힘만으로는 되지 않는다. 돈 없는 사람도 책을 읽을 수 있게 하고 평생학습의 기회를 갖게 하기 위해서는 공공도서관 같은 기본시설이 있어야 한다. 도서관은 여가시설이 아니라 부가가치 창조를 위한 생산시설이다. 저출산 시대의 부모들에게 자녀 양육의 경비와 책임을 덜어주기 위해서는 지역 단위의 어린이도서관 시설이 절대적으로 필요하다. 어린이도서관은 있어도 되고 없어도 되는 시설이 아니라 자녀 양육의 필수적 지원 기구이다. 교육은 학교에서만 이루어지는 것이 아니다. 아이들의 첫번째 교사는 부모이며, 그것도 '책 읽어주는 부모'이다. 미국 리터러시 운동이 '가족 리터러시(책 읽는 가족)'에 상당한 역점을 두면서 "일주일에 네 번은 자녀들에게 책을 읽어주도록" 권고하는 이유도 거기 있다. 그쪽의 연구에 따르면 그런 부모들 밑에서 자란 아이들의 학업 성취도는 대조 집단에 비해 두 배 정도 높은 것으로 나와 있다.

우리 중앙정부와 자치단체들은 책 읽기 운동이 사회 발전과 인간 개발의 필수 부분이고 빈곤과 소외에 맞서는 싸움이며 빈부 격차를 줄여 주민 자립도를 높이고 사회통합에 기여하는 정책이기도 하다는 것을 깊이 인식해야 한다. 이것이 리터러시 정책의 사회, 경제, 정치적 중요성이며 공공정책이 필요한 이유이다. 그 정책은 국민을 위하고 주민을 위하는 최선의 배려이자 봉사가 아닐 수 없다.

출판저널 2005. 6. 20

몸의 춤, 영혼의 춤

"당신은 이 지구에 왜 왔는가?" 최근 한 텔레비전 대담 프로그램에 나온 뮤지션 박진영에게 진행자가 던졌다는 질문이다. 어둠 속에서 느닷없이 날아든 주먹과도 같은 이 종류의 돌발 질문에 얼른 대답할 말을 평소 우리는 준비하고 다니지 않는다. 그런데 박진영은 대답했다고 한다. "춤추러 왔다." 이것이 그의 준비된 대답이었는지 한순간의 빛나는 순발력의 산물이었는지는 알 수 없다. 그러나 어느 쪽이었건 간에, 그 답변의 섬광은 박수갈채를 받을 만하다. 준비된 대답이었다면 박진영은 "내가 이 지구에 왜 왔지?"를 그 자신의 평소 질문으로 가지고 있었다는 얘기가 된다. 순간적 응답이었대도 사정은 마찬가지다. 자기 자신을 향해 한 번도 그런 질문을 던져본 일이 없는 사람이라면, 적어도 그가 벼락의 신이 아닌 한 그 입에서 그런 번개 같은 답변이 나오기는 어렵지 않겠는가.

오늘은 신묘년 새해 첫날이다. 정초는 우리가 두 개의 얼굴로 두 개의 시간을 경험하는 지점이다. 얼굴 하나는 우리가 막 떠나보낸 어제 이전의 한 해를 돌아보고 있고, 다른 하나는 아직 오지 않은, 그러나 뚜벅뚜벅 우리를 향해 어김없이 걸어오고 있는 내일 이후의 한 해를 마주보고 있다. 지나간 한 해는 우리가 살았기 때문에 '아는' 시간이고, 다가오는 한 해는 아직 살지 않았으므로 '모르는' 시간이다. 지난 세월을 돌아보는 얼굴은, 모든 정든 것들과 작별하는 사람의 표정처럼 아쉬움과 미련과 섭섭함의 색조를 띠고 있다. 아직 오지 않은 시간을 마주보는 얼굴에는 낯선 것들과의 만남을 준비할 때처럼 두려움과 기대와 희망이 모자이크로 서려 있다. 그 아쉬움과 두려움 사이에서 돌아보는 얼굴과 내다보는 얼굴의 대화가 빚어내는 송구영신의 의식 하나가 흔히 '정초 작심'이라는 것이다. 지난 한 해 나는 어떻게 살았던가라고 한 얼굴은 묻고, 다가오는 새해에 나는 어떻게 사는 것이 좋겠는가라고 다른 한 얼굴이 묻는다. 그리고 이야기 속의 용감한 아이처럼 우리는 그 두 얼굴의 대화로부터 정초 작심이라는 카드를 꺼내든다.

나는 당신의 신년 작심이 어떤 내용의 것일지 알지 못한다. 당신에게는 일자리가 필요할지 모르고 더 많은 돈, 더 많은 사랑이, 더 큰 행복과 빛나는 성취가 필요할지 모른다. 나는 당신의 작심 내용을 존중할 준비가 되어 있다. 단 한 가지, 나는 당신의 신년 결의가 무엇이냐에 관계없이 그 작심이 당신의 '삶의 품위'와 '삶의 기쁨'을 높이는 데 기여하는 것이었으면 싶다. "나는 이 지구에 왜 왔는가"라는 질문은 우리가 비록 부대끼며 살아도 그 삶이 지녀야 할 품위를 생각하게 하고 "춤추러 왔다"는 대답은 우리가 무슨 일을 하면서 살건 간에 그 삶에 기쁨이 있어야 한다는 요청의 절실함을 곰곰이 생각해보게 한다.

몸으로 추는 춤만이 춤의 모두가 아니다. 몸의 춤이 있다면 마음의 춤, 영혼의 춤도 있다. 우리에게는 몸의 춤과 영혼의 춤이 모두 필요하다. 누구나 출 수 있는 것이 춤이다. 이것이 춤의 위대함이다. 자연의 생명 가진 모든 것들은 춤추며 살고 있고 춤으로 삶의 기쁨과 영광을 표현한다. 낙지도 춤추고 지렁이도 춤추고 청둥오리도 춤춘다. 그런데 자연계의 모든 춤꾼들에게는 오만한 소리로 들릴지 모르지만, 유독 인간만이 두 종류의 춤을 추거나 출 수 있다. 몸의 춤과 영혼의 춤이 그것이다. 인간의 춤이 몸의 춤, 영혼의 춤 어느 한쪽으로만 기울면 춤은 일그러지고 반쪽 되고 삶의 영광은 쪼그라든다. 어느 쪽 춤도 출 수 없을 때 인간의 삶은 영광과 기쁨 모두를 상실한다.

우리가 영혼의 춤을 가장 잘 출 수 있는 것은 타인의 마음, 타인의 정신, 타인의 영혼을 만날 때이다. 이 만남의 소중한 순간을 제공하는 것이 '책 읽기'다. 책을 읽는다는 것은 두 영혼의 만남이 일으키는 신명나는 춤판, 마음의 공동체가 벌이는 즐거운 무도회, 인간이 자기 존재를 들어올리고 확장하는 사계절 축제이다. 거기에는 봄 여름 가을 겨울이 따로 없다. 무엇보다도 그것은 우리가 삶의 품위를 지키고 삶의 영광을 드러내는 소박한, 그러나 가장 확실한 길이다.

경향신문 2011. 1. 1

2부

공생의 도구, 책

“나는 뛰어내리고 싶다”

—다보스 경제포럼 소식 한 토막

지난 1월 스위스의 ‘다보스 세계경제포럼’에 모여든 세계 굴지의 경제인들은 빡빡한 회의 일정의 일부를 떼어 “경쟁의 속도—이래도 되는가”라는 문제를 토론한 것으로 알려져 있다. 지금 세계의 모든 기업들은 잠시도 쉴 틈 없고 방심할 수 없는 24시간 경쟁 체제를 유지하느라 제정신이 아니다. 기업들은 잠시 멈추거나 쉰다는 것이 말 그대로 죽음일 수 있는 시대를 살고 있다. 그 토론 석상에 나온 ‘소니 아메리카’ 회장 하워드 스트링어의 발언이 인상적이다. 대충 이런 내용이다. “이건 사람 사는 꼴이 아니라 지옥의 풍경 아닌가? 경쟁 아니면 죽음일 때 사랑은 언제 하고 책은 언제 읽는가? 이 세계를 정지시켰으면 좋겠다. 나는 뛰어내리고 싶다.”

이 멈출 수 없고 멈추지 못하는 고속 열차의 승객은 기업만이 아니다. 거기에는 세계시장 체제에 편입된 나라들의 주민 모두가 타고 있다. 물론 우리도 타고 있다. 승객들은 너 나 할 것 없이 전전긍긍이다. 그들은 자기네를 태운 미친 속도의 열차가 멈출 수 없다는 것을 알고 있다. 멈추는 순간 열차는 뒤집어질 것이기 때문이다. 그렇다고 뛰어내릴 수도 없다. 호랑이 등에 탄 사람처럼, 거기서 내리는 순간 그는 속도 호랑이의 밥이 된다. 속도의 열차는 ‘속도의 신’을 섬길 뿐 인간을 섬기지 않는다. 그것은 행복 열차가 아니다. 승객들은 딜레마에 빠져 있다. 그들은 미친 열차에 그냥 타고 있을 수도 없고 뛰어내릴 수도 없다. 문명사적으로 지금은 '딜레마의 시대'이다. 인간이 이 딜레마를 뚫을 수 있을지 없을지 지금으로선 전혀 알 수 없다. 그러나 한 가지 확실한 것은 스트링어의 말처럼 인간이 이 지옥 상황에서는 오래 버틸 수 없고 살 수 없다는 것이다.

사람을 미치게 할 때 경쟁은 선이 아니라 파괴이고 악이다. 사회나 개인의 진정한 경쟁력은 경쟁 그 자체를 목표로 삼는 데 있지 않고 경쟁이 인간다운 삶에 봉사하게 하는 데 있다. '사회'라는 것은 인간이 밀림으로부터 벗어나기 위해 만들어낸 공존공생의 조직이다. 오로지 살아남기 위한 생존경쟁과 자연선택이 밀림을 지배한다면, 밀림 아닌 사회를 지배해야 하는 것은 자연선택의 원리를 넘어서는 '인간적 선택의 원리'이다. 이 선택의 원리는 공생, 평화, 사랑, 아름다움, 돌봄caring 같은 문화적 가치들로 구성되어 있다. 이 가치들이 살아서 사회 운영의 원리로 작동하는 곳, 거기가 바로 진정한 의미의 '경쟁력 있는 사회'이다. 생각하는 사회, 생각할 줄 아는 사회, 생각하는 백성들만이 이 의미의 경쟁력 있는 사회를 만들어낼 수 있다. 생각은 어떻게 하는가? 생각이란 것은 먼 하늘 뜬구름 쳐다보며 "자, 생각하자"라고 갑자기 달려든다고 해서 되는 것이 아니다. 생각은 책을 읽음으로써 하고 책을 쓰고 토론함으로써 한다. 책 읽기가 참으로 중요한 것은 우리의 생각하는 능력이 책 읽기를 통해서만 가장 잘 키워지기 때문이다.

교보문고 2001. 5. 15

두 마리 토끼 잡기

> 책 읽기의 가장 중요한 실리는 돈으로 환산되지 않는 경쟁력, 곧 인격과 가치의 형성이라는 소득이다. 사회, 기업, 조직은 인격체이기 어려운 반면 개인은 인격체이고자 하며, 이 인격 존재는 그의 삶을 안내하고 지탱할 기본 가치와 원칙들을 필요로 한다. 이런 원칙들을 부단히 만나고 생각하게 하는 것이 책 읽기의 즐거움이다.

책 읽기에 대한 사회적 관심이 부쩍 높아지고 있다고 한다. 반가운 소식이다. 교육 당국은 중등교육 과정의 독서교육을 대폭 강화해 5년 후부터는 대학 입시에 독서활동을 반영한다는 계획을 짜고 있다. 언론매체들도 열심히 독서 캠페인에 나서고 있다.

독서가 이처럼 사회적 화두가 된 것은 성장 세대가 점점 책과 멀어지는 데 대한 불안감, 그리고 독서 빈곤이 위험사회를 초래한다는 위기감 때문이다. 이런 우려는 충분히 근거 있고 타당하다. 문제는 위기 타개의 방법이다. 교육 당국은 독서교육을 강화하겠다지만 공교육장에서 독서교육이 무너진 것은 학생들의 책 읽을 권리, 시간, 동기를 교육 자체가 박탈했기 때문이다. 상당수 아이들이 게임 중독에 빠져 심각한 '폐인 신드

롬'을 보이는 동안 정보기술 산업의 어두운 그늘에 대해서는 어떤 대책도 세우지 못한 것이 우리 사회다. 국민이 책 읽을 수 있는 공공 인프라와 콘텐츠 제공에 한없이 인색했던 것이 우리 역대 정부다. 어린이, 청소년, 성인의 독서활동을 지원할 변변한 법규 하나 없는 것이 우리나라다. '책맹冊盲사회'의 위기를 타개하자면 이런 조건들을 바꾸는 일이 시급하다.

최근 교육 당국이 입안했다는 독서교육 강화안은 위험 요소들을 안고 있다. 독서능력인증제, 독서력시험제, 독서활동기록제 등이 검토되고 있다는 소식인데, 이런 방법들은 신중히 검토돼야 한다. 책 읽기가 또하나의 시험 과목으로 강요되면 독서교육조차 사교육 시장으로 넘어갈 것이 뻔하고, 아이들에게 책은 증오와 기피의 대상, 심할 경우 평생 원수가 될 수 있다. 자발성이 발휘되고 호기심 자극을 통한 발견의 즐거움이 경험될 때에만 교육은 성공한다. 독서교육은 더더구나 그러하다. 독서를 대학수학능력시험 성적, 경쟁력, 실용성 같은 것에만 연결시키는 것은 위험천만의 발상이다. 왜곡된 실용주의는 책 읽기의 경우에도 점수, 입시, 성공 같은 '실리'를 계산한다. 실리도 물론 동기 부여의 한 요소다. 책을 읽어 성공하고 부자가 된다면 나쁠 것 없다. 경쟁력도 필요하다.

그러나 책 읽기의 가장 중요한 실리는 돈으로 환산되지 않는 경쟁력, 곧 인격과 가치의 형성이라는 소득이다. 사회, 기업, 조직은 인격체이기 어려운 반면 개인은 인격체이고자 하며, 이 인격 존재는 그의 삶을 안내하고 지탱할 기본 가치와 원칙들을 필요로 한다. 이런 원칙들을 부단히 만나고 생각하게 하는 것이 책 읽기의 즐거움이다. 인격 존재를 지향하는 개인과 비인격적 사회 조직 사이에는 가치 충돌이 자주 발생한다.

이런 경우의 위기관리 능력도 근본적으로 인격에서 나온다. 물론 돈을 벌어야 살지만 그렇다고 "돈 되는 일, 돈 버는 데 필요한 일이면 모두 오케이"라는 지침만으로 행동 원칙을 삼는 것은 아주 파괴적이다. 성적과 상장을 돈으로 거래하기도 한다는 최근의 교육 현장 실정은 몰가치적 돈지상주의가 어떻게 사회를 망가뜨리는지 잘 보여준다.

해도 될 일과 안 될 일을 분별하는 자율적 능력의 발휘체가 인격이다. 몽테뉴가 시민의 '자기 법정'이라 부른 것도 그런 자율 인격체다. 독서 사회를 향한 우리의 집단적 노력이 이 인격 존재 형성이라는 대목을 망각하면 독서행위는 결국 무엇을 위한 독서인지 알 수 없는 목표 배반의 행위로 추락한다. 해법은 무엇인가. 경쟁력도 키우고 인격 존재도 길러내는 일은 '두 마리 토끼 잡기'처럼 보인다. 그러나 그게 아주 불가능한 일은 아니다. 지금 우리는 실용과 즐거움을 결합하는 방법적 지혜를 모을 때다.

동아일보 2005. 2. 15

판타지의 세계

대중문화에 관한 한 지금은 단연 판타지의 시대다. 판타지는 아이들을 즐겁게 하고 어른들을 매혹하고, 문화 산업을 위해서는 황금알을 낳는다. 오늘날 문자와 영상의 두 매체를 자유로이 오가며 대중을 사로잡는 판타지 장르는 공상과학 서사와 동화적 마법담이다. 〈스타워즈Star Wars〉가 공상과학 쪽의 판타지를 대표한다면, 최근 미국에서 개봉된 〈해리 포터와 마법사의 돌Harry Potter and the Philosopher's Stone〉(이하 〈해리 포터〉로 약칭)은 마법담 판타지를 대표한다. 11월 추수감사절 연휴 사흘 동안 〈해리 포터〉가 올린 입장료 수입은 최소 1억 5000만 달러 이상이라는데, 이는 〈타이타닉Titanic〉 〈스타워즈〉 〈쥬라기 공원Jurassic Park〉 같은 블록버스터들의 개봉 직후 기록들을 모두 경신한 것이다. 〈타이타닉〉이 세운 사상 최고의 흥행 기록을 〈해리 포터〉가 갈아치우게 될 것 같다는 관측도 나오고 있다. 〈해리 포터〉의 12월 상륙을 앞둔 한국에서도 한바탕 예매권 매입 소동이 벌어졌다고 한다.

판타지의 가장 화려한 전통을 갖고 있는 것은 영문학이다. 20세기에 들어서만도 『이상한 나라의 앨리스Alice's Adventures in Wonderland』(루이스 캐럴), 『나니아 연대기The Chronicles of Narnia』(C. S. 루이스), 『반지의 제왕The Lord of the Rings』(J. R. R. 톨킨) 등

이 판타지 문학의 목록들을 풍성하게 하다가 지금은 조앤 롤링의 '해리 포터' 이야기가 그뒤를 잇고 있다. 영국 판타지는 역사도 오래다. 호러스 월폴의 『오트란토 성The Castle of Otranto』, 앤 래드클리프의 『우돌포의 신비The Mysteries of Udolpho』 같은 18세기 고딕소설들은 판타지 양식의 효시다. 19세기의 영국 판타지 문학을 대표하는 메리 셸리의 『프랑켄슈타인Frankenstein; or, The Modern Prometheus』은 지금도 소설로 영화로 살아 있다. 학문적으로도, 본격문학의 반열에서 흔히 제외되던 판타지 양식이 지금은 진지한 연구거리가 되어가고 있다. 이성과 합리적 세계관의 시대가 앞문으로 쫓아냈던 어둠과 유령, 마법과 신비를 뒷문으로 다시 끌어들인 것이 판타지이다. 어떻게 그런 일이? 판타지의 어떤 요소들이 사람들을 사로잡는가?

판타지는 세계를 지배하는 모든 중요한 현실원칙들을 부정, 거부, 초월함으로써 그것들의 작동을 한순간 정지시킨다. 판타지의 세계에서 중력은 무시되고 시간과 공간의 법칙은 사라지고 일상 규범들은 잊혀진다. 인과성의 원칙은 포기되고 개연성의 법칙은 적용되지 않아도 된다. 현실 세계가 "콩 심은 데 콩 난다"의 법칙에 묶여 있는 동안 판타지의 세계는 "콩 심은 데 팥 난다"를 보여준다. 유클리드, 아리스토텔레스, 뉴턴의 논리가 정지하는 곳에서 판타지는 날개를 편다. 현실 세계에서는 불가능한 가설과 명제 들이 판타지의 세계에서는 적용 가능한 명제들로 바뀐다. 이 마술적 세계로 날아오르는 순간 상상력은 모든 족쇄에서 해방되고, 비밀과 신비가 허용되지 않는 현실의 '엷은' 세계는 어둠, 유령, 불가사의 들이 존재하는 두터운 마법적 세계로 이동한다.

그러나 판타지의 세계가 신명나는 매혹적 해방의 세계인

것만은 아니다. 마술적 해방의 외피 뒤에는 이름 없고 모호하고 형체를 알기 어려운 두려움, 불안, 공포의 그림자도 깔려 있다. 마법의 세계는 우리를 즐겁게 하지만 그 마법의 세계로 도주해야만 즐거울 수 있는 자의 정신적 심리적 내부 풍경은 그리 즐거운 것이 아니다. 판타지는 그 자체로 두터운 세계는 아니다. 오히려 그것은 현실원칙의 중력을 뚫고 솟아오르는 가벼운 세계이다. 판타지가 어떤 무게를 획득하는 것은 그것의 가벼움이 우리 자신의 이름 붙일 수 없는 공포와 욕망의 두터운 그림자를 감추고 있기 때문이다. 얇고 무게 없는 그 비밀스러운 유령의 그림자가 질량과 두터움을 얻는 곳, 감춰진 공포와 억눌린 욕망이 그 심연을 드러내는 곳, 가능성이 불가능성을 지시하는 곳, 거기에 판타지의 비밀이 있다.

근대의 새벽이 밝아오고 있을 때 그 새벽으로부터 거꾸로 중세의 저문 저녁을 향해 역진하고자 한 것이 돈키호테의 모험이고 비극이다. 그를 '미친놈'이라 손가락질하는 사람들을 향해 돈키호테가 던지는 질문은 궁극적으로 이런 것이다. "누가 미쳤는가? 마법에 걸린 것은 내가 아니라 세계이다." 돈키호테의 이 발언은 우리에게 언제나 충격적 진실의 언어로 다가선다. 우리가 발붙이고 사는 현실 세계는 어떤 판타지도 무색케 할 판타지가 아닐 것인가? 된통 마법에 걸린 세계 아닌가?

씨네21 2001. 12. 11

신화의 현대적 효용

해는 어떻게 아침을 가져오는가? 틀림없이 서쪽으로 진 해가 어떻게 다음날 아침 다시 동쪽에서 떠오를 수 있는가? 지금은 아무도 이런 질문을 던지지 않는다. 그러나 현생 인류의 조상을 밀림의 사촌들(침팬지, 오랑우탄, 고릴라)과 갈라놓은 것은 바로 그 종류의 질문이었다는 것을 우리는 알고 있다. 조상 인류가 나무에서 기어내려와 세계를 둘러보기 시작했을 때 그의 눈에 비친 것은 놀라운 '마술의 세계'였을 것이 틀림없다. 어째서 해마다 봄은 돌아오고 마른 나뭇가지에 잎새는 살아나고 태양은 다시 떠오르는가?

이 마술적 세계를 이해하기 위한 인간의 '전前 과학적 설명방식'이 신화라고 말하는 것은, 신화의 기원에 대한 가장 간단하고 조잡한(모든 간단한 것은 조잡하다) 발생론적 이해법의 하나다. 물론 이 신화관이 전적으로 틀린 것은 아니다. "동쪽 바다 밑에 수만 개의 해들이 우글거리고 있다가 매일 아침 하나씩 떠오른다"라거나 "동쪽 세계에 거대한 황금의 어미닭이 있다. 그 닭이 매일 하나씩 알을 낳아 허공으로 띄우는데, 그것이 태양이다"라고 말하는 순간 '신화'가 탄생한다고 말할 수 있기 때문이다. 과학 이전의 세계 설명방식이 신화라는 관점에서 보자면 그리스신화도 예외가 아니다. "아폴로신이 낮 동안 태양마차를 몰아 하늘을 여행한다. 여행이 끝나면 그는 배에 마차를 싣고 밤을 도와 다시 동쪽으로 항해하고 아침에 다시 떠오른다."

전 과학적 세계 설명법이라는 차원에서 이해된 신화는 '미신'과 다르지 않다. 17세기 과학혁명이 세계에 대한 '합리적 설명'을 공급하기 시작하고 18세기 계몽이성이 미신을 쫓아내게 된 근대에 들어오면서부터 신화가 미신의 일종으로 여겨졌던 것도 무리는 아니다. 피뢰침이 나오기 전 사람들이 가장 무서워했던 것의 하나가 벼락이다. 그리스신화에서 제우스신이 사용한 악인 징벌의 수단이 벼락이다. 그러나 "피뢰침이 벼락을 피할 수 있게 하는 시대에 제우스의 권위는 어찌되는가?"라고 마르크스는 묻고 있다. 신화의 복권이 상당한 수준에 이른 지금에도 '신화'라는 말은 '허구fiction'와 마찬가지로 '진실 아닌 것untruth'이라는 의미를 함께 갖고 있다. "그건 순전히 신화야"라거나 "신화를 깨자"라고 말할 때의 신화는 비진리, 거짓말, 허위와 동의어다.

신화 곧 미신이라는 관점의 조잡성을 논하자는 것이 지금 우리의 목적이 아니므로 긴 얘기를 할 수 없지만, '신화의 현대적 효용'이라는 주제와 관련해서는 두 가지 질문이 필수적이다. 첫째, 신화가 미신이라면 어째서 이 찬란한 과학의 시대에도 고대 신화는 죽지 않고 살아 있는가? 이미 그 발생 문맥을 떠난 지 수천 년 된 먼 과거의 신화가 아직도 왕성한 생명력을 갖고 있다는 것은 기이한 일이다. 아무도 제우스의 벼락, 포세이돈의 삼지창, 아폴로의 마차를 믿지 않고 신전들은 무너져 몇 개의 앙상한 주랑과 돌무더기로만 남아 있는 시대에 어째서 신화는 살아 있는가? 올림포스 신들이 세계로부터 철수하고 영웅들이 사라지고 신전의 향불이 꺼진 이후 그리스 땅에서도 올림포스 신화는 더이상 생산되지 않는다. 제신諸神의 몰락과 함께 그 발생 문맥도 정지했다는 점에서 그리스신화는 이미 닫혀진 세계이며 정적static 서사이다. 그런데 그 신화가 아직 살아 숨쉰다면 그 역동성의 비밀은 무엇인가? 아무도 믿지 않는 신들의 이야기는 어디서 그 역동성과 진실성을 확보하는가? 신화의 매력은 진리 혹은 진실성과 아무 관계도 없는 것인가?

신화는 특정의 과거 시간대에서 끝나버린 서사가 아니라 현대에도 계속되고 있는 생산적 사건이다. 고대 세계가 고대의 신화를 생산했다면 중세는 중세의 신화를, 근현대는 근현대의 신화를 갖고 있고 또 지속적으로 신화를 생산한다. 고대 못지않게 현대 역시 '신화의 시대'이다. "내일 아침에도 해가 뜰 것"이라는 경험적 연속성에 의거해서 말한다면, 인간의 신화 생산행위는 미래의 고도 기술 사회에서도 여전히 계속될 것이다. 그러므로 "왜 인간은 계속 신화를 만드는가?"라는 것이 우리가 던져야 할 두번째 질문이다. 물론 현대인이 어떤 특정 과거의 신화 체계, 예컨대 제우스 신화 같은 것을 만들고 있는 것은 아니다. 그러나 현대 신화를 포함해서 모든 시대에 신화가 갖는 성격은 기본적으로 동일하며, 그 생산방식도 그러하다. 신화는 '신화의 문법'이라 부를 만한 어떤 생산 원리와 생산의 동기를 갖고 있다.

여기서 우리는 신화의 성격과 그것이 만들어지는 이유에 대한 가장 기본적인 두 개의 관찰부터 내놓지 않을 수 없다. 첫째, 신화가 지속적 생명력을 갖는 것은 무엇보다도 그것이 "과학이 아니기 때문"이다. 세계에 대한 과학 이전의 설명방식이 신화라는 생각은 신화와 과학(혹은 어떤 합리적 설명 체계)

을 동일 성격의 담론으로 보는 오류의 산물이며 현대 신화론은 이 오류에 대한 일련의 수정 과정을 대표한다. 과학과 신화는 상호 환원되지 않는 별개 차원에 있고 서로 다른 언어와 어법으로 말하며, 서로 다른 명제가 적용되어야 하는 세계의 존재에 대해서 발언한다. 이 근본적 차이 때문에 신화는 소멸하지 않는다. 둘째, 신화가 계속 만들어지는 이유는 이야기꾼, 화가, 영상 제작자 들의 직업 보전을 위해서가 아니고 정치적 상징 조작(물론 이것도 신화 생산의 한 중요한 이유지만)을 위해서만도 아니다. 그 근본적 이유는 "인간은 신화 없이 살 수 없다"라는 사실에 있다. 신화는 인간을 담는 문화의 온실이고 이데올로기의 우주이다. 인간은 그 우주 바깥에 있지 않고 그 바깥으로 나가지 못한다.

제우스의 벼락, 혹은 벼락 때리는 제우스의 신화는 벼락이라는 자연현상을 이해하기 위한 원시적 설명법이 아니라 '세계와 인간의 관계'에 대한 더 근본적이고 근원적인 질문에 관계되어 있다. 그것은 "만약 세계에 정의가 없다면 인간은 그 세계에 살 수 있는가?"라는 질문이다. '어떤 죄행이나 악행도 징벌 없이 허용되는 세계'와 그 반대 세계, 곧 '정의가 있는 세계' 중에서 인간이 살고 싶은 세계, 그가 관계 맺고 싶은 세계는 어느 것인가? 제우스 신화는 이 두 개의 세계 중에서 정의가 있는 세계를 선택하고자 한 인간의 이야기이다. 이 관점에서 제우스의 벼락은 무엇보다도 세계에 대한 인간의 '욕망'을 투영한다. 그것은 인간이 욕망하는 세계, 그가 생각하는 세계의 소망적 질서에 대한 이미지를 그려 보임으로써 "인간은 이 세계에서 어떻게 살아야 하는가"라는 질문에 응답한다. 이 응답이 신화가 제공하는 세계의 이해방식, 혹은 신화를 통해 인간이 세계와 상징적으로 관계 맺는 방식이다. 악을 징벌하는 세력으로서의 정의가 있는 세계에 대한 인간의 희구와 욕망은 고대에만 한정된 것이 아니다. 그것은 과거의 것이자 현재의 것이고 미래의 것이다. 벼락 때리는 제우스 이야기는 이 차원에서 단순 서사의 수준을 넘어서, '악이 있다면 그것을 벌하는 정의의 신도 존재하는 세계의 이미지'를 제시한다. 우리는 이 이미지를 '통합적 세계관'이라 부를 수 있다. 통합적 세계관의 각도에서 보면 오늘날 무용해진 것은 제우스의 벼락이 아니라 오히려 피뢰침이다. 피뢰침은 도덕적 균형을 지닌, 혹은 그런 균형을 가져야 한다고 우리가 생각하는 세계에 대해서는 어떤 의미 있는 기여도 하지 않는 반면, 제우스의 벼락은 그런 통합적 세계의 비전을 담은 이야기로 여전히 남아 있기 때문이다.

"이 세계에서 인간은 어떻게 살아야 하는가"라는 것은 존재론적인 질문일 수도 있고 생존의 문제와 관계된 질문일 수도 있다. 그것은 인간이 현실에서 봉착하는 여러 형태의 실존적 딜레마들을 요약한다. 이 점에서 신화는 인간이 대면하는 현실적 딜레마들에 대한 상징적 사유와 상징적 해소의 방식을 대표한다. 인간이 사는 현실과 그가 가진 욕망(꿈) 사이의 괴리, 모순, 불일치가 제기하는 해소하기 어려운 문제가 딜레마이다. 이 관점에서 보면 신화는 '욕망과 현실의 괴리가 발생시키는 딜레마에 대한 상상적 해소의 형식'이다. 만약 인간세계가 미래의 어느 시점에 욕망과 현실 사이의 간극을 완전히 제거하고 어떤 형태의 딜레마도 인간의 경험권 밖으로 추방할 수 있다면 세계는 신화를 필요로 하지 않을지 모른다. 그러나 지금 우리가 그런 시점을 상정하기 위해서는 두 종류의 특별한 재능—바보의 재능과 건달의 재능이 필요하다.

인간 생존이 제기하는 딜레마의 종류와 형태는 각 역사시대의 사회적 특성에 따라, 혹은 당대 이데올로기와 사회관계의 성격에 따라 각각 다른 통시적 차이를 가질 수 있고 의식적인 혹은 무의식적인 성질을 띨 수도 있다. 옛날이나 지금이나 여전히 문제로 남아 있는 딜레마도 있다. 현대 자본주의 사회에서 인간이 대면하는 최대의 딜레마는 "인간 생존의 절대 모태인 자연을 망가뜨리지 않고서는 인간이 생존할 수 없는" 역설적 곤경으로 표현된다. 오비디우스의 신화 시집 『변신 Metamorphoses』에는 먹고 먹고 또 먹어도 허기를 채울 수 없고 마침내 먹을 것이 없어 자기 몸을 뜯어먹는 에뤼식톤이라는 걸신들린 왕의 이야기가 나온다. 현대인의 초상은 제 몸 뜯어먹고 소멸해가는 에뤼식톤의 형상과 극히 유사하다. 현대인은 고대인에 비해 훨씬 풍요로운 삶을 살게 되었지만, 바로 그 풍요 때문에 더 많이 죽어가고 그 풍요 때문에 더 가난해지고 더 고통받아야 하는 역설적 존재가 되어 있다. '가이아Gaia' 여신의 신화가 현대에 와서 공명을 얻고 있는 것은 현대적 생존의 방식과 그것이 몰고 오는 파국 사이의 괴리에 대한 의식적인, 혹은 무의식적인 불안과 깊이 관계되어 있다. 가이아 신화는 순환과 반복, 재생과 부활의 질서를 조직 원리로 하는 '땅의 서사'이다. 근대 역사의 '직선 시간'에 추방당했던 땅의 '순환 시간'이 지금의 딜레마에 대한 상징적 치유책으로, 혹은 미래를 위한 비전으로, 되돌아오고 있는 것이다. "미래는 과거에 있다"라는 역설이나 '오래된 미래'라는 모순형용은 이 문맥에서 보면 역설이 아니다.

20세기 중반, 두 차례의 세계대전을 치르고 났을 때 유럽 지성들이 당면해야 했던 곤혹스러운 문제는 '문명의 중심부'임을 자처해온 바로 그 유럽에서 어떻게 가장 반문명적이고 야수적인 인간 살육이 가까운 시차를 두고 두 차례나 연달아 발생할 수 있었는가라는 것이다. '반성'과 '성찰'이 현대 유럽 지성을 특징짓는 화두로 대두한 것은 그 문제 때문이다. 해체론, 탈구조주의, 정신분석, 포스트모더니즘 등의 현대 이론이나 사유방식들은 20세기 중반의 유럽 지성을 괴롭힌 그 이상한 문제와 연결했을 때에만 그것들의 과격하고도 급진적인 주장과 발상(해체와 균열의 열정, 혼합성·타자성의 상상력, 이성 불신, 전복의 전략 등등)의 문맥을 이해할 수 있다. 그런데 이 현대적 사유 형태들을 관류하고 있는 것은 놀랍게도 '오이디푸스 신화'이다.

미국 작가 어슐러 르 귄은 공상과학소설 장르를 품격 있는 소설의 반열에 올려놓은 사람이다. 이를테면 『어둠의 왼손Left Hand of Darkness』이라는 소설에서 그녀는 인간이 살 만한 '미래 사회'가 어떤 것인가를 그려내고 있는데, 이 '살 만한 세계'는 성차화된 사회gendered society에서 '성차가 해체된 사회'로 이행한 '양성성androgyny'의 세계이다. 이 세계에서 사람들은 평소 남/녀 양성으로 분리된 상태 아닌 양성성의 인간으로 존재한다. 이 양성존재들은 필요할 때(예컨대 '사랑의 행위') 남/녀 어느 한쪽의 성태를 임의로 '선택'할 수 있고 일정 기간 그 선택 모드를 유지하며, 그 유지 기간이 지나 그가 원한다면 다른 성태를 취할 수도 있다. 말하자면 그는 남성/여성 어느 한쪽에 아주 붙박이로 결정된 존재가 아니라 언제든 필요에 따라 남성 또는 여성으로 자유로이 성태양식을 바꿀 수 있는 양성 혼합체이다. 르 귄의 이 판타지는 재미를 위한 단순 공상의 것이 아니다. 그것은 문화적 구성물인 성차라는 것이 예나 지금이나 유구하게 인간을 분할하고 지배, 억압, 착취, 배제, 차별하는 메커니즘으로 작동하고 있는 세계에 대한 윤리적 부정과 비판이며, 현실(성차 사회)과 꿈(성차에 의한 인간 분할의 정지) 사이의 괴리를 메우려는 극복의 비전이다. 그 소설은 공상과학소설의 형식을 빌려 인간이 추구해보고 싶은 미래 사회의 모습을 상징적으로 그려 보인다. "어떤 사회를 선택할 것인가"라는 질문은 이처럼 지금도 유효하다.

르 귄의 판타지가 신화적 상상력에 뿌리를 두고 있다는 것은 그리스신화를 아는 사람에게는 놀라운 사실이 아니다. 양성 존재의 신화는 신화를 비판했으면서도 그 자신 빼어난 신화 작가였던 플라톤의 『향연Symposium』에 '자웅동체Hermaphrodite'의 모습으로 등장했다가 오비디우스의 신화 시집 『변신』 속으로 이어진다. 그러나 양성성의 원초적 형상은 땅의 여신 가이아이며(가이아는 남성 원칙과의 결합 없이 아들 우라노스Uranos를 낳는다) 그 가이아보다 더 원초적인 양성 모형은 그리스신화에서 창조의 모태로 등장하는 카오스Chaos다. 신화가 그리는 이 혼돈과 창조의 시작은 의미심장하다. 히브리신화의 경우와는 달리, 그리스신화에서의 창조는 외부 지성(신, 로고스)의 개입, 간섭, 명령 없이 혼돈 그 자체로부터 형상과 질서가 분화되어 나온다는 특이한 상상력을 보여준다. 이 상상력은 플라톤의 손에서 적극적으로 비판되고 기독교의 시대에는 땅 밑으로 눌리고 철학적 이성에 의해 '터무니없는 이야기'로 폄하되었지만, 현대적 상상력(문학, 철학뿐 아니라 심지어 과학과 정보이론에서조차도)을 자극하고 있는 것은 바로 그 그리스적 혼돈의 이미지이다. '대립물의 공존'이라는 혼돈 이미지에 뿌리를 둔 양성성의 개념은 20세기 전반 영국 작가 버지니아 울프에게서 현대적 부활의 순간을 얻은 뒤 지금 페미니즘, 소설, 영화, 조형예술, 교육 등의 영역에서 '새로운 보편 인간'의 모형으로 올라서고 있다. 한국 사회만이 이 새로운 움직임에 무관심하다.

신화적 상상력이 현대에 부활되는 가장 큰 이유는 앞에서 잠깐 언급했듯 현대 세계의 현실이 안고 있는 딜레마에 대한 대안적 상상력의 자원이 신화에서 발견되기 때문이다. 인종, 계급, 성차, 국적, 민족, 국가 등의 범주들은 근대 제국주의 이후 지금까지도 세계와 인간을 쪼개놓는 분할과 배제의 정치적 도구이다. 서구 제국주의 절정기의 이른바 '백색 신화'(백인우월주의, 서구중심주의)는 2차 세계대전 이후의 국제 정치 판도 변화와 함께 가시적 제도적 형태를 상당 부분 마모당했음에도 불구하고 일상 세계에서는 여전히 강력한 이데올로기로 남아 있고, 인종과 민족이라는 이름의 '정체성의 신화'는 히틀러적 참극을 거쳤음에도 불구하고 지금도 여전히 세계 도처에서 '인종 청소' 또는 '소수민족 청소'의 형태로 계속되고 있다. 현대적 '혼합성hybridity'의 상상력이 뜬 것은 이런 현실적 문제들과 불가분의 관계를 갖고 있다. (물론 정체성의 문제는 어느 한 방향으로만 몰아갈 수 없는 복잡성을 띠고 있고 특히 세계화 시대의 혼합문화 앞에서 소멸 위기를 맞고 있는 소수민족과 그 문화의 경우 혼합성 모델은 양가적 모호성을 지니는 것이 사실이다.) 신화에서 이 혼합성의 상상력을 구현하는 것은 스핑크스, 미노타우로스 같은 괴물의 이미지다. 신화적 괴물은 오랫동안 반질서, 혼돈, 추악성 등의 이미지와 연결되고 처치와 극복의 대상으로 규정되었으나 지금 사정은 다르다. 그것은 이성의 오만, 순수성 주장의 허구, 강자의 정체성 폭력 등을 허물고 해체하기 위한 가장 유효한 은유와 상징으로 사용되고 있고 이론적 도구가 되어 있다. 프로이트의 '이상하고 친숙한 것 das Unheimliche'의 개념이나 자크 데리다가 발동시킨 '파르마코스 pharmakos'(약이면서 동시에 독)는 오이디푸스적 상상력임과 동시에 A/B 두 성질을 혼합한 것으로서의 괴물의 이미지이기도 하다. 신화가 신화를 허무는 것이다.

"돈 버는 데 무슨 도움이 되지 않을까"라는 기대를 가진 사람들에게는 신화의 이 현대적 활용 사례들이 실망스러울지 모른다. 지금 우리 사회에서 그것도 정부 주도 아래 벌어지고 있는 소위 '신지식인 운동'의 논리에서 보면 돈벌이에 도움이 안 되는 것은 반푼어치 가치도 없다. 그러나 아무 가치도 없어 보이는 것에 주목하는 데서 창조적 비판적 상상력은 발동된다. 신화의 현대적 효용은 바로 그 점, 다시 말해 창조력을 자극하고 훈련시키는 데 신화적 상상력이 더없이 소중하고 유용하다는 사실에 있다. 신화는 기존 질서를 정당화하는 보수적 기능을 수행할 때도 있고 바르트가 말하듯 '탈정치화한 언술'로서 역사의 모순을 은폐하고 역사를 비워내는 기능도 수행한다. 그러나 신화의 기능은 거기서 멈추지 않는다. 가장 긍정적인 차원에서 신화의 유용성은 그 역동적 가능성에 있다. 위에서 말한 '신화를 허무는 신화'는 바로 그런 경우이다. 신화는 인간이 현실 세계와 맺는 상상적 관계의 방식이다. 그러나 그 상상적 관계 속에는 인간이 가질 수 있는 거의 모든 욕망의 목록과 갈등의 원형들이 있고 인간이 발동할 수 있는 거의 모든 판타지와 상상의 가능성들이 시험되고 있다. 거기에는 이를테면 반대물/유사물의 생성, 전복과 저항, 반란과 투쟁, 오만과 징벌, 성공과 실패의 이야기들이 있고 이것들은 비고정적 의미에서 인간 경험의 원형들을 제공한다. 신화는 모든 것을 연결한다. 무엇보다도 신화는 "만약에"라는 가설적 명제를 발동하고 현실 세계에 은유적 세계를 연결시킴으로써 '다른 세계의 가능성'을 모색할 수 있게 한다. 신화는 마술적 세계에 단순히 반응하는 것이 아니라 마술적 세계를 창조한다.

다른 가능성에 대한 모색, 마술적 세계의 상상, 그것이 창조적 상상력이다. 가스통 바슐라르는 『불의 정신분석La psychanalyse du feu』에서 "인간은 현실로부터 은유로 나아가는 것이 아니라 은유로부터 현실로 나아간다"라는 말로 신화적 경험이 과학을 선행한다는 중요한 통찰을 내놓고 있다. 결국 신화의 효용은 이 역방향적 상상력을 가동할 수 있게 하는 힘에 있다.

연세대인문학연구소 1999. 5. 27

마법담의 유혹

본격문학이나 예술의 양식으로 좀체 인정되지 않던 판타지가 책으로, 영화로, 만화로 지금 세계를 사로잡고 있다. 조앤 롤링의 '해리 포터 이야기'는 "비디오와 게임에 빠졌던 아이들을 다시 책의 세계로 끌어들인" 그야말로 마술적인 마법담 판타지다. '해리 포터 이야기'의 선배 격인 『반지의 제왕』도 책, 만화, 영화, 텔레비전 시리즈로 만들어져 아이들을 즐겁게 하고 어른들을 매혹한 마법담 판타지다.

판타지 문학에 대해서는 말도 많다. 그것은 현실 세계로부터의 '가벼운 도주'이며 삶의 복잡성에 대한 진지한 사유를 마비시키는 값싼 '위안의 공식'이라는 것이 마법담 판타지에 제기되는 비판의 가장 큰 요목들이다. 아닌 게 아니라 '도피'와 '행복한 결말'은 마법담 판타지의 관습적 구성 규약이다. 판타지는 현실을 지배하는 법칙들을 거부하고 부정하고 초월함으로써 현실의 중력권을 단숨에 뛰어넘어 일상 세계의 원칙들이 적용되지 않는 '다른 세계'로 가볍게 날아오른다. 이 뛰어넘기가 일종의 도피라면, '행복한 결말'의 공식 역시 "그렇게 해서 그들은 잘 먹고 잘살았다"로만 끝나기 어려운 삶의 훨씬 엄중한 이야기들을 비틀고 왜곡하는 가짜 위안일 수 있다.

그러나 판타지 문학에는 이런 비판으로 잠재울 수 없는 다른 강력한 힘과 매혹이 있다. 무엇보다도 판타지는 '상상력의 스프링보드(도약대)'이며 낯익은 세계를 새로운 눈으로 보게 하는 '발견의 시각'이다. 톨킨은 자신의 마법담 판타지를 지배하는 세 가지 원칙으로 "초자연의 세계에 대해서는 신비를, 자연에 대해서는 마법을, 인간세계에 대해서는 분노(혹은 경멸)와 연민의 거울을" 들고 있다. 현실과는 다른 세계의 가능성을 생각해본다는 것이 모든 상상력의 힘이고 핵심이다. 문학적 상상력만 그런 것이 아니라 정치적 사회적 상상력도 마찬가지다. 이 상상력은 오히려 현실의 비정상성과 왜곡과 추악성을 드러낸다.

아이들에게 판타지는 도피주의에의 탐닉보다는 '모험의 정신'을 길러주는 데 크게 기여한다. 마법담의 마법사는 그냥 마술사가 아니라 서사 주인공들을 꼬드겨 모험길에 나서게 하는 유혹자이다. 톨킨의 『반지의 제왕』 3부작의 전주가 된 『호빗The Hobbit, or There and Back Again』에서 주인공 빌보 배긴스는 모험과는 거리가 먼 배불뚝이 '안락주의자'이다. 그저 편안히 살고 싶은 이 안락주의자를 험난한 여행길에 내보내는 것이 마법사 간달프이다. 이런 모험스러운 여행, 혹은 여행의 모험이야말로 우리 아이들에게는 발견과 성숙의 길이 될 수도 있다.

동아일보 2001. 12. 7

길가메시 서사시

이라크가 '인류 문화유산의 보고'임을 다시 상기시키는 일 하나가 최근 보도되고 있다. 메소포타미아 고대 도시 우루크를 한때 통치했다고 전해지는 길가메시 왕의 무덤 유적이 발견되었다는 BBC 보도가 그것이다. 독일의 어떤 대학 발굴단이 찾아냈다는 그 유적이 길가메시의 무덤인지 아닌지 아직은 단정하기 어렵다. 그러나 그 유적은 기록에 나오는 고대 도시 우루크와 아주 닮았다고 탐사팀은 보고하고 있다.

이라크 전쟁 기간 중 텔레비전을 통해 세계인들의 눈에 비친 이라크는 비참의 이미지 그 자체다. 그것은 사람도, 도시도, 자연도 모두 깨지고 터지고 잘려나가 어느 것 하나 온전하게 남아 있을 성싶지 않은 폐허의 이미지다. 게다가 미국 언론들이 그려낸 이라크는 '무지의 땅'이며, 부시 정권이 퍼뜨린 것은 '악의 소굴'이라는 이미지다. 물론 사담 후세인도 이런 부정적 이미지 만들기에 기여한 바가 적지 않다. 그러나 이라크에 대한 서방 일원의 편견은 훨씬 깊은 뿌리를 갖고 있다. 이라크는 과거의 바빌로니아이며, 히브리-기독교적 사물의 질서에서 바빌로니아는 "지상에서 완전히 쳐 없애야 할" 악의 항구한 상징 같은 것이다. 부시 같은 사람이 보기에 사담 후세인과 그의 이라크는 이미 이슬람 이전 시대에서부터 시작된 이런 오래된 상징의 구체적 육화肉化에 해당한다.

서로 다른 종교와 문화와 체제 들 사이의 이해를 돕고 관용을 확장하지 못한다면 역사란 아무것도 아니다. 과거를 안다는 것이 인간에게 주는 최고의 선물은 내가 '남'이라고 생각한 것에 '나의 뿌리'가 있다는 사실을 알게 하는 것이다. 19세기 후반 이후 고고학이 거둔 성과의 하나는 수천 년 동안 잊혀졌던 근동 아시아 고대 문명의 존재를 찾아냈다는 것, 그리고 서유럽의 문화적 뿌리가 바로 그 고대 문명에 가닿고 있음을 알게 되었다는 사실이다. 이 발견 앞에서 유럽 학계는 깜짝 놀란다. 유럽의 문화적 뿌리를 주로 그리스와 히브리 문명에 두어온 유럽인들이 이들 두 전통보다 몇천 년 앞선 메소포타미아의 근동 아시아 수메르 문명에 유럽의 시초가 있다는 것을 알게 되었으니 놀라고도 남을 일이다.

유럽의 그 아시아적 뿌리가 지금의 이라크 땅을 무대로 해서 전개된 수메르 문명이다. 기원전 5000년에서 3500년 전으로 올라가는 이 문명은 인류 최초의 도시, 최초의 관개시설과 운하, 최초의 문자와 책(점토판), 최초의 동전을 비롯한 수많은 '최초'들의 기원지이다. 최초의 조직적 신화와 최초의 서사시도 거기서 탄생한다. 인간이 처음으로 탑을 쌓고 하늘을 향해 기원의 첫 손짓을 해 보인 것도 수메르에서다. 그리스신화와 히브리신화의 많은 부분이 수메르신화에 기원을 두고 있다. 구약 「창세기」에 나오는 모티프의 상당수가 수메르신화에 연결된다. 서양인들을 가장 놀라게 한 것은 구약의 '대홍수' 이야기도 그보다 1500년 내지 2000년 전에 기록된 수메르신화에 등장한다는 사실이다. 그 대홍수 이야기를 쐐기문자 점토판에 보존하고 있는 것이 '길가메시 서사시'다. 1872년 이 서사시의 대홍수 부분을 '처음으로' 읽어낸 영국박물관의 젊은 학예관 조지 스미스는 흥분을 이기지 못해 밤중에 뛰쳐나가 발가벗고 뛰었다고 한다.

수메르 유적 발굴과 연구는 지금도 계속되고 있다. 이라크 전역이 문화재 매장지여서 확인된 유적만도 10만 개소가 넘는다. 이중 현재까지 발굴된 곳은 전체의 10분의 1에 불과하고 길가메시 서사시도 그 전모를 회복해가는 중이다. 길가메시가 죽음을 이기기 위해 '불멸성'을 찾아 나선다는 대목은 4000년 전에 나온 이 서사시를 눈부시게 하는 현대적이면서 항구한 주제다. 물론 그 서사시에는 현대인이 잃어버린 것들도 나온다. 이를테면 인간이건 신이건 간에 반대편을, 적수를, 완전히 쳐서 없앨 수 없고 그래서도 안 된다는 주제가 그런 것이다. 이런 주제는 현대인이 잊어버린, 그러나 회복해야 할 소중한 세계관이 아닐 수 없다.

'악'을 찾아내어 '완전 제거'한다는 것은 히브리적 세계관에서 특징적으로 발견되는 과도한 열정이다. 그러나 히브리 전통의 다른 잊혀진 뿌리들이 수메르의 다신 신화에 있다는 사실을 아는 일은 현대 유럽인들의 자기 지식을 수정하게 한다. 그것은 유럽의 잃어버린 과거와 잊혀진 타자를 기억하는 일이므로.

경향신문 2003. 5. 14

몰 플랜더스의 사회사

대니얼 디포의 소설 『몰 플랜더스Moll Flanders』에 작품명을 부여한 여자 주인공 몰 플랜더스는 도둑, 날치기, 사기꾼이고 필요하면 언제든 남자를 갈아치우는 여자다. 사기꾼이므로 그녀의 말은 언제나 거짓말과 복화술의 언어다. 그녀가 "나 내일 런던 간다"라고 말하면 그건 런던 간다는 소리가 아니라 사실은 다른 델 간다는 의미다. 소리와 의미를 이처럼 철저히 분리할 수 있다는 것이 그녀가 터득한 중요한 '기술'이다. 그것은 그녀의 돈 버는 기술, 사기치는 기술, 성공의 기술 들을 요약한다. 그런데 흥미로운 것은 이 여자가 독실한 청교도이고 스스로 '착한 여자'라 믿어 의심치 않는다는 사실이다. 그녀에게서는 말과 의미만 따로 노는 것이 아니라 행동과 믿음, 실천과 도덕률도 따로 논다.

이 18세기 영국 소설의 여성 인물이 우리의 눈길을 끄는 것은 자기모순에 대한 그녀의 신비한 불감증과 그 불감증의 현대적 편만 때문이다. 도둑이면서 청교도이고 사기꾼이면서 스스로 하느님의 착한 딸이라 믿는 여자—그녀는 이 모순을 모순으로 인식하지 않고 따라서 아무 갈등도 느끼지 않는다. 이런 불감증은 어떻게 가능한가? 디포는 불가능한 인물을 만들었는가? 근년 우리 사회가 즐겨 쓰는 고리타분한 용어로 표현하자면 플랜더스는 '도덕 불감증'의 여자이고 작가 디포는 도덕적 능력이 마비된 한 특수한 개인 유형을 그려 보인 것이 된다. 그러나 플랜더스의 불감증을 그녀의 개인적 특성으로만 돌리는 이 종류의 설명은 그리 적절하지 않다. 그런 설명은 중요한 사회사 한편을 전면 생략하고 있기 때문이다.

개인주의와 성공의 문화가 지배적 규범이 되는 사회, 인간의 다른 어떤 성취보다도 경제적 성취가 유일 가치로 강조되는 시대에 불가피하게 등장하는 것은 수단 방법을 가리지 않는 '성공의 기술'이다. 그 사회에서 개인의 경제적 성공 여부는 전적으로 그 개인의 책임이며, 이 책임을 수행할 수 있을 때에만 개인은 성공한 인간으로서의 자존을 유지할 수 있다. 그러나 개인주의 이데올로기의 확산에도 불구하고 모든 개인이 쉽게, 그리고 평등하게, 성공할 수 있는 것은 아니다. 어떤 분석자가 잘 지적했듯 현대사회가 겪는 범죄의 폭발적 증대는 성공문화의 사회 속에서 성공하기 쉽지 않다는 사실에 크게 연유한다. 몰 플랜더스는 바로 그런 사회에서 성공하기 위해 모든 방법을 동원하는 인물이다.

성공의 기술자라는 점에서 플랜더스는 아주 현대적이다. 현대 범죄의 특성은 범죄 기술을 고도화하고 이 고도 기술을 자랑스러워한다는 것이다. 이 경우 범법자는 범죄행위 자체를 부끄러워하지 않는다. 그가 수치를 느끼는 것은 그가 기술 발휘에 실패했을 때이다. 그 실패는 기술자로서의 그의 자존심을 상하게 하고 그의 이미지를 훼손한다. 성공만이 그에게 최고의 도덕률이며, 그 밖의 것들은 전혀 논외의 문제다. 이것이 무슨 수를 써서라도 성공해야 한다는 단일 명령에 매몰되었을 때의 인간의 모습이다. 몰 플랜더스처럼 그에게는 범죄행각이 오히려 자랑스러운 기술과 능력의 발휘이다. 그 능력 발휘로 성공하는 한 그는 천지에 부끄러울 것이 없고 하느님 앞에서도 떳떳하다. 실패만이 그를 부끄럽게 한다.

최근 우리 사회에 빈발하고 있는 새로운 무도덕amoral주의 범죄 유형들은 디포가 창조한 몰 플랜더스 같은 인물이 성공지상주의 사회의 필연적 산물임을 보여준다. 플랜더스는 성공 사회의 일탈적 인물이 아니라 극단적 전형이다. 언론매체들이 근년의 허다한 범법 양상들을 놓고 걸핏하면 반인륜 범죄니 인면수심이니 도덕 불감증이니 하는 용어들을 남발하는 것은 우리 사회에 발생해 있는 더 깊은 사회사적 변동의 현실을 외면하고 보지 않으려는 지적 게으름과 관계있다. 이 게으름에는 사회적 성찰이 없고 분석적 비판적 시각이 들어 있지 않다. 필요한 것은 문제의 개인적 차원과 사회적 차원을 함께 보는 시각이다. 그 시각이 있을 때에만 문제적 사회를 보는 눈이 생기고 그 사회를 교정하기 위한 노력이 가능해진다.

경향신문 1998. 9. 24

50페이지의 규칙

낸시 펄이라는 여자가 있다. 미국 시애틀에 사는 이 여자의 직업은 '공공도서관 사서'다. 미국처럼 사서에 대한 사회적 인정이 비교적 높은 나라에서도 사서 출신으로 유명 인사가 되는 일은 좀체 없다. 사서라는 직종이 무슨 화려한 인기 직도 아니고 떼돈 버는 일자리도 아니기 때문이다. 여성 사서에 대해 사람들이 갖고 있는 일반적 이미지 역시 '화려함'과는 사돈 팔촌의 관계도 없어 보인다. 백화점 같은 데는 10년에 한 번도 가 보는 일이 없는 사람처럼 초라하고 후줄근한 옷차림, 검은 테 안경, 아이들만 보면 "쉬잇, 조용히"라고 말하는 듯한 제스처의 여자—이런 것이 여성 사서에 달라붙는 고착 이미지다. 그런데 낸시 펄은 그렇지 않다. 그녀는 시애틀 매리너스 소속 일본인 야구 선수 스즈키 이치로와 더불어 요즘 시애틀 사람들이 자랑하는 유명 인사의 하나이고, 사서 출신으로 백악관 안주인이 된 로라 부시와 함께 사서의 사회적 중요성에 대한 인식과 대중적 인기를 한참 높이는 인물이 되어 있다.

낸시 펄의 '전성시대'가 시작된 것은 5년 전 그녀의 머리에서 나온 아이디어 하나가 미국 전역으로 퍼져나가면서부터다. '한 도시 책 한 권 읽기' 캠페인이 그것이다. 한 도시가 1년에 한 번쯤 책 한 권을 선택해서 온 시민이 함께 읽고 얘기해보자는 것이 그 캠페인의 골자다. 낸시 펄이 시애틀에서 일으킨 이 운동은 지난 5년간 시카고, 로스앤젤레스, 뉴욕 등 대도시를 포함해서 작년 현재 미국 전역의 98개 지역으로 퍼져나간 것으로 알려지고 있다. 재미 교포 작가 이창래의 첫 소설 『원어민Native Speaker』(국역판 제목은 『영원한 이방인』)이 작년 '뉴욕의 책'으로 선정된 것도 이 캠페인의 일부다. 한 사서가 제안한 운동이 이처럼 전국적 호응을 얻기는 유례가 없는 일이다. 낸시 펄은 전 국민을 자극해서 책 읽고 생각하기, 공통의 화두를 놓고 함께 토론하고 대화하기 등의 정신적 삶의 차원으로 미국인을 초대한 것이다. 삶의 그 차원이 소중한 경험과 지적 모험과 드라마로 가득하다는 사실을 사람들로 하여금 알게 한 것은 그녀의 큰 공로다. 그녀를 보면 사서란 책이나 대출해주고 정리하는 기능성 직종 이상의 것이라는 사실이 분명해진다.

최근에 그녀는 또 책을 하나 썼는데, 사람들이 이런저런 기분으로 책을 읽고자 할 때, 사람들이 책을 찾는 모든 순간과 이유에 맞추어 읽을거리를 추천하자는 것이 그 책의 내용이다. 사람들에게 적절한 읽을거리를 천거하는 일은 미국 도서관 사서들의 기본 기능 가운데 하나지만, '모든 경우에' 맞게 읽을거리를 추천하는 일은 오랜 독서 경험과 식견을 가진 사람이 아니고서는 사실상 불가능한 일이다. 책이 많아질수록 사람들은 믿을 만한 추천 목록과 안내서를 찾는다. 낸시의 책은 바로 그런 사회적 욕구에 부응한다. 초판은 단숨에 매진되고, 그녀의 라디오 독서 프로그램은 인기가 치솟는다. 요즘 그녀는 미국 전역을 순회하는 저명 연사이기도 하다. 그녀를 모델로 한 '사서 인형'도 나와 있다.

책의 홍수 시대에 사람들이 한결같이 느끼는 고충의 하나는 읽어야 할 듯한 책은 많고 읽을 시간은 많지 않다는 것이다. 선택이 불가피하다. 이 선택에서 가장 중요한 것은 읽을 만한 책인가 아닌가를 가려내는 일, 곧 '독자의 판단'이다. 바로 이런 경우에 대비해서 낸시는 '50페이지의 규칙'이란 것을 제시한다. 규칙은 간단하다. 책을 들면 일단 50페이지까지는 끈기 있게 읽어보라. 그사이에 혼이 자극되고 "아, 이건 읽을 만한 책이다"라는 판단이 서면 그 책은 끝까지 읽을 만한 책이라 생각해도 된다. 아니면? 내던지면 된다. 이 규칙은 나이에 관계없이 유효할까? 아니다. 나이 많은 독자에게 50페이지는 너무 길 수 있다. 그러니까 이런 변형이 필요하다. 당신이 50세 미만일 경우는 무조건 '50페이지의 규칙'을 지켜라. 그러나 50세 이상일 때는 100에서 나이를 뺀 숫자만큼만 읽으면 된다. 당신이 60세면 40페이지, 65세면 35페이지다.

이 규칙은 적용해볼 만하다. 그러나 나는 낸시가 천거한 변형 규칙과는 정반대의 셈법을 들이대고 싶다. 당신이 50세 이하면 무조건 50페이지까지는 읽어보라—이건 그녀의 추천 내용과 같다. 그러나 그 이상의 나이일 때는 100에서 뺄 것 없이 나이만큼의 면수를 읽자는 것이 내 수정안이다. 55세면 최소한 55페이지, 60세면 60페이지를 읽는다. 50세 이상이면 이미 책 고르는 실력이 몸에 붙을 만한 나이이고, 그 나이의 독자는 젊은 사람들처럼 "50페이지까지만이야"라며 조바심치고 촐싹댈 일이 아니다. 그래야 젊은 독자가 내던진 책도 그 진가를 찾아 읽을 수 있다. 무엇보다 100세일 때 우리는 100페이지 이상을 읽게 된다. 그게 어딘가.

경향신문 2003. 10. 15

서평을 대접하라

좋은 책을 생산할 수 있는 사회는 문화적으로 성숙한 사회다. 그러나 이 성숙성은 저술가들의 힘만으로 달성될 수 있는 것이 아니다. 책이 나왔을 때 그것을 따지고 평가하고 좋은 저술을 유통시킬 수 있는 사회적 수용 역량의 유무야말로 성숙한 문화의 기본 토양이고 환경이다. 그런 환경에서만 좋은 저술과 자랑할 만한 작품의 지속적 생산이 가능하다. 탁월한 저술을 내놓고 유통시킬 줄 아는 사회만이 '선진사회'이다.

문화의 이 기본 토양을 일구는 데 가장 긴요한 노력의 하나가 '서평'의 진작이라는 사실은, 언급하는 일 자체가 구차할 정도로 매체 문화부의 문학, 학술, 출판 담당 기자들 누구나가 다 '아는' 사항이다. 우리의 경우 서평의 빈곤이 문화적 스캔들로 지적된 것도 한두 번의 일이 아니다. 그러나 누구나가 다 그 중요성을 인정하는 서평이 신문 문화면 구성 풍속도에서 차지하는 위상은 기묘하게도 그 중요성의 인식과는 무관하다. 말하자면 인식 따로 놀고 실천 따로 논다. 사정이 이러하다는 사실 역시 신문사 문화부 사람들은 다 알고 있다.

적어도 신문사 문화부라면 한 나라의 문화적 성숙성을 키우기 위해 무슨 일을 어떻게 해야 할 것인가에 대한 문화부 나름의 '정책'과 '비전'을 갖고 있어야 한다는 것이 내 생각이다.

서평은 문화면의 '정책적' 칼럼이어야 한다. 그것은 가끔 한 번씩 실리거나, 어쩌다 실리는 식의 칼럼이 아니라 문화부가 마음먹고 꾸미는 정기적 지면이어야 한다는 의미에서 정책적이고, 수준급 서평 원고를 받기 위해 '투자'해야 한다는 의미에서 정책적이다. 문화부는 서평 전문가들을 키워야 하고 서평 원고에는 최소한 현행 원고료의 4~5배를 지불해야 한다. 마음먹은 김에 말해버린다면, 대신문사는 적어도 서평이라는 '직종'에만 종사하면서 살 수 있는 한두 명의 전임 서평가를 갖고 있어야 한다.

차제에 이보다 더 큰 주문도 하나 내놓을까 한다. 우리나라 굴지의 신문들이 대학 입시용 문제지를 낸다는 것은 세계 언론사에 길이 남을 오욕이고 수치이다.* 신문사들은 왜 이처럼 부끄러운 짓을 일거에 청산하지 못하는가? "다른 데서 하니까"라는 소리는 신문의 구실이 되지 않는다. 우리 언론계는 "그런 것 내지 말자"라는 합의 하나 끌어낼 힘도 없는가? 다른 데서 하니까 다투어 입시 문제지며 너절한 주간지를 내고 있기보다는 '다른 데서 하지 않는' 더 의미 있고 값진 일은 왜 못하는가? 이를테면 주간 서평 부록 같은 것을 아담한 타블로이드판으로 꾸며내는 일은 우리의 대신문사 한두 군데에서 충분히 시도해봄직한 사업이 아닐 것인가? 타임스의 목요판 서평지The Times Literary Supplement는 영국 지식인 사회를 키우고 유지하는 데 크게 기여했을 뿐 아니라 오늘날 영국을 대표하는 '얼굴'의 하나가 되어 있다. 뉴욕타임스의 주간 서평 섹션은 미국 언론의 지적 간판 가운데 하나다.

우리의 대신문사들이 주간 서평 부록을 낸다면 그것은 물론 한동안은 타산성과는 관계없는 사업일 것이 확실하다. 그러나 멀리 보았을 때 그처럼 신문사에 좋고 사회에 좋고 문화에 좋은 일이 없을 것이다. 성숙한 독자를 갖는 신문, 그런 신문만이 스스로 떳떳한 신문이다.

미디어오늘 1995. 11. 5

* 1995년 한때 신문사들이 입시 문제로 신문 간지를 내던 이상한 행태는 얼마 안 가 중단되었다.

사냥과 춤

무슨 책을 읽을 것인가? 지금은 책의 홍수 시대다. 책이 홍수를 이룰 때 가장 먼저 대두하는 것이 선택의 문제다. 책 좀 읽어볼까 해서 서점에 들렀다가 책의 산더미에 질려서 아예 포기하고 도망쳐나왔다는 사람도 없지 않다.

그러나 사실 책 선택의 문제는 생각보다 그리 위협적인 것이 아니다. 식당에 갔을 때 무슨 음식을 고를지 오래 고민하는 사람은 없다. 수십 년 밥을 먹어온 '실력'이 있기 때문이다. 독서 습관이 몸에 밴 사람은 읽고 싶은 책을 스스로 선택할 능력을 갖고 있다. '목적'과 '취향'도 책 선택의 강력한 안내자다. 무슨 목적으로 책을 읽는지 이유가 뚜렷하거나 자기 입맛이 분명한 사람은 최소한의 판단 정보만으로도 자신의 필요와 취향에 맞는 책을 고를 줄 안다.

책의 선택이나 읽는 방법이 문제가 되는 것은 책 읽기에 아직 익숙하지 않거나 특정의 단기적 목표를 넘어 명확한 목표를 갖지 않는 이른바 '비목적성' 독서를 하고자 할 때다. 책 읽기는 정신 에너지의 투입을 요구한다는 점에서 훈련이 필요한 의식적이고 적극적인 행위다. 문자를 아는 것은 독서의 기본 조건이지만 문자를 안다고 해서 독서가 자동으로 이루어지는 것도 아니다. 몸의 건강을 위해 단련이 필요하듯이 정신 근육도 단련이 필요하다. 독서가 중요한 것은 정신의 확장과 근육 키우기를 가능하게 하기 때문이다.

어떤 단기적(이를테면 취업, 자격증, 시험 같은) 목표 때문에 관련된 책을 읽는 이른바 목적성 독서는 '사냥'과 흡사하다. 반면, 특정의 정보 사냥을 목적으로 하지 않는 비목적성 독서는 '춤'과 같은 데가 있다. 엄밀히 말하면 비목적성 독서의 경우에도 '마음 가꾸기'라는 목적이 없지 않다. 그러나 마음 가꾸기는 단기적 일시적 행위가 아니라는 점에서 정보 사냥과 다르다. 정보 사냥은 목표가 달성되면 그만두어도 되는 반면, 마음 가꾸기는 단기간에 성취할 수 있는 목표가 아니다. 사냥과 달리, 이 경우의 독서행위는 정신을 자극하고 마음을 확장하는 일, 곧 '혼의 즐거운 춤' 같은 것이다. 이 춤은 일시적인 것이 아니다. 그것은 우리가 평생 추어야 하는 춤이다.

혼을 춤추게 하는 독서에서는 우선 자신이 오랜 기간 관심을 갖고 추적하는 어떤 화두를 갖는 일이 필요하다. 그 화두는 지적인 문제일 수도 있고 지리상의 어떤 나라나 문화, 역사상의 한 시대나 인물, 특정의 작가, 사상가, 사건일 수도 있다. 평생을 두고 추적할 만한 어떤 관심사를 갖는 일은 독서의 습관화를 위한 첩경일 뿐 아니라 장기적 독서를 위한 최선의 방법이다. 독서가 깊어지고 점점 재미가 붙고 정신과 마음의 확장을 경험하게 되는 것도 이런 관심의 지속적 유지를 통해서다. 독서가 날이 갈수록 어떤 '수준'에 올라서는 것도 이런 방식의 독서를 통해서다.

독서, 여행, 대화는 마음 가꾸기의 대표적인 세 가지 방법이다. 그런데 독서는 이미 그 자체로 일종의 여행이고 대화라는 점에서 우리가 가장 손쉽게 선택할 수 있는 마음 가꾸기의 방법이다. 여행은 아무때나 할 수 있는 일이 아니고 대화도 그러하다. 그러나 책은 거의 언제나, 아무때나 떠날 수 있는 여행이고 언제나 시작할 수 있는 대화다. 독서는 물론 혼자서 하는 행위다. 그러나 우리가 독서를 통해 들어가는 세계는 넓고 거기서 만나는 정신은 새롭고 도전적이다. 가보지 않은 미지의 넓은 세계, 만난 적이 없는 사람들, 새로운 경험이 담겨 있는 것이 책의 세계다.

독서 습관을 몸에 붙여보려는 사람, 책을 어떻게 읽을 것인가로 고민하는 사람은 "나는 무엇에 관심이 있는가?"라는 질문부터 던져보는 것이 좋다. 독서행위는 그 질문으로부터 시작된다. 그러면 선택해야 할 책들이 눈에 띄고 읽기가 계속되면 읽는 방법도 터득된다. 혼의 춤은 그렇게 시작된다.

동아일보 2005. 12. 19

게임문화의 빛과 그림자

"아이들을 어떻게 키울 것인가"란 문제는 "어떤 사회를 만들 것인가"와 맞물린 사회철학적 질문이다. 지금 한국은 컴퓨터게임 분야에서 세계적인 도사급 아이들을 배출하고 있는 나라다. 초등학생들 사이의 최대 화제는 '게임'이고 중고교생은 물론 대학생들 사이에서도 게임은 손전화, 채팅 등과 함께 성장 세대를 구별짓는 특징적 활동, 곧 '그들의 문화'가 되어 있다. 게임에서 헤어나지 못하는 중독 현상도 심각하다. 그런데 게임문화의 이 같은 확산의 배경에는 문화 산업이니 성장 동력이니 하는 것의 논리와 요청이 똬리를 틀고 있다. 산업적 요청에서 보면 아이들이 게임도사가 되는 것이 '자랑거리'일지 모른다. 그러나 "아이들을 어떻게 키울 것인가"란 질문이 던져질 때 우리는 돈지갑 두들기며 "게임도사로 키운다"고 대답할 것인가.

컴퓨터게임에는 넘치는 마력이 있다. 사회적 제약이 많은 청소년들에게 사이버공간은 억압이 최대한 배제된 자유의 세계다. 이 공간에서는 실세계에서 불가능한 다수의 분신과 다중 역할의 폭발적 창조와 놀이가 가능하다. 현실 세계에서 실존인물 홍길동은 '하나'의 실물로 응고되어 있지만 사이버 세계로 들어오는 순간 그는 다수의 '아바타avatar'로 변신하고 실세계에서는 꿈도 꾸지 못했던 '페르소나(가상인물)'가 되어 색다른 역할을 수행할 수 있다. 이 페르소나들에게 성, 나이, 인종, 계급, 충성 집단, 직업 등 실세계의 구분 범주들은 더이상 '넘을 수 없는 경계'가 아니다. 성장기 아이들에게 이런 변신, 이동, 다중 역할의 경험은 마술적 스릴로 가득하다. 다수 이용자가 참가하는 다중 역할놀이MUD 같은 게임의 경우 아이들은 그 만들어진 사이버 공동체 안에서 자신이 '바라던 인물'이 되어 그가 '원했던 역할'을 수행한다. 거기에는 '불가능'이 없어 보인다.

이 놀랍고 용감한 세계는 바로 그 장점들 때문에 되레 어둡고 깊은 토굴이 되어 아이들을 삼키기도 한다. 불가능성이 최대한 배제된 세계의 상상적 경험이 아이들에게 필요하다면, 동시에 '불가능'과 '장애'와 '제약'의 경험도 필수적이다. 그것이 '성장'이라는 것이다. 생텍쥐페리의 말처럼 인간은 장애물에 자신을 견주어보았을 때에만 자기를 발견한다. '놀이'는 가상적인 혹은 상상적인 세계와 현실 세계 사이를 넘나들 수 있는 능력을 전제한다. 저쪽 세계로 넘어갔다가 이쪽으로 다시 넘어오지 못하면 놀이는 이미 놀이가 아니라 '중독'이다. 중독은 정신적 질병이고 이상 상태다. 게임 중독자는 우주로 나갔다가 지구로 되돌아오지 못하는 비행사와도 같다.

지금 우리의 성장 세대에게 발생하고 있는 게임 중독 현상이 걱정스러운 것은 그 중독이 아이들을 마비, 좌절, 우울의 토굴로 몰아넣기 때문이다. 중독자는 가상적 능력과 현실적 능력 사이의 괴리를 수습하지 못해 혼란에 빠지고 페르소나와 실제 인격 사이의 단절로 인해 정체성 파탄을 경험한다. 현실로의 귀환 능력이 문제될 때 그는 자신감을 잃고 우울해지거나 난폭해진다. 자신감 상실이 가져오는 최악의 경우가 퇴장, 존재 말소,

페르소나 회수 같은 '그만두기'다. 게임의 세계에서 그만두기는 언제나 가능하다. 새로 시작하기가 언제나 가능한 것처럼. 그러나 게임 중독자는 게임에서 페르소나를 회수하듯 현실에서도 자기 존재를 회수한다. 이 그만두기가 우울증적 '자살'이다.

게임 중독의 폐해는 깊고 광범하다. 이 폐해의 사회적 위험과 비용을 생각한다면 사회는 산업적 이득만 따지고 돈 좀 번다는 사실에만 기분이 좋아 낄낄댈 것이 아니라 망가지는 아이들에 대한 대책도 세워야 한다.

동아일보 2003. 7. 26

호모 필로소피쿠스의 회복

> 사회가 선의 세력일 수 없다면 '사회인'을 교육한다는 것은 무슨 의미일 수 있는가? 객관성, 진리와 진실, 선—이런 것들은 오늘날 학문 세계의 지배적 담론양식에서는 폐기 선고된 지 오래다. 그러나 현실의 압력과 유행 사조에 휘말려 '좋은 삶'과 '인간적 선'에 대한 사유가 대학교육에서 마비되고 배제되어도 되는가?

어느새 가을학기 개강이다. 바보처럼 묻자면, 어제까지 여름이었는데 어째서 벌써 가을인가? 대부분의 대학 교수들에게 여름은 연구, 조사 여행, 집필의 시간이다. 그러나 여름이 끝났을 때 교수들이 되돌아보는 여름은 거의 언제나 '절반의 여름'이기조차 어렵다. 당초에 잡았던 계획의 성과가 흔히 절반의 타작에도 못 미치기 때문이다. "절반으로 만족하라"고 여름신은 타이르는 듯하다. 이것이 교수들에게 인간적 '겸손'을 가르치기 위한 여름신의 메시지라면 고마운 데가 없지 않다. 그러나 대부분의 한국 교수들에게 그 메시지는 현실과 맞지 않은, 말하자면 틀린 주소에 잘못 배달된 메시지 같다. 한국에서 교수들이 강의 부담을 벗고 연구와 구상에 전념할 수 있는 시간은 사실상 여름뿐이다. (요즘은 '수시 모집' 때문에 여름조차도 교수에게 아주 온전한 여름이 아니지만.) 그러므로 여름에 대한 교수들의 욕심은 그가 학교에서 연구-교육 이외의 일로 잃어버린 시간을 벌충하고 싶은 불쌍한 충동에서 나온다. 절반의 여름은 불가피하게 불만의 여름이다. 이 불만과 함께 가을학기를 시작해야 하는 교수는 좀 많이 불행하고 불쌍하다.

가을 강의 준비는 충분한가? 한국의 대학들은 교수가 새로운 연구결과나 학문적 관심 이동을 반영하기 위해 새 강좌를 쉽게 개설할 수 있도록 허용하는 곳이 아니다. 교수는 정해진 '커리'를 지켜야 하고 학생들은 정해진 교과 과정을 이수해야 한다. 작년 강의, 5년 전 혹은 10년 전 강의를 반복한다면 신참 교수가 아닌 한 강의를 위한 '준비'는 그리 필요하지 않을 수도 있다. 그러나 상당수 교수들은 이런 자동 반복을 대체로 거부한다. 자동적 기계적 반복은 진부한 상투 표현처럼 사람의 정신을 죽이는 가장 확실한 독약이기 때문이다. 교수들은 이번 학기 강의가 작년 가을 강의와 제목은 같아도 헌 자루에 새 과일 담듯 내용은 가능한 한 새로운 것일 수 있게 구상하고 싶어 한다. 여름은 그런 준비의 시간이기도 하다. 그런데 그 준비가 부실할 때 교수의 가을학기는 역시 불만의 계절로 시작된다.

이런 불만을 다스릴 방법이 없을까? 지난 몇 년간 나는 이런 종류의 불만에 대비하기 위해 내가 맡는 모든 학부 강의를 밑바닥에서 지배하는 '기본 질문' 몇 가지를 준비해놓고 있다. "좋은 사회란 어떤 사회이며 그런 사회는 가능한가?" "좋은 삶이란 어떤 삶이며 그런 삶은 가능한가?" "인간적 선善이란 무엇이며 그런 선이 있는가?" 이것들은 물론 인문학적 질문들이어서 다른 영역에는 그리 적절한 것이 아닐지도 모른다. 그러나 감히 말하건대 나는 적어도 학부 강의, 특히 그것이 교양과

목일 경우에는 이런 종류의 '기본 질문'들이 배경에 깔려 있지 않으면 안 된다고 생각한다. 한국의 대학 강의실에서 이런 기본 질문들은 이미 거의 소멸했거나 관심권 밖으로 밀려나고 있기 때문에 더더욱 그러하다. 학생들을 '사회'로 내보내면서 좋은 사회, 좋은 삶, 그리고 인간이 실현할 수 있는 선이 무엇인지에 대한 강의, 토론, 질문을 소멸시키거나 주변화해도 되는가? 대학교육이 어떤 경우에도 생략할 수 없는 것이 '기본 질문'이다. 학기 내내 학부생 수강자들은 강의, 토론, 읽기를 그런 기본 질문들에 연결해보아야 한다. 기본 질문을 깐 강의는 언제나 새로운 토론, 강의, 문제 접근을 가능하게 한다.

우리가 학생들을 길러서 내보낸다는 그 사회는 오늘날 어떤 사회인가? 시장원리주의의 세계 경영방식에서 '사회'란 이미 존재하지 않는다. 국가 경계선들이 무너지고 시장 이해관계만 중요해지는 현실 세계에서 국가는 사회를 사람살이의 공동체답게 조직, 운영, 통합할 무슨 규범과 방법을 가질 수 있는가? 그런 세계에서 개인들이 머리에 담고 다닐 '좋은 사회'의 그림은 가능한가? 학문적으로도, '사회'에 대한 현대적 사유, 이론, 방법론은 극히 문제적인 극단적 허무주의를 담고 있다. 현대 인문사회과학에 깊은 영향을 주고 있는 탈근대론적 사유에서 사회는 결코 '선의 세력'이 아니다. 사회가 선의 세력일 수 없다면 '사회인'을 교육한다는 것은 무슨 의미일 수 있는가? 탈근대론적 관점에서 보면 '좋은 사회'란 '좋음'에 대한 어떤 객관적 기준의 상정을 요구한다는 점에서 애당초 불가능한 개념 같아 보인다. 객관성, 진리와 진실, 선—이런 것들은 오늘날 학문세계의 지배적 담론양식에서는 폐기 선고된 지 오래다. 그러나 현실의 압력과 유행 사조에 휘말려 '좋은 삶'과 '인간적 선'에 대한 사유가 대학교육에서 마비되고 배제되어도 되는가?

인간과 사회에 대한 기본적 질문을 상기한다는 것은 '소피아에 대한 사랑'을 되찾는 일이다. 이 가을 우리가 대학 강의에서 할 일의 하나는 '호모 필로소피쿠스의 회복'이다.

교수신문 2003. 8. 19

‘리드 네팔’ 사업

안토니아 노이바우어 여사는 교육학 박사학위를 가진 저술가이면서 ‘자연, 명상, 문화’를 전문으로 하는 어떤 여행사의 운영자이기도 하다. 그 여행사의 이름은 특이하다. ‘신화와 산 Myth and Mountains’이라니, 여행업체 간판이라기보다는 무슨 책 제목 같다. 이 문화여행사는 미국인들에게는 잘 알려진 것 같지만 다른 나라 사람들에게는 전혀 익숙한 이름이 아니다. 그런데 그 여행사가 최근 세계에 알려진 것은 여행사 사주 노이바우어 여사가 지난 6월 10일 유엔 제정 ‘환경의 날’에 샌프란시스코에서 ‘지구시민상’을 받고 최근에는 빌 앤 멀린다 게이츠 재단이 주는 ‘배움의 길Access to Learning 상’을 받으면서부터다.

‘지구시민상’은 미국의 한 민간 재단이 빈곤, 문맹, 환경 분야에서 창의적인 프로그램을 운영한 개인이나 단체에 수여하는 상이다. 게이츠 재단이 제정한 ‘배움의 길 상’은 마땅한 배움의 기회를 갖지 못했던 사람들이 교육과 학습의 통로에 접근할 수 있도록 길을 열어주는 데 기여한 개인이나 단체에 주어진다. 상금은 100만 달러다. 노이바우어 여사가 이 게이츠 재단 상을 받게 된 것은 그녀가 10여 년 전부터 네팔 오지에서 일으킨 ‘리드 네팔READ Nepal’ 사업의 공로를 인정받아서다. ‘리드 네팔’은, 한마디로 소개하자면, 네팔의 산골 동네 동네에 작은 도서관을 짓고 이 도서관을 기반으로 해서 사람들이 마을 공동체를 일구어나갈 수 있게 하자는 사업이다. 학교도 없고 책 빌려볼 곳도 없는 네팔 오지에 동네 도서관들을 세워 사람들이 자기교육, 지역 발전, 공동체 꾸리기의 세 가지 성과를 올릴 수 있게 한다는 것이 이 사업의 취지다. '리드'는 "책을 읽자"라는 소리 같기도 하지만 사실은 '시골지역의 교육과 발전Rural Education and Development'의 두문자 약어다. 물론 이 약어 명칭이 책 읽기를 염두에 두고 만들어진 것임은 분명하다.

네팔은 세계에서 산이 가장 많은 나라다. 높은 산들의 숫자만큼 신도 많고 언어도 많은 나라가 네팔이다. 2800만 인구의 90%가 시골에 살고 그 시골의 절반 이상이 전기가 들어오지 않는 지역이다. 성인 인구의 절반, 여성의 경우는 3분의 2가 문맹이다. 인구의 3분의 1이 빈곤선 이하의 삶에 묶여 있다. '리드 네팔'은 1991년 사업을 시작한 이후 15년 동안 산골 동네 동네에 작은 도서관 31개를 지었고 10만 부 이상의 책과 신문, 잡지 들을 보급해서 50만 명 이상의 네팔 사람들이 문자를 깨치고 자기교육의 통로를 찾도록 도와주었다고 한다. 모든 도서관에는 성인 독서 공간, 여성 공간, 청소년 공간, 어린이 공간 들이 마련되어 있다.

'리드 네팔'의 사업방식은 특이하다. '리드 네팔'은 부자나라 사람들이 가난한 나라 백성들에게 보시하듯 무작정 뭔가를 가져다 퍼주는 식의 사업은 하지 않는다. 마을 사람들이 가만히 앉아서 외부 지원을 받고만 있게 할 것이 아니라 그들 스스로 도서관 짓는 일에 참여하고 무언가를 기여해서 "우리가 지은 도서관"이라는 자긍심을 갖게 하는 것이 '리드 네팔'의 사업 원칙이다. 이를테면 동네 도서관을 지을 때 마을 공동체는 부지와 초기 비용의 20%를 부담해야 하고 스스로 도서관 운영 계획을 짜야 한다. 도서관이 들어올 수 있도록 지역 주민들은 살던 집을 내놓기도 하고 쌀 한 되를 팔아 기부하기도 한다. 도서관이 지어지고 나면 마을 사람들은 방앗간, 문방구, 가구 공장 같은 사업을 벌여 도서관 운영비를 마련한다. 부지 선정에서부터 건물 디자인, 건축 관리와 감독, 사서 선출에 이르기까지 주민들이 직접 도서관 만들기와 운영을 주도한다. '리드 네팔'은 사전 교육과 사후 관리를 돕고 꼭 필요한 부분에서만 물질적 지원을 제공한다.

도움 주기는 생각만큼 쉬운 일이 아니고 돈만으로 할 수 있는 일도 아니다. 도움받는 사람들이 자구와 자립의 의지를 잃고 외부 지원에만 의존하게 하는 것은 일종의 정신적 파탄이며, 이런 파탄을 일으킬 수도 있다는 것이 모든 종류의 지원사업에 따라붙는 어두운 그늘이다. 그 그늘 속에서는 자립과 자활의 의지가 생겨나지 않는다. 노약자 등 절대적 지원이 필요한 경우를 제외하면, 자립, 자활, 자치의 능력을 회복하게 하는 것이 모든 복지사업과 지원사업의 궁극적 목표다. '리드 네팔' 사업이 성공한 비결의 하나는 도움받는 사람들로 하여금 자기 능력에 대한 자긍심을 갖게 하고 자구와 자립의 길을 스스로 열어갈 수 있게 했다는 데 있다.

노이바우어 여사가 '리드 네팔' 사업에 착안한 것은 15년 전 네팔의 높은 산들을 트레킹할 때였다고 한다. 전설에 따르면, 당시 그를 안내했던 네팔인 청년에게 그는 우연히 이런 질문을 던진다. "당신네 동네에 가장 필요한 것은 무엇인가?" 청년은 "도서관이요"라고 대답한다. 청년은 그저 신문 잡지나 정기적으로 받아볼 수 있는 편의시설 같은 것을 의미했는지 모른다. 그러나 노이바우어의 머리에 떠올랐던 것은 네팔 산골 사람들의 자기교육과 마을 공동체 일구기에 기여할 중심시설로서의 도서관이라는 아이디어였다고 한다. 그래서 나온 것이 '도서관 기반 지역공동체 건설'이라는 구상이다. 이 구상에 따라 교육 발전, 지역 발전, 사회 발전이라는 '리드 네팔' 사업의 모토가 개발되어 나온다.

"사람이 산을 만나면 위대한 일이 벌어진다"고 영국 시인 윌리엄 블레이크는 노래한 적이 있다. 노이바우어 여사의 구상이 인간과 산의 조우에서 나온 '위대한 일'의 반열에 속할 만한 것인지 어떨지는 알 수 없다. 그러나 그것이 배울 만한 구상임에는 틀림없어 보인다. 지금 우리 사회도 동네 동네에 '작은 도서관'을 만들어주는 일에 상당한 정성을 쏟고 있다. 우리가 반드시 기억해야 할 것은 도서관을 만들어주는 일이 그냥 도서관 사업이 아니라 '지역공동체 일구기'를 위한 기초 사업의 하나라는 점이다. 도시는 도시대로, 피폐해가는 농산어촌은 또 거기대로, 지금처럼 '공동체'가 필요하고 그리울 때가 없다. 그리고 그 공동체 만들기의 기반으로서의 동네 도서관은 반드시 지역 주민의 자발적 참여와 자구의 노력 위에 만들어져가야 한다.

한겨레 2006. 9. 22

책맹사회

정보화 시대니 인터넷 시대니 하는 말들의 유포와 함께 근년 우리 사회는 두 가지 커다란 환상에 마취되고 있다. 인터넷에 들어가기만 하면 모든 필요한 정보를 빠르게, 그리고 공짜로 얻을 수 있다는 환상이 그 하나이고, 다른 하나는 "이제 책은 필요 없다"라는 환상이다. 인터넷만으로 정보 접근과 향수의 유토피아가 실현될 수 있다면, 그리고 사람들이 만족한다면, 아무도 그 유토피아를 거부할 이유가 없다. 종이책 만드느라 애꿎은 나무들 희생시키지 않아도 되고, 집에는 책이니 책장이니를 둘 필요가 없으니까 공간 넓어져서 좋다. 이사갈 때도 얼마나 편하랴. 무거운 책짐 때문에 걱정하지 않아도 되고 버리고 갈 책과 가지고 갈 책의 선별 문제로 고민하지 않아도 된다. 그 유토피아의 주민은 그저 책 몇 권만 기념으로 갖고 있으면 된다. 나중 손자 녀석들 무르팍에 앉히고 "얘들아, 우리 때에는 책이란 게 있었어"라며 옛날 얘기 들려주기 위해서는 약간의 '기념물'이 있어야 할 테니까 말이다.

인터넷 만능주의의 환상에도 불구하고 불행히도 우리는 아직 인터넷 만능의 현실 속에 있지 못하다. 인터넷으로는 구득하기 어려운 정보, 창조적 지식, 소중한 경험, 귀한 판단의 거대한 세계가 따로 있기 때문이다. 이것이 '책의 세계'다. 인터넷으로 모든 지식과 판단을 얻을 수 있다고 믿는 것은 환상이다. 이 환상이 무시무시해지는 것은 "까짓 거, 책 안 보면 될 거 아냐"라며 책을 완전히 무시하기로 작정하고, 그로부터 "이제 책은 필요 없다"로 비약할 때이다. 이 비약은 무시무시하고 환상적인, 요즘 유행어로 표현하자면 가위可謂 만용이다. "이 불출아, 너 아직도 책 보니?"에 이르면 이 만용은 최고 수준에 도달한다.

지금 우리 사회는 이런 만용을 부려도 된다고 믿는 사회로 빠져들고 있는 것 같아 보인다. 이 만용의 사회에서는 아직도 책을 찾는 사람이 되레 바보, 불출, 엽기로 간주된다. 안 그래도 책 읽기 문화와는 거리가 먼 사회가 인터넷과 정보화 시대의 이름으로 더더욱 책을 멀리하고 책을 읽지 않고 책 읽기를 우습게 아는 '책맹사회'를 향해 질주하고 있다. 책맹은 문맹과는 다르다. 문자를 모르는 것이 문맹illiteracy이다. 그러나 문자도 알고 높은 교육도 받았고, 그래서 책을 읽자면 읽을 수도 있지만 죽지 못해 읽어야 할 경우를 제외하고는 책 읽기 싫고 책 읽을 줄 모르는 것이 '책맹aliteracy'이다. 학교 다닐 때 교과서와 참고서 말고는 책 읽어본 일이 없고 그래서 평생 책과 담쌓는 사람도 책맹이다. 책맹이기를 선택한 사람에게 책의 세계는 사돈 팔촌의 장례식 이상으로 지루하고 따분하고 멍청하다. 그가 보기론 '책 읽기의 즐거움' 어쩌고저쩌고하는 자들이야말로 정말이지 이 시대의 즐거움이 뭔지 모르는 얼간이족이다.

책맹들은 말한다. "이 정보화 시대에, 아이티 시대에, 인터넷 시대에 책이라고? 지금이 어느 땐데 아직도 도서관 타령이야?" 돈 없이는 책을 볼 수 없는 것이 우리의 '정보화 시대'다. 지금이 대한민국에서 어느 때냐 하면, 정부가 정보화 시대를 조석으로 외쳐대면서도 정작 정보화 시대의 인프라 중에서도 기본 인프라인 공공도서관은 여전히, 장장 50년이 넘게, 세계 최악의 양적·질적 빈곤 상태에 방치해놓고 있는 시대다. 중고등학교에서는 아예 책 읽히는 교육이 포기되고 대학생의 90%는 교재 몇 권 빼고는 대학 4년을 책맹으로 보내고서도 졸업장 받아 나가는 것이 한국의 정보화 시대다. 일시적이고 일회적 쓰임새에 봉사하는 목적성 정보만이 '정보'로 착각되고 있는 것이 우리의 정보화 시대다.

책맹사회이고서도 잘 버틸 수 있는 시대가 온다면 그것도 나쁘지 않다. 그러나 그런 시대는 지금 생존 세대의 생애중에는 올 가능성이 없다. 그것은 22세기에도 실현될 가능성이 별로 없다. 책의 세계는 한시적인 것이 아니기 때문이다.

씨네21 2001. 6. 19

좋은 결정을 내리는 사람

몇 해 전 나는 경북·대구 지역 학교장들이 모인 자리에 불려가서 학교도서관이 왜 필요한가에 관한 얘기를 한 적이 있다. 교육부가 학교도서관 활성화 사업을 시작하기 전, 전국 도서관대회가 대구에서 열렸을 때의 일이다. 도서관대회라는 데는 학교장들이 올 만한 행사가 아니지만 그 대구대회의 일정 속에 '학교도서관 활성화'라는 주제가 끼어 있었고 지방 교육청이 통문을 돌린 탓인지 400명 가까운 교장선생님들이 참석했던 것으로 기억된다.

학교에 도서관이 왜 있어야 하는가를 가장 잘 아는, 아니 가장 잘 알아야 하는 사람은 '학교장'들이다. 그런데 그 교장선생님들 앞에서 도서관의 필요성을 말해달라고? 도서관은 학교의 필수 기본시설이다. 학교에 도서관이 있어야 한다고 말하는 것은 "학교에는 교실이 있어야 한다"거나 "과학실이 있어야 한다"고 말하는 것이나 진배없는, 당연하고 명백한 것의 쓸데없는 강조에 불과하다. 그러나 당시 전국의 1만여 학교 사업장 중에 도서관이 갖추어져 있었던 곳은 전체의 10% 미만, 그나마 그 도서관들의 상당수가 시늉만 도서관이지 도서관이랄 수 없는 곳이 대부분이었다는 것도 알 만한 사람들은 알고 있었던 사실이다. 게다가, 그때나 지금이나 도서관이라는 하드웨어의 있고 없음보다 더 중요한 것은 교장선생님들의 학교 운영 원칙 속에 도서관의 필요성에 대한 인식이 있는가라는 문제, 곧 '마인드'의 유무다. 마인드가 있으면 언제든 도서관이 들어설 수 있지만 그것이 없는 곳에는 도서관 만들어봐야 아무 소용이 없다.

그 대구대회에서 내가 무슨 말을 했는지는 가물가물하지만 지금도 선명히 기억되는 것은 내가 '존경하는 교장선생님'들에게서 받아낸 두 가지 확인이다. "저는 여러분이 오늘 두 가지 사실을 확인해주실 것을 당부드립니다. 첫째, 도서관이 없는 학교는 학교가 아닙니다. 둘째, 책을 읽히지 않는 교육은 교육이 아닙니다. 이 두 가지 사실을 확인해주십시오." 물론 내가 일일이 확인 도장을 받은 것은 아니기 때문에 그날 거기 있었던 교장선생님들의 몇 퍼센트가 마음속으로나마 그 '확인'에 동참해주었는지는 알 길이 없다. 다만, 강연이 끝난 뒤 몇 분이 찾아와 "도서관이 그렇게 중요한지 몰랐다. 명심하겠다"며 인사를 나누었던 일이 기억난다.

그날 사실 나는 단순 확인을 넘어 어떤 '다짐'까지도 받아내고 싶었지만 그러지 못한 것은 속도에 대한 고려가 있었기 때문이다. 교장선생님들에게서 "학교에 도서관을 만들겠다"는 약속을 받아내는 것이 말하자면 '다짐'이다. 그러나 마인드도 없는 곳에 다짐부터 받는다는 것은 무리다. 그런 다짐을 학교장 혼자서 할 수 있는 것도 아니다. 하지만 일선 교육장에서 가장 중요한 결정권자는 교장선생님이다. 그는 자기 학교의 교육환경을 자신의 교육철학에 따라 개선해낼 수 있는 현장 지도자다. 그래서 그다음 해던가, 교육부 도서관 활성화 사업이 시작되던 해 지역사회교육협의회가 주최한 경기 지역 교장회의에서 나는 그런 다짐받기를 시도한 일이 있다.

그때의 내 발언의 요지도 여기 잠깐 소개하고 싶다. 교장 선생님은 일선 교육장의 지도자다. 그런데 어떤 사람이 지도자인가? 좋은 결정을 내리는 사람, 그가 지도자다. 어떤 교장은 놀부처럼 하루에도 몇 번씩 나쁜 결정을 내리고 어떤 교장은 좋은 결정을 내리거나 내리기 위해 노력한다. 좋은 지도자는 좋은 결정을 내리기 위해 애쓸 뿐 아니라 "나는 왜 여기 이 자리에 있는가?"를 하루 세 번씩 자문하는 사람이며, "나는 오늘 좋은 결정을 내렸는가?" 하고 또 하루 세 번씩 거울 앞에서 성찰하는 사람이다. 오늘 우리가 내릴 수 있는 가장 좋은 결정은 무엇인가? "내 학교에 도서관을 만들자"라는 결정이 아니겠는가? 지금 이 자리에서 우리 당장 그런 결정을 내려보면 어떻겠는가?

학교에 도서관을 만든다는 것이 좋은 결정인 이유는 그 반대 결정, 곧 도서관 없어도 된다는 결정만큼 나쁘고 우매한 것이 없기 때문이다. 대학에서는 도서관이 연구와 교육의 중심부다. 최근의 『뉴스위크』 조사를 보면 한국의 어느 대학도 세계 100대 대학에 끼지 못했는데, 우리에게 좋은 대학이 없는 결정적인 이유 하나는 좋은 도서관을 가진 대학이 없기 때문이다. 초중등 교육장에서도 도서관은 교육의 중심부여야 한다. 더도 덜도 말고 두 가지 의미에서 그러하다. 첫째, 학생들의 성장에 필요한 지적 정서적 능력을 가장 확실하게 키워주는 것은 누구나 알듯이 책 읽기이며, 따라서 쾌적한 독서 공간을 제공하는 일은 학교가 결코 생략할 수 없는 기본적인 성장 환경이다. 둘째, 탐구의 자발성이 강조되고 왕성한 호기심의 자극이 없는 교육은 죽은 교육이다. 학생들의 자발적 탐구와 연구조사 활동이 권장되고 각종 학과목과 잘 연계된 독서활동이 왕성하게 이루어질 때에만 교육은 살아 있는 교육이 된다. 도서관은 그런 교육의 필수시설이다.

여기까지 얘기하다보면 "누가 모르나?"라는 반응이 꼭 튀어나오게 되어 있다. 그런 소리는 한가한 원론에 불과하다. 우리네 학교교육이나 현실을 봐라. 누가 몰라서 못하느냐? 하려고 해도 안 되니까 못하지. 맞는 말이다. 우리에게 교육 원론과 현실은 너무도 딴판이다. 그러나 원론과 현실이 따로 놀 때 교육자들은 두 손 놓고 가만있어야 하는가? 그러기로 한다면 학원 강사나 할 일이지 학교에는 왜 있는가? 교육이 파행을 보인다면 그 파행을 고칠 책임의 상당 부분은 교육자들에게 있다. 우리 선생님들은 현실, 제도, 학부모 요구 같은 것들에 책임을 떠넘기고 자기들은 뒷전에 소리 없이 숨어 있는 것은 아닌가? '아침 10분 독서' 같은 얄팍한 일본식 프로그램으로 독서교육 흉내만 내면서 면피하고 있는 것은 아닌가?

과목교육 따로 있고 독서교육 따로 있는 것이 아니다. 역사 과목이건 과학, 사회 과목이건 모든 교과목이 책 읽기와 통합되어야 한다. 그래야 아이들의 머리와 가슴이 제대로 자란다. 허다한 연구결과들이 보여주듯 책을 읽는 아이들은 스스로 문리가 트고 공부도 잘하게 되어 있다. 독서는 원론이 아니라 교육의 가장 효과적인 방법이며 목표다. 그 방법과 목표에 봉사하기 위해 학교도서관이 있다. 훌륭한 교장으로 지금도 기억되고 있는 분들은 모두 학교에 도서관을 열심히 짓고 책을 읽혔던 분들이다. 고래에게는 바다가, 솔개에게는 하늘이 있어야 하듯이 학교 아이들에게는 도서관이 있어야 한다.

고래가숨쉬는도서관 2006. 8. 19

'책 읽는 사람들'의 사회

2001년 6월 여덟 개 시민사회단체들이 모여 출범시킨 '도서관 콘텐츠 확충과 책 읽는 사회 만들기 국민운동'은 두 갈래 운동 방향을 갖고 있다. 첫째는 전국 공공도서관의 연간 도서 구입비를 대폭 증대시켜 기본적 문화 인프라로서의 공공도서관의 기능을 내실화하자는 것이다. 이 경우 운동의 직접적 설득 대상은 정부이다. 국립도서관을 포함해서 전국 400개 공공도서관에 책 사라고 문화관광부가 배정한 작년 예산은 50억 원이고 지방자치단체 분담분까지 다 합쳐봐야 그 규모는 겨우 200억 원 수준이다. 미국 하버드 대학 도서관의 1999년도 도서 구입비는 우리 돈으로 275억 원을 상회한다. 미국 일개 대학도서관의 책 구입비가 우리의 400개 공공도서관 도서 구입비로 배정된 중앙정부 예산의 다섯 배가 넘고, 지자체 분담금까지

---

* 이 글에 사용된 통계 수치들은 '책읽는사회만들기국민운동'이 출범하던 2001년 당시의 것이다. 2001년 이후 지난 13년 동안 전국 각지의 도서관 시설 등은 큰 폭으로 증가했다.

** 지금의 '책읽는사회만들기국민운동'은 서울국제도서전이 열린 2001년 6월 2일 서울 코엑스에서 '도서관 콘텐츠 확충과 책 읽는 사회 만들기 국민운동'이라는 명칭으로 공식 출범했다. 이 글은 그 직전에 발표된 것이다.

모두 합친 액수조차도 하버드 도서관 한 곳의 책 예산에 미치지 못한다.

두번째 운동 방향은 '책 읽는 사회' 만들기이다. 여기서 운동의 설득 대상은 바로 시민인 우리들 자신이고 우리 사회 자체이다. 한국인은 책을 잘 읽지 않는 백성으로 유명하다. 우리가 독서문화 빈곤국이 된 데는 백여덟 염주알보다 더 많은 이유가 있지만, 크게 사회적 결함과 문화적 결함, 그리고 이 둘의 악순환적 상승작용을 주요 이유로 꼽을 수 있다. 공공도서관의 양적 부족과 질적 빈곤, 책 읽기를 불가능하게 하는 중등교육과 입시제도, 대학교육의 파행, 책 사 볼 경제적 여력도 시간적 여유도 좀체 확보되지 않는 주민 생활의 압박—이런 것은 사회적 결함에 해당한다. 문화적 결함으로는 독서 습관의 미형성, '책 읽는 가족' 문화의 부재, 책과 책 읽기의 문화적 정신적 중요성에 대한 인식의 궁핍 등을 들 수 있다. 그러나 이유가 무엇이었건 간에 중요한 것은 우리가 지금부터라도 왕성한 독서문화를 일구고 책 읽는 사회를 만드는 일이다. 왜 그래야 하는가? 아주 간단히, 책 읽지 않는 사회가 건강하게 오래 버틸 수는 없기 때문이다. 그런 사회는 치매에 걸리고 내부로부터 허물어져 '반드시' 망한다.

이 두 가지 방향 설정은 '도서관 콘텐츠 확충과 책 읽는 사회 만들기 국민운동'이 무슨 일을 하기 위해 출범하는지를 단적으로 말해준다. 이 운동의 목표 하나가 우선 당장은 정부로 하여금 공공도서관 책 구입 예산을 증액시키도록 하는 것이지만, 이 목표에는 종국적으로 공공도서관의 증설도 포함된다. 아는 사람은 다 알다시피, 우리나라는 공공도서관 수에 있어 OECD 회원국들 가운데 영광스럽게도 꼴찌이다. 이웃 일본은 2585개,

독일은 6313개, 미국은 8964개이다. 인구 대비 수치로 보면 우리는 4500만 인구에 도서관 400개니까 약 11만 5000명당 도서관 하나라는 셈이 나온다. 핀란드는 인구 3000명당 도서관 하나이고 덴마크는 4500명, 독일은 3900명, 미국은 2만 6000명에 도서관 하나이다. 우리의 공공도서관은 양과 질의 두 수준에서 개선되고 개혁되지 않으면 안 된다.

책 읽을 권리는 국민의 기본적 문화 향수권의 하나이다. 그것은 알권리이고 지식에의 접근권이며 문화 민주주의의 조건이다. 우리의 역대 어느 정권도 국민의 이 문화 권리를 존중한 적이 없고, 독서라는 이름의 문화복지를 생각하는 공공정책을 편 일이 없다. 책을 읽고자 하는 사람은 제 돈 내고 사서 봐야 하는 곳이 한국이다. 도서관은 어디 붙어 있는지 보이질 않고, 애써 찾아가봐야 읽고 싶은 책은 없기 때문이다. 아직도 우리 국민 대다수는 한 달에 책 몇 권씩 마음놓고 사서 볼 만한 여력을 갖고 있지 못하다. 돈 없으면 책도 읽을 수 없는 나라라면, 그건 어떤 의미에서도 '문화 국가'가 아니다. 그런데 우리 정부는 입으로 '문화 한국'을 말하고 '문화의 세기'를 외쳐대면서도 정작 문화 인프라 가운데 기본 인프라인 도서관의 질적 양적 개선에는 거의 아무 관심도 없다.

관심만 없는 것이 아니다. 정부는 '정보화 시대'를 빌미로 "이제 책의 시대는 갔다"라는 근거 없고 허망한 소문을 온 사회에 퍼뜨려 안 그래도 책 안 읽는 사회를 더더욱 경박하고 야만적인 문맹 사회로 만드는 데 기여하고 있다. 정부가 전산 정보화 사업에 막대한 투자를 하고 있는 것 자체가 잘못이라는 얘기가 아니다. 무엇이 잘못인가? 정보화 시대를 내걸어 책과 책 읽기의 중요성을 땅바닥에 동댕이칠 치게 한 것은 과오 중의 과오이다. 정보화 시대가 백번 와도 사회는, 제정신 가진 사회라면, 책 매체의 효용을 무시하거나 책 읽기의 개인적 사회적 중요성을 시궁창에 던져서는 안 된다. 아직도 가장 중요한 정보, 가장 창조적인 지식, 가장 고귀한 정신적 노작 들은 책의 형태로 생산되고 향유된다. 이번 국민운동은 정책 담당자들과 정부 고위 관료들의 잘못된 인식을 교정하는 데에도 막대한 노력을 경주해야 한다는 부담을 지고 있다.

이 국민운동의 대시민 설득에도 많은 난제들이 있다. 교육개혁 없이 책 읽는 사회 만들기는 불가능하며, 이 점에서 이 운동은 교육 바꾸기의 과제와도 긴밀히 연결된다. 교육의 핵심은 책 읽을 줄 알게 하고 책을 읽을 뿐 아니라 책 읽기를 좋아하게 하는 데 있다. 우리 중등교육(대학도 별 차이 없지만)이 이런 교육을 포기한 지는 이미 오래다. 부모들은 책 읽히는 것이 똑똑한 아이, 생각할 줄 알고 조리 있게 말할 줄 아는 아이를 만드는 첩경이라는 것을 잊고 있다. 책 읽는 아이들은 창조적 지식사회, 건강한 시민사회, 공존의 공동체를 만들 기본 능력을 키운다. 그런데 아이들에게 책 읽히고 책 읽기를 좋아하게 하는 것이 학교교육만의 책임인가? 부모들은 무엇 하는가? 부모가 책 읽는 모습을 보며 자라는 아이들은 쉽게 책을 찾고 책과 가까워진다. 그들이 자라 '책 읽는 가족'을 만든다. 엄마 아빠 손 잡고 도서관에 가본 아이들이 평생 도서관을 찾는다. 책 읽기가 단순한 정보 사냥이 아니라 즐거운 '내 영혼의 춤'이라는 것을 경험으로 체득한 아이들만이 책을 사랑하고 책의 세계를 안다. 우리는 그런 아이들을 키워야 하고, 부모가 그렇게 아이들을 키울 줄 알게 해야 한다.

이번 국민운동은 몇몇 단체의 일이 아니다. 거기에는 사회 모든 분야가 참여하고 지원해야 하며 책 읽는 사람의 사회를 위한 지혜들을 모아야 한다. 이게 쉬운 일이라면 왜 '국민운동'이 필요하겠는가.

출판문화 2001. 5. 23

학교를 살리는 길
—학교도서관 다시 만들기

우리나라 농산어촌의 초등학교 도서관을 완전히 새로운 모습으로 바꿔내어 학교교육 환경을 획기적으로 개선해보려는 민간 차원의 사업이 지금 진행되고 있다. 한겨레신문과 삼성사회봉사단, 그리고 책읽는사회문화재단 등 세 민간단체가 '희망의 작은 도서관 만들기' 프로젝트의 일부로 2006년 6월부터 펼치고 있는 학교도서관 재단장 사업이 그것이다. 이 사업은 전국 각지 면 단위 이하 학생수 200명 미만의 농산어촌 초등학교들 가운데 공모를 통해 선정된 58개 학교의 도서관들을 대상으로 지금 빠르게 진행되고 있다. 11월 말 현재 15개 학교도서관들이 재단장을 끝내어 말끔한 모습을 선보였고, 남은 학교들에서도 내년 연말까지는 리모델링 작업이 모두 끝나게 되어 있다.

민간이 왜 이런 일을 하는가? 교육부는 이상주 장관 재임 때인 2003년부터 학교도서관 활성화를 위해 5개년 계획의 대대적인 정책 사업을 시작했고 각지 교육청도 지방비와 국고 농특자금을 투입한 지원사업을 펼쳐오고 있다. 교육 당국이 학교도서관을 살리기 위해 이처럼 본격적인 정책적 투자를 결행한 것은 광복 이후 처음이다. 정부의 이런 노력은 높이 평가받아 마땅하다. 그러나 정부가 제한된 국고 자원으로 모든 일을 다 할 수 있는 것은 아니다. 민간도 나서서 도와야 한다. 미래 세대를 잘 키워내는 것은 국가만의 책임이 아니다. 그것은 사회 전체의 책임이고 공동체 성원 모두가 져야 할 책임이다. 우리보다 공교육 투자율이 훨씬 높은 미국에서도 교육 환경 개선을 위한 민간의 기여는 활발하다. 이를테면 뉴욕의 민간 재단인 로빈후드재단은 벌써 몇 년째 수백만 달러의 민간 자원을 모아 뉴욕 빈민지역 학교도서관들을 리모델링해주고 있다.

희망의 학교도서관 사업이 학생 200명 미만의 학교들을 선정한 것은 이런 소인수 학교들이 그간 공적 지원 대상에서 흔히 제외되거나 지원받았어도 그 혜택의 정도가 미미한 곳들이기 때문이다. 특히 학생 수 100명 이하의 벽지 작은 학교들은 조만간 통폐합될 학교들로 간주되어 공적 지원을 거의 받지 못한 곳들이다. 이번 희망의 학교도서관 사업에 선정된 학교들 가운데 100명 이하의 이런 소인수 학교들이 스무 군데나 된다. 농산어촌일수록 학교는 여러 의미에서 마을 공동체의 중심이기 때문에 학교가 없어지는 사태를 막기 위해 주민들이 나서서 눈물겨운 노력들을 하고 있는 데가 허다하다. 이웃 일본에서는 아무리 학생 수가 줄어도 주민들이 원하는 한 학교를 없애지 않는다. 언젠가 지역공동체가 다시 살아나고 학교가 아이들로 붐빌 날이 있을 것이라 생각해서다. 사실 통폐합만이 능사가 아니다. 작은 학교라 할지라도 아이들을 키우고 지역공동체를 지키는 데 필요하다면 그런 곳에는 학교를 유지해주어야 한다.

학교의 중심시설 가운데 빼놓을 수 없는 데가 도서관이다. 아이들이 맘놓고 보고 싶은 책을 볼 수 있는 곳, 다매체와 영상시설을 갖추어 아이들에게 다양한 문화 체험을 제공하는 곳, 과목연계 독서로 알찬 교육을 가능하게 하는 곳, 아이들이 제 손으로 자료를 찾고 발표물을 준비하는 등의 연구조사 활동과 자율학습이 이루어지는 곳이 도서관이다. 이런 필수시설이면서도 대부분의 학교도서관 실정은 열악하기 짝이 없다. 도서관이기보다는 '폐가' 같은 데가 더 많다. "아무도 도서관에 안 가요"라고 아이들은 말한다. 가봤자 낡고 오래된 책들, 돌보는 사람 없이 방치된 오랜 서가들, 딱딱한 나무의자와 탁자, 따뜻이 맞아주고 안내해줄 사람 없는 냉기 썰렁한 한쪽 구석방, 그 정나미 떨어지는 공간이 흔히 도서관이기 때문이다.

그 열악한 도서관들을 아이들이 좋아할 공간으로 아주 완전히 새롭게 바꿔보자는 것이 학교도서관 재단장 사업을 시작하면서 시행단체 사람들이 품었던 생각이다. 도서관 하나가 학교의 얼굴을 바꿔놓을 수 있다. 도서관 하나가 아이들로 하여금 학교를 좋아하게 하고 방과후에도 도서관에 남아 책이 안내하는 미지의 세계들을 탐험할 수 있게 한다. 간섭받지 않는 자유로운 분위기에서 자기들이 알고 싶은 것, 궁금한 것들을 찾아보고 뒤적이고 상상할 때에만 아이들의 호기심과 상상력은 자라고, 스스로 뭔가를 알게 되고 발견한다는 것의 즐거움을 경험할 수 있게 된다. 그러자면 무엇보다 도서관이라는 곳이 훈육의 분위기를 벗어난 즐겁고 쾌적하고 편안한 곳, 상상력을 자극하는 유희적 공간이어야 한다. 아이들이 숨을 곳, 숨어서 자기만의 생각에 잠길 수 있는 공간도 필요하다. 전통적인 도서관학에서는 도서관 내부 공간들이 반드시 사서의 시선 아래 통제될 수 있도록 배치되어야 한다고 가르치지만, 그처럼 잘못된 가르침도 없다. 사서 교사는 감시자가 아니고 사서 데스크는 통제탑이 아니다. 감시, 통제, 훈육의 시선이 있는 곳에서는 아이들의 상상력이 자유롭게 자라지 못한다.

희망의 학교도서관 재단장 사업이 어떤 구상으로 어떤 도서관을 만들어내고 있는가는 하나씩 둘씩 재단장을 끝낸 도서관들이 모습을 드러내면서 세상에 알려지고 있다. 평수 크기와 공간에 따라 조금씩 다르긴 하지만, 가능하다면 정해진 예산의 범위 안에서 여러 혁신적인 요소들을 고르게 도입하고자 한 것이 이번 재단장 사업의 기본 구상이다. 바닥 난방이 되는 좌식 온돌 공간과 입식 열람 공간의 배합, 안락소파 도입, 영상교실, 무대, 발표장, 특별활동 등이 이루어질 수 있는 다목적 공간의 구성, 복층 다락과 아늑한 오목 공간 같은 놀이터 요소와 과감한 색채 구사, 교사와 주민을 위한 공간의 마련 등 지금까지 학교도서관에서 볼 수 없었던 혁신적인 요소들이 수두룩하다. 우리 아이들이 "도서관에 가고 싶어요"라고 말할 수 있는 그런 도서관을 만들어주자는 것이 이번 사업 시행자들의 정성이고 꿈이다.

고래가숨쉬는도서관 2006. 11. 27

---

* '희망의 작은 도서관 만들기' 사업은 2006년 6월부터 2007년 말까지 한겨레, 삼성사회봉사단, 책읽는사회문화재단의 3자 공동 사업으로 진행되어 전국 58개 농산어촌 초등학교들에 새 도서관을 조성해주었다.

공공도서관 확충이 필요하다
—인문학 육성의 지름길

> 인문학 육성은 인문학 종사자들을 위해서가 아니라 '인간의 사회'와 '기본이 있는 나라'를 만드는 데 불가결의 것이기 때문에 국가적 정책 영역이 된다. 공공도서관 증설의 정책적 중요성도 그런 것이다.

최근 정부는 대학에서의 인문학과 기초 학문 육성을 위한 정책 제안들을 수집하고 있는 것으로 보인다. 내년에는 상당액의 예산을 풀어 기초 학문 발전에 투자한다는 소리도 들린다. 학계에서 낸 제안들 가운데 눈길을 끄는 것 하나는 인문학을 포함한 기초 학문 분야의 주요 저술물들을 정부가 국고로 흡수해서 전국 공공도서관에 공급토록 하자는 것이다.

극소수 예외가 없는 것은 아니지만, 좋은 책 내봤자 대부분 기본 부수도 팔리지 않는다는 것이 출판 시장의 오래된 현실이다. 이런 현실은 사회의 지적 생산력을 고갈시키기에 꼭 알맞다. 이것이 시장의 실패라면 그 실패에 개입해서 필요한 정책 수단들을 동원하는 것은 정부의 할 일이다. 그러지 않는다면 그것은 정부의 실패이다. 학문적으로 중요하고 사회적으로 의미 있는 주요 저술들의 국고 흡수와 도서관 공급안은 그 점에서 정부가 마땅히 검토해볼 만한 정책 수단의 하나이다.

다른 나라들도 이미 그런 수단들을 가동하고 있다.

그런데 두 가지 큰 문제가 있다. 첫째, 전국의 공공도서관이라지만 정부가 책을 사서 모든 공공도서관에 빠짐없이 한 권씩 공급한다 해도 400부면 끝이다. 2001년 현재 공공도서관 자체가 400여 개뿐이기 때문이다. 400부라면 종당 기본 부수의 절반도 안 되는 양이다. 그러므로 이 공급안이 채택되어 정책적 실효를 거두자면 공급 대상 속에 모든 국공립대학과 사립대학 도서관들까지 포함시켜 대학의 정보 비용을 간접 지원하는 방안을 함께 검토할 필요가 있고, 무엇보다도 각 지역 공공도서관 수를 최소한 지금의 세 배 내지 다섯 배 수준으로 늘려나가는 일이 필요하다.

두번째 문제는 공공도서관을 누가 짓는가라는 것이다. 지역 도서관 증설은 지방자치단체들의 할 일이라는 것이 중앙정부의 생각이고 지자체들은 대부분 돈 없다는 핑계로 선뜻 나서지 않는다. 시민의 관점에서 보면 지식정보 사회의 인프라 중에서도 기본 인프라가 공공도서관이다. 따라서 도서관 증설 사업은 정부가 추진해온 정보화 사업의 일부가 되어야 한다. 국민 모두에게 지식정보에의 평등 접근권을 보장하자면 도서관 증설에 관한 종합적인 국가 정책이 있어야 하며 그런 정책 위에서 정부는 지자체들의 이 분야 투자를 유도하고 지원해야 한다. 국립도서관이 서울 한 곳에만 있어야 할 이유도 없다. 각 시도에도 수준급의 집중도서관이 필요하다.

도서관 없는 나라가 민주주의를 하고 지식정보 사회를 발전시킨다는 것은 거짓말이거나 망상이다. 공공도서관은 정치적으로 필요하고 사회문화적으로 필수적이며 경제적으로도 불가결하다. 도서관은 '불요불급'의 장식물이 아니다. 그러나 정부는 공공도서관을 증설하라는 시민단체들의 요구에 아무 반응이 없고, 연차적 증설 계획을 세워보라는 요구에도 묵묵부답이다. 시민들은 이런 침묵의 이유를 알지 못한다. "인터넷 시대에 무슨 도서관이냐?"는 생각이 정부를 마비시키고 있는 것 같기도 하고, 정부가 더 시급하다고 판단한 사업들에 밀려 도서관 문제는 한없이 뒤로뒤로 밀린 것 같기도 하다. 하지만 시민이 보기에 정부의 이런 태도는 어떤 나라, 어떤 사회를 만들어야 할 것인가에 대한 비전의 부재에 더 많이 연유하는 것이 아닌가 싶다.

인문학 육성은 인문학 종사자들을 위해서가 아니라 '인간의 사회'와 '기본이 있는 나라'를 만드는 데 불가결의 것이기 때문에 국가적 정책 영역이 된다. 공공도서관 증설의 정책적 중요성도 그런 것이다. 인문학이 국가사업이냐고 묻는 사람이나 "도서관이 뭐 급해?"라는 사람은 눈이 짧거나 맹목이다. 도서관과 인문학 발전은 불가분의 관계에 있다. 기본이 있는 나라와 사회를 만드는 데 정부가 망설여야 할 이유는 없다.

한겨레 2001. 11. 19

3부

이미지를 읽는다는 것은

이란의 어린 성자: 〈내 친구의 집은 어디인가〉
—이란에서 자란다는 것은

> 키아로스타미는 가장 근본적인 의미에 있어서 '영상 예술가'의 재능과 능력을 갖고 있다. 그는 아무도 선택할 것 같지 않은 소재를 가지고 아무나 쉽게 만들 수 없는 물건을 만들어낸다. 예술은 기본적으로 둔갑술이며, 키아로스타미는 그 둔갑의 마술을 알고 있다.

우리는 이런 영화를 본 일이 없다. 잘못 알고 가져온 친구의 공책을 돌려주기 위해 먼 마을로 두 번씩이나 허탕 치며 뛰어다니는 아이를 보여주기—이걸로 영화가 될까? 그런 소재로 영화를 만들 수 있을까? 만약 당신이 그냥 관객이 아니라 장차 작가/감독이 되려는 사람이랄 때, 당신은 그런 소재로 기억할 만한 영화 한 편을 만들어낼 수 있겠는가? 아니, 그 소재가 주어졌을 때 당신은 "그걸로는 영화가 안 돼"라며 쓰레기통에 내던지지 않고 감히 영화를 만들어보겠다는 엄두라도 내겠는가?

아바스 키아로스타미의 영화 〈내 친구의 집은 어디인가 Where Is the Friend's Home〉(이하 〈내 친구〉로 약칭함)가 한국 관객에게 어떤 충격을 준다면 그 첫번째 충격파는 우선 이 작가가 선택하고 있는 소재의 비범성에서 나온다. 그 비범성은 소재 자체의 특이함이나 기발함이 아니다. 그것은 결코 기발하지도 특이하지도 않은 소재, 보통의 작가라면 애당초 거들떠보지도 않았을 소재를 가지고 영화를 만든 '선택의 비범성'이다. 보통의 작가와 보통 이상의 작가를 나누는 분계선은 거기 있다. 보통 이상의 작가에게 원칙상 '시시한 소재'란 없다. 보통의 작가가 무슨 기발한 소재를 찾아 헤매고 다닐 때 보통 이상의 작가는 모든 소재로부터 진지한 도전을 발견한다.

그러나 선택의 비범성만으로 보통 이상의 작가가 되는 것은 아니다. 그는 시시해 보이는 소재를 선택했다는 사실 때문에 보통 이상의 작가가 되는 것이 아니라 시시한 소재를 가지고 결코 시시하지 않은 '작품'을 만들어내기 때문에 보통 이상의 작가이다. 이것이 〈내 친구〉의 작가에게서 우리가 받는 두번째 충격이다. 키아로스타미는 가장 근본적인 의미에 있어서 '영상 예술가'의 재능과 능력을 갖고 있다. 그는 아무도 선택할 것 같지 않은 소재를 가지고 아무나 쉽게 만들 수 없는 물건을 만들어낸다. 예술은 기본적으로 둔갑술이며, 키아로스타미는 그 둔갑의 마술을 알고 있다.

키아로스타미의 화면은 화려하지 않다. 북부 이란의 초라한 어느 시골 초등학교 교실, 꾀죄죄한 아이들, 꾀죄죄한 집들과 거기 사는 꾀죄죄한 사람들, 꾀죄죄한 빨랫줄과 고장난 라디오와 나귀, 꾀죄죄한 일상과 범박한 시골 마을—〈내 친구〉의 화면은 '현대' 영화에서 추방된 모든 영상 이미지들을 갖고 있다. 그 이미지들이 제아무리 요술을 부린다 해도 그로부터 무슨 극적 감동이 나올 것 같지 않다.

서사 라인도 그러하다. 어느 날 학교에서 돌아와 숙제를 하려던 주인물 소년은 가방에 자기 공책 말고도 짝꿍의 공책이 들어 있는 걸 발견한다. 짝꿍은 그날 숙제를 공책 아닌 딴 종이에 해왔다가 선생님한테 호되게 꾸지람을 들었고 한번 더 그러면 퇴학시켜버리겠다는 선생님의 엄포를 들은 아이이다. 주인공 소년은 그 위기의 짝꿍을 생각하고 그의 공책을 되돌려주기 위해 그가 산다는 먼 마을까지 두 번씩 뛰어다닌다. 그러나 그는 공책을 전해주지 못한다. 친구의 집을 찾을 수 없었기 때문이다. 다음날, 그는 친구의 숙제까지 해들고 학교로 간다. 이것이 〈내 친구〉의 이야기 전부이다. 짝꿍의 위기(그것은 동시에 주인공 소년의 위기이기도 하다)라는 요소 외에는 이 이야기에 무슨 대단한 서사적 드라마가 있을 성싶지 않다. 유년을 그린 영화들이 항용 보여주는 아기자기하고 순진무구한 이야기도 이 영화에는 없다.

드라마는 딴 곳에 있다. 그것은, 아무리 줄여서 말해도, '이란에서 성장하기'의 벅찬 드라마이다. 아이들의 '성장'은 언제나 위기이며 그러므로 언제나 극적이다. 이란의 아이들은 어떻게 성장하는가? 아니, 이란에서 아이들이 자란다는 것은 대체 어떤 일이고 어떤 사건이며 어떤 경험인가? 영화 〈내 친구〉에서 작가 키아로스타미가 보여주는 것은 여덟 살짜리 소년 주인공 아마드의 유년기 어느 하루에 발생한 어떤 사건 '하나'가 아니라 자그마치 이란에서 성장하기라는 큰 사건의 '전모'이다. 작은 파편 속에 전체를 집약할 수 있는 것이 예술이고 예술의 꿈이다. 그것은 조그만 캡슐 안에 우주를 잡아넣는 일과도 같다. 짧고 범박한 단편적 에피소드 안에 성장의 큰 이야기를 담아내고 보여준다는 것은 보통 솜씨가 아니다. 이것이 영화 〈내 친구〉가 '예술'이 되는 모멘트이다.

〈내 친구〉가 보여주는 성장의 드라마는 단번에 포착되지는 않는다. 그 드라마를 드라마이게 하는 대립세력, 혹은 대조적 세력들이 그 영화 안에서 언어적 양식으로 분명하게 정의되고 있지 않기 때문이다. 〈내 친구〉는 철저한 '보여주기'의 영화이다. 이 영화는 말하지 않고 그냥 보여준다. 눈 가진 자는 스스로 보고 판단하라는 것이, 적어도 이 영화에서는, 키아로스타미의 요구이고 기법이다. 무엇을 보여주는가? 영화 속의 어른들은 아무도 소년 아마드의 위기에 귀기울이지 않고 그의 진실에 주목하지 않는다. 엄마, 할아버지, 문짝 장수 네마자데, 포쉬테 마을에서 만난 노인—이들은 지금 소년을 사로잡고 있는 급박한 위기를 보지 않고 들으려 하지 않는다. 그들은 그들의 세계, 그들의 질서, 그들의 관심사에만 묶여 있다. 그들은 자기네 얘기만 한다. 그 세계는 아마드의 세계와는 별개 궤도를 돌고 있고 소년에게는 철저히, 무관심하게 닫혀 있다.

이 닫혀 있음은 '마비'의 일종이다. 그러므로 눈 가진 사람이라면 키아로스타미가 보여주는 이란 시골의 이 특수한 마비를 보지 않으려야 않을 수 없고, 동시에 이란에서 성장한다는 것이 어떤 사건인가를 스스로 경험하지 않을 수 없게 된다. 그것은 적어도 어떤 고집 센 마비의 형식 속에 던져진, 그리고 그 속에서 진행되어야 하는 어렵고 힘든 성장이다. 문짝 장수 네마자데와의 에피소드를 상기해보라. 아마드는 자기 짝꿍과 이름이 같은 그 문짝 장수가 어쩌면 짝꿍의 아버지일지 모른다고 생각하고 그 사실을 확인해보려 한다. 그러나 문짝 장수는 "아저씨가 네마자데 씨예요?"라고 몇 번씩 묻는 아마드에게 귀도 기울이지 않는다. 이 닫힌 귀 때문에, 소년은 그 문짝 장수가 탄 나귀를 따라 또 한번 포쉬테 마을까지 달려간다. 결과는 또 허탕이다. 이 대목에서 관객이 답답해지는 것은 그 허탕 치기가 순전히 소통의 단절에서 온 불필요한 소모이기 때문이다.

이란에서 성장하기는 결국 이처럼 불필요한 소모와 좌절을 경험하는 일이기도 하다는 것을 작가는 아무 말 없이 그림으로 보여준다.

그러나 〈내 친구〉를 흥미로운 성장의 드라마가 되게 하는 것은 그것이 어른의 세계와 아이들의 세계 사이에 존재하는 마비와 단절의 형식을 보여준다는 사실 때문만은 아니다. 흥미로운 점은 아마드로 표현된 이란 소년의 신기할 정도로 차분한 모습이다. 그는 징징 울지 않고 대들거나 신경질 부리지도 않는다. 그는 마음이 급하면서도 어머니의 잔심부름을 하고 할아버지 담배를 찾으러 가고, 포쉬테 마을에서 만난 어떤 노인의 느린 발걸음과 엉뚱한 안내에도 전혀 안달하지 않고 투덜대지 않는다. 그는 초롱한 눈으로 자신의 진실을 응시할 뿐 화내지 않는다. 그는 이란의 어린 성자 같다. 말하자면 그는 자기를 둘러싼 마비의 여러 형식들과 더불어, 그것들과 함께, 안달하지 않고 자라가는 인내와 지혜를 터득하고 있다.

어쩌면 바로 이 점이 작가 키아로스타미의 진정한 메시지일지 모른다. "안달하지 말라, 이란에서 자란다는 건 바로 그런 지혜를 터득하는 일이야"라고 그는 말하고 있는 것 같다. 여기서 영화 〈내 친구〉는 마비만을 보여주는 것이 아니라 이란식의 지혜와 인내의 형식을 제시한다. 이란 시골의 '백치성'을 보여주는 듯한 어른들도 이 대목에 이르면 아주 다른 조명을 받게 된다. 그것은 단순한 백치성이라기보다는 소년을 지혜롭게 하는 어떤 힘이기 때문이다. 포쉬테 마을로 가는 언덕의 갈지자 길 모양(성급한 직선 진행의 거부)은 그런 지혜를 담아내는 인상적인 영상 효과를 내고 있다. 포쉬테의 노인이 아마드에게 꽃 한 송이를 주는 에피소드나, 다음날 학교 선생님이 짝궁 네마자데에게 "숙제 잘했군"(물론 그 숙제는 아마드가 한 것이다)이라며 칭찬해주는 장면 역시 소년의 지혜 터득에 주어지는 보상 같아 보인다. 이란의 소년은 그렇게 성장한다.

유년의 뜰에는 아름다움만 있는 것이 아니다. 거기에는 좌절도 있고 절망도 있다. 그리고 그 대부분의 좌절, 어려움, 절망의 경험은 아이들에 대한 외부 세계의 마비에 연유한다. 그 점에서 〈내 친구〉가 보여주는 이란 시골의 마비는 그리 '특수한' 것이 아닐지 모른다. 그런 마비는 아이들을 둘러싼 세계 어디에나 있을 수 있기 때문이다. 그러나 좌절하면서도 화내지 않고 울지 않는 것이 이란에서의 아이 자라는 법이라는 함축은 적어도 매우 이란적이다. 키아로스타미를 특별히 '이란의 영화작가'이게 하는 것은 바로 그 메시지의 암시 때문이 아닐까 싶다. 그의 집은 이란에 있다.

씨네21 1996. 8. 27

무엇이 사랑을 좌절시키는가
—발칸의 증오에 대한 영화적 해법

동유럽 사회주의가 붕괴할 무렵 서방권이 기대했던 것은 사회주의 체제에 묶여 있던 나라들이 제각각 독립하거나 체제를 전환함으로써 서구형 '민주주의' 국가로 재탄생하리라는 것이었다. 그러나 구 유고슬라비아 연방이 여섯 개의 민족 단위 공화국으로 와해되면서 시작된 발칸반도의 갈등과 분규는 서방권의 그런 기대를 처참하게 배반하고 있다. 세르비아공화국의 패권 추구에서 발단한 발칸의 소동은 지금 '탈진의 시간'을 기다리는 것 외에는 갈등 해소의 어떤 묘수도 없어 보일 정도로 절망적이다. 나토 동맹국들이 유엔 깃발 아래 청색 철모를 쓴 평화군을 파견해놓고 있지만 평화 유지군의 임무는 갈등 당사자들이 화평하기로 동의하고 모종의 평화안이 마련되었을 때에나 유효한 것이지 지금처럼 '유지할 평화'가 없는 상황에서는 아무 쓸모가 없다. 지키고 감시할 평화가 없는 곳에 평화 유지군을 내보낸다는 접근법 자체가 처음부터 잘못된 것이다.

발칸의 위기와 참상에 대한 영화의 해법—아니, 해법까지는 아니더라도 최소한 문제 제시법은 어떤 것인가. 영화 〈비포 더 레인Before the Rain〉을 보러 가는 사람들에게 이 질문은 의미 있다. 이 영화가 단순한 주말 오락물이 아니라는 사전 정보를 입수하고서도 그걸 보기로 결정하는 관객은 이미 그 결정의 수준 덕분에 한국 영화 관객의 '최상층'에 속한다고 자부할 만한 사람들이다. 그러므로 그들에게는 다소 다른 성질의 갈증과 궁금증이 있을 수 있다. 지금 발칸에서는 어떤 일이 벌어지고 있는가, 갈등의 뿌리는 무엇인가, 민족주의란 과연 재앙인가, 어떤 민족주의? 발칸의 현실을 무대로 한 영화라면 감독은 어떤 갈등을 어떻게 조직하고 어떤 영상을 제시하는가? 이것은 정치적 영화인가? 메시지는?

메시지를 잡아내는 일은 영화 읽어내기에서 가장 손쉬운 부분이다. 이를테면 〈비포 더 레인〉에서 한 의사는 "전쟁은 바이러스 같은 거야"라고 말하는데 이 발언은 폭력, 광기, 증오가 높은 감염성을 갖고 있고 그래서 지금 발칸(이 영화의 무대는 마케도니아)에서는 모든 사람이 그 바이러스에 감염되어 있다는 사실의 지적임과 동시에 폭력과 광기가 지니는 신비로운 매력에 대한 통찰로도 읽힐 수 있다는 점에서 다분히 작가적 메시지이다. '폭력 바이러스'의 매혹은 폭력이 갈 데까지 갔을 때에만 소진된다. 그렇다면 그것은 탈진의 해법에 대한 암시인가? 이웃 사람 모두가 증오와 광기의 바이러스에 걸려 있을 때에는 그 바이러스에 감염되는 것이 공동체 구성원의 신성한 의무 같은 것이 된다. 그 의무를 이탈하는 것은 공동체 바깥에 서려는 '이디오테스idiotes'(마을 공동체 바깥으로 떠도는 외톨이)적 행위이고 그 이디오테스에게는 추방과 죽음만이 있다.

그러므로 〈비포 더 레인〉에서 작가적 메시지가 가장 강하게 전달되는 것은 주요 등장인물 두 사람의 죽음의 방식에서다. 이 영화에는 모두 여섯 개의 죽음이 등장하지만(그중 하나는 고양이의 처참한 죽음) 메시지의 차원에서 중요한 것은 알바니아계 무슬림 소녀 자미라의 죽음과 2, 3부 주인물인 사진

작가 알렉산더 키르코프의 죽음이다. 두 사람은 "우리 편이 아닌 자는 목을 따야 한다"와 "타자는 용납할 수 없다"라는 소속 공동체의 증오의 규율로부터 벗어나는 순간 죽음을 맞는다. 그리스정교 수도원에 피신했다가 젊은 수사 키릴의 '침묵' 덕분에 살아난 자미라는 종족, 종교, 언어가 다른 키릴 수사를 사랑하게 되고 그를 따라가려다가 동족의 총에 사살된다.

이 사건에 앞서(이 영화의 사건 제시 순서는 c/a/b의 환구조로 되어 있다) 자미라를 수도원에 피신할 수 있게 도와준 것은 런던에서 마케도니아의 고향 마을로 돌아와 있던 사진작가 알렉산더다. 알렉산더는 자신의 사촌 보얀을 죽인 자미라(보얀은 자미라를 욕보였다가 앙갚음을 당한 것으로 되어 있다)가 어린 시절 그의 애인이었던 알바니아계 여자 한나 할릴리의 딸이라는 것을 알고 그녀를 구해내어 도망가게 한다. 공동체 규율로부터의 이 이탈행위 과정에서 알렉산더도 동족의 총에 맞아 죽는다. 이렇게 해서 자미라와 알렉산더의 죽음은 모두 동족의 손에 의한 죽음이라는 기묘한 공통성을 갖게 된다. 작가의 숨겨진 메시지가 드러나는 것은 이 부분에서다. 관객이 놓치려야 놓칠 수 없는 그 메시지는 이런 것이다—"타자를 증오하는 것은 곧 자기를 증오하는 일이며, 타자를 죽이는 것은 곧 자기를 죽이는 일이다."

이 영화에 나오는 사랑에 관한 세 개의 모티프도 민족주의적 편견의 허구성과 무의미성이라는 전체적 메시지와 무관하지 않다. 키릴과 자미라의 사랑, 알렉산더와 영국 여자 앤의 사랑, 알렉산더와 한나의 옛사랑의 추억이라는 세 모티프는 모두 다른 인종적 배경을 가진 인물들끼리의 사랑이다. 이 세 개의 짝은 그 어느 것도 완성되지 않는다. 그러므로 사랑의 좌절 그 자체를 제시하고 관객으로 하여금 그 좌절로부터 발생하는 불만을 경험하게 하려는 것이 이 영화의 계산법 같아 보인다. 최소한 그 불만은 "무엇이 이들의 사랑을 좌절시키는가?"라는 질문을 던지게 하기 때문이다. 그리고 그 질문에 대한 대답을 영화는 보여주고 있다. 키릴-자미라의 사랑은 민족적 인종적 차이에서 증오의 근거를 찾는 편견 때문에 좌절되고, 알렉산더-앤의 사랑은 고향 마케도니아로 돌아가 사진 찍기 이외의 어떤 '행동' 속에 스스로를 던져넣어야 한다는 알렉산더의 내부 명령("분명히 어느 한쪽에 서라"는 이 명령은 사진 때문에 어떤 포로를 죽음으로 몰아넣은 적이 있는 알렉산더 자신의 죄의식과 결부되어 있다) 때문에 좌절되고, 알렉산더-한나의 경우는 종족 반목 때문에 옛사랑의 추억조차도 금지된다. "어느 한쪽에 서라Take sides"(영화 자막은 이 대사를 엉뚱하게 "협상하라"로 오역하고 있다)는 알렉산더의 내부 명령은 인종적 편들기가 아니라 '편견과 증오를 뛰어넘는 인간의 편에 서기'를 의미한다. 그가 사진작가로서의 삶을 포기하고 고향으로 돌아오는 것은 그때까지 언제나 남의 현실처럼 옆에서 사진만 찍어온 그가 사진을 버리고 현실로 뛰어드는 행위이다. 그는 죽어서 그 현실의 일부, 그가 찍어온 사진 속의 주검이 된다.

그런데 편견도 증오도 없이 인간의 편에 선다는 알렉산더의 선택이 어째서 그토록 공허해 보이는가. 관객이 '비 오기 전'의 날씨 같은 음산하고 후덥지근한 중압감에 사로잡히는 것은 알렉산더의 해법이 당장 아무것도 해결하지 못하는 무의미한 희생처럼 보이기 때문이다. 그는 죽고, 그의 죽음과 함께 모든 증오를 녹이려는 상징처럼 비가 내리지만, 그가 죽으면서까지 살려낸 자미라의 죽음은 비의 상징까지도 무의미하게 한다. 하지만 알렉산더의 선택을 공허하고 황당한 것으로 느끼게 하는 더 중요한 이유는 다른 데 있다. 그의 죽음을 몰고 오는 직접적 사단은 '자미라의 살인'인데, 이 사건은 영화에서 사실상 생략 처리되고 있을 뿐 아니라 사건 암시도 서사 논리의 가장 초보적인 요청조차 만족시키지 못하는 황당한 얼개 위에 얹혀 있다. 나이 어린 무슬림 소녀가 무엇 때문에 그리스계 마을에 와 있는가, 두 마을의 반목 관계를 잘 알 만한 그녀가 결과도 생각지 않고 적대적 마을에서 혼자 힘으로 덩치 큰 남자를 '살해'한다는 것은 도대체 있을 법한 일인가, 왜 그녀는 자기 마을로 도망치지 않고 수도원으로 달아나는가?

현대 영화에서 이 종류의 질문들은 사실상 금기가 되어 있다. 서사적 논리나 개연성에 대한 요구를 과감히 무시하는 것은 최근 영화의 추세다. 그러나 그 결과는 서사 형식으로서의 영화에 막대한 빈곤을 초래하고 감동과 설득력을 제거한다. 〈비포 더 레인〉에서 알렉산더의 희생적 죽음이 결국 아무 감동도 주지 못하는 것은 그 때문이다. 설득력 없는 사건 위에 갈등의 얼개를 짠다는 것은 갈등 자체를 표피화하고 아름다운 그림의 제시와 사건의 억지 전개를 위해 서사 논리의 합리성을 파괴하는 행위이며, 이 파괴는 이미 그 자체로 '폭력'에 해당한다. 이 영화의 정교한 서사구조가 그 정교성에도 불구하고 잉여 재치 이상의 설득력을 얻지 못하는 까닭은 거기 있다. '합리적 설명이 불가능한 발칸의 비이성적 민족주의 광기'를 보여주기 위해 만들어진 이 영화가 그 스스로는 합리적 설명력을 파괴하는 방식을 선택하고, 그렇게 해서 폭력과 공범 관계를 형성하는 것이다. 말하자면 이 영화는 오염되어 있다. 폭력까지도 아름다운 그림으로 제시하는 영상 처리 때문에만 폭력에 오염된 것이 아니라 서사적 논리를 파괴한다는 점에서 스스로 폭력에 매혹되고 있는 것이다.

이 영화 제작/출연진의 다인종적 구성과 다언어적 대사는 감독 또는 제작진이 민족주의적 편견의 극복을 위해 배려한 또 하나의 공식 같아 보인다. 감독에서부터 주요 배역에 이르기까지 이 영화에는 크로아티아인, 마케도니아인, 영국인, 프랑스인, 알바니아인들이 출연하고 언어도 세 가지가 사용된다(그러나 제목은 영어로 되어 있다). 이 잡종성과 혼합성의 공식은 말할 것도 없이 민족주의적 동질성, 정체성, 고유성에의 집착이 증오, 분규, 갈등을 일으킨다는 최근 서구의 인식을 담고 있다. 그러나 잡종성/혼합성이 모든 경우에 대안이 되고 문제의 해법이 되는 것은 아니다. 더 중요한 것은 갈등의 진정한 뿌리가 어디에 있는가를 찾고 그 뿌리를 제거하는 일이다. 물론 이 영화는 그 작업을 하고 있지도 않고 그런 작업을 위해 만들어진 것도 아니다.

씨네21 1995. 6. 27

폴 뉴먼을 추억하기?

—할리우드 영화의 재탕 공식

사람들은 함부로 추억을 만나지 않는다. 액션 영화를 보러 가는 사람이 그 종류의 영화를 보는 데 필요한 마음의 절차를 준비하듯이, 회상이나 추억을 소재로 한 영화를 보러 가는 사람도 추억을 만나는 데 필요한 의전 절차를 준비한다. 액션물의 관객과는 달리 그는 자신의 이두박근이나 주먹의 둘레 같은 것에 신경쓰지 않는다. 그는 화면 스피드에 적응하기 위해 미리 심장박동을 조절할 일도 없고, 옆자리 애인의 손을 잡을 때는 얼마만큼의 악력을 넣어야 화면 속의 주인공처럼 단호하고도 결의에 찬 메시지("나도 너를 지키기 위해 신명을 바치리라")를 전달할 수 있을 것인가 같은 전략적 문제에 신경쓸 필요도 없다. 객석에 앉는 순간 추억물 관객의 마음은 이미 절반쯤 푸르스름한 달빛에 젖는다. 추억은 달빛의 장르다. 이미 긴 한 세월을 살아보고 인생이 뭔지 아는 사람처럼, 삶은 승리만이 아니라 패배이기도 하다는 사실을 터득한 사람처럼, 그의 호흡은 잔잔하고 눈빛은 촉촉하다. 그는 그 자신 추억의 갈피들을 찾아 겨울 눈 덮인 유년의 고향으로, 혹은 젊은 날의 버벅거리던 일기장 속으로 회항할 준비를 갖춘다.

서울에 온 미국 영화 〈노스바스의 추억〉을 보러 가는 사람은 그러나 이 방식의 프로토콜을 준비할 필요가 없다. 제목 속의 '추억'이라는 말에 관계없이 이 영화는 그 누구의 추억도 아니기 때문이다. 광고 팸플릿에는 추억물에 어울리는 장신구들, 이를테면 소도시('대도시'는 좀체 추억의 세팅이 아니다), 눈 내리는 겨울 풍경, 검정개(눈 풍경에는 단연 검정개가 어울린다), 회상의 연배에 있는 노배우들 등이 제시되어 있지만, 이 전시용 영상 기호들은 제목의 '추억'처럼 추억과는 아무 관계도 없다. 주인물의 과거 이야기가 끼어들고 있음에도 불구하고 이 영화는 회상의 과거시제 위에 짜여지는 것이 아니라 등장인물 모두의 현재시제 위에 얹혀 있다. 영화를 보기 전에는 원제목 "Nobody's Fool"이 어째서 요술처럼 〈노스바스의 추억〉으로 둔갑했는지 알 길이 없다.

'노스바스'는 영화 속 가상의 소도시 노스 바스North Bath를 붙여 쓴 것이고, 영화 서사는 이 소도시에 살고 있는 흥미로운 두 남자의 장난 같은 '대결'을 골간으로 하고 있다. 60세 나이에 막일을 하면서 혼자 사는 도널드 '설리' 설리번(폴 뉴먼)과, 직원이라곤 여비서 하나뿐인 건축회사 사장 칼 로벅(브루스 윌리스)이 그 대결의 주인공들이다. 설리는 칼의 하청 일을 하다가 무릎을 다쳤다는 이유로 계속 승산 없는 손배소를 벌이고(갈등의 표면적 사유), 밤이면 둘은 동네 술집 노름판에서 포커로 대결한다. 대결 모티프의 또다른 형식은 '훔치기'이다. 설리는 마을 사람들의 집 마당에 쌓인 눈을 치워주느라 칼의 제설기를 계속 훔치고 그가 훔친 제설기를 칼이 다시 훔친다. 칼의 젊은 아내 토비(멜라니 그리피스)도 두 남자에게 훔치기 대상이다. 설리는 자기가 마음만 먹으면 토비를 유혹('훔치기'의 일종)할 수 있다고 은근히 암시하고, 칼은 여비서와 놀아나면서도 아내 토비가 '60 노땅' 설리에게 관심을 가질 이유가 없다고 자신만만해한다. 그러나 설리에게서 '남자 중의 남자'를 발견하면서 내심 이끌리고 있던 토비는 어느 날 두 남자의 포커판에 비행기표 두 장을 들고 나타나 설리더러 함께 하와이로 가자고 말한다. 대결의 최종 승리는 늙은 설리에게로 돌아간다.

이 영화가 미국식 대중 영상물치고는 매우 드물게 '늙은이 승자'의 공식을 쓰고 있다고 판단하는 관객이 있다면 그는 잘못 본 것이다. 영화의 진짜 주인공은 작중 인물 설리가 아니라 배우 폴 뉴먼이다. 뉴먼의 실제 나이는 작중 인물 설리보다도 열 살이나 더 많은 70세지만, 〈노스바스의 추억〉이 보여주려는 뉴먼은 늙은 뉴먼이 아니라 미국 영화 대중의 머릿속에 살아 있는 '젊고 영리한 뉴먼'이다. 그러므로 영화 속의 뉴먼은 늙은이로 행동하지 않는다. 그는 십대의 일탈 청소년처럼 인도 위로 트럭을 몰고 경찰을 때려눕히고 수면제로 사냥개를 잠재우고 젊은 여자를 유혹한다. 이 뉴먼은 왕년 미국 관객을 사로잡았던 〈허슬러〉의 뉴먼, 〈부치 캐시디와 선댄스 키드〉(국내 상영 제목은 〈내일을 향해 쏴라〉)의 뉴먼이다. 이 영화는 회상과 추억과 반추로 삶에 깊이를 부여해보는 노년의 한 인물을 보여주기 위해 만들어진 것이 아니라 젊은 뉴먼의 이미지를 '재탕'하기 위해 만들어진 것이다.

이 재탕이 미국 대중영화가 만들어지는 한 공식이다. 재탕의 공식은 과거의 대중적 성공작이 사용했던 서사 얼개, 갈등구조, 심지어 대사까지도 거의 그대로 반복한다. 〈노스바스의 추억〉은 뉴먼이 출연했던 작품들 중에서도 특히 〈부치 캐시디와 선댄스 키드〉의 얼개를 재탕한다. 설리는 부치 캐시디(폴 뉴먼)의 변형 재탕이고 칼은 선댄스 키드(로버트 레드퍼드)의 수정판이다. 둘 사이에 여자가 끼어 있는 관계구조도 유사하다. 기억력 좋은 관객이라면 부치 캐시디와 선댄스 키드 사이의 다음 대사 한 토막을 기억할 것이다.

선댄스 키드: 자네 거기서 뭘 하고 있나?
부치 캐시디: 네 여자를 훔치고 있는 중이야.
선댄스 키드: 응, 자네 가져.

〈노스바스의 추억〉에서 이 대사는 인물만 바뀌어 거의 그대로 재탕된다. 밤중에 칼의 제설기를 훔치러 간 설리와 칼의 아내 토비 사이의 대화가 그것이다.

토비: 거기서 뭘 하세요? 나 총으로 쏠 수도 있다구요.
설리: 당신네 제설기를 훔치는 중이지.
토비: 훔쳐가세요.
설리: 벌써 훔쳤어.

이 재탕에서 빼놓을 수 없는 것은 기성 관습에 반항적이면서도 결코 '바보일 수 없는' 영리한 영화적 인물 유형으로 미국 영상 시장의 기념비에 인각되어 있는 폴 뉴먼의 이미지다. 미국의 대중 영상 시장에는 이런 인물 이미지의 주기적 공급이 필요하고 〈노스바스의 추억〉이 제공하는 것은 정확히 그 이미지로서의 폴 뉴먼이다. 노스바스의 사람들에게 설리는 잘 봐주어야 괴짜이고 대개는 지지리도 운 없는 인생 실패자로 비친다. 칼을 상대로 한 송사에서 그는 번번이 패소하고, 경마권은 열심히 사지만 한 번도 이겨본 적이 없다. 그의 옛날 집은 세금을 못 내어 차압당한 상태이고 겨울철 일거리는 없고 그곳에 다니러 온 그의 아들은 아버지가 왜 집을 버리고 나갔는지 이해할 수가 없다. 그러나 영화가 막판에 이를 때쯤이면 이 실패자는 더이상 노스바스의 동네 바보가 아니다. 그는 남자다운 남자이자 승자로 부상한다. 그를 쫓아내려던 하숙집 주인 아들은 오히려 자살하고, 경마권 당첨으로 졸지에 거금이 굴러들고 ("와우" 하고 그는 스스로 경탄한다) 젊은 여자는 기적처럼 사랑을 고백한다. 그는 누가 뭐래도 똑똑한 사람, 패배를 모르는 미국적 인물, '바보가 아닌 자'이다. 그는 영화 원제목이 지시하는 문자 그대로의 주인공, 곧 "Nobody's Fool"(이건 "아무도 바보가 아니다"란 뜻이 아니다)이다.

미국 영화가 이 유형의 인물을 부단히 공급하는 것은 그것이 미국적 대중문화의 상상력을 매혹하는 '문화 영웅'의 하나이기 때문이다. 그 유형은 19세기 대중작가 제임스 페니모어 쿠퍼의 '내티 범포Natty Bumppo' 시리즈 이후, 혹은 월트 휘트먼 이후 지금까지 연면히 살아 있는 미국인의 자기 이미지이자 신화다. 낙천성, 독립성, 평등주의, 유럽적 전통/관습에 대한 반항 등을 미국인의 네 가지 특징으로 일찍 규정했던 것은 휘트먼이다. 이 고전적 규정은 지금도 유효하다. 〈노스바스의 추억〉에서 설리는 이 모든 자질들을 과시한다. 그는 낙천적이며, 옛집 세금을 대신 내준 하숙집 주인(제시카 탠디)에게 "그거 주제넘은 짓 아닌가"라며 따진 다음, 그러나 '용서'하겠노라 말한다. 그를 제외한 진짜 동네 바보 러브가 그의 '가장 친한 친구'이다. 과거와의 결별이라는 모티프는 설리의 경우 관습의 구속으로부터 벗어나 제멋대로 산다는 형태로 나타난다. 이 인물 유형의 신화가 현대 미국인의 삶의 현실과 맞는가 어떤가는 중요하지 않다. 대중은 신화를 필요로 하고 그 신화를 공급하는 것은 미국적 대중영화의 중요한 사회적 기능이기 때문이다. 〈노스바스의 추억〉은 제시카 탠디에게 바쳐진 영화가 아니라 폴 뉴먼의 신화, 아니 미국인의 신화에 바쳐진 영화이다. 어쩌면 그 신화가 미국인의 현재를 붙들어 매주는 '추억'일지 모른다. 의자에 앉은 채로 잠드는 설리(이 영화는 누워 있는 설리를 한 번도 보여주지 않는다)를 보며 현대 미국 관객은 그를 지탱하는 추억의 신화 속에 편안히 잠들 수 있다. 그렇다면 〈노스바스의 추억〉이라는 서울판 제목은 미국에 역수출할 만한, 기막히게도 잘 뽑은 제목이 아닌가.

씨네21 1995. 5. 2

영화 〈매트릭스〉 소동

영화 〈매트릭스 2—리로디드The Matrix Reloaded〉가 나오면서 그 전편인 〈매트릭스〉에 대한 이야기들이 다시 뜨고 있다. 벌써 여러 해 전, 〈매트릭스〉가 한국에 들어왔을 때 나는 문화연구를 한다는 젊은이들과 어울려 그 영화를 보러 갔었는데, 지금 기억나는 것은 영화 그 자체보다는 영화를 보고 난 다음의 몇몇 장면들이다.

장면 1. 젊은 관람자들은 〈매트릭스〉에 대해 대체로 호의적인 반응들이었는데, 그중에서도 가장 선명하게 생각나는 것은 A군이 발표한 열렬한 찬사이다. "놀랍다. 포스트모더니즘에서부터 노자까지 다 들어 있네. 저들은 동양철학을 저렇게 써먹을 줄 아는데 정작 동양 감독들은 뭐하는 거야?" 이 예찬에 대한 B군의 반응—"오, 포스트모더니즘에다 노자까지 있었어?" 이 대목에서부터 그날 저녁 자리는 A군이 말한 그 "다 들어 있네"에서 정말로 뭐가 다 들어 있는 것인지를 따지는 일로 후끈달아오른다. 나중에 안 일이지만, 〈매트릭스〉는 아닌 게 아니라 그 무렵 한참 사람들 입에 오르내리던 장 보드리야르의 포스트모더니즘 관련 저술 『시뮬라크르와 시뮬라시옹Simulacra and Simulation』의 한 장章을 펴 보이는 것으로 시작되지만 서울 개봉관에 오른 〈매트릭스〉에서는 이 부분이 잘려나가버려 그런 장면이 있었는지 없었는지 지금도 한국 관객들은 모르고 있다.

장면 2. 그날, 내가 입 다물고 있었더라면 연출되지 않았을 대목 하나. 젊은 사람들은 "교수님 생각은?" 하고 묻는 버릇이 있다. 그날도 누군가가 내게 그렇게 물어온 것이다. 그냥 의례적인 질문이었을 수도 있고, 정말 내 의견이 궁금해서 나온 질문이었을 수도 있다. 자기들 견해를 '선생'은 어떻게 생각하는지 궁금했을 수도 있다. 그런데 그날의 내 답변은 그지없이 무례하고 데퉁맞은 것이어서 지금도 미안한 마음을 금할 수가 없다. "내 생각? 난 말야, 이런 영화가 바로 '할리우드의 똥'이라고 생각하네." 이 느닷없는 논평과 함께 좌중은, 한참 떠들다가 갑자기 기절한 사람처럼, 적어도 30초 동안 깊은 침묵 속으로 빠진다.

'할리우드의 똥'이라는 말은 내가 가르친 학생들 사이에서는 낯설지 않은 표현이다. 그것은 미국 영화들에 대한 나의 가장 부정적인 평가를 요약하는 말임을 그들은 알기 때문이다. 그러나 모두 열나게 〈매트릭스〉 예찬론을 펼치고 있는 자리에서 누군가가 그런 부정적인 평가를 내렸다는 것은 '김새는' 일이었으리라. 나의 논평에 "충격받았다"고 말한 사람도 있었다는 이야기를 나는 나중에 듣게 된다. 부드럽게, 찬찬히, 절차를 지키면서 말해도 될 것을 그처럼 둔탁하게 내뱉다니. 내가 아직도 미안하게 생각하는 것은 바로 그 점이다. 그러나 나는 〈매트릭스〉를 할리우드의 똥이라고 말한 나의 그 원초적 판단 자체는 지금도 회수할 생각이 없다.

이 지면은 영화평을 하는 자리가 아니므로 내가 왜 〈매트릭스〉를 그렇게 메다꽂는지 자세히 논할 겨를이 없다. 조금만 말하자. 〈매트릭스〉는 미국 오락영화의 제작 공식과 문법에 아주 충실한, 말하자면 기술과 오락의 탁월한 결합이다. '기술'은 특수촬영 기법만을 의미하지 않는다. 이질 요소들의 조합과 혼합도 기술이라면 기술이다. 디즈니 영화의 '괴물'처럼, 그 영화는 세계의 여러 다른 문화와 종교, 장르 들로부터 따온 상징들을 갈등 없이 혼합하는 전형적인 얼치기 기법을 자랑한다. 트리니티, 시온, 네부카드네자르 같은 명칭들은 기독교, 이스라엘, 아랍을, 선택과 재탄생과 복제의 모티프들은 자유의지, 에덴, 정신분석, 포스트모더니즘, 사이버네틱스의 얼치기 조합을 달성한다. 생물학의 이미지와 상징, 동양 의술과 무술, 이집트 신화(죽은 니오를 키스로 살려내는 트리니티는 이시스의 이미지 그대로다), 불교적 기호, 집시와 신비주의의 상징들도 등장한다. 가장 보수적이고 반동적인 것은 한 사람의 남성 구세주 The One가 시스템(매트릭스)을 격파하고 '틀린 세계'로부터 인간을 구원한다는 낡아빠진 서사 얼개이다.

나는 왜 이 문화칼럼에 이런 이야기를 쓰고 있는가? 내 생각을 세상에 말하고 싶어서다. 내가 생각하는 것은 할리우드의 똥들이 심오성을 가장하면서 사람들의 감성을 마비시키고, 자유무역의 논리로 세계 문화 시장을 지배하는 사태에 대한 비판적 개입의 필요성이다. 〈매트릭스〉 같은 영화로 세계 약소 문화권들을 초토화시키는 영화 자본이 바로 우리가 비판하고 거부해야 할 '시스템'이다. 이는 스크린쿼터가 다시 문제되고 있는 이 시점에 우리가 생각해볼 문제가 아닌가?

경향신문 2003. 6. 18

백인 시선의 자기도취
—디즈니 애니메이션 〈포카혼타스〉

월트 디즈니사의 애니메이션 〈포카혼타스Pocahontas〉에 주인물로 나오는 백인 선장 존 스미스(1580?~1631)와 인디언 처녀 포카혼타스는 식민 초기 미국의 실존 인물들이다. 스미스는 1606년 런던 컴퍼니의 상선을 타고 신대륙 제임스타운에 온 뒤 인디언들과 거래를 튼 상인이고 버지니아 탐험가이며 제임스타운 정착민 지도자였던 사람이다. 그는 식민지 개척 경험을 토대로 여러 저작을 남겼는데 『버지니아 탐험지도A Map of Virginia』도 그가 만든 것이다. 그를 대중적으로 유명하게 한 것은 인디언 처녀 포카혼타스(1595?~1617)와의 전설적 인연이다. 그가 한때 포와탄 부족의 포로로 잡혀 죽게 되었을 때 추장의 딸 포카혼타스가 나서서 구해주었다는 것이 그 인연이다. 이 사건은 그 사실성이 확립된 적이 없어 '전설적'이지만 역사가들은 "그랬을 수도 있다"고 대체로 그 개연성을 인정한다.

워싱턴 소재의 미 국립 스미스소니언 자연사박물관에는 몇 년 전까지도 그 스미스 선장의 거래를 주제로 한 대형 그림 한 폭이 전시되어 있었다. 그림 속의 스미스는 화려한 복장의 선장 차림으로 무리를 이끌고 제임스 강변에서 인디언들과 상거래를 하고 있다. 인디언 대표는 오른팔을 들어 손가락으로 거래 조건을 제시하는 중이고 스미스는 두 팔을 내린 채 그 조건을 수락하는 듯한 포즈다. 인디언 대표의 자세는 경직성 그 자체다. 직각 구도의 오른팔, 원칙론자처럼 꼿꼿이 쳐든 고개, 비스듬히 그러나 막대처럼 내려 뻗은 그의 왼팔 등은 거래 조건을 무조건 수락하든가 아니면 파탄을 각오하라는 듯한 최후통첩의 자세다. 반면 이 인디언을 대하는 스미스 선장의 포즈는 훨씬 부드럽다. 그의 자세는 모든 직선과 직각을 무너뜨리고 있다. 사려 깊은 사람처럼 약간 아래로 떨군 그의 머리, 앞으로 내민 오른쪽 다리, 유연한 오른팔 등은 협상을 위한 모든 준비가 되어 있는 자의 여유 있는 모습이다. 그의 왼손은 신약 「마태복음」의 '산상설교' 그림에 나오는 예수의 왼손과 비슷하다.

식민 초기 백인과 인디언 사이의 어떤 '관계 양상'을 시각화하고 있는 이 그림에서 가장 흥미로운 부분은 그림 중앙부에 묘사된 인디언 여자 두 명의 모습, 더 정확히 말하면 그 여자들의 '시선'이다. 보트에 앉은 두 여자는 모두 젖가슴을 드러낸 채 똑같이 스미스 선장을 쳐다보고 있는데 그 눈길은 누가 보아도 매혹된 자의 시선, 백인에게 홀딱 반해버린 토인 여자의 시선이다. 이 동경의 시선을 보고 있자면 거래는 이미 끝난 거나 다름없다. 스미스 선장의 왼손은 마치 야만 인종을 암흑에서 건져올리려는 구원자의 손처럼 인디언 여자 쪽으로 향해 있고 여자들은 백인이 불러주기만 하면 달려가 안길 듯한 표정들이다. 그러나 그 표정, 그 선망의 시선은 사실은 인디언의 것이 아니라 인디언에게 전이된 백인 자신의 시선이라는 것을 지적하는 데는 무슨 대단한 비판적 안목이 필요치 않다. 그것은 백인이 스스로 원하는 시선, 그가 보고 싶어하는 것을 거울처럼 되받아 반사하는 시선이다. 그러므로 그 그림의 진정한 제시 대상은 '백인의 자기 매혹' 그 자체이며 이 매혹의 제시 정치학은 가감 없이 순수 백인 이데올로기에 안내된 것이다.

스미스소니언 박물관 그림 속의 인디언 여자 하나가 영화 〈포카혼타스〉에서 포카혼타스로 되살아났다고 당장 말할 필요는 없다. 〈포카혼타스〉에서 일단 특기할 만한 부분은 백인 시선과 인디언 시선의 상호 매혹이다. 포카혼타스는 스미스에게 매혹되고 스미스는 포카혼타스에게 매혹된다. 두 사람을 이어주는 것은 운명과 발견이다. 포카혼타스가 부족의 용맹스러운 전사 코쿰의 청혼에 선뜻 응하지 못하는 것은 그녀가 꿈에 본 '빙빙 도는 화살'이 백인 청년 스미스의 모습으로 나타났기 때문이고 그와의 사랑이 '운명'으로 여겨졌기 때문이다. 백인 선장 스미스는 포카혼타스를 만나면서부터 그가 야만인으로 알고 있던 인디언이 야만 부족이 아니라는 '발견'에 도달한다. 인디언은 백인을 사랑할 운명을 점지받고, 백인은 백인 세계가 인정하지 않던 인디언을 '소중한 타자'로 발견한다. 아이들에게 이 영화를 보여주는 어른들은 시선의 상호 매혹이 지니는 이런 교육적 효과의 차원에 일단 머물러도 된다. 그 차원에서는 월트 디즈니사가 만드는 만화영화들의 재미와 교육 효과가 인정될 수 있기 때문이다.

그러나 〈포카혼타스〉의 공식으로 사용된 '시선의 상호 매혹'이 17세기의 것이 아니라 20세기 말의 것이라는 점에 주목하는 일은 어른 관객의 의무다. 17세기 백인들에게 인디언은 숲속의 야만이자 마녀의 죽통이나 진배없는 악의 세력이었고 그 야만은 교화 대상이거나 아니면 절멸 대상이었다. 미국 대중영화에서 '악당 인디언'이 사라지고 인디언 부족들에 대한 백인의 과거 죄과를 뉘우치는 이른바 '반성적 주제'의 인디언 소재 영화들이 등장한 것은 1960년대에 와서의 일이다. 〈포카혼타스〉가 물론 단순 반성물의 연장선에만 있는 것은 아니다. 이 영화에 제시되는 '운명과 발견'은 백인적인 것과 비백인적인 것 사이의 '협상'이 중요한 가치관이자 관용의 덕목으로 강조되기 시작한 20세기 말 미국의 사회문화적 요청에 부응한다. 말하자면 시선의 상호 매혹은 복합문화적 현실의 요구이고 그 산물이다. 예의 그 스미스소니언 박물관 그림이 최근 철거된 것도 이런 현실과 무관하지 않다.

시선의 상호 매혹이 현대적 협상의 결과라는 관점에서 본다면 역사상의 실존 인물들인 스미스 선장과 포카혼타스 사이에 실제로 로맨스가 있었는가, 그들의 전기적 사실에 왜곡은 없는가 따위의 질문은 전혀 중요하지 않다. 물론 역사 속의 포카혼타스가 스미스를 사랑했다는 증거는 없다. 제임스타운에서 기독교로 개종하고 '레베카'라는 세례명을 받은 그녀는 1614년 아버지의 허락을 얻어 존 스미스 아닌 존 롤프라는 정착 백인과 결혼한다. 1616년 그녀는 남편을 따라 영국에 갔다가 '공주' 대접을 받고 국왕 알현까지 하지만 다음해 귀향 뱃길에서 천연두에 걸려 사망한다. 롤프와의 사이에 난 아들 토머스는 영국에서 교육받고 후일 큰 부자가 된 것으로 전해진다. 하지만 이런 전기적 사실은 디즈니 애니메이션 〈포카혼타스〉를 만드는 데는 별 쓸모가 없다. 이 제작물에 필요한 포카혼타스는 백인 남자를 사랑할 운명을 점지받은 여자, 증오와 싸움보다는 평화를 가져오는 여자, 백인 남자에게 '바람의 색깔'을 말해주고 버드나무 할머니와 얘기하는 법을 가르쳐주는 여자, 너구리와 벌새를 친구로 가진 분방한 '장난꾸러기'이다. 이 포카혼타스는 그야말로 디즈니사의 현대적 '애니메이션'이다. 그녀는 17세기의 문맥을 지시하지 않고 지시할 필요도 없다.

어른 관객의 할 일은 그러나 여기서 끝나지 않는다. 그가 궁극적으로 주목해야 하는 것은 상호 매혹된 것처럼 보이는 백인/인디언의 두 시선 사이에 숨겨져 있는 백인 시선의 지배성이다. 이를테면 버드나무 할머니 윌로는 꿈 풀이를 위해 찾아온 포카혼타스에게 "너의 길은 네가 선택해야 한다"라고 일러준다. 이 충고는 17세기 인디언 포와탄 부족의 것이 아니라 백인 세계의 근대적 자유주의 철학이 던져온, 그리고 지금도 던지고 있는 자문이다. '자유와 번영'이라는 모토도 인디언의 것이 아니며 백인을 운명으로 생각하는 것도 인디언의 사고는 아니다. 떠나는 스미스 선장을 끌어안고 "언제나 당신과 함께 있을 거예요"라고 말하는 포카혼타스의 언어, 멀어져가는 상선을 배웅하며 백인의 되돌아옴을 염원하는 포카혼타스의 시선은 여전히 백인의 것이다. 마지막 배웅 장면은 한 폭의 역사화처럼 동결되면서 그 시선에 영원성을 부여한다. 스미스소니언 박물관 그림은 박물관을 나와 디즈니 애니메이션 속으로 들어간다. 그림은 철거된 것이 아니라 더 강력한 곳으로 자리를 옮긴다.

〈포카혼타스〉 같은 제작물을 보며 성장하는 세대가 어떤 사회적 주체를 구성할 것인가를 생각해보는 일도 이 종류의 영화를 아이들에게 보여주는 어른들의 사색거리다. 시각매체를 동원하는 대중 제작물의 제시 전략은 어느 경우에도 순수하지 않다. 물론 이는 문자매체의 경우에도 마찬가지다. 영화에는 그림과 소리, 언어가 함께 등장하기 때문에 제시 정치학의 이데올로기적 편향을 잡아내기가 비교적 쉬운 편이다. 그러나 아무 문자도 없는 그림의 경우 그 작업은 매양 손쉬운 것만은 아니다. 스미스소니언 박물관 그림과 〈포카혼타스〉를 구태여 연결해본 것은 다소 쉬운 읽기의 사례를 얻기 위한 것이다. 만화영화 보면서 즐기면 그만이지 이런 식의 분석이 무엇에 필요한가라는 질문은 충분히 의미 있다. 그러나 분석은 모든 경우 재미난 작업의 하나이며, 차세대 성원들의 성장방식에 관심을 가진 어른들에게 그것은 늘 재미 이상의 것이다.

씨네21 1995. 7. 11

늑대와 춤을?

—'구원' 주제의 천박한 영화들

현대인들에게는 이상한 향수가 하나 있다. 문명 세계를 떠나서는 단 한 순간을 살 수 없다는 걸 알면서도, 그리고 문명의 안락 가운데 어느 것 하나 포기할 생각이 없으면서도 그 문명이 어딘가 잘못되어 있고 이 잘못된 것 때문에 자신이 어떤 소중한 것들을 잃어버린 채 불완전한 삶을 살고 있다고 현대인은 생각한다. 그가 잃어버렸다고 느끼는 것에 대한 그리움, 그것이 현대인의 향수이다. 무엇을 잃어버렸는가? 아니, 잃어버렸다고 느끼는가? 그 상실의 목록에 맨 먼저 오르는 것은 문명과 오염의 대립항으로서의 자연과 순수성이다. 아닌 게 아니라 현대인은 별을 잃어버렸고 별을 바라보는 눈을 잃었다. 그는 꽃을 잃었고 꽃을 바라보는 눈을 잃었다. 그의 몸에는 맑은 물 흐르지 않고 눈에는 투명한 이슬 맺히지 않는다. 그의 숨결은 사흘 지난 종량제 쓰레기봉투 속의 가스처럼 혼탁하다. 그는 강과 호수를 잃었고 아침 나팔꽃의 영롱한 이슬, 갈대숲의 청량한 저녁 바람을 잃어버렸기 때문이다.

상실감은 현대인이 잃어버렸다고 생각하는 것에의 향수만을 불러일으키는 것이 아니라 그 잃어버린 것을 되찾아야 한다는 강한 회복 욕망을 촉발한다. 상실의 서사가 동시에, 그리고 반드시, 회복의 서사가 되는 이유는 이 때문이다. 잃어버린 것을 되찾지 않을 때 행복은 완전하지 않고 존재는 불안하다. 상실한 것의 회복은 그러므로 행복을 완성시킴과 동시에 불안으로부터 존재를 구원한다. 현대인의 상실감은 깊고, 깊기 때문에 그것이 일으키는 회복과 구원의 욕망 또한 강렬하다. 다수의 현대 영화들이 상실과 회복의 서사에 매달리고 구원의 주제를 다루는 이유는 거기 있다. 근년의 수입 외화들 가운데 〈늑대와 춤을Dances with Wolves〉이나 〈희생Le Sacrifice〉 〈넬Nell〉 같은 영화는 바로 그 상실과 향수, 회복과 구원의 주제를 다룬 대표적 작품들이다. 베트남전 실종 미군 병사를 찾아나서는 ‘용감한 람보’ 유의 영화까지도 근본적으로는 회복의 주제 범주에 든다. 미국이 잃어버린 것을 되찾지 않고서는 미국의 행복이 완전하지 않을 것이므로.

〈늑대와 춤을〉의 존 던바 중위는 사라져가는 서부를 보기 위해 외딴 초소 근무를 자원하고 거기서 ‘가장 아름다운 세계’를 발견한다. 거기 밤하늘의 별들은 쏟아지고 늑대는 순수하다. 백인 장교 던바가 인디언 수족의 일원으로 ‘귀화’하는 것도 그가 바로 그 인디언 부족에게서 ‘가장 사람다운 사람들의 삶’을 보기 때문이다. 그의 귀화는 동시에 자기 정체성 발견이기도 하다. “나는 존 던바가 아니다. 내 이름은 ‘늑대와 춤을’이다”라고 그는 자기를 심문하는 백인 장교에게 수족의 언어로 말한다. 던바 중위가 백인 문명의 외곽에서 비로소 자기를 회복하듯이 영화 〈넬〉의 두 남녀 의사는 야생의 처녀 넬을 통해 자기들의 ‘인간’을 회복하고 ‘사랑’을 발견한다. “동정을 받아야 할 것은 내가 아니라 당신들입니다”라고 넬은 이상한 ‘넬의 언어’로 문명인들에게 말한다. 그녀는 구원 대상이 아니라 구원자이다. 〈늑대와 춤을〉의 인디언 부족이 문명의 손에 구원(또는 절멸)되어야 할 존재가 아니라 문명 백인의 구원자이듯이.

〈늑대와 춤을〉과 〈넬〉이 현대 관객을 즐겁게 하는 것은 구원자/구원 대상의 이 뒤바뀐 위치이다. 문명의 담론구조가 갖고 있는 모든 위계서열들은 뒤바뀌고 전복된다. 구원자로서의 문명은 오히려 구원되어야 할 대상의 자리로 옮겨 앉고, 문명이 야만, 원시, 미개로 규정했던 것들은 순수한 구원의 중심부로 이동한다. 언어의 자리도 바뀐다. 백인의 문명 언어는 그가 알아듣지 못하는 이상한 언어들에 압도된다. 인간다운 삶의 공간도 도시와 문명권으로부터 자연 공간으로 이동한다. 현대 관객이 이 위치 이동과 위계서열의 전복에서 특별한 즐거움을 느낀다면 그것은 도착성 즐거움인가? 확실한 것은 바로 그 문명/자연의 자리바꿈이 현대 관객에게는 그가 상실했다고 생각하는 것의 회복과 그 자신의 구원을 경험하게 하는 '쾌감의 공식'이라는 점이다. 그것은 현대 관객에게 산타 영감의 선물처럼 안겨진다.

그 쾌감의 공식은 말할 것도 없이 역설적이고 아이러니하다. 현대인이 꾸미는 상실의 세목은 여러 가지일 수 있지만, 그 세목의 총합이 보여주는 것은 예외 없이 '잃어버린 낙원'이며 그 낙원에 대한 그리움이다. 현대인이 문명의 한복판에서 낙원의 실종을 경험한다는 것은 분명 아이러니다. 문명은 이미 그 자체로 행복의 보장이고 낙원의 약속이다. 그런데 그 문명이 오히려 낙원의 상실을 느끼게 한다면 낙원 건설의 약속은 어디로 갔는가? 진정한 낙원은 문명이 버리고 온 어떤 먼 과거에, 문명의 외곽에, 문명이 부정하는 원시 속에 있다면 문명은 무엇으로 정당화되는가? 문명의 거부와 부정을 통해서만 그 잃어버린 낙원을 되찾을 수 있다면 '지금 여기'까지 헐떡이며 달려온 문명의 수고는 어찌되는가?

독자는 그러나 이 종류의 질문에 시달리지 않아도 된다. 현대 관객에게 선사되는 그 뒤바뀜의 쾌감 공식은 정확히 문명 부정의 공식이 아니라 문명을 부정하지 않기 위한 공식, 문명으로부터 이탈하지 않기 위한 공식, 문명 속에서 행복을 완성하는 공식이기 때문이다. 문명 세계에 사는 현대인은 거대한 포기를 결심하지 않고서는 자신이 상실했다고 느끼는 것을 '현실적으로' 결코 되찾을 수 없고 문명 이전의 상태로 되돌아갈 수도 없다. 그는 그 회복 불가를, 과거로의 불가역성을, 잘 알고 있다. 그는 문명을 포기할 생각도 없다. 그러므로 그에게 필요한 것은 되찾을 수 없고 되돌아갈 수 없는 것에 대한 상징적 회복과 상징적 회귀의 의식, 다시 말해 상실감의 상징적 해소 공식이다. 이 공식은 현대 관객에게 아무 희생도(영화 관람료 외에는) 강요하지 않고 회복의 대상적 경험을 갖게 하며 현실에 안주할 수 있게 한다. 그것은 현대인으로 하여금 문명을 떠나지 않고도 문명의 불안과 불만을 견딜 수 있게 하고 문명의 기본 문법을 바꾸지 않고도 그 문명 속에서 여전히 잘살 수 있도록 그의 행복을 '완성'시킨다.

이것이 〈늑대와 춤을〉이나 〈넬〉 같은 영화가 수행하는 '위대한 안정의 기능'이다. 이 사회적 안정의 기능이 가장 잘 수행되는 것은 '시간의 과거화'와 '문명 세계로의 복귀'를 통해서이다. 〈늑대와 춤을〉의 기본 시간은 되돌아갈 수 없는 과거의 한 시점이다. 안정화는 과거시제의 중요한 기능이다. 던바 중위의 시간은 현재가 버리고 온 과거, 현재가 되돌아가지 않아도 되기 때문에 '안전하게' 돌아볼 수 있는 죽은 과거, 이미 현재의 통제권 속에 들어와 있어 더이상 요동치지 않고 현재에 아무 영향도 주지 않는 과거이다. 자세히 보면 던바 중위의 궁극적 성취는 인디언적 삶이 아니라 인디언의 세계에 '실종'되었던 한 백인 여자의 구출이고 이 구출된 백인 여자와 구출한 백인 남자의 암시된 문명권 복귀이다. 더구나 이 영화에 제시된 인디언은 던바 중위의 입으로 미화되는 인디언, 그러면서도 끊임없이 '야만 인디언'이라는 백인의 전통적 시각이 개입하는 그런 인디언이다. 이 천박한 영화는 백인 문명에 대한 대안을 제시하기 위해 만들어진 것이 아니다. 감독/주연을 맡았던 케빈 코스트너는 최근 인디언 수족의 후예들이 신성시하는 모처의 땅을 대규모로 구입하여 거대 농장 겸 관광지로 '개발'할 계획이고 이 때문에 수족 후예들과 지금 날카로운 대결 관계에 빠져 있다.

〈넬〉의 시간은 암시적 현재이지만 그 역시 현재에서는 불가능한 현재라는 점에서 기본적으로 과거이다. '넬의 언어'는 그 기본 문법이 문명 언어인 영어의 것이다. 그녀의 언어는 문명의 언어 문법 위에서만 가능하다. 그러므로 그녀는 문명 바깥에 있으면서 '이미' 문명 속에 있고 '항상' 문명 속에 있었다. 이것이 넬과 문명 사이의 끊을 수 없는 연결 끈이고 문명에 대한 넬의 의존방식이다. 그녀의 문명권 복귀는 이미 과거완료형의 것이다. 그녀의 생존방식도 결코 독립적이지 않다. 그녀는 문명 세계로부터 공급되는 식료품으로 살아왔고 살고 있고 살아갈 것이기 때문이다. 넬의 법정 변론은 그 메시지의 고귀성에도 불구하고 거의 희극적인데, 이 희극적 장면이 연출된 것은 '법정 변론'이라는 문명제도의 도입이 이 영화에 필요했기 때문이다. 이처럼 영화 〈넬〉은 현대 관객이 떠나고 싶지 않은 문명에의 애착을 정당화하고 다독거리면서 동시에 그 문명의 결손 부분이 일으키는 상실감에 대해서는 고통 없는 대상적 만족을 제공한다.

대중영화로부터 이 이상의 기능을, 이 이상의 성취를 기대하고 요구할 수 있을까? 영화가 본격 예술의 수준에 좀체 오르지 않는 이유는 오르기 어려워서라기보다는 오를 이유가 없어 보이기 때문이다. 날씬한 관객들이 막강한 이유를 제공하지 않는 한은.

씨네21 1995. 8. 8

크리스마스와 사회통합?

—영화 〈러브 액츄얼리〉의 사이비 봉합 공식

가장 길고 어둔 밤들이 세상을 장악하는 동지섣달에, 한 해의 끝에, 크리스마스가 있다는 것은 상징적으로 참 절묘한 시기 선택이다. 크리스마스에서 엿새가 지나면 새해다. 한 해의 끝과 한 해의 시작이 서로 인접 거리에 있다. 그 인접 거리는 서로 반대되는 것들이 만나 악수하는 화해의 시간대이기도 하다. 낡은 것과 새것이 바통 터치로 임무를 교대하기 위해 서로 손 내미는 시점, 밤의 길이가 다시 조금씩 짧아지기 시작하면서 긴 것의 끝이 짧은 것의 시작과 만나 화해하는 시간, 떠남과 도착이 한 정거장에서 조우하는 순간에 크리스마스가 있다. '성탄'의 깊은 은유적 의미도 '극과 극의 만남과 화해'에 있다. 가장 존귀한 자가 가장 비천한 곳으로 내려온다는 것이 강림의 의미다. 이 강림은 동시에 만남이다. 높은 것과 낮은 것이 만나고 하늘과 땅, 정신과 육체, 성스러운 것과 비속한 것이 만난다. 그리고 화해한다.

성탄절은 오늘날 종교적 제의보다는 세속적 대중 축제로 더 큰 위력을 발휘하게 되었지만, 그 위력의 핵심부에는 만남, 화해, 사랑의 주제가 여전히 작용하고 있다. 대중문화론의 시각에서 보면 이 시대의 크리스마스는 단연 사회통합 의식이다. 근년의 영국 영화 〈러브 액츄얼리Love Actually〉는 크리스마스의 이런 대중문화적 기능을 잘도 보여준다. 영화는 크리스마스 몇 주 전부터의 이야기로 시작해서 크리스마스 당일까지 여러 사람들에게 일어난 사건들을 코미디풍으로 그려내는데, 그 주제의 노림수는 단연 사회통합이다. 이 영화에서 '크리스마스 정신'이 의미하는 것은 통합의 즐거운 단골 메뉴, 말하자면 사랑, 결혼, 화해 같은 것들이다. 그러나 크리스마스 때의 사랑과 결합은 도저히 가능성 없어 보이는 사랑과 결합의 성취라는 점에서 특별하다. 이를테면 독신의 미남 총리가 잘난 집안의 아리따운 처녀를 만나 사랑에 빠진다면 그것은 '크리스마스 정신'에 맞지 않다. 그것은 높고 잘난 것들끼리의 결합이지 높은 것과 낮은 것의 결합이 아니기 때문이다. 통합의 영화가 보여주어야 하는 것은 불가능해 보이는 결합과 화해의 성취여야 한다.

아닌 게 아니라 영화 〈러브 액츄얼리〉 속의 미남 총리는 크리스마스 정신에 맞게 총리실에 근무하는 말단의 뚱보 여직원과 사랑에 빠진다. 흑인 남자는 백인 여자와 결혼한다. 한 영국 남자는 한때 자기 집 하녀였던 포르투갈 처녀를 찾아가 청혼하고, 어떤 인기 가수는 미녀들과의 크리스마스 파티를 모두 마다하고 그를 위해 평생 봉사해준 못생긴 남자 음악조수를 찾아가 크리스마스를 함께 보낸다. 백인 소년은 자기보다 상급 학년인 유색인종의 여학생과 사랑의 가능성을 틔우고, 입양아를 보살피며 사는 한 홀아비는 동네 과부와 사랑을 예약한다. 잠시 바람을 피웠던 남편은 크리스마스 날 자기가 왕바보였음을 고백하고 덕성스러운 아내와 화해한다. 그렇게 해서 영화 속의 인물들은 한 사람도 빠짐없이 전원 '크리스마스 정신'으로 계급통합, 빈부통합, 미추통합, 신분통합, 인종통합, 젠더통합(?), 연령통합, 가족통합을 달성한다.

문제는 이런 사랑과 결합의 이야기, 그리고 통합의 주제가 극히 희극적이라는 점이다. 영화가 코미디풍으로 만들어졌다는 이유에서만 희극적인 것은 아니다. 현실적으로는 가능성이 한참 멀어 보이는 통합의 이야기를 '크리스마스 정신'에 얹어 억지로 엮어내자면 사이비 희극이 나올 수밖에 없다. 그러니까 영화 〈러브 액츄얼리〉가 보여주는 것은 영국 사회의 통합의 가능성이나 통합을 향한 진지한 사회적 열정이 아니라 그것의 불가능성, 그리고 그 불가능성에 대한 깊은 불안이다. 통합을 달성해야 한다고 말은 하면서도 사실은 그것을 달성할 생각도, 방법도, 의지도 없는 사회일수록 대중문화 형식을 빌려 열심히 통합의 필요성을 말하고 노래한다. 전혀 행복하지 않은 사람이 자기 비참과 불행을 감추기 위해 "나는 행복합니다"를 연창하듯이.

통합과 화해의 기제로서의 크리스마스의 역사가 서양에서도 짧은 것은 아니다. 디킨스의 『크리스마스 캐럴A Christmas Carol』은 19세기 영국 사회를 향해 던져진 사회통합 소설의 백미다. 비신자, 악덕 고용주, 노랭이 수전노 스크루지에게 크리스마스는 돈과 시간의 순수한 낭비다. 그 스크루지가 크리스마스 날 아침 정반대 인간으로 변모하는 것은 영화 〈러브 액츄얼리〉의 인물들과 마찬가지로 무슨 종교적 이유나 동기 때문이 아니라 '인간관계에 대한 각성' 때문이다. 그러나 두 시대의 대중문화적 주제 처리방식과 그 효과에는 큰 차이가 있다. 『크리스마스 캐럴』의 경우는 인간관계에 대한 소설 주인물의 각성이 어떤 형태의 공동선과 공동체적 인간통합의 가능성을 말할 수 있게 하는 반면, 〈러브 액츄얼리〉에서는 그런 가능성이 도무지 보이지 않는다는 점이다.

불행히도, 지금은 통합의 시대가 아니라 통합이 불가능한 시대다. 통합의 가능성을 말하기에는 개인과 집단의 이해관계들이 천 갈래 만 갈래로 찢어지고 공동선이라는 개념 자체가 허공에 휘발하고 없기 때문이다. 게다가, 세계적으로나 국지적으로 통합의 이름 아래 흔히 진행되어온 정치적 악행과 인간 희생이 너무도 커서 멍텅구리 천치가 아니고서는 통합이라는 말 자체를 들먹거리기가 극히 어려워져 있다. 사회통합이라는 것이 결국은 사람과 사람을 묶어주는 것이랄 때, 그 묶어주기를 가능하게 하는 것은 사람과 사람의 관계이며 그 관계를 지탱해주는 공유의 가치와 연결의 끈이다. 그러나 지금은 그런 관계나 연결의 끈이 중요한 시대가 아니다. 이 시대에 최고로 중요한 것은 개인소득이거나 국민소득이다. 국민소득 2만 달러에 이르고 3만 달러에 이르면 국민 모두가 행복해질 것이라는 망상이 공공정책을 지배하고 있다. 그러나 한 국가의 소득 수준과 사회통합 사이에는 사실상 별 관계가 없고 소득과 개인의 행복 사이에도 큰 관계가 없다. 소득 수준 높아지는 것 자체를 놓고 왈가왈부할 일은 절대로 아니지만 소득 수준의 높이로 사회가 통합되고 사람들도 더 행복해진다고 생각한다면 그것은 큰 문제다. 망상도 그런 망상이 없기 때문이다.

저무는 해의 크리스마스를 맞아 다시 그리워지는 것은 사람이 자기 개인의 울타리를 넘어 자기보다 더 큰 어떤 것과 만나고 그것과 자기를 이어붙이는 연결의 능력이다. 그런 연결의 축제일 때에만 크리스마스는 통합의 의식이 된다.

한겨레 2006. 12. 22

마오리족 여자들의 인간 회복
—영화 〈전사의 후예〉와 패자 서사

> 제국주의가 승자의 얘기라면 식민지 백성의 이야기는 패자의 서사이다. 패자의 서사는 불가피하게 분산과 수모, 파편화와 해체의 이야기를 담고 있다. 그러나 패자의 서사를 아름답게 하는 것은 다시 자기를 추슬러 통합적 인격에 도달하려는 인물들의 고결성이다. 파산으로부터 파산을 극복하기, 그것이 패자 서사의 줄거리이다.

근대 개막 이후 세계 도처의 토착 원주민 부족들에게 들이닥친 존재 소멸의 운명은 인류사에서 발견되는 슬픈 이야기에 속한다. 자연계에서 종의 다양성을 파괴한 것이 산업 근대화라면 근대 제국주의, 백색 신화, 서구 열강의 식민 지배는 비서구 지역의 토종 공동체 문화들을 소멸시켜온 '익스터미네이터 exterminator'(절멸자)들이다. 종의 절멸이 생물학적 사건인 반면 부족의 소멸은 문화적 사건이다. 토착문화가 파괴당하는 순간 부족은 소멸한다. 마야, 아즈텍, 잉카의 후손들은 지금 생물학적으로는 살아 있지만, 16세기 스페인 정복군이 중남미 토착문화를 결딴낸 추악한 사건 이후 마야인, 잉카인, 아즈텍인은 지상에 존재하지 않는다. 토착문화의 소멸을 보는 일은 왜 슬픈가? 그 소멸과 함께 부족은 고유의 얼굴을 잃고 굴욕, 이산, 타락, 무존재의 길로 빠져든다. 악마의 원칙만이 존재의 타락과 해체를 보며 즐거워한다. '서사문화'라 불리는 인간의 한 문화 전통은 이 악마 원칙의 영원한 거부이며 부정이다. 그 서사문화를 지탱해온 힘의 큰 줄기는 문학이고 지금 영화가 거기 가세하고 있다.

지난봄 잠시 상영되다가 만 영화 〈전사의 후예Once Were Warriors〉가 어쩐 연유에서인지는 몰라도 8월의 서울 관객들에게 재개봉되었다. 이 영화의 재상영 팸플릿에는 '광포한 사랑' 어쩌고 하는 선전 문구가 사용되고 있다. 뉴질랜드의 한 도시 외곽에 주변 인간으로 팽개쳐진 원주민 마오리족의 삶을 그린 영화라는 식의 소개문을 썼다가는 표 한 장 팔기도 어려울 것이라는 판단이 수입사 광고 담당자를 지배한 것인지 모른다. 그 판단을 나무랄 수는 없다. 한국의 '젊은' 관객을 끌기 위해서는 반드시 '사랑 메뉴'를 제시해야 한다는 것이 영화 제작사나 수입사의 공통된 계산법이기 때문이다. 사랑 메뉴가 뜨지 않는 영화에는 흥미 발동을 유보키로 한 사람들이 한국 영화 인구의 대다수를 구성하고 있다는 진단은 맞는 것일까? 그게 사실이라면 서사문화의 한 새롭고 강력한 매체 형식으로서의 영화는 한국에서 '별 볼일' 없다. 그런 환경에서는 영화가 관객을 키우고 관객이 영화를 키우는 서사문화적 상호작용이 일어나지 않고 그 작용이 없는 나라에서 수준급 영화는 나오지 않는다.

〈전사의 후예〉는 '광포한 사랑' 이야기가 아니다. 건달 주먹패 제이크(뉴질랜드식 영어 발음으로는 '자이크') 히키가 아내 베스를 사랑하는 방식만을 놓고 말한다면 그것은 물론 난폭하고 일그러진 '마초macho'의 사랑법이다. 마초의 사랑법에서는 주먹질과 섹스가 함께 붙어다니고 그 마초문화에 길든 여자에게는 남자의 주먹질이 곧 사랑의 확인이다. (그러므로 얻어맞지 않으면 여자는 몸과 마음이 오히려 '이상'해진다. 딴 여자가 생겼나?) 그러나 중요한 것은 베스가 폭력과 술에 젖은 남편의 삶에서 '자존을 잃은 인간의 위기'를 발견한다는 점이고 이 위기를 묵과하지 않는다는 점이다. 장남의 가출, 둘째 아들의 감호소행, 동네 아저씨에게 겁탈당한 딸의 자살 등을 겪으면서 베스는 한순간 아이들을 데리고 단호히 남편을 떠난다. 그녀가 선택하는 것은 '자존 회복의 길'이다. 이 영화에 가장 걸맞은 다른 제목을 붙인다면 그것은 '베스의 선택'이다.

원제목 '우리는 한때 전사였다'와 '베스의 선택'이라는 주제 사이에는 긴밀한 연결 관계가 있다. 백인의 식민지 백성이 되기 이전의 마오리족 조상들은 명예와 자존을 지키며 산 전사들이었다. 그러나 지금 그 전사의 후예들은 도시 외곽 빈민촌에서 술꾼, 주먹패, 건달, 좀도둑으로 타락해 있다. 제이크는 이 '타락한 마오리'의 전형이다. 그러나 그는 그 타락을 타락으로 의식하지 않으며 오히려 그 삶에 만족하고 있다. 이 영화가 탁월하게 그려 보이고 있는 것은 바로 이 뿌리 뽑힌 부족의 자존 상실과 전락이며, 이 영화가 제기하고 있는 '문제'는 백인과 원주민 사이의 갈등이나 대립이 아니라 도시 마오리족 자체의 내부 문제이다. 타락을 타락으로 의식하지 않기 때문에 그로부터 탈출을 생각하지 못하는 사람들, 가족 내부에 재생되는 식민구조(폭력 남편과 그에게 두들겨맞으면서도 작은 쾌락을 즐기며 사는 여자), 젊은이들의 좌절과 일탈행위—이런 것들이 도시 마오리족의 '내부 문제'이다. 말하자면 이 영화는 도시 마오리의 마비와 타락을 '마오리의 문제'로 제기함으로써 문제 해결의 책임까지도 '마오리족 자신의 것'으로 규정해 보인다.

해결의 방법은 무엇인가? 베스의 선택이 보여주는 것은 바로 그 문제의 해법이다. 그녀가 아이들을 데리고 돌아가는 곳은 조상들이 살던 마오리 부족의 마을, 그녀가 버리고 떠났던 그 고향이다. 그녀는 남편으로 대표되는 도시 마오리의 삶을 떠남으로써 당당한 '전사의 후예'로 되돌아간다.

베스의 해법은 두 개의 층위에서 도시 마오리의 삶에 대한 강한 비판적 코멘트이자 해방의 메시지이다. 마오리족 노예 출신인 남편 제이크는 전통사회를 이탈하여 도시지역으로 이주함으로써 일종의 '해방'을 경험한 남자이다. 그가 '왕주먹 제이크'라는 동네 명성을 즐기며 지금의 삶에 만족하는 것도 그 해방감 때문이다. 그러나 그는 아내를 무자비하게 구타하고 아이들을 겁주는 집안 폭군으로 군림함으로써 그가 벗어나고자 했던 노예의 삶을 가족 내부에 재생한다. 그러므로 도시 마오리의 삶은 이중의 식민구조 속에 있다. 그들을 변두리 인간으로 살게 하는 외적 식민구조와 이 외적 구조 안에 재생된 내적 식민구조가 그것이다. 따라서 남편에게 "당신은 당신 자신의 노예이다"라는 말을 던지고 떠나는 베스의 결정은 도시 마오리의 삶을 규정하는 이중의 식민구조에 대한 논평이자 해방의 메시지로서의 성질을 띠게 된다. 그녀의 선택은 개인적 차원에서 페미니즘적 해방을 성취하지만, 집단 차원에서 그 해방은 마오리족을 옥죄어온 이중적 식민구조로부터의 탈출이라는 의미를 갖는다.

문제가 되는 것은 그 집단적 해방의 메시지, 또는 도시 마오리 문제에 대한 베스적 해법의 적절성 여부이다. 소설과 영화로서의 〈전사의 후예〉가 뉴질랜드 등지에서 불러일으킨 논란의 핵심도 필경 거기 있을 것이다. 이 영화가 제시하는 해법은 간단하게도 "마오리여, 자존을 회복하라"는 것이다. 자존 회복이 무엇보다도 중요한 해결책이라는 이 메시지는 마오리족의 집단적 운명에 대한 복음, 혹은 비슷한 상황에 처한 세계 여러 곳의 소수 부족, 인종, 민족 들에게 권고할 만한 해법이 될 수 있을까? 내적 식민구조를 벗어나는 것은 동시에 외적 구조로부터의 해방이 되는가? 이 영화에 그려진 도시 마오리족 삶의 모습은 뉴욕 같은 미국 대도시 흑인들의 삶과 너무도 유사하다. 말끝마다 '퍼킹fucking'을 연발하는 제이크의 어법도 미국 흑인 빈민굴의 어법 그대로이다. 그 흑인들에게 '자존 회복'의 메시지는 먹혀들어갈까?

타락과 이산, 해체와 굴욕, 파편화와 목적 상실의 나락에 빠져 있는 도시 마오리의 삶을 그린 것만으로도 이 영화는 금년 상반기 한국 영화가에 들어온 외화들 가운데 가장 '나은' 작품의 하나이다. 제국주의가 승자의 얘기라면 식민지 백성의 이야기는 패자의 서사이다. 패자의 서사는 불가피하게 분산과 수모, 파편화와 해체의 이야기를 담고 있다. 그러나 패자의 서사를 아름답게 하는 것은 다시 자기를 추슬러 통합적 인격에 도달하려는 인물들의 고결성이다. 베스는 그런 인물이며, 그녀의 선택은 그런 의미에서 충분히 고결하고 의미 있다. 노예를 노예로 묶어두는 외적 구조를 구실로 그 노예가 자기 속에 철저히 노예를 유지하는 정신적 도덕적 파산자가 되어야 하는 것은 아니다. 파산으로부터 파산을 극복하기, 그것이 패자 서사의 줄거리이다.

〈전사의 후예〉에는 베스 말고도 그런 노력을 경주하는 인물들이 등장한다. 그녀의 장남 닉과 차남 부기가 그들이다. 닉은 빈민굴의 좌절을 벗어나기 위해 마오리족 청년들로 구성된 어떤 집단에 가입하고 부기는 감호소에서 마오리의 전통 무예를 익힌다. 베스처럼 두 아들들도 각각 자기 방식으로 마오리의 자존을 회복하려 한다. 닉의 집단 성원들은 마오리족의 전통적 얼굴 문신(마오리는 얼굴에 '문양'을 그리지 않고 '문신'으로 새겨넣는다)을 하고 다니는데, 이 문신 회복은 그들에게 '존재 회복'의 선언이다. 얼굴 문신은 마오리족 성인 남자가 공동체의 의미 있는 구성원이 되었음을 알리는 '인정의 마스크'이다. 문신 없는 얼굴은 공동체 바깥의 '무의미한 얼굴'이다. 그런데 닉의 문신은 반쪽 문신이라는 점에서 매우 인상적이다. 반쪽만 문신을 새겨넣고 반쪽은 '공백'으로 남겨놓은 이 비대칭성은 닉이 처해 있는 상황의 모순, 곧 마오리 정체성의 회복 가능성과 불가능성 사이에 끼어든 모순과 긴장을 표현하는 것 같다. "너도 문신 할래?"라고 닉은, 자살한 여동생 그레이스의 장례식에서 부기에게 묻는다. "아냐, 난 가슴속에 문신했어"라고 동생은 대답한다. 두 아들의 선택은 어머니 베스의 선택과 일치한다. 그들은 얼굴을 되찾는다.

씨네21 1995. 8. 22

〈칸다하르〉를 보니
—마흐말바프가 찍은 아프가니스탄 이미지

1996년 아프가니스탄을 장악하면서 탈레반 정권이 맨 먼저 수행한 일의 하나는 텔레비전 사형이다. 압수한 티브이 수상기들을 한곳에 모아놓고 탱크로 깔아뭉개는 '참살형'도 있었고 수상기들을 노끈으로 묶어 나무에 매다는 '교수형'도 집행되었다고 한다(이 상징적 교수형 끝에 수상기들은 다시 끌어내려져 '박살형'에 처해진다). 음악은 금지되고, 영화를 비롯한 영상물들도 텔레비전과 운명을 같이한다. '이미지'가 사형 선고를 받은 것이다. 영상 이미지는 사람을 오염시키고 타락시킨다는 이유에서다. '순수 이슬람 국가'를 향한 탈레반의 열정이 얼마나 치열한 것인지, 그리고 서구풍 대중문화나 서구 영향을 받았다고 판정되는 문화 형식들에 대한 탈레반의 혐오가 얼마나 강도 높은 것인지를 잘 말해주는 대목이다. 물론 서구적인 것들만 수난당한 것은 아니다. 탈레반이 지난봄 바미안 계곡의 7세기 석불들을 폭파한 것도 그들의 눈에는 석불이 '이슬람에 어긋나는' 우상의 이미지였기 때문이다.

이미지가 금지된 아프가니스탄에 숨어들어가 그 땅의 현실을 이미지로 잡아낸 영화 한 편이 지금 세계적 화제가 되고 있다. 이란 영화감독 모흐센 마흐말바프의 작품 〈칸다하르 Kandahar〉가 그것이다. 마흐말바프는 아바스 키아로스타미와 함께 '이란 영화의 물결'을 일으킨 두 거장 중 하나다. 그는 영화 감독이면서 소설가, 대본 작가, 극작가이고 그의 가족은 부인, 딸, 아들이 모두 감독인 '마흐말바프 영화인 집안'으로 유명하다. 그가 〈칸다하르〉를 완성한 것은 지난 2월이고, 이 작품이 유명해진 것은 9월 11일의 뉴욕 참사가 발생한 다음의 일이다. 완성 이후 일곱 달 동안 이렇다 할 주목도 받지 못하고 "별 중요성 없는 소재"를 다룬 영화로 먼지 속에 묻힐 뻔했던 작품이 졸지에 세계적 화제작이 된 것이다. 더구나 영화 제목에 오른 '칸다하르' 지방은 탈레반 정권 지도자 물라 무하마드 오마르의 출신 지명이기도 하다. 감독이 테러 사건을 예견했을 수는 없다. 그는 무엇 때문에, 무슨 동기로, 아무도 거들떠보지 않고 아무도 영화적 소재가 된다고 생각하지 않은 나라에 목숨 걸고 숨어들어 렌즈를 들이댄 것인가?

"진실을 알리고 싶었다"고 마흐말바프는 말한다. 그에 따르면 탈레반은 '무지의 군대'이며 지금 세계에서 가장 위험한 '재난의 정권'이다. 탈레반 집권 이후 5년간 600만 아프간인들이 난민 신세가 되어 나라 밖으로 탈출했고 국민 대다수가 굶어 죽어가고 있다. 머리에서 발끝까지 온몸을 '부르카burka'로 가려야 하는 여자들은 학교에서 쫓겨나고 여성의 사회활동은 모두 금지되어 있다. '어머니'가 되고 '아내'가 되는 일만이 여성의 사회적 기능이다. 사내아이들도 80%가 학교엘 다니지 못한다. 마흐말바프가 〈칸다하르〉로 세상에 알리고자 한 '진실'은 그가 무지의 군대라 부른 탈레반의 압제와 그 압제로 고통받는 아프간의 참상이다. 영화를 만들기 전 1년 동안 그는 아프가니스탄의 현실을 치밀하게 관찰했다고 한다. 이 관찰과 분석도 그의 인터넷 사이트 '영화' 메뉴 〈칸다하르〉 방에 "바미안의 석불은 파괴된 것이 아니라 부끄러워 스스로 무너진 것이다"라는 제목으로 올라 있다. '작은 지식의 불꽃'으로 '인간 무지의 깊은 바다'를 비춰보려 했다는 것이 말하자면 그의 〈칸다하르〉 제작 동기이다.

극적 구성과 다큐멘터리를 섞은 〈칸다하르〉는 뛰어나게 아름다운 시적 영상 이미지들로 가득하다. 마흐말바프 사이트의 〈칸다하르〉 포토 갤러리에 떠 있는 첫번째 이미지는 쿠란 경전을 펴든 검정 부르카 차림의 두 여자와 그들 뒤로 푸른색, 갈색 부르카를 입고 서 있는 여자들을 보여주는데, 이 화면의 색조와 구성은 숨막히게 심미적이다. 부르카에 갇혀 숨막히는 아프간 여자들을 찍은 영화적 이미지가 이처럼 숨막히게 아름답다니, 에고, 이건 무슨 조화인고? 아프간의 비참한 현실을 기록했다는 〈칸다하르〉의 장면 장면 이미지들은 어찌 그리 아름다울 수 있는가? 목발 군상의 장면까지도?

이런 숨막힘은 탈레반의 현실과 탈레반에 대한 반감 사이에서 많은 사람들이 경험하는 분열의 진실이기도 하다. 남의 것 훔치면 손목을 잘라버리기 때문에 길에 빵을 내다놓아도 누구 하나 집어가지 않는다는 지금의 아프가니스탄—이런 나라에서 '이슬람의 법'은 정신의 차원으로부터 그저 가혹하고 무서운 '형법'의 차원으로 주저앉는다. 우리가 탈레반의, 또는 이슬람의 저항을 이해하는 일과 탈레반의 원리주의적 황폐를 지적하는 일은 같은 것이 아니다.

씨네21 2001. 11. 20

4부

시대를 위하여, 시대에 맞서서

친구여, 자서전을 써라

> 산다는 것은 결국 한 편의 자서전을 쓰는 일이며 스스로 플롯을 만들고 이야기를 꾸미는 일이다. 그리고 그 이야기에 책임지는 일이다. 이 사실은 중요하지 않은가?

태어나 들꽃처럼 살다가 자서전 같은 것 남기지 않고 소리 없이 사라지는 방식의 삶도 나쁘지 않다. 그러나 자서전을 남기건 않건 간에 한 사람의 생애는 "태어나 살다가 죽었다"라는 세 마디 단어로는 요약되지 않는 독특한 이야기를 갖고 있다. 그 이야기에는 시작과 중간과 끝이 있고 플롯이 있다. 그가 어디서 태어나 어떤 꿈을 키웠는가, 누구를 죽도록 사랑하고 누구를 미워했는가, 무슨 갈등에 빠지고 어떤 좌절과 상처를 경험했는가, 무엇을 성취하고 무엇을 잃었는가—그의 이야기 속에는 이 모든 극적 요소들이 빠짐없이 들어 있다. 삶이 끝나는 순간 그의 이야기도 끝난다. 그는 한 편의 이야기를 남기고 떠난다.

우리의 삶이 근본적으로 '문학적'인 것은 이처럼 우리들 누구나가 다 이야기의 주인공이자 작자이기 때문이다. 문학은 어디 먼 곳에 따로 있지 않고 문학인들만이 문학을 하는 것이 아니다. 그것은 우리의 삶 속에 있고 삶 그 자체이다. 요란스레 자서전을 남기고 누가 전기를 써주지 않아도 인간은 자기 자서전의 주인공이고 자기 전기의 작자이다. 산다는 것은 결국 한 편의 자서전을 쓰는 일이며 스스로 플롯을 만들고 이야기를 꾸미는 일이다. 그리고 그 이야기에 책임지는 일이다. 이 사실은 중요하지 않은가?

인생살이가 자서전 펼치기라는 생각을 해보는 순간 우리는 삶이란 것이 바람 부는 대로 이리저리 개똥 굴리듯 내굴릴 수 있는 것이 아니라는 사실도 알게 된다. 아무도 "그는 되는 대로 인생을 살았다"라는 이야기를 쓰고 싶어하지 않는다. 스스로 자서전을 쓰고 있다는 생각을 해보는 사람이라면 적어도 그 자서전에 "나는 독재자를 사랑했고 찬양했고 지지했다"는 이야기는 남기고 싶지 않을 것이다. "나 이외의 존재는 모두 내게는 먹이에 불과했다. 나는 나 혼자 잘 먹고 잘살기 위해 나 이외의 모든 사람들을 먹이로 삼았다. 참으로 보람 있었다"라는 이야기도 그는 쓰고 싶지 않을 것이다.

그는 어떤 이야기를 쓰고 싶어할까? 삶이 때로 기만과 배신의 순간을 요구했다 할지라도 그 순간을 바로잡기 위한 참회와 성찰의 시간도 있었다는 이야기를 그는 쓰고 싶어한다. 삶이 때로 허위와 구부러짐과 굴종을 강요했다 할지라도 그 구부러진 것들을 펴기 위한 노력도 자기에게 있었다는 이야기를 그는 쓰고 싶어한다. 남을 사랑하고 베풀고 함께 울어준 순간도 있었다는 이야기를 필경 그는 쓰고 싶을 것이다. 이것이 인간의 인간다운 모습이다. 그 모습은 진정한 의미에서 '문학적'이다. 문학이 존재하는 이유는 거기 있다. 문학은 다른 어떤 이유에서보다도 사람이 사람답게 살 수 있도록 돕는다는 이유 때문에 중요하다.

우리는 우리 자신의 이야기를 쓸 뿐 아니라 어떤 커다란 '이야기의 틀' 속에서 개개인의 이야기를 쓰고 있다는 사실도 기억해둘 필요가 있다. 인간이 어딘가에 태어난다는 것은 이미 존재하는 어떤 큰 이야기의 틀 속에 태어나는 일이기도 하다. 예컨대 기독교 문화권에서 기독교 집안에 태어나는 사람은 '기독교'라는 큰 이야기의 틀 속에 태어난다. 그 이야기는 원초 인간의 작죄와 추락, 낙원의 상실, 그 낙원으로부터의 추방이라는 이야기를 갖고 있다. 그것은 추락과 상실의 이야기이다. 동시에 그것은 그 추락과 상실에도 불구하고 인간이 잃어버린 것을 "되찾을 수 있다"는 회복의 가능성을 이야기한다. 그것은 상실의 이야기이자 동시에 회복의 가능성과 희망에 관한 이야기이다. 기독교인은 이 커다란 이야기의 틀 속에 살면서 그 틀 안에서 자기 삶을 꾸리고 자기 이야기를 펼친다. 그는 말하자면 어떤 특정의 문학적 '서사' 속에 태어나 그 서사 안에서 인생을 전개한다.

이 사실도 우리의 삶이 어째서 근원적으로 문학적이고 '서사적'인 것인가를 알게 한다. 기독교만이 이야기의 틀이 아니다. 우리의 삶을 지배하고 방향과 목표를 주는 모든 가치 체계, 모든 믿음의 체계, 모든 행복의 지침은 근본적으로 서사적이며 서사적 이야기의 틀이다. 그 틀은 "이것이 가치 있는 삶이고 삶의 목표이며 의미이다. 이렇게 살아라, 그러면 행복할 것이다"라고 우리에게 일러준다. 때로 우리는 어떤 하나의 틀 아닌 두 개, 세 개의 틀을 가질 수도 있다. 그게 몇 개이건 간에, 우리는 궁극적으로 어떤 이야기의 틀 속에서 갈등과 모순을 조화시키며 산다. 인간은 빵으로만 사는 것이 아니라 이야기로 산다. 사회가 이야기를 필요로 하는 것은 이 때문이다. 어떤 사회도 이야기의 틀을 벗어나 있지 않다. 모든 사회는 몇 개의 거대한 이야기 틀을 갖고 있고 그것들에 의해 지탱된다. 개인의 삶만이 아니라 사회적 삶 전체가 '문학적'이다.

한 사회가 좋은 이야기의 틀을 갖는 것이 중요한 이유는 거기 있다. 어떤 이야기로 지탱되고 어떤 이야기로 집단의 삶이 지배되는가에 따라 사회는 흥하기도 하고 망하기도 한다. 어떤 집단적 이야기로 사는 사회인가에 따라 개개인의 삶은 인간적인 것이 되기도 하고 동물적인 것이 되기도 한다. 그 집단적 이야기의 틀이 비인간적인 것이고 잔인한 것일 때, 개인의 이야기는 불가피하게 고통스럽다. 그 경우 그는 자기 삶을 고통스럽게 하는 그 집단적 이야기의 틀 자체를 바꾸기 위해 노력하지 않으면 안 된다. '문학의 해'에 우리가 생각해볼 것은 이런 것이다. 친구여, 자서전을 써라. 그리고 무엇이 아름답고 무엇이 추한지 생각해보자.

월간 에세이 1996. 4

왕조의 시계

> 한국인은 현재의 시계에 맞춰 뛰고 왕조의 시계에 맞춰 움직인다. 뛰기와 움직이기 사이의 불일치, 두 가지 시간대 사이의 모순이 현대 한국인의 삶, 행태, 가치관을 특징짓는다. 그러면서도 한국인은 이 모순을 의식하지 않는다. 그가 차고 있는 왕조의 시계는 그에게 보이지 않고 들리지 않는 '무의식의 시계'이기 때문이다.

한국인은 두 개의 시계를 갖고 있다. 그는 한쪽 손목에 '현재의 시계'를, 다른 손목에는 '왕조의 시계'를 차고 다닌다. 현재의 시계는 째깍거리며 돌고 있고 왕조의 시계는 소리 없이 잠잠하다. 그 시계는 200년 전, 아니 300년 전의 시간대에서 멈추어 있다. 그 한국인이 '지금은 변화의 시대, 무한경쟁의 시대'라며 허둥지둥 뛸 때 그를 지배하는 것은 현재의 시계이다. 그는 10초에 한 번씩 그 시계를 들여다보고 혹 뒤처진 것은 아닐까, 남들은 벌써 저만치 멀리 달아나지 않았을까 조바심치며 "더 빨리 뛰어야지, 변해야지, 변하지 않으면 죽는대잖아" 속으로 중얼대면서 승용차와 함께 뛰고 버스 안에서 뛰고 전철 안에서도 뛴다.

이 뛰는 한국인을 그러나 정말로 지배하는 것은 현재의 시계가 아니라 왕조의 시계다. 그가 높은 자리에 있는 학교 동창을 찾아가 "친구 좋다는 게 뭐냐, 덕 좀 보자"라며 이권을 따낼 때, "아이구 형님, 어쩝니까, 동생 좀 봐주십쇼"라며 선배에게 매달려 비리를 저지를 때, '의리의 사나이'라는 말로 깡패 두목까지도 얼싸안을 때, 그 한국인을 움직이는 것은 아득한 왕조의 시계다. 그가 '연緣'을 찾아 조석으로 지연, 학연, 혈연, 인맥연, 동갑연, 혼맥연, 사돈 팔촌의 팔촌연, 관官연, 군대연, 옷깃 스친 연, 동네연, 감방연, 한 배 탔다가 물에 빠진 연, 같은 병원에 입원한 연, 있는 연 없는 연 다 챙겨 연으로 일을 도모할 때 이 연 자 사냥꾼을 지배하는 것은 왕조의 시계다. 그런데 연 자 사냥꾼 아닌 한국인이 있는가?

20세기 말, 언필칭 민주주의를 하고 있다는 나라에서 대통령은 '윗분上'이고 그가 '내리는' 금일봉은 '하사금'이다. 그의 뜻은 '상의上意'이며 이 뜻의 전달은 '상의하달'이다. 그 윗분이 계신 곳에는 왕조시대의 왕권을 상징하는 일월오악도日月五嶽圖가 버젓이 걸려 있다. 총리가 임명되면 신문들은 "가문에 경사 났네"라는 제목 밑에 싱글벙글 '입이 귀까지 찢어진' 집안사람들 사진을 대문짝 크기로 싣는다. 총리의 가문 사람들은 조상 영전에 이 경사를 고하고 족보에 올릴 일부터 궁리한다. 풍수꾼들은 총리의 조부 묘소가 '일인지하 만인지상一人之下 萬人之上'을 낳을 명당자리라는 정보를 흘린다. 하사금, 하마평 등의 용어가 전혀 이상스레 들리지 않는 나라는 왕조의 시간대에 있다. 상께서 하사금 내리는 일이야 너무도 당연하다고 사람들이 말하는 나라, 총리는 영의정, 장관은 판서로 인식되는 나라는 왕조의 시간 속에 있다.

모 전직 대통령은 자기 고향 사람이 찾아오면 '무조건' 봐준 것으로 '덕'을 베풀고 그 덕에 '인심'을 톡톡히 얻었다 한다. 그래서 '덕' 본 그 고장 사람들은 "누가 뭐래도 우리 고장 인물이야"라는 어법, "사람이 의리가 있어야지"라는 어법, "이제 우리가 안 봐주면 누가 봐줘"라는 어법의 포로가 되어 있다 한다. 높은 자리에 있는 사람은 그 자리에 있을 때 연자 사냥꾼들을 '봐줘야 하고' 이 봐주기가 아무리 법에 어긋나도 '덕'으로 여겨지는 사회, "덕 좀 보자"라는 말이 일상 어법이 되어 있는 사회, "그 사람한테 덕 본 게 뭐 있어? 고무신 한 짝이라도 들고 온 적 있나? 안 찍어줘"라는 간단한 논법에 따라 표가 갈리는 사회는 먼 왕조시대의 시간 속에 있다.

한국인은 현재의 시계에 맞춰 뛰고 왕조의 시계에 맞춰 움직인다. 뛰기와 움직이기를 지배하는 시계가 다르기 때문에 그가 뛸 때 반드시 움직인다고 말할 수 없고 그가 움직일 때 반드시 뛴다고 말할 수 없다. 그는 뛰면서 움직이지 않고 움직이면서 뛰지 않는다. 뛰기와 움직이기 사이의 불일치, 두 가지 시간대 사이의 모순이 현대 한국인의 삶, 행태, 가치관을 특징짓는다. 그러면서도 한국인은 이 모순을 의식하지 않는다. 그가 차고 있는 왕조의 시계는 그에게 보이지 않고 들리지 않는 '무의식의 시계'이기 때문이다. 그는 현재의 시계만 보고 자신이 현대인이라 생각한다. 자기를 움직이는 것이 실은 왕조의 시계라는 것을 그는 의식하지 않는다.

이 의식되지 않는 왕조의 시계를 우리는 '문화적 무의식'이라 명명할 수 있다. 우리의 삶 속에, 행태와 가치관 속에 녹아 있는 왕조문화는 우리에게 너무도 자연스러워 그 존재가 의식되지 않고 그 명령이 이상하게 생각되지 않는다. 이 의식되지 않는 문화가 문화적 무의식이다. 이 무의식 때문에 우리는 왕과 대통령을 혼동하고 '연' 자 하나로 공사를 범벅하고 '덕' 자에 걸려 합리성과 덕성을 뒤섞는다. 연이 아름다운 것은 이해관계를 떠난 인간적 친절과 배려의 그물망이 될 때이다. 덕의 현대적 공영역적인 의미는 공정성, 공익성, 투명성이다. '안 될 일도 되게' 하고 '될 일도 안 되게' 하는 것이 덕이 아니다.

우리를 움직이는 이 괴이한 문화적 무의식, 그것을 의식하고 깨는 일이 우리의 '문화 혁명'이다. 우리에게는 문화 혁명이 필요하다.

시사저널 1996. 2. 3

이성의 왼손과 오른손

> 시대가 눈멀지 않게 하는 일이 아니라면 대학의 할 일은 무엇인가? 대학의 존재 이유는 시대 변화를 따라간답시고 정신없이 변화의 꽁무니를 뒤좇는 데 있지 않고, 무수한 장님들을 길러내어 장님의 시대를 더욱더 장님의 시대이게 하는 데 있지도 않다.

최근 몇 년간 국내 대학들이 '변화하는 시대'에 맞추어 이런저런 방법으로 대학의 변화를 시도하고 있는 것은 반드시 부정적인 눈으로 볼 일은 아니다. 대학이라 해서 시대 바깥에 있을 수는 없다. 시대가 바뀌면 대학도 바뀌고 또 바뀌어야 한다. 바꾸지 말아야 할 부분보다는 바꿔야 할 부분들이 더 많은 우리나라 대학들의 경우는 더욱 그러하다. 그러나 "시대가 바뀌면 대학도 바뀌어야 한다"라는 퍽 지당해 보이는 명령은 한 가지 중대한 맹목을 안고 있다. 시대 상황은 늘 변하는 것이다. 늘 변하는 시대를 대학이 늘 허둥지둥 뒤좇아가야 한다면 대학은 언제 시대를 추월하고 변화를 점검하고 필요한 변화를 유도할 것인가?

근대 이후 '변화'는 일종의 믿음이고 종교다. 이 '변화교회'의 복음은 "변하는 자 복이 있나니"라는 정도의 것이 아니라

"변해야 산다"이다. "새로운 것은 좋은 것이다"도 그 변화교회의 복음이다. "변해야 산다"가 변화복음서 1장 1절이라면 "새로운 것은 좋은 것이다"는 그 1장 2절이다. 변화복음서 1장 3절은 "그러므로 변하라, 변화가 곧 너희의 생명이라"로 되어 있다. 세계는 지금 이런 복음들에 장악되어 있는 것 같아 보인다. 그러나 선현들이 가르쳐준 지혜에 따르면, 한 종류의 복음에 완전 장악될 때가 바로 세계의 종말이다. 그럴 때 필요한 것이 지배적 복음의 미망을 깨는 '반대 메시지'라는 것도 선현들이 가르쳐준 지혜다. 지금 필요한 그 반대 메시지는 아주 간단하게도 "변화 명령의 맹목을 주의하라. 변하는 것이 중요하지 않고 어떻게 변하느냐가 중요하다"이며 "새로운 것이 반드시 더 좋은 것은 아니다"라는 것이다. "미래는 눈앞에 있지 않고 등뒤에 있다"라는 한 북미 인디언부족의 지혜도 경청할 만한 반대 메시지일 수 있다. (이런 지혜는 반드시 반동적 역사관이 아니다.)

대학은 이 종류의 반대 메시지를 발하기 위해 존재하는 몇 안 되는 사회제도들 중의 하나이다. 시대가 정신없이 변화를 추구할 때 그 변화의 성질을 점검하고, 시대가 변화의 목적(무엇을 위한 변화인가?)을 따지지 않을 때 그 목적을 심문하는 곳이 대학이다. 목적의 정당성 여부를 따지는 일은 수단의 효율성을 추구하는 일 이상으로 중요하다. 목적 부분에 대한 질문과 심문의 부재가 '맹목'이라는 것이다. 맹목적 목적을 위한 수단은 반드시 타락하고 그 수단의 효율성은 가장 파괴적이고 부도덕한 것이 된다. 시대가 눈멀지 않게 하는 일이 아니라면 대학의 할 일은 무엇인가? 대학의 존재 이유는 시대 변화를 따라간답시고 정신없이 변화의 꽁무니를 뒤좇는 데 있지 않고, 무수한 장님들을 길러내어 장님의 시대를 더욱더 장님의 시대이게 하는 데 있지도 않다. 대학은 변화의 와중에서도 변화의 성질을 따지고 "어떻게 변할 것인가"를 생각하는 곳이다. 그 질문이 살아 있을 때에만 대학은 단순한 변화 추종자이기를 넘어 필요한 변화의 설계자가 될 수 있다.

대부분의 국내 대학들이 내놓는 변화 스케줄을 보면 변화의 성질과 목적에 대한 질문의 강화 프로그램은 별로 들어 있지 않다. 그 스케줄들은 대체로 "시대가 바뀌니까 우리도 이렇게 변한다"를 주 내용으로 하고 있다. 대학이 기업들의 주문이나 취업구조에 맞추어 기능교육을 강화한다는 것은 한 측면에서 사변교육의 폐단을 수정하는 데가 있다. 문제는 대학의 기능성 강화 자체에 있는 것이 아니라 기능교육을 위해 기능성 이상의 다른 교육 프로그램은 희생시키고, 그것을 의미 있는 변화라 생각한다는 데 있다. 지금 발생하고 있는 대학의 '학원화' 현상은 이 맹목성의 문제를 정면에서 드러내고 있다. 기능교육을 강화한다면 동시에 비판적 교육도 강화해야 한다. 이 두 가지 일의 어느 것도 제대로 못해온 것이 솔직히 우리 대학들의 그간의 문제라면, 지금 문제가 되는 것은 하나를 위해 다른 하나를 아주 질식시키는 방향으로 대학이 자기 불구화不具化를 심화시키고 있다는 점이다.

이 불구화한 대학은 말하자면 오른손만 있고 왼손은 없는 괴물과도 같다. 오른손이 수단과 도구의 이성이라면 그 수단 이성의 맹목성 여부를 부단히 점검하는 것이 이성의 왼손, 곧 비판적 이성이다. 도구교육을 위해 오른손만 살찌우고 왼손은 잘라버리는 우매성을 대학들은 경계해야 한다. 비판력이 마비된 곳에서는 창조적 상상력이 피어나지 않는다. 서울의 Y대학이 공대생들에게 윤리학, 사회학 등의 교과목을 이수토록 하겠다는 계획을 내놓고 있는 것은 대학의 불구화를 걱정하는 사람들에게는 그나마 반가운 소식이다.

한겨레 1997. 10. 5

사람 키우는 교육, 망치는 교육

1960년대 초까지만 해도 빈곤국가 대열에 단골로 끼던 한국이 어떻게 그처럼 빠른 속도로 성장할 수 있었는가라는 것은 국제 학계에서도 연구거리가 되어 있다. 5년 전 로런스 해리슨과 함께 『문화가 중요하다Culture Matters: How Values Shape Human Progress』라는 책을 펴낸 하버드 대학의 새뮤얼 헌팅턴은 아프리카 가나공화국과 한국에 관한 자료를 검토하다가 "깜짝 놀랐다"고 책 서문에 쓰고 있다. 60년대 초의 가나와 한국은 1인당 지엔피, 농업 의존도 등 거의 모든 지표에서 경제 상황이 서로 아주 유사했는데 그로부터 30년 후 한국은 1인당 지엔피가 가나의 15배나 되는 산업 강국으로 자라 있었다는 것이다. "이 엄청난 발전의 차이를 어떻게 설명할 수 있을까?"라는 질문으로 그의 탐색은 시작된다.

이미 잘 알려진 일이지만, 그 '엄청난 발전의 차이'를 설명하기 위해 하버드 연구자들이 찾아낸 열쇠는 '문화'다. 그들이 정의한 문화는 "한 사회 안에서 우세하게 발현하는 가치, 태도, 신념, 지향점, 전제 조건" 등인데, 한국은 경제성장에 도움이 되는 '발전 지향적' 문화를, 가나는 '발전 저항적' 문화를 갖고 있었다는 것이 결정적 차이라고 헌팅턴은 말한다. 그가 '발전 지향적' 문화라고 부른 것에는 말할 것도 없이 '교육'이 포함된다. 교육은 검약, 근면, 조직, 투자, 기강, 극기정신과 함께 한국 사람들이 중요하게 생각하는 문화적 가치라고 헌팅턴은 쓰고 있다.

문화의 힘을 경제성장에만 집중적으로 연결시킨 하버드 연구자들의 접근법에는 문제가 있지만, 한국인의 교육열이 사회발전의 견인차 가운데 하나였다는 것은 틀린 소리는 아니다. 삶이 가장 어려웠던 시절에도 한국 부모들이 자녀교육에 쏟은 정성은 하느님조차도 감동시킬 만하다. 땅 팔고 논 팔고 소까지 팔아 자식(주로 아들이긴 했어도)들 대학에 보낸 것이 60년대의 농촌 부모들이다. 소뼈로 지은 탑이라 해서 '우골탑'이라 불렸던 것이 60년대 대학들이다. 지난 40년간, 생활수준이 높아지면 높아질수록 되레 더 가파른 상승 곡선을 보여온 것이 한국의 그 유명한 교육열이다. 교육열은 분명 한국인의 힘의 비밀 가운데 하나다.

그런데 지금 우리 사회에서 교육은 '전쟁'이다. 아이들은 학교와 학원 사이를 오가느라 정신이 없고 그들의 하루는 웬만한 회사 사장 수준으로 숨통 막히게 꽉 짜여 있다. 인간을 이해할 능력을 키우기도 전에 아이들은 지느냐 이기느냐의 한판 싸움으로 내몰리고 부모들은 그렇게라도 하지 않으면 자녀들이 인생 경쟁에서 낙오할 것이라는 불안과 공포에 떤다. 교육은 시험 준비와 성적 올리기 경쟁의 동의어가 되어 있다.

성적은 중요하다. 그러나 무엇을 위한 무슨 성적? 입시를 위한 성적 경쟁에 목매다는 교육은 힘의 소스가 아니라 인간 파괴이고 그것을 위한 교육열은 정성이 아니라 순수 히스테리이다. 시험 성적에 맞춘 교육으로는 기능인을 기를 수는 있어도 절대로 '창의적' 인간을 키우지는 못한다. 21세기 인간 발전과 사회 발전에 가장 필요한 것이 창의성이라고들 입을 모아 말하는데 이 점에서 보면 지금 우리 교육은 교육이 아니라 교육의 포기이고 배반이다. 교육이 교육을 배반한다면 그보다 더 큰 실패가 어디 있는가? 이 실패는 인간과 사회를 망친다는 점에서 '반역'의 수준에 육박한다. 우리에게 힘이 되는 교육과 그렇지 않은 교육을 구분하고 대책을 세우는 일, 그것이 지금 우리 사회 교육의 일대 과제다. 그것은 부모들의 깨침만으로 해결될 문제가 아니다.

경향신문 2005. 7. 15

두 나라의 찌그러진 아이들

> 십대 폭력은 '억압으로부터의 탈출'이고 '억압의 방출'이라는 특수한 성격을 띤다. 그 폭력은 압력솥을 벗어나려는 출구 찾기의 처절한 형식이다.

아이들은 왜 비뚤어지는가? 십대 청소년 문제는 기묘하게도 지금 한국과 일본 두 나라의 사회적 현안이다. 한국 아이들만 비뚤어진 것이 아니라 일본 아이들도 그러하고, 그 아이들이 저지르는 일탈적 행동의 양상과 성격, 그리고 충격적 사건들의 돌출 시점도 아주 비슷하다. 일본에서는 금년 들어 벌써 세 건의 청소년 살인이 발생하고 있다. 14세 중학생이 11세 소년을 죽인 지난 5월의 이른바 '고베 사건'은 가장 최근의 것이면서 가장 충격적인 것이다. 이 중학생은 그가 죽인 소년의 사체를 칼과 톱으로 난자한 다음 목을 자르고 그 잘린 목을 비닐봉지에 담아 자신이 다니던 학교 교문 앞에 보란듯이 갖다놓는다. 한일 양국은 아이들이 사람 죽이는 나라가 되어 있다.

청소년 문제의 사회적 발생 문맥 면에서도 한일 두 나라는 서로 무시할 수 없는 공통성을 갖고 있다. 양국은 동아시아 유교 문화의 전통을 공유하고 있고 자본주의적 사회 발전 과정이 서로 비슷하며 교육제도 역시 유사하다. 가족 가치도 비슷한 데가 많다. 일탈 청소년이 점점 지배적으로 중산층 가정에서 나오고 있다는 것도 닮은 점이며 그 중산층의 형성 과정에도 비교할 만한 유사성이 있다. 억압적 제도와 향락문화가 나란히 공존하는 사회라는 것도 닮은 부분이다. 서로 닮은 조건을 가진 두 사회가 서로 비슷한 십대 문제로 지금 다 같이 고민에 빠져 있다면 문제의 '원인'에는 유사성이 없을 것인가? 십대 문제는 두 나라를 멍들게 하는 어떤 공통적 사회 모순의 폭발점이면서 동시에 공통적인, 혹은 유사한 사회적 위기의 노출 지점일지 모른다. 우리가 일본 아이들의 문제에 대한 일본 사회의 원인 분석과 대응을 눈여겨보아야 하는 것은 그 때문이다.

고베 사건 이후 일본의 분석자들이 내놓고 있는 원인 진단은 '일본 사회'와 '일본식 교육'에 집중되고 있다. 몰가치적 경쟁, 성공, 적응, 무자비한 살아남기 등의 문화는 우리 경우와 마찬가지로 일본 사회가 아이들에게 강요하는 가치이며 교육은 이 가치의 체계적 수행자이다. 분석자들은 일본식 교육제도를 출구 없는 '압력솥'에 비유한다. 그 안에서는 압력의 요구에 순종하든가 아니면 억압의 솥을 깨고 폭발하는 도리밖에 없다. 고베 사건의 14세 소년 살인범은 자기를 병신 만드는 학교에 '보복'하기 위해 일을 저질렀노라 진술하고 있다. 그 어머니에 따르면 아들은 작년 언젠가 학교에서 울며 돌아온 뒤로 말이 없어지고 고양이며 비둘기 들을 잡아다 '고문'하고 공포 만화와 비디오를 보면서 몸에 칼을 지니고 다니기 시작했다 한다. 학교 선생님이 아이들에게 "저애와는 놀지 말라"고 말한 것이 당시 소년을 울린 상처이다. 그리고 지난 5월, 학교에서 싸움을 벌이다 정학을 맞은 소년은 무언가 '큰일'을 저질러 학교에 복수하겠노라 자랑삼아 말하고 다녔다.

눌린 아이들은 눌린 만큼 보복의 충동에 시달린다. 그 보복이 외향적인 것일 때 사회적 파괴행위가 발생하고 내향적일 때 자기 파괴가 발생한다. 십대 폭력은 '억압으로부터의 탈출'이고 '억압의 방출'이라는 특수한 성격을 띤다. 그 폭력은 압력솥을 벗어나려는 출구 찾기의 처절한 형식이다. 일탈 청소년은 비뚤어진 아이들이기에 앞서 압력을 견디지 못해 '찌그러진 아이들'이다. 그러므로 아이들을 찌그러뜨리는 사회적 압력과 요인과 모순에는 눈 딱 감고 그들의 일탈행위만을 문제삼는 것은 우둔하고 잔인한 대응방식이다. 물론 모든 청소년 일탈이 사회적 요인만으로 설명될 수 있는 것은 아니다. 그러나 사회적 요인을 보지 않는 것은 어른 사회의 책임 회피이고 반성의 거부이며, 문제 해결이 아니라 문제의 뿌리를 보지 않으려는 능동적 마비증세의 적극적 발현이다.

원인 분석의 측면에서 한국 사회가 보이고 있는 것은 바로 그 마비증세이다. 일본 못지않게 아이들의 정상적 성장을 불가능하게 하는 압력솥 교육제도와 사람을 사람으로 키우지 않고 사람으로 대접하지 않는 사회 모순들은 그대로 방치한 채 청소년 일탈을 '도덕교육의 부재'에서 찾는 것이 우리식 진단이며 "못된 놈은 호되게 다스려야 해"라는 것이 우리식 대응이고 아이들의 여린 혼을 파괴하는 모든 장치와 환경은 그대로 둔 채 '일본 폭력 만화와 비디오의 영향 때문'이라며 이웃나라 장사꾼들을 손가락질하는 것이 우리식 분석이다. 손가락질해야 할 더 근원적인 지점들이 없단 말인가?

내부적 국지적 검토 못지않게, 한일 양국은 지금 청소년 문제에 대한 공동 연구와 대응을 모색해야 할 필요가 있다. 양국은 두 나라 사회를 멍들게 하는 근원적 병인이 무엇이며 그 병인의 상호 영향 관계는 어떤 것인가를 살펴야 한다. 두 나라는 이미 그 병인을 치유할 내적 자원의 고갈이라는 위기에 직면해 있는 것은 아닌가? 양국은 문명의 재편을 향한 공동 노력을 출발시켜야 할 단계에 내몰려 있지 않은가?

한겨레 1997. 7. 17

문화 유전자의 비밀

인체 유전자 집단(게놈)의 지도가 완성되었다는 것은 아닌 게 아니라 큰 사건이다. '몸'은 플라톤이 생각했듯 그 자체로는 아무 정보도 갖고 있지 않은 '망각의 자루'가 아니다. 서사시 『오디세이아』가 24장으로 구성된 책이라면, 몸은 23장(23개 염색체쌍)으로 짜여진 세포핵들의 유전자 집단, 곧 '유전자 책'이다. 지금까지 신의 비밀 장부로 남아 있던 그 책을 인간이 읽어낼 수 있게 되었다는 것이 유전자 지도 완성의 의미다. 그 책에는 한 개체의 생물학적 생애를 결정하는 모든 유전 정보들이 들어 있다. '몸'은 이제 비밀도 우연도 아니다. 개체의 미래도 그러하다. 탄생의 순간 그는 이미 자신의 미래가 적힌 일기장을 갖고 태어난다. 그 일기장에는 이를테면 이렇게 씌어 있다. "나는 스물아홉 살부터 심부전증을 앓고 마흔에 발작할 것이며 쉰아홉에는 후두암에 걸린다."

인간이 흥미로운 존재인 것은 그에게 비밀이 많기 때문이다. 비밀이 없을 때는 비밀을 만드는 것이 인간이다. 유전자 지도 완성은 인간에게서 비밀을 뺏고 그를 완벽한 투명성의 존재로 만드는 것 같아 보인다. 그러나 정말 그럴까? "한국인은 정이 많다"랄 때의 그 '정'의 비밀을 게놈 지도로 읽어낼 수 있을까? "내 유전자는 그리워하는 정보밖에는 가진 게 없다"고 시인 이문재는 읊고 있다. 그 '그리움'을 게놈 독법으로 읽어낼 수 있을까? 한국 남자들은 왜 술자리에 여자가 있어야 한다고 생각하는지, 왜 목에 힘주고 길바닥에 가래침 뱉기 좋아하는지 유전자 독법으로 해독해낼 수 있을까? 한국 여성들이 왜 남아를 선호하고, 아들의 대학 합격을 위해 백일기도하고 입시장 담벼락에 엿을 갖다붙여야 하는지 게놈 지도로 해명할 수 있을까? 그럴 수 없다. 인간은 생물학적 존재이기만 한 것이 아니라 문화적 존재이며, 이 문화적 존재로서의 인간은 생물학적 해명만으로 이해될 대상이 아니기 때문이다.

'문화의 세기'라는 말의 유행에도 불구하고 문화의 크기, 중력, 기능에 대한 우리의 사회적 인식은 그리 깊지 않다. 문화라면 대개 우리는 '문화예술'의 문화, '전통문화'나 '문화 산업'의 문화, 대중 또는 고급문화의 '문화'를 머리에 떠올린다. 그러나 실제 생활 세계에서 보면 우리가 쓰는 문화라는 말의 의미는 넓다. 음주문화, 교통문화, 청소년문화, 청탁문화, 뒷거래문화, 파쇼문화, 반공문화, 경장敬長문화, 관료문화—'문화'가 들어가지 않는 곳이 없다. 실제로 이 넓은 의미의 것, 이 다양한 용도의 것이 '문화'이다. 영국 시인 오스카 와일드는 인간의 삶을 감싸는 거대한 '봉투'가 문화라고 말한다. 봉투라는 말은 오히려 협소하다. 문화라는 이름의 우주라고 말하는 편이 더 정확하다. 사람은 문화의 우주 안에 태어나고 그 우주 안에서 '인간'이 된다. 그의 출생은 생물학적 사건이지만 그의 성장은 문화적 사건이다.

그런데 그 봉투, 그 우주의 비밀은 무엇일까? 그 비밀이 무엇이기에 사람들은 제각각 차이와 다양성을 가진 존재로 성장하는 것일까? 특정의 문화권에 태어난 사람들은 왜 비생물학적 공통성을 나눠 갖는 것일까? 쌍둥이도 서로 다른 문화권에 집어넣어 키우면 아주 다른 어른으로 자란다. 문화의 이 비밀은 아직도 많은 부분 비밀로 남아 있다. 우리가 아는 것은 "세 살 버릇 여든까지 간다"라는 속담의 진실, "특정 문화는 특정의 사회관계를 재생산한다"라는 통찰의 진실뿐이다. 가부장제 문화에서 자란 사람은 가부장제적 사회관계를, 권위주의 문화에서 자란 사람은 권위주의 체제를 재생산할 가능성이 높다. '세 살 버릇'이 의미하는 것도 이미 세 살 때 개체가 체득한 문화, 곧 그의 문화 유전자이다. 이 문화 유전자의 중력은 강하고 그 수명은 길어서 노망의 순간까지 우리를 지배한다.

문화는 한 개체에게 주어지는 우주이다. 그러나 그 우주는 인간이 만든 것이므로 바꿀 수 있고 거기서 탈출할 수도 있다(물론 '집단적 우주'로서의 문화를 바꾸는 데는 오랜 시간이 걸리지만). 시대에 맞지 않는 문화, 사람 괴롭히는 고약한 문화는 바꾸고 새로운 문화를 만들어야 한다. 이것이 '문화 개혁'이다. 민주주의 문화는 비민주적 문화의 개혁 위에 피어나는 새로운 문화이며 요즘 사회적 화두가 된 '기부문화' 만들기도 시민적 공공성이 빈약한 문화를 자발성과 공공성에 높은 관심을 가진 문화로 바꾸어내는 일에 연결되어 있다. 이 문화 개혁의 기획을 담당해야 하는 것이 바로 시민사회다.

동아일보 2000. 6. 28

컬트 집단, 그리고 가슴에 구멍난 사람들
—사이비 종교 집단 판별하기

현대 문명사회가 제기하는 여러 고약한 문제들 중의 하나는 문명의 발전 정도가 높은 사회에서일수록 이상하게도 고통을 경험하는 사람들이 많아진다는 사실이다. 이 고통은 물질적 빈곤과 궁핍에서 야기되는 것이 아니다. '먹고살기'의 차원에서 보면 현대 선진 문명사회는 인류 역사상 어느 때보다도 풍요로운 삶의 가능성을 제공한다. 선진사회에서도 아직 빈곤은 남아 있지만, 그것은 굶주림이 죽음의 원인이 되는 그런 정도의 절대 빈곤이라기보다는 분배의 편차에서 발생하는 상대적 빈곤이다. 상대적 결핍감도 고통의 한 원인일 수 있다. 그러나 현대인이 느끼는 고통은 물질적 빈곤에서 오는 것이 아니라 정신의 위기, 의미의 위기, 가치의 위기에서 더 많이 초래된다.

잘 먹고 잘살기는 하는데 그 삶이 인간의 내부에 큰 구멍을 내고 있을 때, 그리고 그 구멍을 돈으로 메울 방도가 없어 보일 때, 인간은 정신의 위기를 경험한다. 이 경험은 의식적인 것일 수도 있고 무의식적인 것일 수도 있다. 물질적 삶의 안정과 풍요에도 불구하고 사람이 행복감을 느끼지 못할 때, "나는 왜 사는가?"라는 질문과 "내 삶을 의미 있게 하는 것은 무엇인가?"라는 질문이 끊임없이 제기될 때, 사람은 의미의 위기를 경험한다. 자신의 삶이 어딘가 단단히 잘못된 것 같고 아무

래도 '가짜' 같아 보일 때, 사람은 진정성의 위기를 경험한다. 진정성authenticity의 위기는 사람이 자기 삶에서 가치를 발견하지 못하거나 가짜 가치에 눌려 진정으로 가치 있다고 생각되는 것의 추구가 좌절될 때 오는 불만의 경험이며, 진짜와 가짜 사이의 메울 길 없는 간극을 의식하는 자기 분열의 경험이다. 이런 위기는 그러나 많은 경우 사람들에게 꼭 집어 그 원인을 말할 수 없고 이름 붙이기 어려운 형태로 존재하고 경험된다.

위기는 사람을 불안하게 한다. 불안은 인간 생존의 조건이지만 현대인은 불안을 견딜 수 없어한다는 특징을 갖고 있다. 그러므로 인간은 불안할 때 그 불안을 어떤 형태로든 해소하려는 강한 욕구를 발동하며, 마땅한 해소의 방도가 없을 경우에는 "방법이 없다"는 좌절감이 다시 불만을 증대시키고 불안을 가중시킨다. 현대 문명의 문제는 사람들에게 불안을 증대시킴과 동시에, 더 나쁘게는, 그 불안을 해소할 방법을 제시하지 않는다는 데 있다. 문명이 제시하는 거의 유일한 해소책은 돈, 소유, 소비를 통한 '행복의 성취'인데, 이 방식은 해결책이 아니다. 돈, 소유, 소비의 유일 가치화 자체가 문제의 근원이고 불안의 기원이기 때문에, 그 방식은 해결책이 될 수가 없다.

어떤 불만과 위기감 때문에 가슴에 구멍난 사람들, 자기 분열을 경험하면서도 그 분열을 봉합할 마땅한 방도를 갖지 못하는 사람들—이런 현대인일수록 '구원의 메시지' 앞에 허약하고, 모종의 구원 공식을 내세우는 유사 종교 집단, 컬트 집단, 사이비 신앙단체들에 쉽게 유혹된다. 유사 또는 사이비 종교 집단들이 문명사회 일각에서 번성할 수 있는 것은 그들의 유혹에 말려드는 위기의 고객들이 그만큼 많기 때문이다. 따라서 종교와 신앙의 자유를 보장하는 민주사회에서는 이 자유를 다치지 않으면서 어떻게 유사-사이비 컬트 집단의 번성을 막을 수 있을까가 극히 중요한 사회적 문제가 된다. 컬트 집단이 일으키는 문제는 한두 개인의 신앙의 문제가 아니라, 이미 우리가 나라 안팎에서 수없이 목격하듯, 한 사회에 집단적 고통을 발생시키고 사회적 대가를 요구하는 문제이기 때문이다. 그것은 또 교육 담당자들에게 제기되는 문제이기도 하다. 그런 집단의 유혹으로부터 스스로를 방어할 수 있는 힘을 피교육자에게 길러주는 일은 교육의 몫이기 때문이다.

전통 종교와 유사 컬트 집단을 구분하는 일은 그리 어렵지 않고 판정의 기준을 설정하는 일도 그리 힘들지 않다. 첫째 기준은 우선 어떤 구원의 공식이 제시되는가에 주목하는 일이다. 종교와 신앙의 문제는 결코 합리적 이성적 기준으로 따질 것이 아니지만, 그렇다고 해서 이성적 기준이 모든 경우에 마비되어야 하는 것도 아니다. 이를테면 특정의 날짜를 박아 구원자가 강림한다거나 '휴거'가 일어난다는 식의 공식, 세상에 조만간 큰 사변이 일어나고 심판의 시간이 내일모레로 임박했다는 식의 공식은 이미 수없이 그 '사기성'이 밝혀진 가짜이다. 교주 또는 집단의 지도자가 스스로를 '메시아' 혹은 '구원자'로 내세우는 것도 가짜 집단의 특성이다. 둘째 기준은 문제의 집단이 구원 자체를 '상품화'하고 있는가 아닌가를 따져보는 일이다. 가짜 집단은 거의 예외 없이 추종자들에게 금품과 재산의 헌납을 강요하거나 자진 헌납을 유도함으로써 구원을 상품화한다. 구원을 팔아 살찌는 자가 누구인가를 판단하는 일은 최소한의 이성적 작업이다. 셋째, 박해의 위협이 강조되고 있는지 어떤지를 보는 일이다. 가짜 집단일수록 자기 집단을 위협하는 사탄, 마귀, 혹은 모종의 세력이 있다고 주장하고, 그 위협세력을 제거해야 한다고 말한다. 그 위협세력으로 지목된 것의 성질과 존재 여부를 따지고, 제거를 위해 권고되는 방식이 어떤 것인가를 검진하는 일은 최소한의 이성적 작업이며 합리적 판단이다. 종교는 결코 몽매 위에 서 있는 것이 아니다.

이 세 가지 기준으로 본다면, 사이비 종교 집단은 물질문명의 모순으로부터 발생하는 정신의 위기, 의미의 위기, 가치의 위기를 역이용하고 있음이 드러난다. 이것이 정신성의 상품화이다. 상품화를 거부하는 것이 정신성이라면, 사이비 집단은 바로 그 정신성의 위기를 극복하게 해준다는 공식 자체를 상품화한다. 이런 집단들이 현대인의 정신적 위기에 대한 어떤 탈출구도 될 수 없는 이유는 거기에 있다. 그들은 사람들의 위기를 거꾸로 이용하여 가슴의 구멍을 메워준다는 구실로 손쉬운 구원 공식을 판매하고 그로부터 이득과 권력을 챙긴다.

대학을 나온 고급 인력과 기술 엘리트들까지도 사이비 종교 집단의 먹이로 곧잘 전락한다는 것은 현대 교육의 맹점 부위를 보여주는 현상이다. 기술의 시대일수록 각급 학교에서 기술 위주 교육, 직업 위주 교육, 혹은 기능 위주 교육의 위험성은 깊이 인식되어야 하고 그 위험성에 대한 교육적 처방이 강구되어야 한다. 인문주의적 가치교육, 인간교육, 이성적 판단력의 증대를 위한 비판적 교육은 그 때문에 중요하다. 이것은 남의 나라 교육 얘기가 아니다.

중등 우리교육 1995. 6

개인주의와 집단주의의 악성 조합

한때 세계 학계에서는 집단주의와 개인주의라는 두 개의 축 가운데 어느 쪽으로 더 쏠리는가에 따라 세계 여러 지역의 문화적 특징을 규정해보려는 연구를 꽤 열심히 진행했던 적이 있다. 새뮤얼 헌팅턴이 '문명 충돌론'을 들고 나와 문화에 대한 사회과학의 관심을 정치학 쪽으로 납치하게 된 1990년대 초반까지 10년 남짓 사회학, 인류학, 심리학 같은 분야의 상당수 연구자들을 매료했던 것이 바로 그 집단주의 대 개인주의라는 구도다. 당시의 연구들을 보면 북서유럽 국가들은 대부분 '개인주의 문화'의 강세 지역에 속하고 남미, 아시아, 아프리카, 중동, 남부 유럽 일부 국가들은 '집단주의 문화'의 강세 지역에 속하는 것으로 되어 있다.

지금 돌이켜보면, 이 계열의 연구들은 방법론이 너무 단순하고 연구에서 얻어진 발견들도 상식을 크게 넘어서지 못할 정도로 진부한 것일 때가 많았던 것이 사실이다. 가령 이런 식이다. 집단주의 문화는 개인의 행복보다는 집단의 이익과 명예를 중시하고 개인의 자유보다는 가족 등 친밀 집단에 대한 충성을, 수평적 평등 관계보다는 수직 위계서열과 상부 권위에 대한 숭상을, 개인의 도드라짐보다는 집단의 내부 인화와 화합을 더 중하게 여긴다. 개인주의 문화에서는 '시끄러운 바퀴에 기름'칠해주고 '우는 아이 떡 하나 더' 주는 반면 집단주의 문화에서는 '모난 돌이 정' 맞는다. 집단을 앞세우는 문화에서는 소속 집단에의 무조건적 복종이 강조되고 소속원들은 자기 집단을 위해 기꺼이 싸울 것은 물론 목숨까지 바칠 용의도 갖고 있다—집단주의 문화에 대한 이런 식의 기술은 근대화 사회냐 전근대 사회냐의 구분에 자주 등장했던 것이기도 하다. 집단주의 문화의 가치 서열을 거꾸로 뒤집어놓으면 소위 '개인주의 문화'가 된다는 식의 주장도 별로 새로울 것 없어 뵈는 얘기다.

그렇다고 해서 그 1980년대식 문화연구에 귀담아들을 만한 발견이 아주 없었던 것은 아니다. 그 발견의 핵심을 요약하면 이렇다. "개인주의 문화권에서 '가치'라고 여겨지는 것들이 반드시 세계의 다른 지역에서도 동일한 액면가를 발휘하는 것은 아니다. 개인주의적 가치들은 인간 사회의 문화적 '보편'이 아니라 '특수'이며 지역적 크기로 따져도 세계의 70%는 오히려 집단주의 문화의 특성들을 갖고 있다. 그러나 경제적 번영과 사회적 지리적 이동성이 높아지면 높아질수록 개인주의적 가치들이 우세하게 나타나고 개인주의가 개인 이기주의로 변질하는 정도도 높아진다. 이런 문화적 변동은 상당한 위험성을 안고 있다." 당시 연구자들이 내놓은 이런 발견은 지금도 경청할 만한 것들이다.

민주사회라고 해서 반드시 개인의 이익만을 앞세우는 것은 아니라는 주장 역시 당시 연구가 내놓았던 발견사항의 하나다. 미국과 달리 유럽 국가들의 경우에는 지금도 개인의 품위와 그의 사회적 책임을 나란히 강조하는 건강한 개인주의 문화 모델들이 존재한다는 주장도 당시 연구에서 나온 발견의 일부다. 한때 미국의 개인주의는 개인의 행복과 이익 말고도 공동체의 가치를 존중할 줄 알았으나 현대 미국의 개인주의에서는 다른 어떤 고려사항보다도 개인 이익의 최대화가 가장 중요하다. 지금의 미국 백인 중산층 사람들은 자기들을 개인적 특성, 선호, 욕망의 집합으로 정의하는 반면 아시아 문화에서는 사람들이 사회관계의 망 속에서 자기 위치를 규정한다. "그래서 내게 득 되는 것이 뭐지?"가 현대 개인주의의 지배적 질문방식이다. 그러나 만사를 개인 이익을 잣대로 해서 따지고 드는 극단적 이기주의 성향이나 탐욕은 인간 본성의 항구한 법칙도 보편사항도 아니다—이런 주장도 지금의 경제학이나 생물학이 들으면 웃을 소리 같지만 그 80년대 연구들이 내놓았던 발견의 일부다.

어떤 문화도 완벽하게 집단주의적이거나 개인주의적이지 않다. 80년대 문화 연구자들이 설정했던 집단주의/개인주의의 구별 역시 순진한 이분법의 적용이기보다는 학문적 연구를 위한 순수 모델, 또는 '아이디얼 타입ideal type'의 일종이다. 중요한 것은 사회 변화가 어떻게 문화 변동을 유도하고 가치 체계를 서서히, 때로는 급격하게 변화시키는가라는 문제다. 지난 30년 혹은 40년간 우리 사회에 발생한 변화들, 특히 경제적 변화가 현대 한국인의 가치관, 인생관, 정체성 규정방식, 교육목표 등 문화적 차원에 일으켜온 지형 변화는 실로 심대한 데가 있다. 전체 그림을 놓고 보면 가장 현저한 문화 변동의 패턴은 '집단주의적 문화로부터 개인주의적 문화로의 대이동'이다. 이 이동 패턴의 어떤 부분은 정치 민주주의나 개인의 품위 향상 등 사회 발전이나 인간 발전에 긍정적인 것인 반면 어떤 부분은 아주 부정적이다.

이 부정적 변화들 중에서 우리가 백번도 더 주목할 것은

80년대 연구자들이 집단주의/개인주의로 분류한 문화적 특성들 가운데 가장 나쁜 것들을 용케도 골라서 뭉쳐낸 '악성 조합'의 측면이다. 집단주의 문화나 개인주의 문화의 좋은 가치들은 다 내버리고 집단주의의 가장 나쁜 것들과 개인주의의 가장 나쁜 것들만 골라 선택 조합하고 결합시키는 것이 악성 조합이다. 문화적으로 보면, 우리 사회에는 전통적 집단주의의 가치, 이데올로기, 지향들과 근대 개인주의적 문화 요소들이 아주 어지럽게 혼재하고 있는 것 같지만, 이 혼재 양상의 지배적 특성은 두 문화의 악성 조합, 곧 문화의 타락상이다.

타락을 보여주는 크고 작은 사건들은 거의 매일, 하루에도 수백 건씩 발생하고 있다. 최근의 가장 두드러진 사례가 전직 대학 교수와 판사 사이에 벌어진 이른바 '석궁 사건'이다. 사건의 발단 지점을 들여다보면 대학, 학회, 정부 부서, 사법 당국 등 우리 사회의 위세당당한 집단들이 집단주의 문화의 악성 요소와 개인주의 문화의 악성 요소들을 잘도 결합시키고 있었다는 사실이 드러난다. 집단주의가 악성의 개인주의와 결합하면 집단 이기주의 혹은 '집단적 개인주의'가 된다. 개인주의가 악성의 집단주의와 결합하면 개인의 이익과 행복을 집단의 뒤에 숨어서, 집단의 이름으로 추구하는 '개인 집단주의'가 나온다.

이런 악성 조합의 결과는 문화의 타락이다. 그 타락은 누가 치유하고 어떻게 치유할 것인가? 지금 우리 사회는 이런 타락 앞에서 하루에도 열두 번은 더 울어야 할 이유를 갖고 있다.

한겨레 2007. 1. 19

증오의 문화

문화는 한 사회를 건강하게 하기도 하고 병들게 하기도 한다. 맞는 말 같긴 하지만 일반화하기에는 무리가 많은 진술이다. 한 사회의 문화는 결코 하나일 수가 없다. 한 나라 혹은 한 사회에는 다수의, 그리고 다층적인 '문화들'이 있는 것이지 단수로 표현할 만한 '단 하나의 문화'가 있는 것은 아니다. 그러므로 "문화는 한 사회를 건강하게 하기도 하고 병들게 하기도 한다"로 얼버무릴 것이 아니라 최소한의 제한사라도 붙여 "어떤 문화는 사회를 건강하게 하고 어떤 문화는 사회를 병들게 한다"고 말해야 할 것 같다. 물론 이렇게 고친다고 해서 진술이 아주 정확해지는 것도 아니지만, 짧은 지면에서 '문화론 입문'을 시도하자는 것이 지금 이 글의 목적은 아니다. 요즘 우리 사회를 병들게 하는 문화 혹은 문화들이 있다면 그것(들)은 무엇인가?

독자의 머리에는 지금 우리 사회를 진흙탕에 처박고 있는 다수의 '문화들'이 떠오를 것이다. 다수의? 물론이다. 이를테면 시샘과 질투의 문화는 단군 이래 최고 수준에 도달해 있고, 불신의 문화는 너무도 지독하고 골이 깊어 문화라기보다는 오히려 집단적 정신질환 수준이며, 이기주의와 집단 떼쓰기 문화는 사회적 효용이나 합리성과는 적어도 3만 리 이상 떨어져 있어 역시 문화라기보다 광기에 더 가깝다. 정서적 이데올로기적

완고성의 문화와 파벌주의는 객관성이나 공정성 같은 사회적 가치와 기준들을 찜쪄먹은 지 오래다. 이뿐일까? 아니다. 지금 우리 사회를 병들게 하고 사회 내부에 깊은 파열과 붕괴를 일으키고 있는 문화 혹은 문화적 요소들은 훨씬 더 많다. (지금 이 글의 목적과는 관계없는 소리지만, 이런 부정적 문화들을 고치고 잠재우기 위한 것이 아니라면 도대체 한 나라의 '문화정책'이란 무엇일꼬?)

이 많은 '부정적' 문화들을 목록에 담아보고 그중에 개인적 집단적 성찰, 반성, 척결의 필요성이 가장 높은 것은 어느 것인가 한번 순번을 매겨보는 것도 이번 여름철 휴가를 보내는 한 가지 방법이 아닐까 싶다. 나더러 꼽으라면 그 목록의 꼭대기에 올리고 싶은 것은 단연 '증오의 문화'다. 서로 죽도록 미워하기, 그것이 '증오'라는 것이다. 한국 사회는 지금 증오로 끓고 있다. 사람들은 지역을 갈라 서로 증오하고, 소속 집단이 뭐냐에 따라 서로 죽도록 미워하고 정치세력들은 자기 편이 아니면 죽어라고 미워한다. 언론은 증오의 문화를 문제삼기는커녕 언론 자신이 거기 더 깊이 빠져 있다. 모두가 증오의 대상을 갖고 있다. 증오는 우리에게 삶의 방식이며 정체성의 표현법이고 기쁨의 원천이며, 존재 이유다. 누군가를 죽도록 미워해야 살맛이 나고 죽어라 하고 미워해야 내가 즐겁다.

증오는 분노와 다르고 화내기와도 다르다. 분노나 화는 감정의 일시적 파동 같은 것이어서 시간이 지나면 풀리고 성찰을 통해 해소되기도 한다. 화가 풀리면 사람들은 "화내서 미안해"라고 말할 줄도 안다. 그러나 증오는 훨씬 지속적이며 완고하고 성찰을 거부하며 맹목적이다. 증오는 시간이 지나도 풀리지 않고 "미안해"라고 말하지 않는다. 증오는 그 대상에 대한 어떤 존경도 거부하며 상대에 대한 치열한 경멸 위에 번창한다. 분노와 달리 증오는 사회적 전염성이 높고 훨씬 집단적이며 파괴적이다. 화는 개인적으로 통제될 수 있는 반면 집단적 증오는 개인의 통제력을 넘어선 곳에서 작동한다.

현대 한국인이 다른 나라 사람들보다 유독 생물학적 '증오의 유전자'를 더 많이 갖고 있는 것이 아닌 한 지금 우리 사회를 나포하고 있는 증오는 단연 '문화'이며 문화적으로 생산 배양되고 전파되는 것이라 말해야 한다. 증오의 문화는 '증오하는 사람들'을 만들고 길러낸다. 문화의 큰 힘은 사회 구성원들의 정신과 정서 상태, 그리고 행동방식을 조형한다는 데 있다. 증오의 문화는 증오하는 사회적 개인들을 부단히 재생산한다. 이 증오의 문화는 무엇에 연유할까? 시샘과 질투, "저 녀석이 내 것을 가져갔다"는 박탈감, 자기 불만, 합리적 성찰의 거부, 완고한 사상과 이데올로기, 편협성—이 모두가 증오의 문화와 관계있다. 어떤 사회도 증오의 문화를 아주 없애지 못한다. 그러나 어떤 사회는 그 문화를 잠재울 줄 알고 어떤 사회는 그 문화를 증폭시킨다. 증오의 문화가 창궐할 때 사회는 깊게 병든다. 무슨 처방이 있을까? 그 처방을 생각해보기, 이것도 이 여름 우리 사회의 공안公案이 아닐 수 없다.

경향신문 2003. 8. 20

잘난 돌

자기를 내세우고 자랑하고 광고하는 것은 사실 우리 문화의 체질과는 맞지 않다. 능력이 있어도 숨기고 재주가 있어도 드러내지 말아야 한다고 가르쳐온 것이 우리 문화다. 선물을 받았을 때에도 한국인은 "감사합니다"라고 곧바로 말하지 않는다. 속으로는 고맙고 반가우면서도 "뭘 이런 걸" 어쩌고 하면서 일단 표현 각도를 눙치고 간접화하는 것이 한국인의 어법이다. 옆집에서 떡을 사들고 왔을 때 어떻게 인사하는가라는 질문이 초등 3년생들에게 주어졌을 때 한 아이가 써낸 답은 이러하다. "아이고, 뭐 이런 걸 다 가져오십니까?" 아이는 엄마의 평소 어법을 충실하게 반복한 것이다. 이런 것이 한국인의 행동방식을 안내해온 문화의 화살표다.

그런데 지금, 그 화살표를 따라가는 사람은 홀랑 망하게 되어 있다. 세태가 달라지고 있다. 아니, 달라진 지 한참 되었다. 취업 면접장에 나간 젊은이는 있는 것 없는 것 다 동원해서 자기를 광고하고 스펙 내놓고 무슨 일이건 맡기면 다 할 수 있다는 듯이 넘치는 자신감을 표현하지 않으면 안 된다. "당신이 가진 능력은 무엇인가"라는 질문 앞에 "별 재주도 없는데요"라는 식의 겸양을 떨다가는 이력서 수백 통을 써 들고 다닐 운명을 자초한다. 겸양은 이미 취업 전선의 미덕이 아니다. 그것은 바보의 전략이다. 대학에서도 교수들은 학생들에게 능력을 과시하라, 자기를 광고하라, 뻔뻔스러워지라고 당부한다. 취업에 필요한 것은 동양적 겸양이 아니라 슈퍼맨의 망토다.

그러나 시대가 바뀌었다고 해서 문화의 오랜 안내판과 새로운 세태의 화살표 중에 어느 것을 따라야 하는가라는 갈등이 학생들의 가슴에 없을 리 없다. 그들의 머리에는 "모난 돌이 정 맞는다"는 속담의 가르침이 여전히 남아 있고 "잘났어"라는 비아냥거림도 알고 있다. 그 '모난 돌'의 '모'가 반드시 재주나 능력의 탁출함을 의미하는 것은 아니다. 그러나 남보다 더 잘나고 뛰어나다는 듯이 행동하는 것도 '모'내는 일의 하나임에 틀림없다. "우는 놈 떡 하나 더 준다"의 경우에도 그 시끄럽게 우는 녀석이 '모난 돌'이다.

지금은 잘난 돌의 시대, 누구나 잘난 돌이 되어야 살 수 있는 시대 같다. 그러나 잘난 돌이라 해서 자기를 터무니없이 광고할 수 있는 것은 아니다. 과대광고는 잘난 모가 아니라 못난 모다. 매사에 잘난 척하는 것도 잘난 모 살리기는 아닐 것이다. 어떻게 하는 것이 잘난 모를 살리는 길일까? 이 문제를 곰곰이 생각해보는 것이 지금 같은 잘난 돌들의 시대를 사는 대학생의 방법이고 지혜다.

대학주보 2005. 9. 3

21세기 원년의 우리 사회

근년 우리 사회에서 가장 문제적인 상황 하나를 정의하란다면 그것은 공론公論의 실종, 더 정확히 말해 '공론의 납치'다. 일부 식자들의 생각과는 달리 공론은 '하버마스의 유령' 같은 것이 아니다. 사적 이해관계들이 제아무리 복잡하게 얽힌 사회라 해도 그것들을 조정하고 넘어서는 공적 삶의 공간이 확보되지 않을 때 사회는 몰가치, 무규범, 무의미의 혼돈에 빠진다. 그 공적 삶public life의 공간을 만들고 지키는 데 필요한 것이 공공 담론으로서의 공론이다. 그것은 한 사회가 최소한 어떤 방향, 가치, 목적에 안내되어야 하는가를 사유하기 위해 이성의 공적 사용을 시도하는 담론이다. 그것은 허깨비 아닌, 공존의 정의正義로부터 요청되는 필요성의 담론이다. 그런데 그 공론이란 것은 지금 한국에서 실종 상태이다. 공론이 백이숙제처럼 제 발로 걸어 어디 산속으로 숨어버린 것인가? 아니다. 공중 납치당한 것이다.

납치한 자는 누구인가? 서슴없이 말하건대 우리 사회에서 공적 담론을 납치하고 실종시킨 것은 정치, 자본, 미디어의 세 세력이다. 정치? 오늘날 우리 사회의 정치 집단은 사적 이익 추구 집단과 거의 구별되지 않는다. 정당은 공당公黨이기보다는 공당을 참칭하는 '사당私黨'이며 그것이 추구하는 것은 공공의 선이 아니라 정당의 사적 소유구조를 영속화하고 독과점적 '권력 계급'을 공고화하려는 이해관계이다. 이런 이해관계의 고착과 그것에 의한 조작 때문에 우리의 경우, 마침내, 선거조차도 민주주의에의 기대를 배반한다. 정당 정치행태는 유권자로 하여금 투표할 이유를 알 수 없게 하고, 정치 언어는 공론의 언어가 끼어들기 어려운 기만과 욕설의 언어가 되어 국어 타락의 한 절정에 도달하고 있다.

자본? 시장 체제의 세계화와 생존 논리가 우리 사회에 특징적으로 등장시킨 것은 시장유일주의 멘탈리티의 분별없는 사회적 확산, 시장중심 논리의 공영역 접수와 지배, "시장은 언제나 옳고 선하며 실패하지 않는다"는 사고의 편만 현상이다. 시장에서의 성공이 모든 것을 용서하고 허용한다. 신神은 시장에만 있고 그 신은 열패자만을 골라 응징한다. 가진 자가 못 가진 자를 향해 "못난 놈"이라며 내놓고 경멸할 수 있게 된 것도 최근 몇 년 사이의 일이다. 시장 체제의 한국적 전개에서 가장 두드러진 것은 자본과 시장의 이해관계가 공익이 되고 상업주의적 가치와 판단이 공론을 압도하는 공론이 되었다는 사실이다.

미디어? 공론의 납치에서 미디어가 수행한 역할도 눈부시다. 객관성, 신뢰도, 공정성은 대다수 보도매체의 경우 이미 아무런 기준도 강령도 아니다. "객관성? 그런 것은 없다"가 오히려 보도의 기준이 되고 편가르기, 왜곡, 굴절, 호도, 은폐는 보도매체의 예외가 아니라 관행이자 상도常道가 되어 있다. 미디어가 이처럼 과감하게 타락할 수 있는 것은 스스로 권력 집단이 된 매체 조직의 오만, 독자를 항구히 속일 수 있다는 자신감, 여론은 조작될 수 있다는 확신 때문이다. 그러나 이 타락의 근본 요인은 매체 조직이 공론이나 공공성보다는 권력, 상업주의적 이득, 특권 향유를 자기 조직의 더 중요하고 결정적인 관심사로 앞세우게 되었다는 사실에 있다.

지식인 사회의 위기, 혹은 지식인의 자기 성찰이라는 화두에서의 지식인은 그냥 지식인이 아니라 사실은 '공공 지식인 public intellectual'이다. 공공 지식인이란 이성의 사회적 사용이라는 원칙 위에서 공공의 사회적 가치와 선과 규범을 위해 공적 삶의 문제에 개입하고자 하는 지식인이다. 그는 특정 분야의 전문 지식을 가진 사람일 수도 있고 아닐 수도 있다. 지식 근로자, 일반 시민, 지식산업 종사자, 예술인 할 것 없이 공영역의 문제에 관심을 갖고 거기 담론 제시의 방식으로 개입하는 사람이면 누구나 공공 지식인이다. 말하자면 그는 '공론을 제기하는 사람'이다. 그러나 그 지식인에게는 최소한 세 가지 자격 조건이 요구된다. 사적인, 혹은 상업주의적인 이해관계를 떠날 수 있을 것, 이성의 도구적 사용에 정지 명령을 내릴 수 있을 것, 불이익을 감수하면서도 사회와 문화의 모순을 직시할 수 있을 것 등이 그것이다. 공공 지식인이 기능적 지식 소유자나 방법적 전문가와 구별되는 것은 이런 조건들 때문이다.

그러나 지식인을 문제삼기에 앞서 우리가 먼저 성찰해야 하는 것은 공론의 장을 극단적으로 위축시켜 공공 지식인의 존재와 역할을 조롱하고 그의 설자리를 박탈하는 사회적 조건들이다. 공론의 장이 휘발한 곳에서 공공 지식인은 무엇을 할 수 있는가? '공론 제시'의 역할을 수행코자 하는 사람이 공적 담론을 펼 시간도 공간도 얻지 못할 때 그는 어디로 가야 하는가? 지식인이 공론을 펼 수 있는 최선의 공간은 공공의 매체이다. 그런데 그 매체 공간이 그의 담론을 배척하고 그것에 적대적일 때, 그의 투항을 유도할 때, 그가 할 수 있는 일은?

물론 이것으로 얘기를 끝낼 수 있는 것은 아니다. 우리의 경우 '지식인 사회'라 불리는 곳은 사실은 공공 지식인의 동네이기보다는 공론의, 여론의, 또는 의견의 이름으로 공론 납치 세력들과 결탁하고 그들의 이해관계에 고용되거나 고용되기를 자청한 사람들의 활동 공간일 때가 많다. 정치 영역에서 항구한 과두 권력 계급이 형성되어 있듯 이른바 지식인 사회에서도 '지식인 계급'이 등장하고 있다. 정치, 자본, 미디어는 권력 유지와 팽창을 위해 약간의 미끼로도 유혹이 가능한 지식인 계급을 파트너로 삼고자 하고, 지식인 계급은 또 그 자체의 이득을 위해 공론 납치세력과 제휴한다. 이것이 권력과 돈과 지식의 한국판 공생 관계이다.

시인 파블로 네루다가 "자본의 치즈에 빌붙은 벌레들" 혹은 "무덤 위의 빛나는 초현실적 양귀비"라 부른 것과 극히 유사한 이 한국적 지식인 계급은 의견 자유와 다양성을 내세워 객관성, 진리, 공론, 보편 등의 성립 불가능성을 곧잘 주장한다. 이 계급의 활동이 눈부실수록 사회는 무엇이 진실이고 무엇이 거짓인지 판별하기 어려운 혼돈 속으로 빠져들고 민주주의는 민주주의 같아 보이는 이 계급의 어법 속에서 공론과 함께 납치된다.

권력과 돈 외에는 아무것도 진실일 수 없는 사회는 이미 무의미한 사회, 활력의 가면 아래 시드는 허무한 사회다. 지식인 계급이 그런 사회를 초래하고 있다면 거기야말로 바로 공공 지식인의 개입이 필요한 지점 아닌가? 그러나 공공 지식인이고자 하는 사람은 권력과 상업주의에 다투어 고용되려는 '지식인 계급'에 끼지 못하고 자기 자신 그런 계급을 형성할 수 없기 때문에 그에게는 사실상 아무 힘이 없다. 그는 유효하게 사회의 주변부로 밀려나 있는 것이다. 이 주변성만이 그의 영광이다.

중앙일보 2001. 9. 8

역사적 재판의 역사적 의미

정치 민주주의의 원칙은 단 두 개의 명제로 요약된다. 하나는 "모든 사람은 법 앞에 평등하다"라는 것이고 또하나는 "모든 권력은 국민으로부터 나온다"라는 것이다. 이 명제들을 비틀고 왜곡 수정할 때 민주주의는 소극笑劇, 농담, 광대놀음으로 변질한다. 영국 작가 조지 오웰이 『동물농장』에서 보여준 것처럼 "모든 동물은 평등하다"라는 명제 위에 건설된 동물공화국이 "모든 동물은 평등하다. 그러나 어떤 동물은 더 평등하다"로 그 명제를 왜곡하는 순간 공화국은 광대놀음과도 같은, 그러나 고통스럽기 짝이 없는 전체주의 독재 체제로 바뀐다. 변질된 체제 속에서 권력은 국민으로부터 나오는 것이 아니라 '한 사람'(더 구체적으로는 그의 '총')에게서 나온다.

이 명제들을 바꾸는 자는 누구인가? 그는 그 명제들을 바꾸어야 할 강력한 욕망과 동기를 가진 자이다. 권력욕, 지배의 욕망, 복수심, 착취, 자기가 아니고서는 세상에 아무것도 되는 일이 없다는 망상—이런 것이 그의 욕망이고 동기이다. 그는 민주주의의 명제들을 비틀기 위해 사람들을 겁주고 고문하고 탄압한다. 그가 성공하는 순간 민주주의는 소극으로 바뀌고 정치는 사람들을 두들겨패고 뼈를 분지르고 목을 비트는 가혹한 사디즘의 영역이 된다. 잘못된 정치가 광대놀음이면서 동시에 비극이 되는 것은 이 때문이다.

정치의 이 같은 타락, 민주주의의 이 같은 소극화를 막을 수 있는 자는 누구인가? 그것은 하느님이 아니라 깨어 있는 국민이다. 깨어 있는 국민은 링컨이 게티즈버그 연설에서 잘 표현했듯 민주주의를 채택하고 그래서 민주주의의 명제에 '헌신하기로' 약속한 공동체 구성원들이다. 그 헌신은 어떤 신을 위한 봉납행위가 아니다. 그것은 바로 국민 자신의 권리, 이익, 행복을 제 손으로 지키고 관리한다는 능력과 명예의 확인이며 그 확인의 부단한 행사이다. 그러므로 정치 사디스트의 손을 중지시키고 독재를 막는 일은 국민의 자랑 아닌 의무이다.

이처럼 명백하고 간단한, 세 살배기 어린아이도 알아들을 민주주의의 명제들과 헌신의 요구가 단 한 번도 제대로 지켜지지 않고 존중되지 않은 것이 부끄럽게도 해방 이후 1990년대에 이르기까지의 이 땅의 현실이었다. 우리는 민주주의의 원칙들에 헌신하는 정치 지도자들을 갖지 못했고 우리 자신이 그 원칙들을 지켜내는 데 실패했다. 이 장엄한 실패담의 일차적 책임은 국민을 겁주고 두들겨패면서 복종과 충성을 강요한 권력의 사디스트들에게 있다. 가학자들이 독하게 총칼을 들이댈 때 움츠리고 겁먹지 않는 백성은 없다. 한 사람의 독재자는 한동안, 때로는 수십 년에 걸쳐, 이 움츠린 국민을 경멸하면서 그 국민 위에 군림할 수 있다.

그러나 모든 책임이 독재자와 그 하수인들에게만 있는 것은 아니다. 해방 이후 근 50년간 우리는 민주정치 아닌 광대놀음 비슷한 것의 주인공들을 줄줄이 우리의 정치 지도자로 가지게 되었는데, 이는 강요의 결과이면서 동시에 국민적 허용과 선택의 결과이기도 하다. 때로는 도생을 위해, 때로는 대권력의 '시혜자'가 던져주는 부스러기 권력, 떡고물, 빵조각을 얻기 위해, 그리고 대부분의 경우는 그냥 벌레처럼 낮은 자세로 엎드려 소리 없이 살기 위해 우리는 독재와 권위주의와 전체주의적 지배를 허용하고 용인한 것이다. 독재는 국민의 이 피동적 허용과 용인 위에 번성한다.

1996년 8월 26일 월요일, 대한민국 법정에서 두 사람의 전직 대통령을 상대로 진행된 선고 공판은 무엇보다도 민주주의 정치질서의 유린행위에 가해진 국민의 심판이라는 의미를 갖는다. 국민의 차원에서 이 공판은 한두 개인에 대한 '정치 보복'이 아니다. 그것은 우리의 50년 헌정사를 만신창이로 만든 왜곡의 역사에 대한 심판이며 그 잘못 진행된 역사를 제 궤도로 되돌리려는 의지의 가장 선명한 표현이다. 이번 공판의 이 중요한 첫번째 의미를 인식하지 않거나 인정하지 않으려는 사람들은 두뇌 일부를 안락사시키고 시신경을 마비시켜서라도 특정의 사적 이해관계를 지켜내려는 강한 동기를 가진 사람들이다.

1996년 8월 26일 월요일, 대한민국 법정에서 두 사람의 전직 대통령을 상대로 진행된 선고 공판은, 그러나 동시에, 우리 국민 모두가 우리 자신에게 내리는 준엄한 심판이기도 하다. 그것은 파탄의 헌정사를 묵인하고 용인한 피동성과 수동성에 대한 재판이며 민주주의의 명제들을 지켜내지 못한 부끄러움에 대해서 그 부끄러움의 주인들이 스스로 가하는 괴로운 심판이다. 이번 공판의 이 두번째 의미를 인식하지 않거나 인정하지 않으려는 사람들은 두뇌를 몽땅 안락사시키고 시신경을 모두 마비시켜서라도 민주질서의 유린행위에 또다시 동참하고 그것을 용인하려는 의지를 가진 사람들이다. 마틴 루서 킹 목사의 말대로 잘못된 것을 용인하고 불의不義를 허용하는 자는 불가피하게 그 불의의 공범자이다.

이 두 개의 의미, 그것이 1996년 8월 26일 월요일에 진행된 이른바 '역사적 재판'의 '역사적 의미'이다. 역사의 정의는 어디 먼 곳에, 역사 바깥에 초시간적 진리로 존재하는 것이 아니다. 그것은 한 시대의 공동체 구성원들이 어떤 공동체, 어떤 질서, 어떤 사회를 만들어나갈 것인가라는 문제를 놓고 서로 합의하고 선택한 원칙, 명제, 가치 들이며 1945년 이후, 더 정확히는 1948년 공화국 건립 이후(조금 더 거슬러올라가면 상해 임정이 공화국 헌법을 채택한 순간 이후), 우리가 선택한 또는 선택하기로 동의한 민주주의의 원칙과 명제 들이 우리 시대의 역사적 정의이고 그 정의의 기초이다. 그 정의가 부서지고 유린된 것이 '왜곡된 역사'이며, 그 비뚤어진 역사를 제자리로 되돌리기 위해 오류를 오류로 선고하는 것이 '역사적 재판'이다. 한 500년 후에, 또는 1000년 후에 내려지는 심판은 이미 당대적 정의를 떠난 것일 수 있다는 점에서 역사적 심판도 아무것도 아니다.

지난 50년간 우리가 작성해온 오류의 실러버스는 아무리 줄여서 말해도 우리의 수치이고 치욕이다. 헌정질서의 유린은 정치 차원의 추문으로만 끝난 것이 아니다. 사회적으로 그리고 문화적으로, 정치적 가학자들에 의한 테러리즘은 어느새 우리의 '심리적' 질병이 되고 '문화'의 일부가 되어 병든 사회를 만드는 데 기여했을 뿐 아니라 인명 경시와 인간 희생을 '놀라울 것 없는' 현실이 되게 했고 허위와 거짓말의 문화를 심화시켰으며 독재자를 예찬하고 추종하는 수동적 파시즘의 문화—'왕초와 똘마니의 문화'를 배양했다. 독재권력은 돈과 권력의 결착에 의한 부패문화를 조장함과 동시에 우리의 언어를 타락시키고 전통적 가치들(예컨대 '충의인효')을 돌이킬 수 없는 마피아적 오염권 속으로 추락시켰다. 역사적 안목으로 지난 반세기를 되돌아본다는 것은 우리의 이 찬란한 오류의 실러버스가 어떤 구실로도 방어될 수 없다는 사실을 인정하는 일이다.

자신의 오류와 실패를 깨끗하게 인정하는 국민이 위대한 국민이다. 그런 인정만이 동일 오류의 반복을 막을 수 있기 때문이다. 히틀러가 등장했을 때 대다수 독일 국민은 그에게 열광하고 그가 시키는 대로 움직였다. 패전 이후 독일 국민은 그 열광적 실수를 깨끗이 인정하고 그런 실수의 재발을 방지할 것을 국민의 결의로 채택했다. 우리가 일본을 향해 거듭 요구하는 것도 역사적 과오의 인정과 재발 방지의 결의이다. 우리의 그 말발이 서게 하기 위해서는 우리 자신이 치열한 자기 성찰과 반성의 능력을 발휘하지 않으면 안 된다. 일부 인사들은 이번의 역사적 재판을 놓고 누가 누구에게 돌팔매질이냐는 논리로 그 의미를 희석하려 든다. 그러나 그 팔매질의 가치는 그것이 무엇보다도 우리 자신에 대한 팔매질이라는 데 있다. 이 당당한 자세는 이번 공판에 대한 모든 종류의 냉소주의가 왜 부당한 것인가를 알게 한다.

민주주의는 결국 자유와 행복의 양립 가능성에 대한 믿음이다. 고 박정희 대통령은 행복을 위해 자유를 제거해야 한다는 것을 통치 원리로 채택했던 비극적 인물이며 그 이후의 군사정권들은 그게 안 되는 일인 줄 알면서도, 혹은 역사의식의 결핍과 복수심과 도생의 명령과 권력 욕망 때문에, 그 비극을 부당하게 연장하는 오류를 저질렀다. 누군가의 말대로 첫번째 것이 비극이라면 그 이후의 두번째 세번째 것은 그래서 소극이다.

이른바 '오류의 역사 청산'은 이번 재판을 끝으로 종식될 수 있을까? 청산의 청산은 가능할까? 원칙상 '마지막 청산'이나 '마지막 재판'이란 것은 있을 수 없다. 그러나 우리는 이번 것이 마지막이 되어야 한다는 결의와 희망을 가져야 한다. 오류의 반복 가능성은 얼마든지 있지만 그 반복을 막을 수 있다는 것, 막기 위해 깨어 있어야 한다는 것이 시민사회의 믿음이고 의무이다. 이것이 이번 공판의 세번째 의미이자 교훈이며 명령이다.

주간조선 1996. 8. 26

출판 위기, 공동 대응이 필요하다

위기 신호에도 효용 체감의 법칙 비슷한 것이 있다. 위기를 알리는 호루라기 소리가 너무 자주, 너무 오래 계속되면 그것은 이미 위기 신호가 아니다. 한국 출판이 고전하고 있다는 소식도 일반 시민의 귀에는 약효 떨어진 '구문'으로 들린다. 분명 절박한 위기임에도 불구하고 그것이 위기로 인식되지 못한다면 그런 상황 자체도 위기다. 지금은 출판계가 위기 신호의 발신을 넘어 적극적으로 위기 타개에 나서야 할 때다.

광복 이후 60년 동안 한국 출판계가 이루어온 빛나는 업적과 공헌에도 불구하고, 나는 지금의 우리 출판계가 '출판의 위기' 상황을 타개해나갈 공동의 전략을 부지런히 짜내고 열심히 지혜를 모으고 있다고는 생각하지 않는다. 출판사들이 개별적으로 노력하고 있지 않다는 소리가 아니다. 그러나 개별적 노력만으로는 어림없다. 출판계는 운명 공동체이며, 이 공동체의 생존과 발전을 위해서는 무엇보다도 출판의 미래를 튼튼하게 할 공동 전략의 연구와 모색이 필요하다.

길게, 그리고 종합적으로 판세를 들여다보았을 때, 출판의 근본적 위기는 독서 인구의 누진적 감소이다. '책 읽는 사람'의 수는 해마다 줄어들고 있다. 독서 인구의 감소와 독서문화의 위축은 우리 출판계가 정면으로 공동 대응해야 하는 근본적 위기다. 어떻게? 예컨대 '출판및인쇄진흥법' 같은 법령은 '업계'를 위해 필요하겠지만 그런 종류의 법규만으로는 독서 인구의 감소라는 더 본질적인 위기를 타개하기 어렵다. 아이들이 어려서부터 책과 친해지게 하는 프로그램의 공동 개발, 중등교육 바로잡기, 청소년을 포함한 국민 전체의 독서활동을 제도적으로 지원하는 법규의 제정, 독서 인프라의 확충, 독서문화의 위축이 사회적, 경제적, 정치적 위기이기도 하다는 사실을 국가에 똑똑히 인식시키는 정책 개발과 제안, 독서교육 담당자의 양성, 양질의 지식 생산을 담당할 저술 인력의 확보—이런 일은 한두 출판사가 감당할 수 없는, 그러므로 출판계 전체가 나서야 할 중대하고도 시급한 사안들이다.

출판의 중요성과 그것의 사회문화적 불가결성에 대한 확신을 가진 사람, 그가 '출판인'이다. 그는 독서 인구의 감소를 세계적 추세로 받아들여 "어쩔 수 없지"라고 체념하기를 거부하는 사람이다. 그는 시대의 흐름에 맞서고 그 흐름을 뒤집어 놓으려는 자이다. 그가 시대의 흐름을 뒤집고자 하는 이유는 그것이 '틀린' 흐름임을 알기 때문이며, 시대가 정신을 차릴 때 지금의 흐름과 추세들도 마침내 제 방향을 되찾게 될 것임을 믿기 때문이다. 이 확신범의 판단과 믿음은 옳다.

출판문화 2005. 10

태어나지 않는 아이들을 위하여

1960년대를 건너온 사람들의 기억 속에는 "둘만 낳아 잘 기르자"라던 그 무렵 우리 사회의 구호 하나가 남아 있다. 당시 농촌지역에서는 그 '둘만 낳아'에 대한 심리적 저항이 만만치 않았다는 것도 아는 사람은 안다. 정부의 산아제한 정책 앞에서 마을 노인들이 젊은이들에게 가르친 반대 논리(?)는 크게 세 가지다. 아이들은 저 먹을 복 자기가 타고 난다(그러니 억지로 줄일 필요 없다), 인명은 하늘이 주는 것이므로 사람이 함부로 조절할 일 아니다, 자손이 많아야 집안이 번창한다. 인구의 70% 이상이 농사에 매달려 있었던, 그러니까 우리가 아직 '농업사회'였던 때의, 지금 돌아보면 호랑이 담배 먹고 장구 치던 시절의 얘기다. 지금 그 시골에는 아이들이 없고 도시지역에서도 아이들은 줄고 있다. 농촌에는 아이를 낳을 만한 젊은 부부들을 보기 어렵고 도시의 젊은 부부들은 아이를 갖고 싶어하지 않는다. 40년 만에 우리 사회는 "둘만 낳아 잘 기르자"던 시대에서 둘은커녕 "하나도 키우기 힘들어"의 시대로 이행한 것이다.

합계 출산율 1.08이라는 최근 통계는 기초 덧셈으로 따져도 계산이 맞지 않다. 남녀 두 개체가 결합해서 얻는 2세 개체의 수가 겨우 하나라면 그건 순수 재생산에도 못 미치는 1+1=1의 밑지는 장사다. 이런 저출산 경향에는 경제적 이유

말고도 40년간의 사회 변화에 따른 심리적, 문화적, 사회적 이유들이 있다. 남아를 통해 혈통을 이어야 한다는 부계 사회적 남성중심주의가 이완된 것은 사회문화적 요인이다. 아들을 바라고 줄줄이 낳다가 딸만 일곱 낳았다는 식의 이야기는 요즘 좀체 들어보기 어렵다. "아들이건 딸이건 하나면 된다"로 젊은 세대의 태도가 바뀌었기 때문이다. 결혼이나 출산에 앞서 자기실현 욕구와 개인적 성취 의식이 높아지고 '희생'의 의미가 절하된 것은 심리적 문화적 가치관의 변화다. 전문직에 종사하는 여성들이 많아지면서 이들의 인생 경영이 상당한 독립성을 획득한 것도 중요한 사회적 변화다. 박사학위쯤 가지고 고급 전문직에 종사하는 여성들에게 결혼이란 '하게 되면 하는' 정도의 일이지 만사 제쳐놓고 달려들 목적사업은 아니다. 결혼해서도 그들은 직장 때문에 남편과 동서남북으로 갈라져 사는 일이 흔하다. 그런 부부들에게는 애 낳을 틈도 없고 출산 자체가 그리 중요하지도 않다.

그러나, 이런저런 이유들 중에서도 젊은 세대가 결혼과 출산을 겁내는 가장 큰 이유는 아이 키우기가 너무 힘든 일이 되었기 때문이다. 이건 삼척동자도 다 아는 사정이다. 문제의 원인을 제거하면 문제가 풀린다는 것도 다들 알고 있다. 그런데 무엇이 정말로 문제인가? 원인을 알아도 그 원인을 제거할 능력과 방법이 없으면 문제가 풀리지 않는다. 지금 우리가 그 꼴이다. 우리 사회는 젊은 세대와 젊은 부부들을 떨게 하는 고용 문제, 사교육비, 미래의 불투명성 같은 불안의 근원적 요인들을 제거할 능력이 있는가? 불안은 지금 우리 사회의 제1원인 같은 것이 되어 있다. 게다가, 문제의 원인을 알면서도 그것을 제거하지 못하는 것이 우리 사회의 특징이다. 기업, 개인, 국가가 고도의 경쟁 체제를 유지하지 않고서는 버틸 수 없다고 여겨지는 뜀박질의 시대에 경쟁과 여유, 긴장과 이완을 병합할 지혜, 자원, 방법을 우리 사회가 가지고 있는가?

뛰면서는 할 수 없는 것이 아이 낳기다. 아이 키우기도 뜀박질로 되는 일이 아니다. 그런데 우리는 지금 젊은 남녀들을 향해 "뛰어, 뛰지 않으면 죽어"라고 윽박지르면서 동시에 "아이도 낳아"라고 말하는 모순에 빠져 있다. 결혼하는 순간 이미 회사에서 '왕따'의 초기 단계로 들어서고 임신 4개월쯤이면 동료들의 따가운 눈총을 받아야 하는 직장 여성들에게 아이 낳으라고? 요행으로 직장을 유지한다 해도 아이는 누가 키워? 사교육비는 어떻게 대고? 오십대에, 빠르면 이미 사십대 중반에 퇴직을 걱정해야 하는 사람들에게 아이는 축복이 아니라 거대한 짐이다. 비정규직으로 전전해야 하는 수많은 젊은이들에게 결혼은 안정이 아니라 '두 사람의 지옥'이다. 그 지옥 속으로 또 하나의 생명을 초대하라고?

누구나 다 아는 이런 질문들을 새삼 던져보는 것은 출산율 저하가 우리 사회의 근본적인 모순으로부터 발생하는 문제라는 것, 그 원인을 제거해나갈 능력, 의지, 방법이 없거나 태부족인 상태에서는 결코 문제가 풀어지지 않는다는 것을 말하기 위해서다. 출산 장려금 몇 푼 주는 식의 대책으로는 문제가 풀어지지 않는다. 미구에 닥칠 노동력 부족을 걱정하면서 당장의 경쟁력과 생산성을 유지하기 위해 출산을 기피해야 한다는 것은 개인 문제 아닌 구조적 모순이다. 아이 낳아 기르기가 지극히 어렵게 된 사회에서, 그 어려운 조건의 제거 없이 출산을 장려한다는 것은 정책의 모순이다. 여성들에게 돈 벌어라, 애 낳아라, 잘 길러라, 그래야 현모양처가 된다고 말하는 것은 가부장제적 위선이고 착취다.

이런 문제들은 물론 정부 혼자의 힘으로는 풀 수 없다. 정부 말고도 기업과 시장, 개인과 가족 등 사회 전체가 달려들어도 풀까 말까 싶은 것이 저출산 문제가 드러내 보여주고 있는 우리 사회의 모순들이다. 그러나 그렇다 하더라도, 문제가 있을 때 공적 자원을 동원하고 분배하고 유효한 수단을 강구하며 사회의 각 구성 요소들로 하여금 문제 해결에 나서도록 유도하는 일은 정부의 책임이다. 예를 들어, 출산 장려금보다 당장 더 시급하고 근본적인 것은 많은 이들이 지적하듯 탁아소, 어린이집, 어린이도서관처럼 육아의 경비와 책임을 분담해주는 사회적 육아지원 체제의 확립이다.

이런 작업은 단연 정부의 몫이다. 핀란드를 보면, 동네마다 민관영의 탁아소가 있고 모든 시설이 무료다. 민영의 경우에도 운영비는 모두 국가가 부담해주기 때문이다. 민관 어느 쪽 시설에 아이를 맡기는가는 부모가 선택한다. 어느 쪽으로 가도 시설과 서비스 수준은 비슷하다. 우리나라는? 무슨 공공의 서비스를 하고 있는지는 알아볼 생각도 않고 "민간이 운영하는 곳은 국민 세금으로 지원할 수 없다"는 이유로 민간시설들을 철저히 따돌리고 지원하지 않는 것이 우리나라 관의 태도다. 오갈 데 없는 동네 아이들을 위해 탁아소, 공부방, 책방 역할을 해주고 있는 민영 작은 도서관 같은 데는 오랫동안 찬밥 신세다. 풀뿌리 민생을 돕기 위해 발 벗고 나선 사람들을 이처럼 냉대하고 우습게 아는 나라도 좀체 없다. 태어나지 않는 아이들이 태어날 수 있게 하기 위해서 우리 사회가 무엇을 해야 하는지, 공영역과 사영역이 지혜와 자원을 모아야 할 때다.

한겨레 2006. 5. 19

우리 시대의 날뛰는 소리

어느 시대에나 '날뛰는 소리들'은 있다. 때로는 무슨 대단한 복음처럼 들리고, "아, 그렇구나" 싶게 참신한 발견 같아 보이기도 하고, 견고한 진리의 소리처럼 들리면서도 사실은 틀린 소리인 것이 날뛰는 소리다. 사회 변화나 가치관의 혼란 때문에 사람들이 우왕좌왕할 때가 날뛰는 소리들이 날뛰기에 가장 좋은 순간이다. 날뛰는 소리들은 차분한 이성적 판단 과정을 거쳐 타당성을 검증받는 일 없이 한 시대의 날씬해 뵈는 유행 언어가 되어 대중의 상상력을 사로잡는다.

지난 몇 년간 우리 사회를 휘어잡고 있는 '날뛰는 소리들' 가운데 가장 강력한 것은 단연 'CEO주의CEOism'다. 기업 경영자가 우리 시대의 영웅이고 지도자임을 자처하고, 국가도 기업 경영하듯 해야 하며 가족, 사회단체 할 것 없이 모든 사회 영역과 조직 들이 기업적 경영 모델을 도입해야 한다고 말하는 것이 CEO주의이다. 이 CEO주의는 어느 틈에 우리 시대의 진리처럼 되어 있다. 대학 총장도 CEO, 언론사주도 CEO, 교회 목회자도 CEO를 자처하거나 자임하고 싶어한다. 대통령도 기업적 CEO여야 한다고 목청을 높이는 신문들이 있다. 이 CEO주의 앞에서는 다른 모든 소리들이 기죽고, 벌벌 기고, 항복한다. 그 진언의 광채가 빛나는 곳에서 다른 소리들은 모두 수치이거나 미망이다.

기업 경영에서 얻은 경험, 지식, 경륜이 타 분야에도 유용한 것일 수 있다는 데 이의를 달 사람은 없다. 경영의 경험은 소중하다. 탁월한 경영 CEO는 사회의 견인차이고 개혁자다. 그러나 그는 겸손해야 한다. 왜 겸손해야 하는가? 기업적 경영의 방식과 노하우와 목표가 사회 모든 영역에서 언제나 '최고'가 아니고 '사회적 이상'도 아니기 때문이다. 쉽게 말하자. 기업의 목표는 이윤추구다. 이 목표에 맞지 않거나 도움이 되지 않는 일은 하지 않는 것이 기업 CEO의 책임이자 의무이다. 기업 이익에 도움이 되지 않으면 해고도 해야 하고 구조조정도 해야 하며, 때로 부도덕하다는 지탄을 받을 짓도 하는 것이 기업 CEO이다. 투명성 높다는 미국에서도 굴지의 기업 CEO들이 분식회계를 주도했다가 하루아침에 투자자 신뢰를 잃고 주식시장을 파탄시킨 것이 이른바 '엔론 사건'이다.

또 쉽게 말하자. 사회 경영은 기업 경영과는 상당히 다른 차원의 것이다. 국가 경영도 그러하다. 기업 CEO는 '무능'을 이유로 사원을 해고할 수 있지만 시민은 어떤 경우에도 해고의 대상이 아니다. 시민은 어떤 의미에서도 고용된 존재가 아니다. 그는 오히려 정치권력의 주인이다. 그러므로 국가는 무능을 이유로 시민의 권리를 박탈하거나 정지할 수 없고 그의 사회적 존재권을 부정할 수 없다. 정치적 사회적 의미에서 '무능한 시민'이란 없다. 물론 사회적 열패자가 없는 것은 아니다. 그러나 그 열패자는 사회가 추방해도 되는 존재가 아니라 보호하고 감싸주어야 하는 존재이다. 사회는 기업과는 다른 경영학을 필요로 한다.

몇몇 드문 사례를 빼면, 우리 사회에서 재벌과 최고 경영자들이 사회의 존경을 받을 만한 윤리경영이나 도덕적 탁월성의 전범이 된 일은 거의 없다. 그런데 요 몇 년 사이에 CEO주의가 널리 퍼지면서 한때 패덕으로까지 여겨지던 재벌 기업의 경영 행태들이 지금은 되레 공적 미덕이 되고 성공 사례로 여겨지는 기이한 착시 현상까지 발생하고 있다. 무슨 짓을 해서건 돈만 벌면 성공이라는 몰가치적 태도가 젊은 세대의 정신을 녹슬게 하고 있다. 이 녹슨 정신들에게 사회정의 같은 것은 아예 관심거리가 아니다. CEO주의의 '날뛰는 소리'가 '널뛰는 사회'를 만들고 있는 것이다.

세계일보 2002. 11. 23

문화 쏠림과 문화 소외

> 좋은 삶이란 존 스튜어트 밀이 잘 말했듯이 "선택하는 삶"이다. 선택의 여지가 없는 삶보다는 이런저런 가능성을 선택할 수 있는 삶이 좋은 삶, 품위 있는 삶이다.

문화 나누기, 또는 '문화나눔'이라는 말이 요즘 부쩍 세간의 관심사가 되어가고 있다. 소득 격차가 양극화의 국면으로 심화되면서 문화 향수층이 얇아지고, 사람들이 문화를 누릴 수 있는 능력도 크게 위축되었기 때문에 공공의 수단을 동원해서라도 문화 향수 기회를 넓혀나가자는 것이 문화나눔의 취지다. 한국문화예술위원회(구 문예진흥원)의 '문학나눔'은 그런 취지로 진행되고 있는 대표적인 문화 나누기 사업의 하나다. 예술위원회는 정부로부터 배정받은 일정 액수의 복권기금으로 우수 문학도서들을 필요한 곳에 무료 배포하고 한 달에 한 번꼴로 '문학 콘서트'와 '작가와의 만남' 같은 행사를 열어 사람들에게 문학 누리기의 기회를 만들어주는 일에 나서고 있다. 복권기금으로 진행되는 사업이니까 이 모든 행사들은 당연히 무료다.

문화나눔의 배경에는 이른바 '문화 양극화의 해소'라는 취지가 깔려 있다. 소득 양극화가 문화 구매력에도 타격을 주어

시민의 문화적 삶을 궁핍화하고 있다는 것이 '문화의 양극화' 개념이다. 경제적 양극화와 문화 양극화 사이에는 일정한 상관관계가 없지 않다. 책 한 권 사고 싶어도 지갑 열기가 망설여지고 공연장이나 전시장을 찾고 싶어도 쉽게 발길 떼기가 어려워진다는 것이 소득과 문화 향수의 상관관계다. 문화가 제아무리 정신의 양식이라 해도 먹고사는 문제가 다급해졌을 때 문화는 별수없이 '식후경'이다. 생계를 부지하는 일은 선택하고 말고의 문제가 아닌 반면 문화는 선택적 사항이기 때문이다. "나는 굶을 수도 있다. 바람이나 마시지 뭐"라며 굶주림과 궁핍을 '선택'할 수 있는 사람은 히말라야의 도인 빼고는 없다. 그러나 영화 보러 갈까, 음악회에 가볼까 같은 것은 선택항에 들어간다. 물론 이런 선택성 때문에 문화가 덜 중요해지는 것은 아니다. 좋은 삶이란 것은 존 스튜어트 밀이 잘 말했듯이 "선택하는 삶"이다. 선택의 여지가 없는 삶보다는 이런저런 가능성을 선택할 수 있는 삶이 좋은 삶, 품위 있는 삶이다. 문화 양극화가 그런 선택적 삶의 가능성을 위축시킨다면 공공의 수단과 자원을 통한 문화 양극화 해소 노력은 충분히 의미 있다.

그런데 문화 양극화의 개념에는 사회가 주목해야 할 다른 두 가지 현상도 포함되어야 한다. 하나는 문화 소비가 한 방향으로 집중되는 '쏠림 현상'이고 다른 하나는 문화와 담쌓고 사는 '문화 소외 현상'이다. 이 두 가지 경향은 소득의 오르내림과는 별 관계가 없다. 볼거리, 구경거리 등 이른바 눈을 즐겁게 해서 '시각 쾌락'을 높여주는 쪽의 문화 상품이나 문화 시장에서 대박을 터뜨렸다는 소문난 '성공작'들을 향해 우우 몰려가는 것이 쏠림 현상이다. 또 돈이 있어도 책 한 권 사지 않고 여유가 있어도 공연장 같은 데는 절대로 가지 않는 것이 문화적 소외 현상이다. 고소득자라고 해서 반드시 문화 향수 수준이 높은 것은 아니다. 자신의 삶을 문화로부터 1000킬로미터 바깥에 격리시키기로 하는 '자발적 소외'가 문화 소외다. 이것도 선택적 삶의 방식인가? 자발적 소외라는 점에서는 그렇다고 말할 수 있을지 모른다. 그러나 선택은 반드시 '다양성'의 가치를 전제한다. 문화 소외는 다양성을 거부하고 궁핍을 선택한다. 쏠림 현상도 다양성을 위축시킨다는 점에서 궁핍의 선택이다. 다양성은 문화의 생명이다. 그러므로 쏠림 현상이건 문화적 소외이건 간에 궁핍의 선택이 강화되는 사회에서 문화는 위기 상황에 빠진다.

특히 문화적 쏠림 현상의 경우, 민주주의 사회일수록 그런 쏠림의 가능성이 높다는 것은 여러 사회적 관찰이 내놓고 있는 오래된 경고 신호의 하나다. 200년 전에 '미국의 민주주의'를 관찰하러 갔던 알렉시스 드 토크빌은 이미 그 무렵의 미국 민주주의가 사람들의 의견, 취향, 문화 소비에 상당한 '동질화'를 일으키고 있다는 사실을 발견한다. 그의 관찰은 여전히 유효하다. 서로 같아지고 동질화되지 않으면, 그 동질화의 거부 자체가 민주주의에 대한 위협이 된다고 느끼는 대중적 정서의 크기와 밀도가 현대 민주사회라 해서 줄어든 것이 아니다. 줄어들기는커녕 오히려 그 반대다. 민주주의의 동질화 경향 말고도 현대사회는 동서양을 막론하고 소비문화와 유행문화의 팽배 같은 문화 쏠림의 결정적 강화 요인들을 갖고 있다.

이런 상황을 점검해보는 것은 문화 양극화의 해소라는 집단적인 사회적 노력이 소득 양극화의 부수 현상으로서의 문화적 양극화 문제에만 집중되어서는 안 된다는 점을 지적하기 위해서다. 소득 격차의 심화가 문화 향수에 타격을 주고 있다면 그 부분에 대한 해소 노력은 그것대로 필요하다. 그러나 동시에, 그런 노력 못지않게, 사회의 창조적 다양성을 유지하고 키우기 위한 정책적 사회적 노력이 필요하다. 그 노력은 문화 양극화의 다른 두 방향, 곧 쏠림과 문화 소외라는 두 가지 궁핍화를 주목하는 데서 시작되어야 한다. 그런데 대중 추수주의를 결코 포기할 수 없는 정치 영역이, 그리고 죽으나 사나 소비문화를 부추기고 시장에서의 성공 여부에 목매달아야 하는 시장 영역이 창조적 다양성의 문화를 일구는 일을 해낼 수 있을까? 문화를 위한 사회자원의 재배치와 재배분, 문화교육과 예술교육의 사회적 확대, 문화적 선택을 통한 삶의 질 향상—이런 문제들에 대한 해법을 찾는 일은 지금 우리 사회가 안고 있는 현안이자 깊은 딜레마다.

그 딜레마에는 2002년 서울 월드컵 이후 빠른 속도로 퍼지고 있는 '대한민국주의'도 포함된다. 국민 성원이 자기 나라를 사랑하고 자기 나라에 긍지를 가진다는 데는 까탈 잡을 일이 없다. 그러나 애국심이 배타적 '애국주의'로, 나라 사랑이 의견과 정서의 획일화로 치달아야 한다면 그것은 이미 애국이 아니고 나라에 대한 긍지도 아니다. 축구를 좋아하는 일과 월드컵 앞에서 무조건 흥분해야 '애국 시민'이 된다고 여기는 정신 상태는 같은 것이 아니다. 로마 제국은 '빵과 서커스'로 지탱되었는다는 말이 있다. 우리 사회가 '빵과 축구'만으로 지탱되어야 하는가? 도를 넘는 애국주의와 이성을 잃은 국민주의도 의견, 사상, 표현의 자유를 옥죄어 다양성을 파괴하는 문화적 쏠림 현상에 해당한다. 그것들은 이미 고약한 전제專制의 한 형태다.

한겨레 2006. 4. 28

유엔 사무총장 자리

반기문 전 외교통상부 장관의 유엔 사무총장직 진출에 대한 국내 반응, 해석, 논평 들을 보고 있자면 우리 사회의 소아병적 자기도취와 한국인의 깊은 '소인국 콤플렉스'를 다시 절감하게 된다. 한국인이, 그것도 분단국의 외교 관료가 최대 국제기구의 행정수장 자리에 올랐다는 것은 축하할 일임에 틀림없다. 국제 외교무대에서 역량을 인정받은 반기문 개인의 성취에 대해서도 박수를 아낄 필요가 없다. 이 축하와 박수라는 반응까지는 그런대로 오케이다. 그러나 반장관이 사무총장에 진출하게 된 것은 국제사회에서 한국의 위상이 그만큼 높아졌기 때문이라든가 교역량 11위의 무역 대국이 되었기 때문이라는 식의 해석에 이르면 문제는 달라진다. 한국의 '성공담'과 유엔 총장직을 연결짓는 것은 정말이지 "아니올시다"이다.

유엔 사무총장 자리는 강대국은커녕 국제사회에서 힘깨나 쓰려고 달려드는 나라의 몫이 아니다. 그러기로 한다면 사무총장은 노상 유엔 안보리 이사국이나 G8 국가들에서 나와야 한다. 역대 총장들의 출신국을 보라. 전임 총장 코피 아난은 아프리카 가나 사람이고 그 전임자 부트로스 갈리는 이집트 출신이다. 갈리의 전임 5대 총장 페레스 데 케야르는 페루, 4대 쿠르트 발트하임은 오스트리아, 3대 우 탄트는 미얀마 출신이다. 1, 2대 총장을 낸 것은 노르웨이와 스웨덴이다. 이들 국가 중 구태여 국력 위상을 따지기로 한다면 이집트, 노르웨이, 스웨덴 정도만이 아주 한정된 의미에서 주요국에 속한다고 말할 수 있다.

유엔 사무총장직을 군사, 정치, 경제 차원에서의 국력과 직접 연결시켜서 안 되는 이유는 유엔이 강국들만의 이해관계를 반영하고 관철시킬 목적으로 만들어진 기구가 아니기 때문이다. 평화 유지, 분쟁 조정, 인권 신장, 빈곤 퇴치, 불평등 제거, 환경과 문화유산 보존, 교육 발전 등이 유엔의 기능이고 목적이다. 이런 목적들은 지금이 제아무리 보편을 말하기 어려운 시대라 해도 역사적 의미에서는 감히 '우리 시대의 보편 가치'라고 할 만한 것들이다. 유엔이 그런 가치들을 꾸준히 추구하자면 그 수장인 사무총장의 공정성과 중립성 유지가 필수적이다. 사무총장은 강대국 입김에 휘둘려서는 안 된다. 우리가 반기문 총장의 진정한 성공을 바란다면 그가 세계와 인류 전체를 생각하는 능력과 시각을 키우고 유지할 수 있도록 도와주는 것이지 그를 통해 한국의, 또는 몇몇 강대국의 이해관계가 관철되게 하는 것이 아니다.

우리가 유엔 사무총장을 낸 나라의 국민이라는 것에 은연중에라도 자부심 같은 것을 갖고 싶다면 우리들 자신이 자기 나라만 생각하는 좁좁한 국민주의적 우물을 벗어나 세계와 인류 전체를 시야에 둘 줄 아는 국제 감각부터 몇 단계 업그레이드시킬 필요가 있다. 국제 감각에 관한 한 우리는 자랑할 것이 별로 없는 나라다. 세계의 빈곤 퇴치, 불평등 제거, 환경 보존, 인권 신장 등 보편 가치에 대한 한국의 기여도는 극히 미미하고 그런 가치에 대한 국민들의 관심과 토론 수준도 거의 바닥권이다. 매체도 그렇다. 신문에서 이렇다 할 '국제' 섹션을 보기 어려운 나라가 대한민국이다. 우리가 반장관의 유엔 사무총장 진출을 어떤 도약의 계기로 삼자면 그것은 우리 자신부터 그 유명한 '우물 안 개구리의 만족'을 벗어날 줄 아는 차원으로 성큼 올라서는 일일 것이다. 이건 우리의 신년 화두감으로도 충분히 중요한 문제다.

경향신문 2007. 1. 9

유럽의 숙제, 이슬람의 숙제

서유럽과 이슬람 사이의 '대충돌' 기미까지 보이던 마호메트 풍자화 사건이 그럭저럭 수습 국면을 맞고 있다. 폭탄 두건을 쓴 마호메트 등 열두 개의 풍자만화를 실어 소동을 일으킨 문제의 덴마크 신문은 "사과할 수 없다"던 당초의 강경 입장을 바꾸어 "미안하게 됐다"로 물러서고, 이 신문을 지원하기 위해 풍자화를 전재하면서 '표현의 자유'를 외쳐댔던 서유럽 12개국 신문들의 맹렬한 기세도 머쓱하게 꼬리를 내린 형국이다. 사태가 이 정도에서 진정된 데는 이슬람을 자극하지 않으려는 미국과 영국 두 나라의 정치적 유화 발언이 큰 역할을 한 것으로 보인다. 그러나 이번 사건은 서유럽과 이슬람 사이에 발생해온, 그리고 앞으로도 끊임없이 발생할 수많은 갈등의 한 말초적 폭발에 불과하다. 더 본질적인, 본질적이기 때문에 '정치'만으로는 풀 수 없는 대립과 갈등의 요소들은 여전히 잠복해 있다. 그 대립과 갈등의 잠재적 폭탄들은 우리에게도 결코 '강 건너 불' 같은 구경거리가 아니다.

이번의 풍자만화 소동에서 우리가 눈여겨볼 것의 하나는 서유럽의 우울과 공포라는 문제다. 19세기가 서유럽 제국주의 팽창의 절정기였다면 20세기는 유럽의 세계 지배가 쪼그라들기 시작한 시대다. 그 세력 위축은 지금도 상당히 빠른 속도로 진행되고 있다. 이것이 '유럽의 우울'이다. 이 쪼그라든 서유럽은 유럽을 유럽이게 하는 '유럽의 정체성'을 지키고 유지할 수 있을까? 2차 세계대전 이후 서유럽 국가들이 경험하게 된 것은 '비서구 세력'들의 부상이라는 사태 진전만이 아니라 유럽인들이 오랫동안 '이질적'이라 생각했던 인구학적 문화적 요소들의 유럽 본토 유입 사태다. 한때 서유럽 국가들의 식민지였던 지역들에서 다수의 인구가 유럽으로 흘러들어 빠르게 팽창하고, 그들과 함께 들어온 문화 요소들이 유럽의 핵심 지역들에 퍼지게 된 것이다. 유럽 내부의 무슬림 팽창은 이런 사태의 단적인 예다. 유럽은 비서구 요소들에 행랑채 내주고 안방까지 위협받는 지경에 이른 것 아닌가? 이것이 '유럽의 공포'다.

이 공포의 밑바닥에는 유럽이 결코 내줄 수 없고 양보할 수 없다고 생각하는 '문명의 토대' 문제가 깔려 있다. 현대 유럽 문명의 토대는 '세속주의secularism'다. 세속주의의 핵심은 정교분리의 원칙이다. 정치와 종교를 분리하고 국가와 교회를 분리하는 근대 민주주의의 알맹이가 세속주의다. 민주주의로 대표되는 이 '세속 도시'의 신질서는 근대 유럽의 발명품이자 수출품이고 지금의 유럽 국가들이 절대로 양보할 수 없다고 생각하는 유럽 문명의 정체성이다. "민주주의를 하는 나라인가"라는 것이 유럽연합 가입 허용의 첫번째 조건이자 기준이 되어 있는 것도 그래서 전혀 이상한 일이 아니다.

세속주의 문명은 어떤 신성한 것도 남겨두지 않는다. 그 문명의 질서 안에는 신도 교회도 국가도 풍자와 농담의 대상이 된다. 신이 풍자의 대상이 될 수 있다면 인간이 풍자의 대상이 되는 것은 너무도 당연하다. 근대 이전의 정치질서에서 왕들이 비교, 풍자, 비판을 죽도록 싫어했다면 세속 도시에서 이것들은 독재와 전체주의를 막아내는 힘의 토대다. 민주주의를 지키는 것은 '선거와 풍자'라는 것이 세속 도시의 사고방식이고 문화다. 이 문화의 최대 가치에 속하는 것이 '표현의 자유'다. 표현의 자유가 있는 곳에서만 비판과 풍자가 가능하다. 풍자는 모든 신성한 것들을 땅바닥으로 끌어내리고 모든 권위들을 구멍내어 웃음의 대상이 되게 하는 대신, 신성의 이름으로 사람들을 짓누르는 억압권력을 막아낼 수 있다고 세속 문명은 생각한다. 비판과 풍자를 견디어낼 힘이 있는가가 세속 도시의 정치판은 물론이고 그 문명의 테두리 안에 사는 모든 사람들의 첫번째 능력이다.

이 문명의 관점에서 보면 이슬람 창시자에 대한 풍자만화를 신문에 싣는다는 것은 전혀 문제될 일이 아니다. 서유럽 신문들이 표현의 자유를 내걸고 만화를 동조·게재한 것도 그래서다. 그들이 발끈해서 "누가 마호메트를 두려워하랴?"라며 나선 데는 '유럽 문명을 위협하는 사태'들이 지난 몇 년 여기저기서 발생했다는 배경 사정도 들어 있다. 인도 출신 작가 살만 루슈디가 이슬람에 모욕적인 소설을 썼다 해서 살해 대상으로 지목된 일, 그 소설을 일본어로 번역했던 사람의 피살, 이슬람에 비판적인 영화를 만든 한 네덜란드 영화감독이 칼에 찔려 죽은 사건 등등이 그런 배경 사정이다. 만화 소동에도 비슷한 사정이 있다. 한 아동문학 작가가 아이들에게 읽힐 요량으로 이슬람을 소개하는 책을 쓰면서 마호메트 인물 그림을 그려줄 삽화가를 구하는데 아무도 응하지 않았다는 것이다. 이 소식이 알려지자 문제의 신문 문화부장이 "이거 뭐 이래?"라며 34명의 만화가들에게 마호메트 '풍자화'를 그리도록 청탁한 것이 사건의 발단이다. 그중에서 '용감하게' 청탁에 응한 사람이 12명이다.

아이들을 위한 책자가 이슬람 비판서가 될 리 없고 삽화가들이 두려워해야 할 이유도 없다. 그런데도 그림꾼들이 선뜻 나서지 못한 것은 신성 존재를 그림으로 그려낼 수 없다는 '재현 불가'의 이슬람 전통을 그들이 알고 있기 때문이다. 그리기 어려워서가 아니라 그려선 "안 된다"는 것이 이 경우의 재현 불가론이다. 이 대목에 이르면 우리는 고대 그리스 이후 근대 기독교에 이르기까지 모든 신성 존재들을 그림으로, 조각으로, 아이콘으로 표현해온 '형상의 문명'과 '형상을 거부하는 문명'의 대립을 보게 된다. 이것은 풍자의 문제가 아니라 재현의 문제 자체를 둘러싼 근본적인 문화적 대립이자 갈등이다. 재현할 수 없다면 풍자도 불가능하다. 이런 대립 속에는 경전 '해석'의 방법과 자유에 관한 문제, 여성 인권, 문화적 차이의 존중과 통합, 공동체 정체성의 유지 같은 깊고도 본질적인 문제들이 줄줄이 연관되어 있다.

이런 문제들을 어떻게 풀어나가는가, 이것이 지금 서유럽과 이슬람의 숙제이고 세계 전체의 과제다. '근대성'과의 관계를 어떤 방식으로건 새롭게 정립해나가야 하는 것이 이슬람의 숙제라면 단순 톨레랑스를 넘어 '다문화의 유럽'을 만드는 것은 유럽의 숙제다. 우리는 이런 숙제들이 우리 자신의 안녕과도 직결되어 있다는 사실을 알아야 한다. 그 연결의 사정을 아는 데는 정치나 경제 지식만으로는 어림없다. 거기에는 문화적 상상력과 인문학적 훈련의 사회적 확대가 절실히 필요하다.

한겨레 2006. 2. 17

부자 이데올로기

교보문고의 한 관계자에 따르면 지난 한 해 사람들이 교보문고에서 가장 많이 사간 책은 '부자 되는 길'에 관한 것들이었다고 한다. 작년 우리 사회의 각종 통계 수치들은 우울의 지수 같은 데가 있다. 신용불량자 400만 명, 실업률 10%, 밑바닥 경기—이런 보고들이 2003년을 요약한다. 모르긴 하지만 파산이나 신용위기 때문에 목숨을 버린 사람들이 부쩍 많았던 것도 지난 한 해가 아니었나 싶다. 이런 시절에 사람들이 부자 되기를 꿈꾼다는 것은 전혀 이상하지 않다. 돈 때문에 사람이 불행과 비참에 빠져야 한다면, 돈 벌어 부자가 된다는 것은 누가 뭐래도 해방이고 구원이며 행복에의 길임에 틀림없어 보인다. 이런 때에는 죽더라도 '돈벼락에 맞아' 죽고 '돈방석에 깔려' 죽는 것이 최고로 행복한 죽음의 방식이 될 것 같다.

19세기 이후 자본주의가 사람들에게 내건 '약속'은 크게 보아 ① 빈곤 추방과 번영 ② 정의-평화의 세계 구현 ③ 정치 민주주의, 이렇게 세 가지다. 사실 이 세 가지 약속은 자본주의만의 것이기보다는 사회주의의 것이기도 하다(사회주의의 경우에는 '노동 착취의 정지'라는 약속이 하나 더 있다). 20세기에 들어 자본주의와 사회주의 사이에 전개된 체제 경쟁은 사실상 이런 약속들을 누가 더 잘 이행하는가에 대한 경쟁이었다고 해도 과언이 아니다. 세 가지 약속들 중에서도 '번영의 약속'은 체제 경쟁에서 가장 중요하고 결정적인 것이었다고 생각하는 사람들이 많다. 이들이 보기에 사회주의의 패배는 바로 그 번영의 약속 부분에서 사회주의적 방식이 자본주의적 방식을 이길 수 없었던 데 연유한다.

'번영'의 관점에서 보자면 2003년은 우리에게 전체적으로 '실패'를 안겨준 한 해다. 그렇다면 이 경우 우리네 인생살이의 '사회적 사유'가 따져보아야 할 일은 우리가 열심히 자본주의를 했는데도 왜 부자가 되지 못했고 왜 될 수 없었는가라는 문제다. 지금 나와 있는 분석은 대체로 세 갈래다. 하나는 우리가 자본주의를 '충분히 잘'하지 않았고 '철저하게 자본주의 방식대로' 하지 않았기 때문이라 말한다. 재벌 기업들, 시장경제 싱크탱크들, 보수 언론 등의 주장이 이 갈래에 속한다. 다른 하나는 그동안 한국 자본주의가 사실은 합리성, 투명성, 공정성에서 '자본주의적 이성'과는 거리가 먼, 말하자면 천민자본주의에 안주하면서 개혁을 외면했기 때문이라는 진단이다. 이들 두 입장은 "우리가 자본주의를 제대로 충분히 하지 않았다"고 말하는 점에서 서로 닮아 있다. 세번째 갈래는 작년 같은 불황과 실업이 세계 자본주의 그 자체의 체제 모순에서 초래된 불가피한 현상이라 진단한다.

나는 이들 세 가지 진단의 어느 것이 더 옳은지, 혹은 더 설득력이 있는지 여기서 말하고 싶지 않다. 그러나 나는 적어도 이 신문의 '세상 사는 이야기' 칼럼을 읽는 독자라면 '부자가 되는 법'을 알려준다는 책들(그 대부분은 엉터리다)을 찾아 뛰기보다는 2003년 우리 사회의 실패가 무엇이고 그 실패는 왜 발생했는가 같은 문제에 더 관심이 많을 것이라 생각한다. 그런 독자들만이 행복에의 길을 '부자 되기'에만 결부시키는 환상의 수렁에 빠지지 않을 것이기 때문이다. 또 그런 독자들만이 '부의 행복'과 '부의 불행' 사이에서 적절한 균형 감각을 유지한다. 우리가 부자 되기를 거부해야 할 이유는 없고 부를 배척할 필요도 없다. 가난한 사회보다는 삶의 물질적 토대가 안정되어 있는 사회가 백배로 낫다. 그러나 사회 전체가, 언론과 교육까지 총동원되어, '돈벌이'를 삶의 최고 목표로 내세울 때는 심각한 문제가 발생한다.

작년은 '부자 되기의 환상'이 우리 사회에 차고 넘쳐 '부자 이데올로기'의 과잉을 보인 한 해다. 파산, 빈곤, 실업 같은 문제가 2003년을 비참하게 했다면 부자 이데올로기의 과잉은 또 다른 의미에서 2003년 우리 사회가 경험한, 그리고 지금도 경험하고 있는 심각한 문제다. 부자 이데올로기가 차고 넘치는 사회는 결코 '좋은 사회'일 수 없기 때문이다. 금년에는 우리들 중에 많은 사람이 부자가 되었으면 싶다. 그러나 사회 전체가 부자 이데올로기에 목매달고 그걸로 아이들을 가르치려들지 않아도 되는 지혜로운 한 해이기를 동시에 기원하고 싶다.

세계일보 2004. 1. 16

이라크전 교훈

> 도덕적 헤게모니가 없을 때 정치적 헤게모니는 허수아비에 불과하다는 진실을 말해준 것은 안토니오 그람시다. 도덕적 헤게모니가 바로 '문화적 헤게모니'다. 문화적 헤게모니 없이는 군사·경제적 헤게모니도 사실은 무력하다.

이라크 전쟁 종료 이후 미국을 난처하게 하고 있는 것은 거짓말, 오판, 고립이라는 세 가지 곤경의 장면이다. 사담 후세인의 이라크가 세계 평화를 위협하는 대량 살상무기를 갖고 있고 테러 조직 알카에다와 연계되어 있으므로 후세인 정권을 제거해야 한다는 것이 이라크를 침공했을 때의 미국의 명분이다. 그러나 이 두 가지 명분은 모두 '부시 정권의 거짓말'이었음이 드러난다. 모기약이라면 몰라도 대량 살상무기 같은 것은 나오지 않았고, 빈라덴 조직과의 연계도 입증되지 않은 것이다. 이것이 '거짓말의 장면'이라면, 후세인 정권 소멸과 함께 미국이 원하는 모습의 새로운 이라크가 재빨리 탄생할 것이라던 기대가 무너진 것은 '오판의 장면'에 해당한다. 미국에게 지금의 이라크는 탈출구가 잘 보이지 않는 수렁과도 같다. '고립의 장면'도 심각하다. 종전 이후 세계 거의 모든 지역에서 반미 정서와 반미 여론은 더 넓게 확산되고, 서유럽 동맹국들과 미국의 관계는 악화되고, 이슬람권의 대미 증오는 더 깊어진다.

이런 곤경으로부터 미국이 배운 것이 있을까? 정확히 말해 그 곤경들은 '실수'의 결과다. 미국이 유일 초강대국이긴 하나 미국 혼자서 일방주의와 무력 헤게모니만으로 주물럭거릴 수 있을 만큼 세계는 간단하지 않고 호락호락하지 않다는 것을 부시와 그 친구들은 깨쳤을까? 이라크 주둔군을 '다국적군'으로 바꾸려는 미국의 최근 시도는 일방주의의 한계를 인정한 정책 변화 같아 보인다. 이라크 주둔군에 유엔의 '위임장'을 확보해주려는 접근법도 그런 변화를 반영한다. 부시 정권 내의 온건파 국제협력주의가 일방주의적 접근을 견제하고 있는 듯이 보이는 것도 미국이 실수로부터 무언가를 배웠다는 변화의 신호일지 모른다.

그러나 이런 변화가 부시 정권의 정치 기조와 태도의 근본적 변화까지도 시사한다고 보기는 어렵다. 부시 정권을 특징짓는 것은 "우리 편이냐 아니냐"는 식의 협애한 편 가르기, 우리 편이면 '선'이고 아니면 '악'이라는 단순한 판단 구도, "미국을 건드리는 자는 반드시 응징한다"는 국가주의적 애국주의, 미국에 이로운 것은 세계 모든 사람들에게도 이롭고 북극곰과 남극의 펭귄 들에게도 두루 이롭다는 식의 미국중심주의, 미국은 문명과 자유의 모델이며 그러므로 누구도 트집잡을 수 없는 영원한 선이라는 오만 등등이다. 이런 정치 기조로부터는 무엇이 미국의 '실수'였는가에 대한 바른 인식이 나오기 어렵다. 부시 정권은 처음부터 끝까지, 그리고 지금도, "우리에게는 자위권이 있다"라거나 "우리가 당했으므로 응징한다"는 주장만을 되풀이한다.

누구도 미국의 자위권을 부정하지 않고 위협에 대처할 미국의 권리를 부인하지 않는다. 문제의 핵심은 거기 있는 것이 아니다. 아무도 군사적으로 맞설 수 없는 초강국이라는 단 한 가지 사실 때문에라도 미국은 국제사회에서 절대로 저버릴 수 없는 '정치적 책임'을 지고 있다. 그것은 국제질서와 그 질서가 기초할 정의를 유지한다는 책임이다. 힘세다고 해서 명분도 없이 다른 나라를 맘대로 친다면 그것은 주먹패 골목대장의 행동이지 책임 있는 문명국의 정의로운 행동일 수 없다. 부시 정권이 문명, 자유, 정의를 말하면서도 자국 중심주의와 국가주의에 빠져 스스로 질서와 정의의 기초를 훼손하고 강대국의 정치적 책임을 제 손으로 '유괴'한 것이 구태여 지적하자면 문제의 핵심이다. 세계가 왜 이라크 침공에 반대했는지, 문제의 핵심이 무엇인지, 부시와 그 친구들이 이해하고 있을까?

정신적 도덕적 헤게모니가 없을 때 정치적 헤게모니는 허수아비에 불과하다는 진실을 말해준 것은 안토니오 그람시다. 도덕적 헤게모니가 바로 '문화적 헤게모니'다. 문화적 헤게모니 없이는 군사·경제적 헤게모니도 사실은 무력하다. 추가 파병 요청을 받고 있는 우리도 이 가르침으로부터, 그리고 미국의 실수와 곤경으로부터 무언가를 배워야 한다. 우리는 이미 초기 파병국의 하나이며 따라서, 실수였다 할지라도, 그 파병 결정의 책임을 면할 수 없다. 지금부터라도 그 실수를 교정하는 길은 추가 파병의 '실리'가 뭐냐를 따지는 협소한 계산에만 빠져 있을 것이 아니라 우리가 이라크 국민을 위해 무엇을 할 수 있는지, 이라크의 재건을 돕기 위해 파병국 한국이 무엇을 해야 하는지를 큰 그림 속에 넣고 행동하는 일이다.

경향신문 2003. 9. 17

위대한 밥통

> 욕망과 탐욕은 그 차원이 다르다. 사회 전체가 탐욕과 선망의 질병에 걸리면 인간은 존재의 품위와 광채를 잃고 거대한 입과 밥통으로만 살아야 한다. 그런 사회는 '좋은 사회'가 아니다. 그런데 정말로 심각한 딜레마는 우리가 의존해서 살아야 하는 지금의 세계 경제체제가 정확히 탐욕과 선망의 체제라는 점이다.

인간이 가진 많은 재주들 중에서 가장 놀랍고 위대한 것은 '무엇이건 먹어치울 수 있는 능력'이다. 이건 하느님조차도 깜짝 놀랄 만한 재주지만 정작 인간들 자신은 별로 놀라지 않는 눈치다. 그러나 동물들의 식단을 생각해보라. 판다는 평생 대나무 잎사귀만 먹고 호주의 코알라는 유칼립투스 나뭇잎만 먹고 산다. 육식동물의 식단에는 초식이 오르지 않고 초식동물은 고기를 먹지 않는다. 호랑이가 풀을 뜯어먹을 경우도 있다고는 하지만, 그건 소화불량이나 배탈이 났을 때 호랑이가 찾아갈 만한 약방이 따로 없기 때문이다. 물론 잡식성 동물들도 많다. 그러나 그 '잡식'의 종류와 다양성, 조리 기술, 상차림의 화려함 등으로 따질 때 감히 인간과 겨눌 만한 잡식동물은 없다.

자연계의 약체 동물 인간이 지금껏 살아남을 수 있었던 것은 바로 그 아무거나 먹을 수 있는 능력 덕분이다. 대나무 숲이 없어지면 판다의 삶은 '쫑'나고 유칼립투스 나무들이 사라지면 코알라는 꼼짝없이 굶어 죽어야 한다. 초원의 먹잇감 동물이 줄어들면 '만수의 왕' 사자도 별수없이 시들시들 굶다가 죽어가야 한다. 동물들은 식단을 바꾸지 못한다. 생태계 변화가 동물들에게 치명적인 이유는 그 변화가 그들을 절멸시킬 수 있기 때문이다. 인간은 예외다. 환경이 바뀌어도 거기 얼른 적응해서 거의 자유자재로 식단을 바꾸고 먹거리 종류를 무한대로 넓혀 생존을 유지해온 것이 인간이다. 인간의 문명사는 먹거리 확장의 역사다. 먹을 수 없어 보였던 것도 삶아먹고 구워먹고 튀겨먹는 인간의 화려한 조리 기술에 걸리면 모두 먹을 수 있는 것으로 둔갑한다. 굶주림의 신조차도 인간 앞에서는 두 손 든 지 오래다.

모든 것을 먹어치울 수 있는 이 재주는 인간의 축복임에 틀림없어 보이지만, 그러나 그것은 동시에 인간계의 비참과 재앙의 기원이기도 하다. 모든 것을 먹어치우는 위대한 밥통은 인간을 탐욕, 오만, 시기, 질투, 선망 같은 정신적 질병의 덫에 가둔다. 한계를 모르고 한계를 인정하지 않는 욕망이 탐욕이다. 이 탐욕은 무엇이건 먹어치울 수 있는 능력의 확신에 그 뿌리를 두고 있다. 탐욕의 밥통 앞에서는 어떤 것도 남아날 수가 없다. 그 밥통 앞에서 자연계와 인간계의 모든 것들은 망가지고 깨어져 먹이의 대상으로 전락한다. 인간 그 자신도 먹잇감으로 추락한다.

탐욕은 사회적으로 전염되는 질병이다. "남들은 다 먹는데 나는 왜 못 먹어?"라고 생각하는 순간 사람들은 시기, 질투, 선망의 포로가 되고 '못 먹는 자'는 불출, 무능, 도태의 존재로 강등된다. 욕망이라는 것이 빠지면 인간의 삶은 동력을 상실할지 모른다. 그러나 욕망과 탐욕은 그 차원이 다르다. 사회 전체가 탐욕과 선망의 질병에 걸리면 인간은 존재의 품위와 광채를 잃고 거대한 입과 밥통으로만 살아야 한다. 그런 사회는 '좋은 사회'가 아니다. 그런데 정말로 심각한 딜레마는 우리가 의존해서 살아야 하는 지금의 세계 경제체제가 정확히 탐욕과 선망의 체제라는 점이다. 탐욕과 선망을 증폭시키지 않고서는 작동할 수 없다는 것이 현대 경제의 비극적 결함이며 그 결함의 체제 속에 살아야 한다는 것이 현대적 생존의 딜레마다. 우리가 이 딜레마를 헤쳐나갈 수 있을까? 이 시대를 어떻게 살까에 대한 지혜는 인간을 살아남게 한 위대한 어떤 능력이 동시에 현대적 난국의 기원이기도 하다는 아이러니를 인식하는 데서부터 나오지 않을까 싶다.

세계일보 2006. 7. 21

1994년, 한국의 '세계화' 원년

"오늘날 공산주의자가 된다는 것은 불가능하고 반공주의자가 된다는 것도 가능하지 않다." 50년 전 스탈린이 소비에트 사회주의를 한참 비틀고 있을 무렵 프랑스 철학자 메를로퐁티가 내뱉은 유명한 말이다. 이 말이 유명해진 이유는 당대 서구 지식인들의 곤궁을 그처럼 잘 요약한 '딜레마 진술'이 없어 보였기 때문이다. 그로부터 반세기 후인 지금 서구 지식인들의 비참을 요약하는 딜레마 진술은 "오늘날 반자본주의자가 된다는 것은 불가능하고 자본주의 예찬자가 되는 것도 가능하지 않다"라는 것이다. 자본주의의 지구적 팽창이 전 세계 지식인들에게 제기하는 것은 바로 이 딜레마의 '세계화'이다. 그런데 우리의 문제는? 이 세계적 딜레마에 대한 희귀할 정도의 둔감증, 아니 무통증을 과시하고 있는 것이 정확히 우리의 문제이다.

1994년 말 현재 '세계화'라는 용어는 한국인에게 최소한 여섯 가지 의미를 갖고 있다. 세계화는 지금 '새 시대의 비전'과 같은 말이고 '경쟁력'과 동의어이며 '만병통치약' '개혁' '자본주의 만세' '21세기'와 이형동의어이다. 단어 하나가 단시일에 이처럼 많은 의미를 지닐 수 있다는 것은 내포언어학의 관심거리가 될 만하다. 용도 면에서도 '세계화'는 단연 한국인의 '쉬볼레스shibboleth'(정체성 판별용 특징어) 같다. 그 말을 사용할 줄 아는가 모르는가를 보아 한국인인지 아닌지 가릴 수 있고, 한국인 중에서도 석기시대 인간과 현대인이 그 어휘로 판별된다. 금년에 태어난 아이들은 '엄마'라는 말보다 '세계화'를 먼저 배우게 될지 모른다.

그러나 '세계화' 구호의 이 놀라운 성취 앞에서 우리가 진정으로 놀라게 되는 것은 그 구호의 정확한 이해가 아니라 오히려 오해와 왜곡이다. 무엇보다도 세계화는 만병통치약이 아니다. 그것은 동시에 고민, 문제, 딜레마이고 경우에 따라 만병의 근원이자 '트로이의 목마'가 될 수도 있다. 그러나 우리가 '세계화'에 부여하는 의미들 속에는 세계화의 이런 위험성이 송두리째 빠져 있고 이 '빠져 있다'라는 사실조차 인식되지 않는다. 세계화가 문제의 해결책이기만 한 것이 아니라 문제 그 자체일 수 있다는 복합 국면의 인식이 결여되어 있는 것은 우리의 세계화 비전을 풍요롭게 하는 것이 아니라 빈곤하게 한다.

세계화에 따라붙는 문제는 한두 가지가 아니다. 경제 영역에서의 세계화가 의미하는 것은 시장의 세계화이고 이것의 정치적 함의는 국경/국민국가의 위상 축소이다. 문화 영역으로 눈 돌릴 경우 문화의 세계화가 제시하는 것은 문화 무국적주의다. 문화 국제주의는 문화의 한 이상임에 틀림없지만 이것의 현실적 양상은 비교적 나을 경우가 문화의 잡종화이고 가장 나쁠 경우는 제국주의적 획일화와 쓰레기 오락상업문화의 보편화이다. 그러므로 세계화 시대의 문화가 국제주의와 동시에 다양성, 역사적 전통, 고유성을 양립시켜나간다는 것은 결코 용이한 일이 아니다. 더구나 정치 경제 두 영역에서 세계화가 진행되면 될수록 그 세계화가 문화에 지우는 부담은 증대한다. 국경/국적의 소멸 효과로부터 발생하는 반사적 요청은 민족 정체성 유지의 책임을 문화에 둘러씌우기 때문이다. 그러나 이미 우리가 경험하고 있듯 세계화 시대의 보편적 쓰레기 상업문화는 영화 〈쥬라기 공원〉의 공룡처럼 세계 도처에서 다양한 국지 문화를 초토화하고 있다.

문제는 여기서 그치지 않는다. 우리의 세계화 비전이 고작해야 기업 경쟁력 제고나 자본주의 만세에 머물러 있는 한 우리는 당대 문명의 딜레마를 외면하는 지적 빈곤을 면할 길이 없다. 왜 우리는 '효'와 '인성'과 '도덕성'을 열심히 거론하면서도 자본주의 문명의 야만성 자체가 이 가치들과는 정면으로 충돌하고 그것들을 불가능하게 한다는 사실에는 눈을 감는가? 때늦게 '시민사회'를 말하면서도 자본주의 선진국들이 이미 시민사회의 와해 단계에 돌입하고 극단적 파편화에 빠져 있다는 사실은 보지 않는가? 파괴될 대로 파괴된 이 행성의 미래가 자본주의적 방식으로는 구원되지 않는다는 사실을 우리는 왜 인식하지 않는가? '황금만능주의'를 비난하면서도 돈이 모든 가치들을 몰수해버리는 무가치 사회를 향해 왜 그토록 정신없이 돌진하는가?

한때 문화는 '길들여지지 않은 자연'의 대립 개념이었다. 지금 문화의 과제는 항복한 돼지처럼 두 손 들고 자본주의를 따라가는 일이 아니라 이 괴물을 순치하고 길들이는 일이다. 오늘날 어느 나라, 어느 국민도 이 괴물의 발톱을 벗어나 있지 못하다. 그러나 괴물과의 동침이 불가피하다 해서 괴물 예찬에 빠져 우리 자신 괴물이 되는 것과 괴물을 다스리면서 사는 것 사이에는 큰 차이가 있다. 세계화의 비전 속에 이 차이를 투철히 각인시키는 일이야말로 '문화적' 역량이며 도덕성이고 책임이다. 문화적 경쟁력은 이 역량을 의미한다. 21세기 인류의 과제는 자본주의가 인간을 위한 문명으로 방향을 틀 수 있게 하는 일이고 그것이 진정한 세계화일 것이므로.

한겨레 1994. 12. 10

외눈박이 괴물 교육
—1994년 교육의 한 풍경

> 교육이 파산하면 미래는 거지의 모습으로 온다는 것쯤 모르는 사람 없다. 그러나 안다는 것 따로 놀고 행동 따로 노는 것이 한국인의 현실이다. 고교교육은 물론 대학교육까지도 지금의 꼴로 계속되다가는 우리에게 미래가 없다는 사실을 우리 사회는 정말 모르는 것일까, 알고도 모른 체하는 것일까.

"인간 역사는 교육과 재난 사이의 경주다." 『타임머신The Time Machine』의 작가 H. G. 웰스가 『역사의 개요The Outline of History』에 쓴 말이다. 재난과의 경주에서 지면 역사는 파국에 빠지고 그 경주에서 이기면 역사는 그런대로 굴러간다—풀어 쓰면 웰스의 말은 대충 이런 뜻이다. 인간사의 미래에 대해 결코 밝은 전망을 갖지 않았던 웰스도 교육에 대해서만은 상당한 기대를 걸고 있었던 모양이다.

지금 우리 교육은 무엇과 경주하는가? '21세기 대비 교육'이라는 함성이 조석으로 요란한 지금 이 순간에도 우리 교육은 파국을 면하기 위한 경주가 아니라 파국을 불러오기 위한 경주라는 느낌을 금치 못하게 한다. 요즘 모 고등학교에서 드러난 성적 조작과 금품 거래 사건은 교육이 재난과 경주하기는커녕 교육 자체가 어떻게 파국에 빠져 있는가를 보여준다. 이 사건으로 온 나라는 다시 수심에 잠기고 현행 사립학교법의 개정 필요론도 때늦게 거론되고 있다. 우리가 이 파국을 막을 길은 아주 없었던가?

기억해보자. 현행 사학법의 국회 통과를 막기 위해 전국의 많은 대학 교수들과 사립학교 교사들이 백방으로 노력한 것은 정확히 4년 전 바로 이맘때의 일이었다. 그 사학법으로는 재단의 횡포를 견제할 길이 없다는 것이 그 법의 저지에 나섰던 사람들의 판단이었다. 그러나 그들의 노력은 무참히 무시되고 묵살되었다. 당시의 집권당만이 그걸 묵살했던 것이 아니다. 그 사학법의 통과에 지대한 공을 세운 당시 국회 문공위 소속 의원 하나는 그후 어떤 야당으로 당적을 옮겨 그 당수의 후광을 업고 재선되었다. 그 야당 지도자가 문제의 의원에 대한 당시 학계의 비판 내용을 몰랐던 것은 아니다.

또 기억해보자. 교육 바로잡기 운동에 나섰던 수많은 젊은 교사들이 '전교조' 딱지가 붙어 어떻게 길바닥에 내팽개쳐지고 그들의 열의와 명분이 어떤 사회적 대접을 받았던가를. 전교조 구성 인자들이 모두 순수하지만은 않다는 것이 그들을 내팽개친 이유고 구실이었다. 그들을 핍박하기 위해 조선시대적 권력체제의 산물인 '군사부일체론'까지 심심찮게 동원되었던 일을 우리는 기억하고 있다. 그 교사들이 쫓겨나지 않고 학교 현장을 지키면서 사학에 해맑은 물줄기를 공급할 수 있었더라면 오늘 같은 사태는 막을 수 있었을지 모른다. 그들의 좌절은 컸으나 후세의 역사는 필시 우리 교육사의 빛나는 사건으로 전교조의 활동을 기록할 것이다.

사학법 통과와 전교조 탄압, 이 두 가지 불행은 우리 교육이 파국에 빠지게 된 근년의 결정적 사건이다. 우리에게 교육의 파탄을 막기 위한 노력이 없었던 것이 아니라 그 노력의 귀중함을 몰라보고 천박한 이해관계에만 매달리는 외눈박이 괴물, 특히 '괴물성 권력의 맹목'이 지금의 파국을 불러온 것이다. 역사란 도대체 왜 있는 것이며 기억은 왜 소중한가. 어리석은 짓 되풀이하지 말라는 교훈 때문이 아니던가.

그러나 맹목성 권력만이 외눈박이 괴물인 것은 아니다. 지금 우리 교육은 그 자체가 외눈박이 괴물이 되어 있고 교육에 대한 국민의식 역시 외눈박이 괴물을 면치 못한다. 성적 조작만이 아니라 무슨 수단을 써서라도 아이들을 대학에 보내야 한다는 것이 한국에서는 '교육받은 어른들'의 교육관이고 교육열이다. 그 부모들, 그 어른들이 버티고 있는 한 우리 교육이 오로지 명문 대학, 오로지 영달, 오로지 출세를 지향하는 외눈의 괴물 신세를 면할 길은 없다. 이 어른들은 '무슨 수단을 써서라도 대학으로'가 결코 교육이 아니라는 생각을 단 한순간도 해보는 일이 없는 사람들 같다. 그들의 외눈에 보이는 것은 오로지 하나뿐이기 때문이다.

교육이 파산하면 미래는 거지의 모습으로 온다는 것쯤 모르는 사람 없다. 그러나 안다는 것 따로 놀고 행동 따로 노는 것이 한국인의 현실이다. 고교교육은 물론 대학교육까지도 지금의 꼴로 계속되다가는 우리에게 미래가 없다는 사실을 우리 사회는 정말 모르는 것일까, 알고도 모른 체하는 것일까. 우리의 미래 세대를 어떻게 생각할 줄 모르는 멍청이, 가슴 없는 로봇으로 만들 것인가, 어떻게 하면 젊은 가슴에 상처 입히고 말랑한 머리를 암기 기계로 바꿔놓을 것인가를 열심히 궁리하는 것이 우리 교육이다. 세계 제1의 교육열을 자랑하면서도 대학에 대한 사회적 투자는 후진국 수준을 넘지 못한다. 교수들을 비난할 줄은 알아도 그들의 연구교육 환경이 지금 어떤 처참한 상태에 있는가에 대해서는 별 신경을 쓰지 않는 것이 우리 사회다.

국민은 비뚤어진 교육열을 바로잡고 교육관을 바로 세워야 하며 사회적 취업구조는 대학 졸업자 중심주의를 벗어나야 하고 정책 당국은 교육 개혁에 훨씬 더 과감해지지 않으면 안 된다. 교육이 외눈박이 괴물로 있는 한 우리의 21세기는 기대할 것이 없다.

주간조선 1994. 3. 21

축구라는 이름의 인생극장

> 인간은 이 우주의 한 우연한 생명 형식일 수 있지만, 그 때문에 그의 운명이 전적으로 우연에 내맡겨져야 하는 것은 아니다. 축구 경기가 재미있는 것은 그게 반드시 우연의 게임이어서가 아니라 오히려 우연과의 싸움이기 때문이라 말해야 하지 않겠는가.

모든 운동 경기는 조금씩 운의 지배를 받는다. 잘 달리던 마라톤 선두 주자가 빗길에 미끄러져 운동화가 벗겨지고 그 바람에 다시는 선두 자리를 회복하지 못하는 수가 있는가 하면, 종료 1초 전에 막무가내로 던진 볼이 요행 바스켓에 꽂혀 1점 차로 승패가 뒤바뀌는 농구 경기도 있다. 운동화가 벗겨지는 것은 그날 그 주자의 예정표에 들어 있었던 사건은 아니다. 1000분의 1의 확률조차 없는 종료 1초 전 슛으로 승패를 가른다는 것도 계획된 사건은 아니다. 이런 사건들은 그러므로 사건이라기보다는 사고에 가깝다. 그것들은 확률적 개연성보다는 어떤 변덕의 사원에서나 나옴직한 우연성의 개입 결과라고 말하는 편이 더 그럴듯하다.

모든 경우에 그렇다고 말하기는 어렵겠지만 축구는 여러 경기 형식들 중에서도 우연의 개입 정도가 가장 높은 경기 같아 보인다. 예컨대 공이 골대를 치고 튕겨나오리라는 것을 미리 예측하는 방법은 없고, 튕겨나오는 각도를 정확히 계산하거나 예측할 방법도 없다. 공이 튕겨나오기까지의 과정에는 수많은 변수들이 개입하고 이 변수들은 문자 그대로 통제 불능의 문맥을 이룬다. 축구가 우연성의 지배에 가장 많이 종속될 수 있다는 것은 이 통제 불가능한 문맥의 크기가 어느 경기보다도 축구에서 가장 두드러지기 때문일 것이다. 튕겨나온 공을 머리로 받아 넣는 선수가 반드시 예측의 천재인 것은 아니다. 그는 한순간 북두칠성의, 혹은 어떤 변덕신의 호의를 입은 행운아에 더 가깝다.

축구의 한 가지 매혹은 이 의외성에 있다. 반드시 예측대로 되지 않는다는 것은 분명 그 나름으로 가능성의 일종이며, 사람들을 매혹하는 것은 이 가능성이다. 어느 팀이 더 세다, 그러므로 그 팀이 이길 것이다라는 예상이 언제나 고스란히 자로 잰 듯 맞아떨어진다면 축구의 재미와 유혹은 반감할지 모른다. 열세로 점찍힌 하위 팀이 뜻밖에 강팀을 혼내주고 우승 후보가 어이없이 나가떨어지기도 하는 의외성의 게임, 그것이 축구다. 사람들은 바로 그 의외성의 개입과 지배를 보면서 축구라는 경기로부터 인생극장을 보는 것인지 모른다. 인생도 그런 것이라거나, 지금까지 나는 늘 패배자였지만 나의 이 지루하고 평범한 삶은 한순간 뒤바뀔 수 있다는 생각—따분하고 평범한 세월을 벌충할 보속과 구원의 가능성을 경기장에서 두 눈으로 확인한다는 것은 보통 신나는 일이 아니다.

그러나 축구가 의외성의 게임이기만 한가. 그것은 계획도, 훈련도, 기술도 필요 없는 완벽한 우연의 놀이인가. 천만의 말씀이다. 전체적 구도와 기획, 개연의 논리, 필연성 등의 개념에 극단적인 비판과 부정을 일삼는 현대적 서구 사상(포스트모더니즘은 이런 패러다임의 최근판이다)의 관점에서 본다면 축구는 우연성의 경축 게임일 수 있다. 그러나 축구 경기는 우연에만 지배되는 경기가 아니다. 거기에는 또다른 힘이 작용하고 있다. 그 힘은 우연성이 아니라 개연성이며 이 개연성은 계획, 작전, 훈련, 기술의 정도에 근거하고 그로부터 산출되어 나온다. 이 개연의 힘이 축구 경기의 95%를 결정한다면, 의외성이 끼어들 수 있는 폭은 5% 안쪽의 것에 불과해 보인다. 지난 18일의 월드컵 첫 경기에서 한국 팀이 스페인과 비긴 것을 두고 단순히 우연의 결과라고만 말할 수는 없다.

다른 민족에 비해 우리가 특별히 점괘 좋아하고 비합리적 요행성에 기대는 버릇이 더 강하다고는 말하기 어렵지만, 탈근대를 곧잘 입에 올리는 지금 이 시대에도 우리 사회는 많은 점에서 부정적 의미에서의 전근대적 사고, 관습, 행태에 깊숙이 빠져 헤어나지 못하고 있다. 파시즘보다도 더 고약한 유언비어에 흔들리는 사람들, 일만 있으면 점 보러 다니고 풍수지리에 기대어 운세 틀 궁리를 하는 사람들의 숫자는 과거보다 많으면 많았지 적어지지 않았다. 합리적 기획보다는 신명론이 더 호소력을 갖는 사회—우리는 아직 그런 사회 단계에 머물고 있다. 신바람은 그것을 낼 만한 근거가 있을 때 유효한 것이지 무턱대고 낼 수 있는 바람이 아니다.

축구가 인생극장의 한 모습이란다면, 그 극장은 기도와 실패, 개연과 우연, 의도와 결과가 서로 엇갈리며 기묘한 불일치와 모순을 보이기도 하는 극장이라는 점에서 인생살이와 닮아 있다. 우리는 개연과 우연의 두 힘이 맞부딪히는 삶의 이중성을 무시할 수 없고 무시할 필요도 없다. 이중성의 인지는 지혜의 한 형태다. 그러나 이중성의 인지가 곧바로 우연의 철학에 대한 신봉을 의미하지는 않는다. 인간은 이 우주의 한 우연한 생명 형식일 수 있지만, 그 때문에 그의 운명이 전적으로 우연에 내맡겨져야 하는 것은 아니다. 축구 경기가 재미있는 것은 그게 반드시 우연의 게임이어서가 아니라 오히려 우연과의 싸움이기 때문이라 말해야 하지 않겠는가.

주간조선 1994. 6. 20

올림픽 개막식 헛소동

> 이미 죽어버려 도무지 회생 가능성이 없어 보이는 꿈들의 화려한 초혼식을 거행함으로써 공허함을 망각하기—이것이 현대 올림픽 개막식의 모습이자 존재 이유이고 영광이다. 공허함은 현대 올림픽 개막식의 진정한 전통이고 조상이며 밤의 어둠은 이 새로운 조상신의 초혼제를 거행하기에 가장 알맞은 시간이다.

긴 네 시간이었다. '더 빨리, 더 높이, 더 강하게Citius, Altius, Fortius'라는 올림픽의 모토는 개회식에 관한 한 진실이 아니다. 로스앤젤레스 이후 올림픽 개회식의 갈증은 '더 많이, 더 오래, 더 화려하게'이다. 1996년 제26회 애틀랜타 올림픽 개회식을 지배한 것도 이 갈증이다. 저녁 8시부터 자정을 넘길 때까지 장장 네 시간에 걸쳐 진행된 그 한여름 밤의 '애틀랜타 쇼'는 로스앤젤레스, 서울, 바르셀로나를 압도하기 위한 열정의 무대였다. 그러나 그 열정에도 불구하고, 아니 정확히 바로 그 열정 때문에, 세계는 다시 한번 영광과 타락, 진실과 허위, 연기된 꿈과 공허한 수사를 범벅한 장편 영상 스펙터클을 구경할 수 있었다.

올림픽 개회식이 쇼가 된 이후 행사 기획자들은 공통의 딜레마 하나를 만난다. 그것은 이른바 '올림픽 정신'이라는 주제를 어떤 색다른 방식으로 제시하는가라는 문제다. 이 제시의 기술적 딜레마를 돌파하기 위해서는 몇 개의 동원 가능한 소주제들이 있다. 예컨대 젊음, 우의와 친선, 화합과 평화, 세계의 하나됨, 탁월성의 추구 등은 그런 소주제들이다. 그러나 이런 주제들은 이미 너무 낡고 진부할 뿐 아니라 무엇보다도 그 주제들과 현실 사이에 가로놓인 괴리 때문에 현대 관중을 만족시킬 '깜짝쇼'의 에너지가 그 주제들로부터는 공급되기 어렵다.

근년 들어 이 딜레마를 타개하는 가장 강력한 기술적 해법으로 등장한 것이 개회식을 '야간 쇼'로 진행한다는 아이디어다. 밤의 장막을 배경으로 했을 때 영상은 그 최고의 환상적 아름다움을 발휘하고 그 아름다움은 주제의 진부성과 현실적 공허성을 커버하는 시각 쾌락을 제공한다. 일단 이 비법의 효력을 알게 된 이상 향후의 모든 올림픽 개회식 행사들은 아폴로(태양)의 시간을 피해 다이애나(달)의 시간에 진행될 것이 확실하다. 지금의 올림픽은 이미 이 사실만으로 '근대' 올림픽이 아니라 '현대' 올림픽이다. 아폴로의 불이 인간의 불로 대체된 것이다. 애틀랜타 개회식도 밤을 선택함으로써 남부 미국의 절절 끓는 땡볕을 피한다는 동기의 충족 외에 영상의 아름다움을 최대화하는 제시 미학의 효과를 거둘 수 있었다.

주제 면에서, 이번 애틀랜타 올림픽 조직위원회는 두 개의 행운을 개회식 주제 개발에 활용했다. 금년이 근대 올림픽 100주년이라는 게 첫번째 행운이고 전 세계 197개 올림픽 회원국 모두가 참가했다는 것이 두번째 행운이다. 올 것 같지 않던 북한이 참가하고(이에는 '북한의 친구' 대접을 받는 지미 카터 전 미국 대통령의 설득이 주효했다 한다) 쿠바와 이란이 오고 걸프

전의 상처가 채 아물지 않은 이라크도 사담 후세인 대통령의 아들을 단장으로 한 대표단을 파견했다. "모든 나라를 불러모음The Call to the Nations"이라는 개회식의 제1주제는 그 점에서 최소한 전 회원국 참가라는 실질 내용을 확보한 것이다. 근대 올림픽 100주년이라는 행운은 "올림픽의 전통Tradition of the Games"이라는 주제로 표현되었다. 이외에 "세계를 환영함Welcome to the World" "영웅들을 부름Summon the Heroes", 남부 미국의 지방색을 보여준다는 "내 마음의 조지아Georgia on My Mind" 등의 주제가 제시되었고 선수단 입장은 "나라들의 행진Parade of Nations"이라 표현되었다.

올림픽기의 오륜을 '오색五色의 부족'으로 변용시켜 청황녹적흑의 부족들을 등장시킨 제1주제 "모든 나라를 불러모음"은 그 아이디어 자체로는 그리 신통하달 것이 없다. 이 부족들이 처음 어지럽게 어울리다가 다섯 개의 거대한 링으로 바뀌고, 흰색의 어린 요정들이 나와 올림픽 100주년을 지시하는 '100'의 숫자를 만들어 보인 형태의 게임 역시 '혼돈으로부터 모양의 나타남'이라는 극히 흔한 모티프의 범속한 표현이었다.

이어 벌어진 "세계를 환영함" 역시 평범한 수준의 프로그램이었다. 그러나 이 행사들이 진행되는 도중 애틀랜타의 하늘은 어둠에 잠기고, 그 어둠을 배경으로 한 영상적 제시 기술은 범속한 것들에 환상적 아름다움을 부여하기 시작한다. 이를테면 흑인 가수 글래디스 나이트의 노래로 시작된 "내 마음의 조지아"는 조지아의 '여름밤'을 보여준다며 거대한 날개를 단 440마리의 인간 나비들을 등장시켰는데, 그 나비 날개들이 연출한 아름다움은 매혹적인 것이었다. 조지아의 밤이라는 모티프 자체는 남부의 지방색, 역사, 현실 그 어느 것과도 연결짓기 어려운 터무니없는 것이지만 그것의 영상미학적 제시는 탁월했다. 특히 흰 날개의 나비 하나가 노란 가운 차림의 합창단 앞에 섰을 때의 신비로운 색채 미학이 텔레비전 화면에 뜰 때, 시청자는 공허한 주제조차도 화려한 이미지로 바꿔내는 영상 마술의 진수를 목격할 수 있었다.

이번 개막식에서 밤의 어둠과 영상이 아니었다면 전혀 불가능했을 또하나의 마술은 "올림픽의 전통" 부분에 실루엣으로 재현된 고대 올림픽의 게임 장면들이다. 거대한 원형탑을 흰 천으로 둘러싸고, 그 천에 궁술, 창과 원반 던지기, 레슬링, 달리기 등 고대 게임의 연출 장면들을 대형 그림자로 비춰낸 것이다. 이 그림자놀이는 기술적 수작이면서 동시에 이번 개회식이 보여준 두 개의 깜짝쇼 가운데 하나이다. 다른 또하나의 깜짝쇼는 비밀에 부쳐졌던 성화의 마지막 점화자로 무하마드 알리가 등장한 장면이다. 이날 밤의 알리는 1960년 로마 올림픽 금메달리스트이자 프로 권투의 화려한 중량급 챔피언이었던 그 알리가 아니었다. 평생 얻어맞은 주먹질로 파킨슨병에 걸린 알리가 왼손을 벌벌 떨며 거기 서 있었다. 불구가 된 그 알리를 성화 점화자로 선택한 것은 이번 개막식의 가장 돋보이는 부분이었다. 지난날의 올림픽 영웅들 몇 사람을 소개한 대목, 성화 주자의 하나로 스타디움에서 그리스 여자 육상선수를 참가시킨 점, 쿠베르탱 남작의 공적을 기리기 위해 모든 행사 방송에 불어와 영어를 함께 사용한 점—이런 몇 개의 아이디어와 배려 들도 사줄 만한 것들이었다.

그러나 이번 애틀랜타 개막식은 지금까지의 거대 개막식들과 마찬가지로 그 대부분이 '길고도 공허한' 헛소동이었다. 주최국과 관계된 부분적 헛소동을 대표하는 것으로는 "내 마음의 조지아" 말고도 흑인 민권운동 지도자 마틴 루서 킹 목사의 기억을 불러낸 장면을 들 수 있다. 이는 이중의 의미에서 그러하다. 우선 킹 목사는 애틀랜타 출신이지만 조지아 주와 그 수도 애틀랜타는 이 흑인 아들을 불러낼 자격이 없는 고장이다. 생전의 킹을 탄압하고 그를 버밍햄 감방에 보낸 것은 조지아였다. 그 조지아가 '우리 고장 인물'을 자랑하기 위해 죽은 킹 목사를 들먹이고 그의 육성 연설 대목을 개회식에 재생시키는 것은 조지아의 영광이 아니라 수치이다. 애틀랜타가 안전하게도 그의 혼을 불러낼 수 있는 것은 그가 이미 죽어 더이상 문제를 일으키지 않기 때문이다. 둘째, "모든 인간은 평등하게 태어났다. 이것은 자명한 진리이다"라던 킹 목사의 그 '자명한 진리'는 지금 미국 남부 어디에서도, 크게는 미국 전역 어디에서도 '자명'하지 않다. "노예의 아들과 주인의 아들이 함께 나란히 식탁에 앉는 날"을 그리던 그의 꿈은 아직도 요원한 꿈으로 남아 있다. 그 꿈을 실현시키기보다는 끊임없이 '연기'시키고 있는 남부 미국이 킹의 꿈을 들먹이는 것은 공허한 수사이고 위선이라는 지적을 면하기 어렵다.

전체적으로, 이번 행사를 포함해서 거대 올림픽 개막식들을 공연한 헛소동이게 하는 것은 무엇보다도 올림픽 자체의 타락이다. 개막식에서부터 경기에 이르기까지 '현대' 올림픽은 돈줄을 노린 상업주의에 지배되고 국가 간의 힘겨루기와 정치적 권력 경쟁에 철저히 오염되어 있다. 직업 선수들로 구성된 미국 농구단 '드림팀'이 이번 대회에서 미국을 대표하고 있는 것은, '탁월성의 추구'라는 올림픽의 목표가 지금 무슨 탁월성을 추구하고 무엇을 목표로 하는지를 잘 보여준다. 이제 올림픽은 쿠베르탱이 꿈꾸었던 그런 올림픽이 아니다. 근대 올림픽의 꿈은 죽고 그 꿈의 파탄 위에서 화려한 현대 올림픽은 개막되고 또 개막된다. 그러나 그 현대 올림픽 개막식들은 언제나 예외 없이 올림픽의 꿈과 이상을 노래한다. 죽은 꿈을 팔아 현재를 지탱하기—이것이 현대 올림픽의 존재방식이다. 애틀랜타 개막식이 탁월한 실루엣으로 제시한 "올림픽의 전통"조차도 마침내 공허한 그림자놀이가 되고 마는 것은 이 대목에 와서이다.

하지만, 역설적 진리가 거기 있다. 현대 올림픽 개막식을 감동적이게 하는 것은 정확히 그 공허함이다. 이미 죽어버려 도무지 회생 가능성이 없어 보이는 꿈들의 화려한 초혼식을 거행함으로써 공허함을 망각하기—이것이 현대 올림픽 개막식의 모습이자 존재 이유이고 영광이다. 공허함은 현대 올림픽 개막식의 진정한 전통이고 조상이며 밤의 어둠은 이 새로운 조상신의 초혼제를 거행하기에 가장 알맞은 시간이다. 4년 후 어느 여름밤 우리는 다시 그 초혼제를 치를 것이고 어둔 밤하늘에 횃불을 밝히며 감동할 것이다. 그런 제의가 없다면 현대인의 생존 자체가 가능할 것인가. 또다른 애틀랜타의 밤, 또다른, 그러나 궁극적으로 아무 차이가 없는 조지아의 밤이 우리를 기다리고 있다.

씨네21 1996. 7. 30

인터뷰

좀비
바이러스에
맞서라

부록

기적의 도서관
설립 정신과 취지

2002년
'세계 책의 날'
서울 선언문

인터뷰

좀비 바이러스에 맞서라

시민 역량 없이는 민주주의도 없다

프레시안: 지난 2007년 프레시안과 민주화운동기념사업회에서 공동으로 진행한 강연에서 선생님께서는 '민주주의 문화' 없이 민주주의는 취약할 수밖에 없다, 이렇게 말씀했습니다. 그뒤로 3년이 지난 지금 돌이켜보면 선생님의 경고가 현실이 되는 것 같아서 마음이 무겁습니다. 최근의 한국 사회, 어떻게 평가하고 계십니까?

도정일: 3년 전 강연에서 제가 강조했던 것은 민주주의를 지키고 발전시킬 시민의 역량이 성숙하지 않으면 민주주의는 언제든지 자빠지고 엎어지고 뒷걸음칠 수 있다는 것이었습니다. 민주주의의 문화는 '문화'라는 영역에 한정되지 않아요. 정치, 경제, 사회의 모든 부분에서, 일상적 삶과 행동과 정신 상태의 모든 층위에서 '민주사회를 유지할 시민적 역량'이 필요합니다. 그 역량은 일반 시민만이 아니라 정치인, 공무원, 기업인, 언론

---

* 인터넷 신문 프레시안은 2010년 7월 본격적인 서평 섹션 '프레시안 북스'를 출범시키면서 이 인터뷰를 진행했다. 대담은 독서/서평문화 외에도 다양한 주제를 놓고 진행되었다. 인터뷰어는 프레시안의 강양구 기자.

인, 교육자에게도 필요합니다. 이들도 모두 '시민'이니까요.

요즘 보면 민주주의의 '민' 자도 모르는 듯한 공무원과 관료 들이 저지르는 어처구니없는 일들이 너무 많아요. 기본적으로 민주주의 훈련이 되어 있질 않습니다. 문화는 자연이 아니므로 사람이 키우고 사회가 만들어가야 합니다. 민주주의 원칙의 바탕 위에서 합리적으로 사고하고 행동하는 힘, 틀린 정보를 가려내는 판단력과 온당한 해석력, 이성의 사회적·공적 사용력, 시민의 자유와 시민의 책임에 대한 인식—민주주의 문화의 골자를 이루는 이런 능력들은 자기교육과 훈련을 통해 길러져야 합니다.

시민의 자유 못지않게 중요한 것이 시민의 책임입니다. 이 관점에서 평가한다면 지금 우리 사회는, 지금만이 아니라 오랫동안, 민주사회를 만들고 지킬 시민적 역량의 결핍이라는 질병을 속속들이 앓고 있습니다. 이건 정치 민주주의에 한정된 문제가 아닙니다. 경제 민주주의도 그렇지요. 경제 평등, 경제 정의, 취업난 같은 문제를 풀어나갈 궁극적 힘은 시민들에게서 나옵니다.

두 개의 대한민국… 보수가 앞장서 해결책 마련해야

프레시안: '두 국민'이라는 말이 이상하게 들리지 않을 정도로 온갖 문제를 둘러싸고 격렬한 사회 갈등이 계속되고 있습니다. 그러나 이런 갈등이 생산적인 토론으로 이어지는 경우는 드뭅니다. 결국은 '민주주의 문화'의 결핍이 그 이유라는 생각이 듭니다만…

도정일: 갈등 없는 사회는 없습니다. 갈등의 긍정적 측면은 그것이 사회 발전의 창조적 동력원이 된다는 것이고, 부정적 측면은 사회를 풍비박산으로 쪼개놓는 파괴적 혼돈의 진원도 될 수 있다는 점입니다. 문제는 갈등의 부정적 파괴력을 제어할 능력이 있는가, 혼돈으로부터 생산적 질서를 만들어낼 능력이 있는가라는 거죠.

민주주의 문화로 사회적 문제들을 다 해결할 수 있다고는 생각되지 않습니다. 그러나 문제의 원인을 합리적으로 분석하고 해결책을 찾아내는 힘은 민주적 사고의 역량에서 나옵니다. 대학교육에서는 '비판적 사고력'을 길러주는 일이 매우 중요한데, 이유는 그런 사고 능력 없이는 문제를 풀 '솔루션'이 나오지 않기 때문입니다. 비판적 사고 그러면 그런 건 소위 '진보' 쪽에서나 강조하는 것 아니냐 생각하는 사람들이 많아요. 천만의 말씀, 비판적 사고는 진보-보수 어느 쪽에나 필수적입니다. 그게 모자라면 진보건 보수건 모두 비정상적 정신 상태에 빠집니다.

한 예로, 지금 우리 사회는 말씀처럼 극단적인 빈부 양극화로 인한 '두 국민' 현상을 보이고 있지요. 미안하지만 이른바 보수-우파 얘기부터 먼저 해볼까요?

경제 평등은 왜 중요한가, 빈곤의 항구화와 제도화는 왜 정의롭지 못한가, 승자독식, 폭력적 경쟁주의, 시장원리주의 같은 것은 왜 제어되어야 하는가 같은 문제들을 '문제로서' 파악하고 제어와 해결을 모색하는 일에 먼저 나서야 하는 것은 사실은 부유층과 재벌 기업의 이익을 대변하는 보수-우파의 정책 진영입니다. 그러자면 그 진영의 정신 상태가 정상적이어야 하고 "각자 자기 돈 자기가 벌어서 쓰는데" 어쩌고저쩌고하는 수준을 넘어 공존의 정의를 생각할 줄 아는 비판적 차원에 올라 있어야 합니다.

'사유의 정지' 조장하는 세 가지 바이러스

프레시안: 선생님께서는 여러 차례 '생각하는 힘'을 기르는 것이야말로 가장 중요하다고 강조했습니다. 이런 강조에도 불구하고, 정작 한국 사회의 생각하는 힘은 갈수록 떨어진다는 인상을 강하게 받습니다. 그렇게 된 이유는 무엇에 있다고 생각하십니까?

도정일: 지금 우리 사회는 '사유의 정지'라고 부를 만한 일종의 마비 상태에 빠져 있는 것 같아요. 생각하지 않을 뿐 아니라 생각하기를 거부하고 기피하고 혐오하는 것이 사유의 정지입니다. 생각한다는 행위에 모라토리엄을 걸어버리는 거지요. '생각한다'는 것이 무엇인가라는 것부터 생각하지 않습니다.

생각을 안 한다고? 무슨 소리, 우린 열심히 생각하고 있어, 라고 반박할 사람들도 있을 겁니다. 생각에도 여러 종류가 있겠지만 내가 말하는 것은 '사회적 사유'입니다. 우리가 이렇게 막 살아도 되는가, 우리는 도대체 어떤 사회를 만들고자 하는가, 좋은 삶이란 어떤 것인가, 아이들을 이렇게 키워도 되는가—개인의 삶과 집단의 삶을 연결해서 성찰하고 잘못된 것들을 찾아내고, 그래서 의미 있고 가치 있는 삶의 방식을 생각하는 것이 사회적 사유입니다.

우리가 사회적 사유를 정지당하는 이유는 뭐냐? 우리는 지금 너 나 할 것 없이 사람들을 극단적인 공포, 흥분, 과민 상태로 몰아넣는 몇몇 '바이러스' 군단의 공격에 속절없이 노출되어 있어요. 첫째는 '밀림密林주의' 바이러스입니다. 약자도태-승자독식이라는, 허버트 스펜서식 사회다위니즘의 부활이죠. 이 바이러스는 극단적인 '도태의 공포'를 퍼뜨려 사람들을 항구한 불안 속으로 몰아넣습니다. "생각 좋아하시네, 죽게 생겼는데 생각할 틈이 어디 있어, 생각이 밥 먹여주나"라는 것이 이 바이러스에 공격당한 사람들의 절박하고 절망적인 정신 상태입니다.

둘째는 내가 시장전체주의라고 부르기도 하는 '시장만능주의' 바이러스입니다. 이제는 시장이 세계를 접수하고 사회를 접수했다, 시장의 논리를 따르지 않으면 살아남지 못한다, 생각은 무슨 생각, 그저 시장이 요구하는 대로 따르고 시장의 신 앞에 부복하자—이런 것이 이 바이러스에 감염된 사람들의 정신 상태입니다.

셋째, '쾌락지상주의' 바이러스입니다. 힘든 일이여 안녕, 고통이여 안녕, 슬픔이여 안녕, 이렇게 노래하는 것이 쾌락지상주의입니다. 역설적이게도, 사실은 고통이 심한 사회일수록 이런 불가능한 무통증의 쾌락 사회를 그리워하는 바이러스가 창궐합니다.

한국 사회 병들게 하는 지식만능주의

프레시안: 한 사회의 생각하는 힘을 기르는 가장 효과적인 수단은 바로 책 읽기입니다. 선생님께서 수년째 책 읽기 운동을 전개하는 것도 그것과 무관하지 않을 것입니다. 하지만 이런

노력에도 불구하고 책에 대한 한국 사회의 거부감은 나아질 기미가 보이지 않습니다. 선생님께서 특별히 그 원인이라고 지목하시는 게 있습니까? 한국 사회가 책과 멀다면, 그 원인은 단순히 개인의 심리적인 데 있다기보다는 그렇게 될 수밖에 없는 구조적 문제에 있으리라고 생각합니다. 선생님께서는 그 구조적 문제가 무엇이라고 생각합니까?

도정일: 구조적 문제라? 앞의 답변에 나온 세 가지 바이러스가 사실은 구조적 문제들과 연결된 건데, 여기서는 하나만 더 보태어 '착각 바이러스'를 말하고 싶어요. 지식사회, 지식경제, 정보-지식 같은 '지식 타령'에서 보듯이 지금 우리 사회를 휘어잡고 있는 지식정보주의 사고구조입니다.

정보도 중요하고 지식도 중요합니다. 그런데 정보만 있으면 된다, 지식만 있으면 된다는 건 아니거든요. 정말이지 천만의 말씀입니다. 정보 못지않게 중요한 것이 정보를 판단하는 비판적 능력, 지식 못지않게 중요한 것이 지식을 생산하는 '생각의 능력'입니다. 사물과 현상을 새로운 눈으로 보고 해석하는 힘, 기존 지식의 틀을 넘어 엉뚱한 생각을 해보는 상상력, 남들이 던지지 않는 질문을 던지고 답을 모색하는 지적 모험, 인간과 세계의 복잡성을 이해하는 능력—이런 것은 지식이 아니라 지식을 넘어선 곳에서 작용하는 생각의 능력입니다.

그런데 지식만능주의는 지식이란 것이 기성품으로 만들어져 어딘가에 주어져 있다, 인터넷에 있고 '위키'에 있다, 그것을 사냥하고 검색해서 찾아내기만 하면 된다, 라고 믿게 합니다. 이건 착각이고 환상이죠. 쉬운 예로, "나는 누구인가?"라는 질문의 답이 지식의 형태로 어디에 주어져 있나요? 정답이 있나요? 아니죠.

지식만능주의는 지식이란 것이 사과나무에 사과 달리듯 거기 어딘가에 달려 있을 것이므로 내가 가서 따기만 하면 된다는 착각과 함께 무슨 산수 문제 풀듯 '정답 찾기'의 환상 속으로 사람들을 몰아갑니다. 우리 아이들은 초등학교에서부터 대학에 이르기까지 정답 찾는 훈련에 몰두하도록 훈육됩니다. 그래서 정답이 없는 문제, 판단과 해석과 의미를 요구하는 문제를 만나면 망연자실 기절하지요.

지식만능주의 풍조가 지금 대학을 장악하고 있어요. 사회는 대학에 대고 지식을 생산하라, 차세대 경제성장의 동력이 될 새로운 지식을 내놓으라고 요구합니다. 지금 같은 지식경제 시대에는 불가피한 요구 같아 보이지요. 그런데 뭐가 문제냐? 새로운 지식을 생산하는 데는 지식만이 아니라 새로운 눈, 상상력, 모험심, 넓은 이해력이 필요합니다. 이것이 지식 생산의 기본 조건이지요.

이 기본 조건은 돌보지 않고 새로운 지식만 요구한다는 것이 문제입니다. 기본기도 안 돼 있고 체력도 없는 축구팀더러 "우승해 와라" 하고 요구하는 꼴이지요. 지식만능주의 같은 집단적 사고가 계량주의 사고와 뭉쳐서 사회 구석구석에 수많은 구조적 문제를 일으키고 있습니다.

학교를 저주하고, 책을 증오하는 아이들

프레시안: 지난 수년간의 책 읽기 운동의 경험을 통해서 특별히 이것이야말로 문제다, 이렇게 인식하신 게 있으십니까?

도정일: 그 보따리를 풀라 하면 열두 가마니 보태기 네 가마

니쯤 될 겁니다. 프레시안의 귀한 지면을 독점할 수 없으니까 하나만 얘기하지요. 대한민국에서 아이들은 어떻게 크는가라는 문제입니다.

중고등학생들, 말하자면 청소년층의 '욕설 문화'를 아십니까? 욕을 내뱉지 않고는 아예 말이란 것이 성립하지 않을 정도로 지금 우리 청소년들은 욕설 문화에 빠져 있습니다. "이년이 이걸 반찬이라고 쌌어?" 한 중학생이 도시락을 열어보다가 내뱉은 말입니다.

그 '이년'이 누군지 아세요? 자기 엄마입니다. 또 어떤 아이는 손전화에 '열여덟 년'이라는 번호를 찍어놓고 다니는데, 그 '열여덟 년'이 누군지 아세요? 자기 엄마입니다. 선생님들도 흔히 년/놈으로 불립니다. 이런 아이들에게는 학교가 체벌을 가해야 한다고요? 아서라, 아서, 지요. 체벌에 앞서 학교가 생각하고 어른 사회가 생각할 것은 아이들을 욕설문화 속으로 밀어넣는 학교교육의 폭력구조입니다. 왕따, 성폭행, 갈취 같은 학교 폭력처럼 욕설도 폭력입니다. 그런데 이런 폭력문화는 벌주기만으로는 결코 해결되지 않습니다.

아이들을 무자비한 '오로지 성적' 경쟁으로 내몰아 서열화하고 줄 세우는 것은 아이들을 파괴하고 교육을 멍들이는 거대한 폭력입니다. 성적이 못한 아이들은 인간 이하로 분류되고 무시당합니다. 아이들에게는 그들의 인권, 그들의 품위, 그들의 자긍심이 있어요. 그게 무시되면 아이들은 상처받고, 속으로 울고, 자기도 모르게 망가집니다. 자신감과 자존감을 길러주는 것은 교육이 해야 할 일의 하납니다.

그런데 학교에 가면 '병신된다'일 때 누가 그 학교에 가고 싶을까요? 학교가 우범지대가 되었다고 말하는 학부모가 한둘입니까? 욕설을 포함한 청소년 폭력은 감히 자기네 손으로는 고칠 길 없어 보이는 거대한 폭력 앞에서 힘없는 아이들이 빠져드는 무의식적이고 절망적인 보복의 방식, 폭력에 폭력으로 대응하고 힘센 폭력을 작은 폭력으로 모방해서 역공을 가하는 거울 반응의 한 형태입니다.

그런데 책 읽기 운동과 이 문제는 무슨 관계인가? 깊은 관계가 있어요. 학교가 기피, 혐오, 저주의 공간이 될 때에는 선생님이 읽으라고 주는 책도 기피와 증오의 대상이 됩니다. 더구나 학교에서의 독서교육이란 것이 또 정답 찾기나 성적 올리기 위한 시험 과목의 하나처럼 부과되면 아이들의 눈에 책은 100리 밖으로 내던지고 싶은 '웬수'가 됩니다. 거기서 무슨 즐거운 독서가 가능하고 상상력을 기르는 자유로운 독서행위가 가능하겠어요? 기계적으로 문제를 풀 때는 꼭 상상력이 가동될 필요가 없어요. 그러나 책 읽기는 다릅니다.

책 읽기야말로 '행복'을 찾는 지름길

프레시안: 책 읽기를 강조하면 이 시대에 무슨 책 읽기냐, 이렇게 비아냥거리는 분위기가 있는 게 사실입니다. 책으로 상징되는 문자권력의 쇠퇴를 얘기하는 목소리도 들리고요. 쌍방향 소통을 얘기하는 인터넷의 확산도 이런 문화를 부추기고 있습니다만…

도정일: 문자권력 운운하는 얘기는 문자로 된 책을 읽고 쓴다는 것이 정치권력과 권위의 한 기초가 되었던 시대에 대한 비판 맥락에서 나왔습니다. 서양의 경우, 경전을 읽고 해석하

는 권리-권위가 정치적 지배권과 뗄 수 없는 관계로 엮여 있었던 중세 체제에 대한 비판의 문맥에서, 그리고 뒤이어 나온 계몽주의 운동에서도 이성중심주의가 중세 체제의 문자권력을 대체했다는 데 대한 비판적 관점에서 나왔지요. 서양까지 안 가더라도, 우리 역사에서는 조선시대가 문자권력 시대를 대표합니다.

그런데 지금이 문자권력 시대입니까? 지금 권력이 책에서 나오나요? 책 읽고 쓰는 것이 무슨 해석의 독점, 권위의 독점, 권력의 독점입니까? 권위의 경우는, 책이 권위주의 아닌 권위의 한 소스가 될 수도 있지요. 그런데 권위와 권위주의는 전혀 다른 문제죠. 과학 공동체에서 아인슈타인이 누리는 권위는 아인슈타인의 권위주의가 아닙니다.

누가 좋은 책 써서 어떤 권위를 얻었다면 우리가 그를 향해 "당신, 권위주의자야"라고 말하나요? 당신도 권력자가 되었다고 말하나요? 권력을 놓고 말하면, 지금 권력은 책을 떠나 다른 매체로 간 지 오랩니다. "아직도 책이야? 어느 시댄데?"라는 비아냥거림에는 문자권력에 대한 비판보다는 책이란 것이 이제 아무 권력도 실용성도 실리도 없는 것이라는 생각, 더 정확히는 하찮은 것에 대한 멸시가 더 많이 담겨 있지 않을까요?

만약 문자권력을 말해야 할 정도로 책이 권력을 가졌다면, 아무도 감히 "아직도 책이야?"라고 말하지 않을 겁니다. 오히려 모두가, 이선달, 박선달, 김선달 할 것 없이 동네 건달족 모두가 다투어 책으로 달려들지 않겠어요? 그런데 권력과 유행과 시류, 공리적 이해타산이나 저급한 실용주의 같은 것과는 별 관계가 없다는 바로 그 이유 때문에, 동네 건달들은 달려들지 않는다는 바로 그 이유 때문에, 책은 되레 우리 시대의 소중한 문화 자산이 되었고 책 읽는 행위는 우리 시대의 고귀한 문화적 활동이 되었습니다. 이 문화 자산과 문화행위의 특징은 그것들이 돈이나 권력보다는 '가치의 추구 행위'를 대표하고 '의미를 만드는 행위'를 대표한다는 점입니다.

가치와 의미? 그래요. 지금은 돈이 가치의 전부를 표현하고 의미의 전부를 만드는 시대처럼 보이지만 사실 속내를 들여다보면 지금도 중요한 본질적 가치는 돈으로 환산되지 않고 소중한 의미는 돈으로 생산되지 않습니다. 한 예로, 사회봉사 활동하는 사람들을 보세요. 그들은 돈을 받지 않고, 돈을 주면 버럭 화를 냅니다. 봉사활동은 돈으로 환산할 수 없는 '가치'라는 직관을 그들은 갖고 있어요.

이런 가치 추구가 사실은 행복의 지름길입니다. 행복은 "내가 행복을 찾아야 하는데" 하고 쫓아다니는 사람에게 오는 것이 아니라 가치를 추구하는 사람에게 선물처럼 찾아오는 것 같아요. 그래서 저는 학생들에게 행복을 추구하지 말고 가치를 추구하자, 그러면 행복이란 녀석이 웃으며 따라오지 않겠느냐고 말합니다. 자기 존재의 의미, 자기 삶의 가치를 발견하지 못할 때는 자살을 생각하는 동물이 인간입니다. 무가치와 무의미 상태에서는 그가 전혀 행복하지 않기 때문입니다.

누가 계몽을 하찮은 것으로 여기나?

프레시안: 선생님께서는 여전히 계몽의 중요성을 강조하는 쪽에 속합니다. 대중은 물론이고 지식인조차도 계몽에 알레르기를 일으키는 경향이 있습니다.

도정일: 제가 계몽주의자인가요? 어떤 점에서는 그럴지 몰라요. 이런 생각을 합니다. 첫째, 인간은 누구나 배워야 하고 노상 깨쳐야 하는 존재지요. 누굴 가르치려드느냐고 호통치는 사람은 호통치다가도 속으로는 "하긴 나도 배워야 하는 존재지"라고 잠시 생각해볼 필요가 있어요. 인간은 죽을 때까지 계몽의 대상입니다. 이 부분에는 누구도 알레르기 반응을 보일 필요가 없습니다. 물론 우리는 시도 때도 없이 남을 가르치려 들고 '지도'하겠다고 달려드는 사람을 싫어합니다. 독재, 전체주의, 망종의 사회주의, 권위주의는 이런 종류의 덜 떨어진 계몽 집단을 대표합니다.

그러나 동시에 늘 배우고 깨치려는 열린 자세, 겸허한 자세도 필요하죠. "이 책 너무 어렵게 썼군. 대학 나온 나도 읽기 어렵다면 이건 잘못된 책이야"라고 말하는 사람들이 있어요. 책이 쓸데없이 난삽할 때도 있지만 읽는 이의 이해력이 책의 수준을 못 따라갈 때도 있지요. 좀 어려운 책을 읽는 것이 누워 떡 먹기 같은 책 읽기보다는 더 즐거운 도전이지요. 사실, 대학생에게라면 전혀 어려울 수 없는 책도 어렵다고 비명 올리는 학생들이 있어요. 독서 빈곤에서 오는 사유 능력 결핍의 경우지요. 그런 비명이야말로 빈곤이 일으키는 알레르기 반응입니다.

둘째, 저는 계몽주의 철학으로 대표되는 근대성의 정신적 유산을 높이 평가합니다. 근대성에 비판해야 할 부분이 있다면 소중하게 계승해야 할 부분도 있습니다. 영어 속담에 "목욕물 버리면서 아이까지 버린다"는 게 있지요? "빈대 잡자고 초가삼간 태운다"고 우리 속담은 말합니다. 버릴 수 없는 유산을 과거 유산이라는 이유만으로 내던지는 것은 바보의 특별한 능력입니다. 보편 인권, 자유, 평등, 민주주의, 비판 정신, 정교 분리, 법치 같은 근대성의 유산은 여전히 우리에게 소중한 자산입니다. 왜 소중하냐고요? 그런 걸 버리면 우리는 인류가 애써 도망쳐나온 야만의 체제 속으로 다시 뒷걸음쳐들어가야 하기 때문입니다.

재갈 물린 이십대… 스스로 벗어던져라

프레시안: 그나마 삼십대 이상은 책 읽기에 익숙한 세대입니다. 이십대 이하의 세대는 더욱더 책과 멀어지는 것 같습니다. 최근에는 그들이 처한 '재갈을 물린 듯한' 상황이 이런 분위기를 더욱더 부추깁니다. 오랫동안 대학에서 이십대를 만나오셨을 터인데 이런 상황을 어떻게 생각하십니까?

도정일: 지금의 이십대 청춘들을 두고 제가 어디선가 '재갈 물린 세대'라고 말했던 것 같아요. 제가 말한 '재갈'에는 두 가지 의미가 있습니다. 하나는 지금의 젊은 세대가 처한 곤경(사회 진입장벽, 88만 원, 고용 불안)이라는 재갈인데 이 재갈은 선택된 것이 아니라 외부로부터 안겨진 난국, 말하자면 '물려진 재갈'이지요. 선택된 것이 아니지만 벗어던지기도 어려운 재갈입니다.

기성세대는 왜 이런 재갈이 젊은 세대에게 물려졌는가, 그걸 제거할 방법은 무엇인가, 사회 전체가 무엇을 어떻게 해야 하는가를 책임 있게 연구해야 합니다. 정책적으로 책임지는 사람이 없어요. 취업난, 고용 불안, 비정규직만 해도 그렇죠. 입으로만 떠들고 통계 보여주고, 그리고 그냥 넘어갑니다. 마치 그게 불가항력의 자연재해 같은 것이기라도 하듯이 말이죠.

또다른 재갈도 있습니다. 지금의 이십대 세대가 의식적이건 아니건 스스로 빠져들고 동의하고 즐기는 어떤 문화, 습관, 이데올로기, 정신 상태로서의 재갈입니다. 그게 뭐냐고요? 몇 가지만 말하죠. 쉽고 힘 안 드는 일만 찾아다니고자 하는 안이성, 의존주의("엄마, 어떻게 좀 해봐"), 디지털 기술 환경에서 길든 속도주의와 편의성에의 탐닉, 집중력 결핍, 비판적 사고력과 자율적 판단력의 약화, 시장만능주의에의 좀비적 순응, 세대 단절의 충동(자기 세대의 유행에는 병적으로 민감하고 수평 소통은 잘하면서 중요한 역사 맥락에는 등돌리고 과거와의 소통은 거부하기) 등입니다.

이런 정신 상태와 능력 결손은 한 세대를 멍들게 하는 치명적인 약점들이죠. 이런 약점들은 이십대 세대가 벗어던지자면 벗어던질 수도 있는 재갈입니다. 어떻게? 벗어던지자면 우선 약점을 알고 성찰할 수 있어야 합니다. 그래서 기성세대는 이십대 세대에게 이런 문제점들을 기탄없이 말해주어야 합니다. 잘나서 그런 게 아니죠. 기성세대는 결코 잘난 세대가 아닙니다. 그러나 지금 여기서 문제의 핵심은 어느 세대이건 간에 모든 세대는 자기 세대의 성장방식을 성찰할 수 있어야 한다는 겁니다.

지금의 이십대들 가운데 상당수는 책을 멀리할 뿐 아니라 책을 구닥다리로 알고 책 읽기를 경멸합니다. 책을 읽지 않는 정도가 아니라 읽지 않는 것을 되레 자랑하지요. 이 디지털 시대에 책을 들고 다닌다는 것은 자기네 세대의 정체성에 반하는 구세대적 행위라고 여깁니다. 모든 필요한 지식-정보는 인터넷에 다 있다, 그 지식-정보는 디지털 기기로 언제든 쉽게 빠르게 공짜로 접근할 수 있다, 왜 책이 필요하냐—이런 식의 디지털 기술만능주의가 상당수 젊은이들의 의식을 지배하고 있습니다.

이게 얼마나 큰 착각인가를 알고 그 착각을 벗어던지는 일이 시급합니다. 그런데 그게 어려운 문제입니다. 디지털매체의 편의성에 한번 중독되면 거기서 헤어나기가 쉽지 않아요. 책은 느린 매체이고 모든 독서는 '느린 독서'인데 지금의 청소년 세대는 그들의 속도감에 반하는 이 느림을 견딜 수 없어합니다. 그들은 '3초 문화'에 흠뻑 젖어 있고 집중력은 5분을 넘기기 어렵습니다. 인터넷으로 이 주소 저 주소 옮겨다니며 읽을 만한 기사가 있는지 검색하는 데는 3초면 되고 쪼가리 글 읽는 데는 5분이면 됩니다.

좀 긴 호흡의 글, 집중해야 할 글, 15분 이상의 체류 시간이 걸리는 글은 인터넷 문화에서는 '시체'에 해당합니다. 이 '3초 5분' 세대에게 책 읽기란 지루한 장례식에 참석하는 것 이상의 고통스러운 일입니다. 지금 이 인터뷰를 그들이 읽어낼 수 있을까요?

프레시안: 그들을 책과 가깝게 할 수 있는 방안이 있을까요? 대학, 언론 등 기존의 제도들이 거기 기여하는 역할이 있습니까?

도정일: 책을 가까이하는 데는 독서의 일상화, 생활화, 습관화가 중요하고, 즐거움의 경험이 결정적입니다. 독서의 즐거움을 직접 경험하는 일, 그 이상의 길은 없는 것 같아요. 책을 싫어하고 책을 못 읽는 대학 신입생들은 중고등학교 시절 책 읽기의 즐거움을 경험한 적이 없거나 독서 습관화의 과정을 거치지 못했다는 중대한 결손을 안고 있습니다. 늦었지만 대학 들어와서부터라도 그 습관을 몸에 붙일 수 있도록 해주어야 합니다.

지금 전국의 대학들은 교양과정에서 '독서와 토론'이니 '사고와 표현'이니 하는 공통 과목들을 두고 학생들에게 책을 읽힙니다. 지식 전달 이상으로 생각하는 능력을 키워주는 것이 대학교육의 핵심 기능이라면, 독서 토론 과목을 두는 것은 당연하다면 당연한 일이지요. 거듭거듭 강조하는 바이지만, 생각하는 힘을 키우는 데는 책 이상의 매체가 없습니다. 학내 독서 클럽, 독서토론대회 같은 것을 활성화하기 위해 애쓰는 대학들도 있습니다. 그러나 대학에서의 독서가 교양과정에만 머물러 있으면 안 되죠. 인문·사회과학의 경우 교양과 전공을 통틀어 책 읽고 생각하고 해석하고 토론하는 것이 대학교육의 정수입니다.

언론매체들의 기여도 상당합니다. 지금 신문들은 거의 모두 '북섹션'을 두고 있습니다. 티브이, 라디오, 인터넷 매체들도 그 나름의 기여를 하고 있습니다. 책 안 읽는 사회라고들 하지만, 사실 "책을 읽어야 한다"는 데만은 공통의 관심을 보이는 것이 또 우리 사회예요. 덕분에 우리가 아주 깡통 사회로 굴러떨어질 위험을 비껴가고 있는지도 몰라요.

책 읽기, 중요한 '사회 안전망'

프레시안: 책 읽는 문화의 확산을 위해서 가장 시급하게 필요한 일이 무엇이라고 생각하십니까?

도정일: 독서는 단순한 교양 쌓기를 넘어 개인적으로나 사회적으로 중요한 행위라는 생각, 이 행위가 우리를 행복하게 하고 삶을 의미 있게 하는 가장 확실하고 돈 적게 드는 길의 하나

라는 자신감, 자기 변화와 도덕적 상승이 독서를 통해 가장 잘 이루어진다는 경험—이런 자신감과 경험이 사회적 지혜가 되어 널리 퍼졌으면 합니다.

물론 이런 지혜는 당장 시급한 일 같아 보이지 않을 수도 있어요. 그런데 그렇지 않아요. 사회 안전망의 구축은 우리 사회의 긴요한 현안 중의 하나입니다. 독서는 그 자체로 사회 안전망입니다. 이 부분 생각해본 일 있으세요? 사회에 물질적 제도적 안전망이 필요하다면, 사람들의 정신적 심리적 안전망을 구축하는 일도 그에 못지않게 필요합니다.

독서는 그런 심리적 안전망 구축의 한 방법입니다. 독서를 통해 느티나무처럼 내부가 튼튼해진 사람은 웬만한 일에 허둥대지 않고 바람 앞에 우왕좌왕하지 않아요. 위기를 관리할 내공이 생겨 있는 겁니다. 개인적으로만 그런 것이 아니죠. 독서를 통해 만들어진 모임, 도서관, 친목 클럽은 사람들 사이의 신뢰, 친밀감, 배려, 돌봄, 소통의 기회를 증진시켜 소통의 공동체를 만듭니다. '사회자본'이라 불리는 무형의 자본이 만들어지는 겁니다. 그래서 우리 '책읽는사회문화재단'은 도서관 운동을 하면서 도서관이 사회 안전망의 하나라는 주장을 끊임없이 폈어요. 도서관이라는 인프라만이 아니라 그 토대 위에서 만들어지는 '마음의 공동체'도 안전망이라는 뜻이지요.

중등교육 개혁은 시급한 일 중에서도 시급한 일입니다. 아이들을 오로지 성적 경쟁으로만 내몰지 않고 스트레스 없이 자유롭게 숨쉴 시간, 꿈꾸고 몽상할 시간, 여러 재능의 분출을 가능하게 하는 교육 체제의 실현이 너무도 시급합니다. 줄을 세우더라도 꼭 학과 성적이라는 하나의 줄만 있어야 합니까? 줄은 여러 개여야 하고 이 줄에서 꼴찌인 아이가 저 줄에 가면 첫째다. 사람의 능력은 한 가지 잣대만으로 평가할 수 없다. 아이들이 모두 제각각 잘하는 부분을 인정받아 불만과 폭력으로 빠지지 않아도 되는 명랑 학교, 행복 학교 만들기—이것이 그렇게 어려운 일입니까?

시골 가보세요. 그런 행복한 초등학교들이 여기저기 있습니다. 중고등학교라 해서 불가능한 일이 아니죠. 물론 작년부터는 시골 초등학교들도 학교 성적 줄 세우기 때문에 교장들이 전전긍긍하면서 "책 읽힐 틈이 없어요"라거나 과목 성적 올리기라는 실적주의에 매달려 교육을 팽개치는 일이 많아졌지만.

젊은 세대 좀비로 만드는 데 동참하는 언론

프레시안: 지식인, 출판계, 언론계에도 쓴소리를 하시고 싶으신 게 있을 것 같습니다.

도정일: 나는 본디 쓴소리 전문가인데 오늘은 이미 쓴소리를 많이 했으니까 좀 아껴두면 안 될까요? 꼭 세 마디만 하지요. 대중 언론은 젊은 세대를 영혼 없는 좀비형 소비자 군단으로 만들려는 시장의 기획에 편승해서 "너희들 잘한다, 잘한다"며 그 세대를 향한 아첨 떨기를 열심히 계속하고 있습니다.

출판계는 독서 인구의 지속적 성장 여부에 그 미래가 달려 있는데, 업계 사람들은 그 인구 키우는 일에 대체로 무관심합니다. 지식인들은 어떤 삶이 좋은 삶이고 어떤 사회가 사람 살 만한 사회인가라는 큰 질문을 머리에 좀 넣고 다녔으면 좋겠습니다.

프레시안: 지금 책 읽기 운동과 관련해 새롭게 계획하시는 일

이 있습니까?

도정일: 몇 가지 있습니다. 초등학교 저학년에 그림책을 보내고 그 그림책의 작가가 가서 아이들과 즐겁게 만나는 '책날개' 사업, 한 권의 책을 놓고 토론하는 시민 독서 토론의 정례화, 대학 교양과정에서의 독서의 문제를 연구하는 일, 벽지 이주여성 가정을 찾아가 시무룩한 침묵의 아이들을 활기찬 아이로 바꿔내보려는 다문화 북스타트—이런 일들이 기획되거나 새로 진행되고 있습니다.

제대로 된 서평매체… 그 사회의 수준을 말한다

프레시안: 정년을 하신 후에도 정력적인 활동을 전개하고 계십니다. 사회운동과는 별개로 정리하시는 지적인 작업이 있으십니까?

도정일: 몇 년간 계속 공수표로 끝나기만 하는 작업이 다수 있어요. 곧 낸다 낸다 큰소리쳐놓고 아직 마무리짓지 못한 책들을 어떻게 '탄생'시킬 수 있을까, 요즘 그 문제로 고민이 많습니다. 주로 인문학 분야의 책들입니다. 아는 사람은 아는 얘긴데, 우리집 컴퓨터에는 제목과 자료 노트만 있고 원고는 없는 책 저술 계획이 스무 개 넘게 있습니다. 다 쓰자면 100년은 걸릴 겁니다. 지난 10년간 책 읽는 사회 만드는 일에 많은 시간을 뺏겼는데 그걸 어디서 벌충하지요? 전 제가 한 200년은 사는 줄 알았어요. 바보 이반 이상의 '바보 도반'입니다.

프레시안: 프레시안에서 새로운 서평매체를 준비중입니다. 이런 서평매체가 나아가야 할 방향은 무엇일까요? 특별히 기대

하는 역할이 있습니까?

도정일: 용기 있고 의미 있는 결정입니다. 저는 우리 사회에 대중적 서평문화가 자리잡기를 고대해온 사람입니다. 신뢰할 만한 서평매체가 있는가 없는가, 이것이 한 사회의 문화적 역량과 정신적 활력의 수준을 보여줍니다. 지난 40년의 우리 문화사를 돌아보면, 이런저런 오프라인 서평지들이 떴다 지고 떴다 지곤 했는데 지금의 매체 환경은 온라인 서평매체의 '기술적' 가능성을 크게 높여놓고 있습니다.

그러나 기술적 가능성이 높아졌다는 것만으로 낙관의 근거를 삼을 수는 없습니다. 매체 기술은 기술이고 콘텐츠는 콘텐츠지요. 양자는 거의 완전히 별개 차원의 문젭니다. 우리 사회는 기술만 있으면 된다, 기술 있으면 콘텐츠는 자동으로 따라온다고 믿는 황당한 기술주의적 사고에 아직도 깊이 빠져 있습니다. 큰 착각이죠. 그래서 콘텐츠 만드는 일을 아주 우습게 생각하는 경향이 있어요.

서평은 처음부터 끝까지 해석-사유-판단의 콘텐츠 생산 작업입니다. 지금처럼 정보 홍수에 사람들이 떠밀려가는 시대에는 정보-지식의 신뢰도와 품질을 평가하고 "똥이냐 된장이냐"(이런 용어, 미안합니다)를 가리는 2차적 판단 정보, 곧 '메타 정보'가 너무도 필요합니다. 그 메타 정보에서부터 콘텐츠라 부를 만한 것이 생산되지요.

서평의 메타 정보에는 해석과 사유가 포함됩니다. 해석은 '의미'를 생산하고, 사유는 질문, 대화, 토론이라는 정신 작업을 통해 '생각'이라는 콘텐츠를 생산합니다. 제대로 된 사회라면 절대로 소홀히 할 수 없는 보석 같은 콘텐츠들이지요. 프레시안 서평매체가 이런 콘텐츠 생산을 통해 생각과 대화와 토론이 왕성한 사회를 만드는 데 기여하기를 진심으로 기대합니다.

대화, 토론, 생각을 촉발하는 데는 사실 책을 능가할 매체가 없습니다. 프레시안 서평이 저자의 생각, 서평자의 생각, 독자의 생각이 만나는 소통과 토론의 공동체를 일굴 수 있다면 이건 해방 이후 가장 의미 있는 정신사적 사회사적 사건이 될 겁니다.

한 가지 귀띔할 것이 있어요. 서평은 기성 매체에서 열독률이 낮은 비인기 지면으로 알려져 있어요. 서평의 인상을 바꾸는 게 어떨까 싶습니다. 그냥 책 얘기를 하는 곳이 아니라 흥미진진한 '아이디어'를 내놓고 얘기하는 것이 서평이라는 느낌을 주어야 합니다. 실제로 서평은 그런 것이고요. 책은 지루하다고 여기는 사람들도 '아이디어'라면 눈이 반짝합니다. 아이디어는 돈이라는 말을 하도 많이 들어서 그런가?

어쨌건 서평에는 아이디어의 사건화, 다시 말해 생각-느낌-주장의 드라마틱한 제시가 필요합니다. 생각의 맥락을 보여주고 다른 생각들과 비교 대조하고 재미난 일화를 넣어주고, 그리고 그 아이디어나 생각이 지금 우리의 삶, 사회, 관심사에 어떻게 연결되는가를 짚어주는 거지요. 적실성의 제시입니다. 서평 한 꼭지에서 독자가 얻어가는 것이 많을수록 좋습니다.

또 한 가지, 대학생들을 서평 독자로 끌어들이십시오. 이건 좀 어려운 일이지만 불가능한 일도 아닙니다. 무엇보다도, 이십대 청년기 사람들은 생각하고 판단할 줄 아는 시민으로 자랄 책임이 있습니다. 대학교육, 강의계획서가 프레시안 서평과 연결되게 하고, 교양과정의 '글쓰기'를 서평 훈련으로 시작하게 하는 기획 등을 생각해볼 만합니다.

대학마다 신입생들 글쓰기 훈련을 시키느라 진땀 흘리는

데, 학부생 글쓰기 훈련은 북리포트 형식의 글쓰기를 통해 효과적으로 진행될 수 있습니다. 학생들도 뭘 쓸까 글감 찾느라 절절맬 필요가 없지요. 책 한 권에는 글감이 넘쳐납니다. 일석삼조예요. 북리포트 쓰자면 책을 읽게 되고, 쓰다보면 글솜씨 늘어나고, 논지를 요약하고 재조직하는 사이에 생각하는 힘도 불쑥불쑥 자랍니다.

"희망은 산타클로스 선물이 아니다"

프레시안: 갈수록 한국 사회에서 희망의 동력을 찾기 어렵다는 이들이 늘어나고 있습니다. 선생님은 어떠십니까?

도정일: 민주주의가 왜 중요하냐면, 그게 어떤 체제보다도 희망의 가능성을 열어놓는 체제이기 때문입니다. 민주주의는 절망을 제어합니다. '희망 없다'가 절망이고 절망은 지옥의 조건이지요. 지옥의 조건을 거부하는 것이 민주주의입니다. 왜 그런가? 틀린 것, 잘못된 것, 사람들을 고통스럽게 하는 것들을 바꿔내고 고쳐낼 가능성이 없어 보일 때 사회는 절망에 빠집니다. 그런데 그 틀린 것들을 바꾸고 고쳐 변화를 가져올 수 있는 것이 민주주의입니다.

그러나 민주주의라는 간판만으로는 일이 안 됩니다. 문제적 사회 현실이 있을 때 그것을 지적하고 비판하고 바꾸어낼 것을 요구하는 시민이 있어야 변화가 가능합니다. 시민의 민주적 역량, 앞에서 우리가 민주주의 문화라고 부른 것이 그래서 결정적으로 중요하지요. 변화의 가능성이 희망인데, 이 희망은 산타클로스의 선물이 아닙니다. 시민 자신이 만들어내야 하는 것, 그가 열어야 하는 것이 희망입니다. 말하자면 깨어 있는 시민이 희망의 동력이지요. 저는 우리에게 이 동력이 있다고 믿습니다.

프레시안: 한국 사회의 미래를 좀더 밝게 하기 위해서 우리가 지금 가장 신경써야 할 일이 무엇일까요?

도정일: 사람 잘 키우는 일, 좋은 삶의 비전을 세우고 실천하는 일, 사람이 살 만한 사회의 토대를 부단히 닦는 일입니다.

프레시안 2010. 7. 16

(『불량 사회와 그 적들』, 알렙, 2011)

기적의 도서관 설립 정신과 취지

이 나라의 모든 어린이는 밝게, 바르게, 자유롭게 자랄 권리를 갖습니다. 어린이는 차별과 불평등에 시달리지 않을 권리, 부당하게 억눌리지 않을 권리, 그늘진 곳으로 내몰리지 않을 권리를 갖습니다. 어린이는 온갖 새로운 것들에 이끌리고 신기한 것들에 매혹될 권리를 가집니다. 어린이는 미래를 몰수당하지 않을 권리를 가집니다. 그러나 지금 이 땅에는 빈곤과 사회적 무관심 때문에 혼자 골목을 돌며 우는 아이들이 100만 명이 넘고, 수백만 명의 아이들이 여러 불행한 조건 때문에, 혹은 어른들의 틀린 욕심에 발목 잡혀서, 자유로운 성장의 권리를 빼앗기고 있습니다. 아이들에게 부담 없이 책을 사줄 수 있는 부모와 가정도 결코 많지 않습니다. 아이들을 잘 키워내는 일은 사회의 책임이고 의무입니다. 우리 사회는 어린이들에게 정당한 성장의 권리를 보장하고 꿈과 희망을 키울 기회의 평등을 확대해주어야 하며, 가능한 한 최선의 창조적 성장 환경과

* '책읽는사회문화재단'과 '책읽는사회만들기국민운동'은 2003년 첫 기적의 도서관 순천관을 개관한 직후 전국 각지에 지어지기 시작한 기적의 도서관의 '설립 정신과 취지'를 사회에 알리는 글을 발표했다. 이 취지문은 현재 전국 11개 기적의 도서관에 게시되어 있다.

최선의 봉사를 제공할 수 있어야 합니다. '기적의 도서관' 프로젝트는 바로 그런 기회, 환경, 봉사를 실현하기 위해 시민단체와 민간 방송, 그리고 지방자치단체 들이 함께 힘을 모아 전국 여러 지역에서 추진해오고 있는 어린이 전용 도서관 건립 사업입니다.

'기적의 도서관'은 책의 세계가 펼쳐주는 무한한 상상과 창조의 나라로 어린이들을 초대합니다. 이 도서관 문으로 들어오는 순간 어린이들은 신기한 책나라의 여행자, 탐험가, 발견자가 됩니다. 이 도서관에는 국경이 없습니다. 어떤 차별도 불평등도 없습니다. '기적의 도서관'은 아이들을 길들이려는 또 다른 훈육과 경쟁의 장이 아니라 어린 혼들이 맘놓고 춤출 수 있는 즐거운 쉼터, 매혹의 땅, 만남의 장소입니다. 이곳에서 어린이들은 세계를 만나고 타인을 발견하고 자연과 초자연을 대면하며 온갖 아이디어들과 조우합니다. 이곳에서 어린이들은 과거의 얼굴들을 익히고 미래의 파도 소리를 듣습니다. '기적의 도서관'은 어린이들이 자유로운 상상과 탐험과 발견의 기쁨을 경험하며 자랄 수 있도록 정성껏 돕고자 합니다.

'기적의 도서관'은 우리 어린이들이 정신의 확장을 성취하는 상상력 넘치는 인간, 남을 이해하고 동정할 줄 아는 따스한 가슴의 인간으로 자랄 수 있게 도우려 합니다. '기적의 도서관'은 우리 어린이들이 자연과 인간을 함께 아끼고 모든 생명의 소리에 귀기울이며 공생의 윤리를 실천하는 사람으로 자랄 수 있도록 돕고자 합니다. 이 도서관은 우리 어린이들이 더불어 사는 길의 정의로움을 알고 실행하는 민주시민으로 자랄 수 있게 도우려고 합니다. 이 도서관은 우리 어린이들이 세계의 여러 다른 문화와 다양한 가치와 삶의 방식 들을 존중하고 평화를 추구하는 인간으로 자랄 수 있도록·가능한 모든 도움을 주려고 합니다.

각 지역에 세워지는 '기적의 도서관'은 어린이들이 자기 고장의 문화와 역사에 긍지를 가질 수 있도록 돕고자 합니다. 어린이들은 자기 고장의 노랫가락과 춤사위, 자기 고장의 언어와 이야기와 소리 들을 사랑할 수 있어야 합니다. 무엇보다도 어린이들은 그들이 태어나고 자란 고장의 어른 사회를 신뢰할 수 있어야 합니다. 최선의 성장 환경과 최선의 봉사가 제공될 때에만 어린이들은 어른 사회를 신뢰하고 자기 고장에 긍지를 갖습니다. 이런 긍지와 신뢰는 그들에게 높은 자신감을 심어주어 장차 그들 스스로 좋은 사회를 만드는 일에 나설 수 있게 합니다. 각 지역 '기적의 도서관'은 어린이들이 그렇게 자랄 수 있도록 온 힘을 다해 도와주어야 합니다. 그래야만 '기적의 도서관'은 아이들에게 영원한 고향의 일부가 됩니다. 그래야만 이 도서관을 다니며 자란 아이들이 성인이 되어 어느 다른 곳에 가서 살게 되더라도 언제나 이 도서관을 기억할 것이며, 고향 방문길에는 꼭 이 도서관에 들러 그들이 읽으며 자란 어린 시절의 책들을 다시 찾아보면서 성장 시대로 되돌아가보는 즐거운 추억제追憶祭의 한 순간을 가지게 될 것입니다. 이 추억 여행이 그들의 고향 방문을 완성합니다.

'기적의 도서관'은 민과 관이 함께 세우고 함께 운영하는 아주 새로운 민관협력 모델의 도서관입니다. 이 도서관은 한 민간 텔레비전 방송의 책 읽기 프로그램을 통해 온 나라 사람들이 모아준 귀중한 시민 성금, 시민사회단체들과 민간 영역이 기부한 각종의 자원, 그리고 지방자치단체들이 낸 분담금으로 지어지고 있습니다. 그러므로 각 지역 '기적의 도서관'은 그 지역 시민과 어린이들의 것이면서 동시에 온 국민과 온 나라 어린이들의 것입니다. '기적의 도서관'을 운영하고 유지하는 책임도 민의 참여와 민관협력이라는 새로운 패러다임을 따릅니다. 지역사회 민간 인사들로 구성된 '운영위원회'가 운영의 주체가 되고 지방자치단체는 그 운영에 필요한 재정을 담당합니다. 이것이, 높은 공공의 가치를 실현하기 위해 '민의 창의'와 '관의 자원'이 결합하는 새로운 민관협력 체제입니다.

'기적의 도서관'을 가장 참다운 의미에서 '기적'의 도서관이게 하는 것은 그것의 건립 정신과 취지입니다. 다시 한번 요약하면, 어린이들에게 최선의 창조적 성장 환경과 최선의 서비스를 제공하고 기회의 사회적 평등을 확대하기 위한 새로운 모형의 어린이도서관을 제시하고 구현하는 것, 이것이 '기적의 도서관' 건립 취지이고 정신이며 의의입니다. 이런 정신과 취지를 살리기 위해 '기적의 도서관'은 건축 부분에서 우리 사회가 지금까지 볼 수 없었던 새로운 모델의 공간구조를 설계했고, 비건축 부분에서도 획기적인 프로그램 운영 모형과 봉사의 모형을 설계했습니다.

우선 건물과 공간구조의 차원에서 '기적의 도서관'은 우리나라 최초의, 그리고 세계적으로도 유례를 찾기 어려운 아름답고 쾌적한 어린이 전용 도서관으로 설계되고 있습니다. 우리나라 일반 공공도서관 어린이실에는 세 살 이하의 유아들은 올 수 없게 되어 있습니다. 그러나 '기적의 도서관'에는 세 살 이하의 아기들도, 이를테면 한 살배기 꼬맹이들도, 보호자와 함께 올 수 있습니다. 그래서 모든 '기적의 도서관'에는 꼬맹이들이 맘놓고 뒹굴고 기어다닐 수 있게 따스한 온돌마루가 깔리고, 엄마와 아빠와 아기 들이 도란도란 얘기할 수 있는 '아가의 방'이 만들어졌습니다. 우리나라 특유의 온돌문화를 어린이도서관이라는 공공의 공간에 도입한 것은 세계 최초의 시도이며, 한 살짜리 아기들도 드나들 수 있게 공간구조가 짜여진 것도 세계 최초의 설계 모델입니다. 성장기의 아이들을 이야기 나라로 안내하기 위한 매혹적인 '이야기 방'들을 정성껏 연출한 것도 '기적의 도서관'이 사실상 처음입니다. 책 읽기 외에도 아이들이 도서관에서 여러 가지 창조적 활동을 할 수 있는 다목적실과 새로운 매체 환경을 구현하는 다매체실도 만들어졌습니다. 장애아동들을 위한 시설과 콘텐츠와 공간을 적극적으로 조직하고자 한 것도 우리나라에서는 이 '기적의 도서관'이 사실상 처음입니다.

그러나 도서관은 건물만으로 되는 것이 아니고 공간구조만으로 그 기능을 다할 수 있는 것도 아닙니다. 어린이도서관은 어린이들을 즐거운 상상과 창조의 나라로 이끄는 매혹의 장소여야 하며 어린이들에게 언제나 "가고 싶은 도서관"이 되어 주어야 합니다. 그러기 위해 어린이도서관은 일반 공공도서관과는 근본적으로 다른 운영 프로그램들을 가져야 하고 정성 어린 서비스 체제를 갖추지 않으면 안 됩니다. 바로 이런 이유 때문에, 전국 각지의 '기적의 도서관'은 비건축 부분에서도 지금까지 우리나라에 없었던 새로운 어린이도서관 프로그램과 운영방식과 서비스 모델을 개발하고 제시합니다. 책 읽기를 비롯해서 이야기 들려주기, 노래, 춤, 그림, 영상, 공작, 낭송, 연극, 디지털 문화활동, 탐방, 놀이 등 온갖 종류의 창조적 프로그램들을 만들고 운영하는 것이 '기적의 도서관'이 구현하고자 하는 새로운 모델입니다. 부모와 자녀 사이에 대화의 길을 터주고 가정과 도서관을 이어주기 위한 프로그램들도 있고, 자녀 양육의 책임과 비용을 사회적으로 분담해주기 위한 '북스타트' 프로그램 같은 것도 도입됩니다.

이처럼 다양한 프로그램들을 개발하고 운영하기 위해 '기적의 도서관'은 어린이도서관을 실제로 운영해본 경험과 지식을 가진 사람들, 어린이 전문 프로그램을 개발하고 독서 지도를 담당할 수 있는 사서들, 어린이를 위한 공공의 봉사정신을 갖춘 사람들 등등의 인력을 전국 각지에서 찾아내어 적정의 자리에 초빙하고자 노력하고 있습니다. '기적의 도서관'은 돈만 있으면 누구나 지을 수 있고 아무나 장악해도 되는 그런 시설이 아닙니다. '기적의 도서관'은 어른 사회의 이권 집단들이 달려들어 자리다툼이나 벌이고 이런저런 이해관계들이 얽혀 갈등을 일으키고, 상업주의가 분별없이 기회를 엿보아도 되는 그런 누추의 장소가 아닙니다. 지역사회의 책임 있는 인사들은 '기적의 도서관'이 왜 건립되는가를 알아야 하며 그 취지와 정신 앞에서 훨씬 경건해져야 합니다. 전국의 시민들이 모아준 성금과 자원은 '기적의 도서관'이 실현하고자 하는 정신에 대한 고귀한, 그러므로 아무도 함부로 훼손할 수 없는 시민적 지지의 표현일 것입니다.

2004. 5. 5 어린이날
책읽는사회만들기국민운동
책읽는사회문화재단

2002년 '세계 책의 날' 서울 선언문

책은 인간의 기억이고 상상력이며 사유이고 표현입니다. 인류 문명의 가장 이른 아침이 메소포타미아와 이집트에서 문자와 책으로부터 시작되었다는 것을 우리는 알고 있습니다. 5000년 전 메소포타미아 사람들이 점토판에 쐐기문자를 새겨 넣어 기록 문서를 만든 것이 책의 시초이며 그 점토판 책을 보관했던 서고가 도서관의 시초입니다. 그 점토판 책에 수록된 수메르신화의 한 대목에는 "하늘의 신이 땅속으로 들어가 어둠의 신과 이레를 다투자 아무것도 없었던 황막한 땅 위로 푸른 나무 한 그루가 솟아올랐다"고 씌어 있습니다. 5000년 전의 이 아름다운 이야기가 후대로 전해지고 거기 담긴 사유와 상상력이 또다른 사유와 상상력을 자극할 수 있었던 것은 책이라는 이름의 유산이 있었기 때문입니다. 기억하고 생각하고 상상하고 표현하는 존재가 아니라면 인간이 무엇일지 우리는 알지 못합니다. 이 존재의 핵심부에 책이 있습니다.

---

* 이 선언문은 2002년 4월 23일 서울 프레스센터에서 거행된 '세계 책과 저작권의 날' 기념식에서 발표되었다. 유네스코 한국위원회, 한국도서관협회, 한국출판인회의 등 다수의 시민사회단체들이 이 선언문을 지지해주었다.

지금 이 갈등의 시대에는 세계의 서로 다른 지역에 사는 사람들이 대화의 길을 트고, 타자를 이해하며, 문화적 차이들을 존중하는 관용의 정신을 갖는 일이 매우 중요합니다. 우리는 유네스코가 정한 '세계 책의 날'이 대화, 이해, 관용의 정신에 기초하고 있다고 생각하며, 이 정신을 온 세계 모든 사람들에게 확산시키는 데는 책이 최선의 평화적 수단이자 자원이라고 생각합니다. 총과 폭탄을 통해서가 아니라 책이 열어주는 이해와 관용의 창구를 통해서만 인류는 공존의 정의가 살아 있는 평화로운 미래를 만들 수 있다고 우리는 믿습니다.

우리 사회는 책이 최선의 지식을 실어나르고 최선의 상상력을 자극하는 최선의 창조적 표현매체라는 사실을 잊어서는 안 됩니다. 이 매체는 국민 모두가 향유할 수 있어야 하며 국민 누구나 접근할 수 있는 것이어야 합니다. 우리가 학교도서관을 살리고 공공도서관을 확충하자고 말하는 것은 국민 모두에게 지식과 정보와 표현의 평등한 권리를 보장하여 책 읽을 수 있는 사회를 만드는 것이 제대로 된 사회, 창조적 사회, 기본이 선 사회를 실현하는 기초 작업이기 때문입니다. 우리는 오늘 제7회 '세계 책의 날'이 우리의 이 긴절한 사회적 요청과 과제를 다시 한번 일깨우는 날이 되기를 바랍니다.

중앙일보 2002. 4. 27

책읽는사회만들기국민운동

별들 사이에 길을 놓다

1판 1쇄 2014년 2월 28일
1판 2쇄 2014년 5월 13일

지은이 도정일
펴낸이 강병선
책임편집 김형균 | 편집 김민정 김필균 이경록 강윤정
디자인 고은이 유현아 이기준 | 마케팅 정민호 나해진 이동엽 김철민 조영은
온라인마케팅 김희숙 김상만 한수진 이천희
제작 강신은 김동욱 임현식 | 제작처 영신사

펴낸곳 (주)문학동네
출판등록 1993년 10월 22일 제406-2003-000045호
주소 413-120 경기도 파주시 회동길 210
전자우편 editor@munhak.com | 대표전화 031) 955-8888 | 팩스 031) 955-8855
문의전화 031) 955-8890(마케팅) 031) 955-2679(편집)
문학동네카페 http://cafe.naver.com/mhdn

ISBN 978-89-546-2409-1 03810

* 이 도서의 국립중앙도서관 출판시도서목록(CIP)은
e-CIP 홈페이지(http://www.nl.go.kr/cip.php)에서 이용하실 수 있습니다.
(CIP 제어번호 : CIP2014004426)

www.munhak.com